LE CHANT DES TÉNÈBRES

Né en 1960 dans le comté de Fife, Ian Rankin a étudié la littérature à l'université d'Édimbourg, interprété ses chansons dans un groupe de rock et écrit son premier polar à la place de sa thèse. Il a obtenu un nombre impressionnant de récompenses, dont l'Edgar du meilleur roman policier en 2004, le Grand Prix de littérature policière et le prestigieux Diamond Dagger en 2005 pour l'ensemble de son œuvre.

Paru au Livre de Poche :

L'Appel des morts
Cicatrices
La Colline des chagrins
Debout dans la tombe d'un autre
Le Diable rebat les cartes
Double détente
Du fond des ténèbres
L'Étrangleur d'Édimbourg *(inédit)*
Exit Music
Fleshmarket Close
Le Fond de l'enfer
Les Guetteurs
La Maison des mensonges
Nom de code : Witch
On ne réveille pas un chien endormi
Piège pour un élu
Plaintes
Portes ouvertes
Rebus et le loup-garou de Londres *(inédit)*
Tels des loups affamés
The Beat Goes On
Traques
Une dernière chance pour Rebus

IAN RANKIN

Le Chant des ténèbres

TRADUIT DE L'ANGLAIS (ÉCOSSE)
PAR FABIENNE GONDRAND

ÉDITIONS DU MASQUE

Titre original :

A SONG FOR THE DARK TIMES

Publié par Orion Books Ltd (Royaume-Uni).

ISBN : 978-2-253-24264-2 – 1re publication LGF

Au temps des ténèbres,
Chantera-t-on encore ?
Oui, on chantera
Le chant des ténèbres.

Bertolt BRECHT

Nous adorons traiter les personnes abîmées comme des jouets.

Jon RONSON, *La Honte !*

PROLOGUE

1

Siobhan Clarke traversa l'appartement vide. Pas *vide* à proprement parler, c'était plutôt comme si toute forme de vie en avait été aspirée. Des cartons de déménagement étaient alignés dans le couloir. Les placards de la cuisine béaient, tout comme la porte qui donnait sur la cage d'escalier de l'immeuble. La fenêtre de la chambre principale était ouverte pour faire circuler l'air. Tout semblait plus grand, évidemment, en l'absence du mobilier et de la silhouette nerveuse de John Rebus. Des ampoules nues pendaient aux plafonds. Le plus souvent, les rideaux ainsi que la moquette étaient restés en place – la veille, Clarke avait passé l'aspirateur dans toutes les chambres. Arrivée dans le couloir, elle examina les cartons. Elle connaissait leur contenu, qu'elle avait libellé de sa propre main. Livres ; musique ; documents personnels ; dossiers d'enquête.

Les dossiers d'enquête : une chambre en était pleine – des enquêtes policières sur lesquelles John Rebus avait travaillé, résolues et non résolues, ainsi que d'autres affaires auxquelles il s'était intéressé et qui l'avaient occupé depuis son départ à la retraite. Elle entendit des bruits de pas dans l'escalier. Un des déménageurs lui adressa un hochement de tête et un sourire tandis qu'il soulevait un carton, puis il tourna les talons. Elle le suivit, se faufilant à côté de son collègue.

— On y est presque, annonça le deuxième homme en gonflant ses joues.

Il était en sueur, elle espérait qu'il tiendrait le coup. Il avait la cinquantaine avancée et un peu trop d'embonpoint. À Édimbourg, les immeubles pouvaient être impitoyables. Elle-même ne regretterait pas de ne plus avoir à se farcir les deux étages après cette journée.

La porte d'entrée de l'immeuble était maintenue ouverte par un morceau d'emballage épais plié en triangle – le coin d'un carton, devina-t-elle. Le premier déménageur, avec ses bras nus bardés de tatouages, après avoir débouché sur le trottoir, vira serré à gauche, puis encore à gauche, et franchit une grille. Par-delà le petit espace pavé – qui avait dû être un jardin joliment entretenu dans un passé lointain – se dressait une autre porte ouverte, qui donnait sur l'appartement du rez-de-chaussée.

— Salon ? demanda-t-il.

— Salon, confirma Siobhan Clarke.

Quand ils pénétrèrent dans la pièce, ils trouvèrent John Rebus qui leur tournait le dos. Il était planté devant un ensemble de bibliothèques flambant neuves, achetées chez Ikea le week-end précédent. Cette virée au magasin – et le bras de fer qui s'en était suivi lors du montage des étagères – avait exercé sur l'amitié entre Rebus et Clarke plus de pression que toutes les opérations auxquelles ils avaient pu collaborer au cours des années passées ensemble au CID[1]. À leur arrivée, John Rebus se retourna et fronça les sourcils en avisant le carton.

— Encore des livres ?

— Encore des livres.

— Bon sang, mais ils sortent d'où, à la fin ? On n'a pas déjà fait une dizaine de voyages à la boutique caritative ?

— Je ne suis pas certaine que tu aies intégré à quel point cet appartement est bien plus petit que celui d'avant.

Clarke s'était agenouillée pour accorder un peu d'attention à Brillo, le chien de Rebus.

— Ils vont devoir aller dans la chambre d'amis, marmonna-t-il.

— Je t'ai déjà dit de bazarder ces vieux dossiers d'enquête.

— Ce sont des documents sensibles, Siobhan.

— Certains sont tellement vieux qu'ils sont rédigés sur du vélin.

Le déménageur ressortit de la pièce. Clarke tapota du doigt l'un des livres que Rebus avait rangés dans la bibliothèque.

— Je ne te savais pas fan de Reacher.

— De temps en temps, ça me fait du bien de m'éloigner de la philo et des langues anciennes.

Clarke examina les étagères.

— Tu ne vas pas les classer par ordre alphabétique ?

— La vie est trop courte.

---

1. Criminal Investigation Department, c'est-à-dire la division des enquêtes criminelles. *(Toutes les notes sont de la traductrice.)*

— Et la musique ?

— Pareil.

— Comment tu vas faire pour t'y retrouver ?

— J'y arriverai très bien.

Elle recula de quelques pas et pivota sur place.

— J'aime bien cet endroit, déclara-t-elle.

Le papier peint avait été arraché, les murs et le plafond repeints, même si Rebus avait mis le holà avant qu'on attaque les plinthes et les châssis de fenêtres. Les lourds rideaux du bow-window de son ancien salon avaient été installés sur la fenêtre, quasi identique, de celui-ci. Son fauteuil, son canapé et sa chaîne hi-fi avaient été disposés comme il l'entendait. Il avait fallu se séparer de la table de la salle à manger, trop lourde pour l'espace restant. Elle avait été remplacée par une table à abattant, de chez Ikea là encore. La cuisine, exiguë, tenait plutôt de la cambuse. La salle de bains était elle aussi longue et étroite, mais parfaitement adaptée. Rebus avait regimbé à l'idée de rénover : « plus tard, peut-être. » Au fil des dernières semaines, Clarke s'était accoutumée à ce refrain. Pour autant, elle n'avait pas lâché Rebus jusqu'à ce qu'il accepte de faire du tri. Le désherbage des livres et des disques leur avait pris près d'une quinzaine de jours, et encore, elle l'avait parfois surpris à exhumer un article d'un des cartons ou des sacs destinés à la boutique caritative. Elle avait été frappée de voir qu'il n'avait que très peu d'objets de famille – aucune bricole ayant appartenu à ses parents, et une poignée de photos sous cadre de son ex-femme et de sa fille. Quand Clarke lui avait suggéré de contacter cette dernière pour qu'elle l'aide à déménager, il avait éludé d'un : « Tout ira bien. »

Elle avait alors décidé de poser un congé d'une semaine et de louer une camionnette – de quoi assurer les trajets à Ikea, à la boutique caritative et à la déchetterie.

— Les corniches sont les mêmes que dans ton ancien appartement, affirma-t-elle en examinant le plafond.

— On finira par faire de toi une détective digne de ce nom, commenta Rebus en déposant une brassée de livres sur une étagère. Mais poursuivons notre leçon une fois que nous aurons bu cette tasse de thé que tu t'apprêtes à nous préparer…

Au fond de la cuisine se découpait une porte qui donnait sur un jardin clos situé à l'arrière du bâtiment – une grande étendue de pelouse parée d'une bordure ornementale. Clarke y lâcha Brillo avant d'aller remplir la bouilloire. En ouvrant les placards, elle s'aperçut que Rebus avait réorganisé son travail de la veille – à l'évidence, une certaine méthode avait ses faveurs : casseroles, boîtes de conserve et paquets en bas ; vaisselle en haut. Il était même allé jusqu'à intervertir les couverts dans les deux tiroirs. Elle laissa tomber un sachet de thé dans chaque tasse et sortit le lait du frigo. C'était celui de l'ancien appartement – idem pour le lave-linge. Aucun n'était vraiment aux bonnes dimensions et tous deux saillaient de leur emplacement. La même chose chez elle et elle passerait son temps à se cogner les genoux ou à s'accrocher les orteils. Elle l'avait prévenu que l'électroménager ne rentrerait pas, et qu'il ferait bien d'en changer. « Plus tard, peut-être », s'était-elle entendu répondre.

Les deux déménageurs ne prenaient pas de thé – manifestement, ils carburaient aux boissons gazeuses et au vapotage. Et puis de toute façon, ils avaient quasiment terminé. Ils apportaient déjà d'autres cartons.

— Salon ? s'enquit l'un d'eux.

— Si c'est indispensable, répondit Rebus.

— Encore un voyage, je dirais. Vous pourrez venir fermer l'autre appart derrière nous.

— Claquez la porte en partant, ça suffira.

— Vous ne voulez pas jeter un dernier coup d'œil dans le rétroviseur ?

— J'ai le relevé des compteurs, je n'ai besoin de rien d'autre, si ?

Le déménageur sembla ne pas avoir de réponse à la question. Clarke le regarda battre en retraite tandis qu'elle revenait chargée des deux tasses.

— Quarante années de ta vie, John, dit-elle en lui tendant son thé.

— Un nouveau départ, Siobhan. Les clés partent chez le notaire de l'acquéreur. La poste fait suivre le courrier, ajouta-t-il avec l'air de se demander s'il n'oubliait pas quelque chose. Une sacrée chance que cet appart se soit libéré à ce moment-là. Mme Mackay habitait ici depuis presque aussi longtemps que moi. Un fils en Australie, voilà qui règle la question du crépuscule de sa vie.

— Alors que tu ne supportais pas l'idée de déménager à plus de cinquante mètres.

Il la fixa des yeux en silence.

— N'empêche que j'arrive encore à te surprendre, finit-il par répondre en pointant l'index en direction du plafond. Tu disais toujours que je finirais par en sortir les pieds devant.

— C'est toujours aussi gai, les déménagements ?

— Tu oublies peut-être les raisons du mien.

Non, elle n'avait pas oublié. BPCO : bronchopneumopathie chronique obstructive. Les escaliers devenaient une vraie galère. Alors, quand la pancarte « À vendre » avait fait son apparition dans le jardin en façade du rez-de-chaussée…

— En plus, ajouta-t-il, deux étages, c'était vraiment pas sympa pour Brillo, avec ses pauvres petites pattes.

Il chercha le chien du regard.

— Dans le jardin, le rassura Clarke.

Ils traversèrent la cuisine et franchirent la porte qui donnait sur l'extérieur. Brillo, la truffe au ras du sol, explorait la pelouse en remuant la queue.

— Il a déjà pris ses marques, commenta Clarke.

— Ce sera sans doute moins évident pour son maître.

Rebus leva les yeux sur les fenêtres de l'immeuble qui les encerclait et poussa un soupir en éludant le regard de Clarke.

— Tu devrais retourner au travail demain. Tu diras à Sutherland que tu n'as pas besoin de la semaine entière.

— On a des cartons à déballer.

— Et tu as un meurtre à élucider. À ce propos : tu as des nouvelles ?

Clarke secoua la tête.

— Graham a monté son équipe ; je n'apporterais pas grand-chose, à mon avis.

— Bien sûr que si, contra Rebus. Et pour ma part, je pense être tout à fait capable de sortir des objets d'un carton sans trouver de place pour les ranger.

Ils échangèrent un sourire et se retournèrent comme les déménageurs revenaient. Les deux hommes s'éloignèrent dans le salon et réapparurent quelques secondes plus tard.

— Je crois qu'on a fait le tour, annonça le plus âgé des deux depuis la porte de la cuisine.

Rebus s'approcha de lui en exhumant des billets de banque de sa poche. Clarke observa Brillo, qui la rejoignit en trottant et s'assit sur son arrière-train, le regard plein d'espoir.

— Tu me promets de veiller sur lui ? demanda-t-elle.

Le chien inclina la tête, comme s'il réfléchissait à la meilleure réponse à apporter.

2

L'appartement de Siobhan Clarke était situé non loin de Broughton Street, de l'autre côté de la ville, au premier étage d'un immeuble qu'elle songeait à quitter depuis plusieurs mois. L'inspecteur-chef Graham Sutherland n'était plus seulement son collègue à l'occasion – à plusieurs échelons au-dessus d'elle –, il était son amant. Sutherland dirigeait une équipe au sein de la division des Crimes graves. Lui-même habitait à Glasgow et lui avait demandé d'emménager avec lui.

— Je vais devoir y réfléchir, avait-elle répondu.

Elle s'était rendue chez lui à plusieurs reprises, mais elle n'était restée dormir qu'une seule fois. Malgré le divorce, des traces de son ex-femme subsistaient et elle doutait fort qu'il ait pris la peine de renouveler la literie.

— Peut-être qu'un appart en centre-ville te conviendrait mieux, avait-il suggéré, sans grand enthousiasme.

Depuis, il lui avait soumis deux annonces dégotées en ligne, par l'envoi de mails intitulés « Pour info ». Une des deux propriétés en question lui plaisait plutôt bien.

Sans rien dire, elle avait fait la route jusqu'à Glasgow et s'était garée devant le bâtiment, dont elle avait fait le tour à pied pour se faire une idée du quartier. C'était bien, avait-elle songé. Ça ne serait pas mal.

Et puis elle était rentrée chez elle.

À dire vrai, Rebus l'avait carrément congédiée ce soir-là. Elle avait proposé un curry à emporter de son restaurant préféré, mais il l'avait flanquée dehors.

— Fais une pause. Va dire à ton petit ami que tu veux rempiler dans l'équipe.

Elle consulta son téléphone. Il était près de vingt heures et Sutherland n'avait répondu à aucun de ses textos. Elle enfila sa veste, attrapa ses clés et descendit jusqu'au rez-de-chaussée. Un court trajet en voiture la séparait du poste de police de Leith – elle aurait quasiment pu s'y rendre à pied. Elle s'arrêta à mi-parcours pour faire un saut dans une épicerie, dont elle ressortit chargée d'un sac de courses. Elle se gara au terrain de golf, à Leith Links, et se dirigea vers le poste de police. On lui ouvrit à l'interphone. Clarke gravit l'imposant escalier en marbre jusqu'à l'étage supérieur et pénétra dans la salle de la brigade des enquêtes prioritaires. Deux visages familiers levèrent le nez de leur écran d'ordinateur.

— Vous n'êtes pas en vacances ? demanda la constable Christine Esson.

— Si, c'est bien pour ça que je vous apporte des souvenirs.

Clarke vida son sac d'emplettes : cacahuètes salées, chips, brownies au chocolat et bouteilles d'eau.

— C'est mieux qu'une carte postale, commenta le constable Ronnie Ogilvie en prenant Esson de vitesse pour se jeter sur les emballages.

— Le patron est rentré chez lui ? demanda Clarke.

— Réunion à la Grande Maison.

Esson rebroussa chemin jusqu'à son bureau avec sa part du butin. Clarke lui emboîta le pas, jetant un œil par-dessus son épaule à l'écran de son ordinateur.

— Le reste de la troupe ?

— Vous avez devant vous l'équipe de nuit.

— Comment ça s'annonce ?

— Vous êtes en congé, lui rappela Esson. Le déménagement se passe bien ?

— À votre avis ?

Clarke avait pivoté face au mur derrière Esson – le Mur des indices. Il était recouvert d'un grand tableau en liège, lui-même recouvert de feutre bleu. Dessus étaient punaisées des photos de la victime et de la scène de crime, ainsi que des cartes, des clichés détaillés de l'autopsie et un tableau de service. Son nom était biffé. C'était un grand classique : elle s'était arrangée pour prendre des congés pendant une période calme et, dès le premier jour, une grosse affaire était tombée. Elle avait tenté de convaincre l'inspecteur-chef qu'elle pouvait repousser, mais il n'avait rien voulu savoir : « John a besoin de vous – il ne l'avouerait jamais, n'en a peut-être même pas conscience, mais c'est la vérité. »

— On subit un peu de pression extérieure, expliqua Ronnie Ogilvie, la bouche pleine de chips.

— Parce qu'il est riche ?

— Et parce qu'il a des relations, nuança Esson. Son père, Ahmad, vaut une blinde, mais tout porte à croire qu'il est assigné à résidence quelque part en Arabie saoudite.

— Comment ça, « tout porte à croire » ?

— Les Saoudiens ne sont pas exactement du genre causants. L'info nous vient d'une association de défense des droits humains.

Clarke passa en revue les données affichées au mur. Salman bin Mahmoud avait été un beau jeune homme. Vingt-trois ans, conduisait une Aston Martin, habitait une maison de ville géorgienne de trois étages dans l'une des rues les plus prisées du quartier de New Town à Édimbourg, cheveux noirs coupés court et barbe bien taillée, les yeux marron. Deux clichés le montraient en train de sourire.

— Tous les étudiants n'ont pas une Aston Martin DB11 à leur anniversaire, commenta Clarke.

— Et tous ne vivent pas dans une maison avec cinq chambres à coucher spacieuses, compléta Esson debout à côté d'elle. Le pire, c'est qu'il n'était même pas étudiant ici.

Clarke haussa un sourcil.

— Il était inscrit dans une école de commerce à Londres, lui expliqua Esson, où il louait d'ailleurs un duplex dans le quartier de Bayswater.

— Et donc, où est le lien avec Édimbourg ? demanda Clarke.

Esson et Ogilvie échangèrent un regard.

— Dis-lui, toi, fit ce dernier en dévissant une bouteille d'eau.

— James Bond, l'obligea Esson. Il était fada de James Bond, surtout les films, et plus précisément les tout premiers.

— Sean Connery, donc ?

— Fils d'Édimbourg, confirma Esson avec un

hochement de tête. Apparemment, ses deux logements sont truffés d'objets de collection.

— Ce qui explique la DB11, mais ne répond pas à la vraie grande question : qu'est-ce qu'un riche étudiant saoudien obsédé de James Bond fabriquait dans le parking d'un entrepôt de moquette sur Seafield Road à onze heures, un soir d'été ?

— Il avait rendez-vous, suggéra Ogilvie.

— Avec un quidam qui l'a poignardé et l'a laissé se vider de son sang, compléta Esson.

— Mais qui ne l'a pas détroussé et n'a même pas pris la peine de lui tirer sa voiture de luxe, conclut Clarke avant de croiser les bras. Les caméras de surveillance ont donné quelque chose ?

— La voiture a été vue à plusieurs reprises. De Heriot Row à Seafield Road, sans arrêts manifestes.

— Salamander Street est sur la route – autrefois, c'était un lieu de prédilection des travailleuses du sexe, réfléchit Clarke à voix haute.

— On est en train de vérifier.

— Sa mère vient récupérer le corps ?

— Apparemment, l'ambassade s'occupe de tout – si je lis bien entre les lignes, je dirais qu'ils ne veulent pas qu'elle fasse le déplacement.

Clarke jeta un œil à Esson.

— Ah ?

— Ils craignent peut-être qu'elle ne rentre jamais.

— Le père a fait quoi, pour être mal vu ?

— Allez savoir. La famille est originaire de la région du Hedjaz. J'ai fait quelques recherches : il est loin d'être le seul assigné à résidence. En règle générale, ils les font tomber pour des accusations de corruption. Ce qui veut probablement dire qu'il a tapé sur les nerfs de la famille du dirigeant. Certains sont libérés moyennant une lourde amende, mais ce n'est pas encore le cas d'Ahmad.

— Toujours l'argent, n'est-ce pas ?

— Pas toujours, mais le plus souvent.

Il y eut un bruit derrière elles, quelqu'un se raclait la gorge. En se retournant, elles découvrirent l'inspecteur-chef Graham Sutherland planté dans l'encadrement de la porte, pieds écartés, les mains dans les poches de pantalon de son complet anthracite.

— Je dois avoir des hallucinations, dit-il. Parce que j'aurais juré que vous étiez au beau milieu d'une semaine de congés amplement mérités.

— Je ne suis pas venue les mains vides, répondit Clarke avec un geste vers le bureau.

— Les pots-de-vin n'ont pas leur place dans les rangs de Police Scotland, inspectrice Clarke. Puis-je vous inviter à me suivre dans mon bureau afin que je vous sonne les cloches ?

Il se dirigea vers la porte située tout au fond de la salle, l'ouvrit et fit signe à Clarke de le précéder dans l'espace exigu et borgne.

— Écoute, commença-t-elle aussitôt la porte fermée.

Mais Sutherland leva la main pour l'intimer au silence et s'installa à son bureau de façon à être assis en face d'elle.

— Si choquante que puisse être la nouvelle, on s'en sort très bien sans toi, Siobhan. Je dispose de toutes les ressources dont j'ai besoin et d'un chèque en blanc le cas échéant.

— Mais le déménagement est presque terminé.

— Excellente nouvelle – tu vas pouvoir rester chez toi à te la couler douce pendant un jour ou deux.

— Et si je n'ai pas envie de me la couler douce ?

Sutherland plissa les paupières, mais ne dit rien. Clarke leva les mains en une parodie de capitulation.

— Mais sois franc avec moi – ça se passe comment ?

— Un mobile clair et net serait le bienvenu. Et les quelques amis à qui on a pu parler n'ont pas été particulièrement expansifs.

— Ils ont peur ?

Sutherland haussa les épaules et lissa sa cravate bordeaux du plat de la main. La petite cinquantaine, il approchait de la retraite et n'était pas peu fier d'avoir conservé sa silhouette et ses cheveux, même si ces derniers faisaient l'objet de rumeurs sans fondement autour d'une fausse mèche.

— La Met[1] nous donne un coup de main – elle se penche sur ses contacts à Londres. Apparemment, il n'était pas du genre assidu en cours. Son truc, c'était plus les boîtes de nuit et les hippodromes.

Il s'interrompit et changea légèrement de position sur sa chaise.

— Rien de tout cela ne devrait t'intéresser. Comment va John ?

— Il prétend qu'il peut s'en sortir tout seul. Il préfère me savoir au travail, où je peux faire avancer les choses.

— Tu m'en diras tant, fit Sutherland avec un mince sourire.

---

1. The Metropolitan Police. C'est la police responsable du Grand Londres.

Clarke eut le sentiment qu'elle était en train de perdre la bataille.

— Je te vois plus tard ? demanda-t-elle.

— Relégué au canapé ?

— Ma cruauté a des limites.

— Dans ce cas, je m'y risquerai peut-être.

— J'ai fait des provisions à tout hasard.

Il hocha la tête en guise de remerciement.

— Tu me donnes une heure ou deux ?

— Méfie-toi du burn-out, Graham.

— Le cas échéant, il leur faudra trouver quelqu'un de frais et dispos pour me succéder. Des suggestions ?

— Je vais y songer, inspecteur-chef Sutherland…

3

Rebus se vit obligé de tirer légèrement sur la laisse de Brillo. Au retour de leur balade du soir dans le parc des Meadows, le chien avait mis le cap sur l'entrée principale de l'immeuble.

— Va falloir qu'on s'y fasse, l'un comme l'autre, commenta Rebus en poussant la grille. Mais fais-moi confiance, avec le temps, on finit par s'habituer à tout.

Il avait réussi à ne pas lever les yeux sur les fenêtres, désormais dénuées de rideaux, de son ancien salon. La porte de son nouvel appartement déverrouillée, il perçut un léger arôme sous l'odeur de peinture neuve : la trace à peine perceptible de l'occupante précédente. Ce n'était pas à proprement parler un parfum, c'était un mélange de ce qu'elle avait été et de la vie qu'elle avait menée. Il possédait la nouvelle adresse de

Mme Mackay en Australie, au cas où le service de réexpédition du courrier aurait des ratés. Lui-même avait laissé des informations équivalentes dans son ancien appartement. Il avait vaguement dans l'idée qu'il avait été acheté en vue d'être loué à des étudiants – sans grande surprise. Marchmont avait toujours été une terre estudiantine, avec l'université à deux pas de l'autre côté des Meadows. Rebus avait rarement eu à se plaindre d'une fête bruyante, et encore, ça remontait à plusieurs années. Les étudiants n'étaient donc plus faits de la même étoffe, de nos jours ? Moins chahuteurs, plus… studieux ?

Il entrait dans le salon, négociant son chemin entre les cartons, lorsqu'il se rendit compte qu'il n'avait pas encore déballé son ordinateur. Pas d'urgence : on ne lui installerait pas Internet avant deux jours. Suivant les conseils de Siobhan, il avait commencé un soir à dresser la liste des gens qu'il devait prévenir de son changement d'adresse. Les noms couvraient à peine une demi-feuille – et maintenant qu'il y pensait, quand l'avait-il vue pour la dernière fois ? Il entendit Brillo, dans la cuisine, qui se goinfrait de croquettes et d'eau. Rebus, lui, avait laissé tomber le dîner ; ces derniers temps, il n'avait pas trop d'appétit. Il y avait quelques bouteilles de bière dans la cuisine et plusieurs bouteilles d'alcool trônaient sur une étagère de l'alcôve. Deux bons malts, sauf qu'il n'était pas d'humeur à ça. De la musique, en revanche… Une sélection spéciale serait la bienvenue. Il se remémora son emménagement dans l'appartement du haut avec Rhona, il y avait des lustres de cela. À l'époque, il possédait un tourne-disque portatif et il avait passé le deuxième album des Rolling Stones avant d'attraper Rhona et de la faire virevolter dans le salon, qui semblait immense.

Ce n'est que plus tard que les murs avaient commencé à se refermer.

En jetant un œil à la tranche des 33 tours, il put constater qu'ils n'étaient plus du tout rangés comme là-haut. Non pas qu'il eût jamais adopté une réelle méthode de classement – c'était plutôt qu'il savait toujours où trouver ce qu'il avait envie d'écouter. À la place des Stones, il jeta son dévolu sur Van Morrison.

— Oui, tu feras l'affaire, souffla-t-il.

Il posa le saphir sur le disque et recula d'un pas. Le disque sauta. Il baissa les yeux sur le sol. Les lattes du parquet bougeaient. Il posa de nouveau son pied au même endroit et obtint le même résultat. Il désigna la fautive du doigt.

— Tu viens d'atterrir au sommet de ma liste de priorités, ma petite, la mit-il en garde en marchant délicatement jusqu'à son fauteuil.

Il ne fallut pas longtemps à Brillo pour se rouler en boule à ses pieds. Rebus s'était promis de déballer quelques cartons avant d'aller au lit, mais il se rendit compte qu'il n'y avait aucune urgence. Quand son téléphone se mit à vibrer, il jeta un œil à l'écran avant de répondre : Deborah Quant. Il y avait de cela un moment maintenant, il lui avait demandé s'ils sortaient ensemble. Elle lui avait répondu qu'ils étaient amis, avec des petits extras – ce qui semblait leur convenir parfaitement, à l'un comme à l'autre.

— Salut, Deb.

— Tu trouves tes marques ?

— Je me disais que tu pourrais venir voir par toi-même.

— La journée a été bien remplie, à cause de vous autres.

— Je suis à la retraite depuis un bout de temps, Deb. J'imagine qu'il s'agit de l'étudiant saoudien ?

— La police et le procureur de la Couronne n'ont plus l'air de vouloir se fier à moi pour établir la cause du décès.

— Tu penses qu'il y a des pressions ?

— De toutes parts – du gouvernement ici et à Londres, plus de nos amis dans les médias. Ajoute à ça le fait que les enterrements musulmans se déroulent en règle générale dans les deux ou trois jours… L'ambassade appuie dans ce sens.

— Pratique pour le quidam qui l'a tué, si tu ne peux pas conserver le corps pour l'examiner ultérieurement…

— C'est ce que je me tue à répéter.

— Liée et garrottée, hein ? J'en conclus que tu n'as rien trouvé qui sorte de l'ordinaire ?

— Lame de couteau fine, peut-être dix ou quinze centimètres de long.

— Maniée avec expertise ?

— On a visé le cou plutôt que la poitrine, l'abdomen ou le ventre. Je ne suis pas sûre à cent pour cent de ce que cela veut dire, en même temps, ce n'est pas mon boulot. L'angle de l'incision suggère un individu de taille comparable, droitier probablement. Je peux partir du principe que tu en as parlé avec Siobhan ?

— Elle ronge son frein.

— Mais c'est aussi une amie loyale.

— Je lui ai dit que tout irait très bien à partir de maintenant.

— Où es-tu, là ?

— Fauteuil du salon, Brillo à mes pieds.

— Et tu as installé ta hi-fi, donc tout est pour le mieux dans le meilleur des mondes.

— Je te vois demain ?

— Je vais tâcher.

— Tu travailles trop.

Il écouta son rire.

— C'était la bonne décision à prendre – tu le sais, n'est-ce pas ?

— Dans l'intérêt de mes poumons, peut-être.

— Essaie de passer une journée sans eux, John. Gratte Brillo derrière les oreilles pour moi. On se voit bientôt.

— Bonne nuit, Deb.

Sur ce, elle raccrocha. Elle habitait à moins de deux kilomètres – un pâté de maisons de construction moderne où le minimalisme était roi. Elle n'avait que de maigres possessions, pour la bonne raison qu'il n'y avait pas d'endroit pour les ranger – ni placard-séchoir ni cagibi sous l'escalier comme on en trouvait à Édimbourg, encore moins de coins et de recoins. Seulement des lignes épurées qui proscrivaient l'idée même d'encombrement. Idem pour son bureau à la morgue – aucun dossier ne faisait long feu sur sa table de travail.

Rebus repensa aux livres dont il avait décidé qu'il ne pouvait pas se défaire, quand bien même il ne les lirait jamais ; aux albums qu'il passait peut-être une ou deux fois tous les dix ans, mais auxquels il tenait ; aux dossiers d'enquêtes dans leurs cartons qui semblaient faire partie intégrante de sa personne, comme une jambe ou un bras surnuméraire. Pourquoi se séparer d'eux alors qu'il avait une chambre d'amis qui ne servait à rien ? Il avait pour seule famille sa fille et sa petite-fille, qui ne se proposaient jamais de passer la nuit chez lui. Raison pour laquelle il avait bazardé l'ancien lit pour le remplacer par un canapé deux places, ménageant ainsi plus d'espace pour des rayonnages, la valise qu'il n'utiliserait vraisemblablement jamais plus et son deuxième tourne-disque, celui-là même qu'il avait lors de cette fameuse première soirée, quand il avait dansé avec Rhona. L'appareil ne fonctionnait plus, mais il pourrait se donner la peine de trouver un réparateur. Il ajouterait la tâche à sa liste.

En allant dans la cuisine pour préparer une tasse de thé, il examina le programmateur du chauffage central. Mme Mackay avait pris soin de laisser le mode d'emploi, mais le boîtier avait l'air simple d'utilisation.

« Les factures d'électricité sont tout à fait abordables », lui avait-elle dit. Sauf qu'elle avait toujours préféré une épaisseur supplémentaire de laine à un degré de plus au thermostat. Il se demanda si ses divers cardigans, pull-overs et châles l'avaient suivie en Australie. Il n'aurait pas parié contre.

Tandis que l'eau chauffait dans la bouilloire, il retourna dans la chambre principale. Avec son lit deux places, en plus de sa vieille armoire et de sa commode, l'espace au sol était limité. Siobhan l'avait aidé à faire le lit, et ce faisant elle avait dû déplacer Brillo une demi-douzaine de fois.

— Ne me dis pas qu'il dort à côté de toi, avait-elle sondé.

— Bien sûr que non, avait menti Rebus.

À présent, le chien l'observait depuis le couloir. Rebus consulta sa montre.

— On ne va pas tarder, dit-il. Juste le temps d'une autre tasse, et peut-être d'un autre disque, d'accord ?

Il se demanda combien de fois il allait se réveiller au cours de la nuit en se perdant pour aller aux toilettes. Peut-être qu'il laisserait la lumière du couloir allumée.

— Ou que j'arrêterai de boire du foutu thé, marmonna-t-il en regagnant la cuisine.

4

Toutefois, ce ne fut pas l'envie d'uriner qui le tira de son sommeil à cinq heures du matin. Mais un coup de fil. À tâtons, il chercha son téléphone et la lampe de chevet, ce qui réveilla Brillo. Il n'arrivait pas à faire le point sur l'écran et porta directement son portable à son oreille.

— Papa ?

La voix pressante de sa fille, Samantha.

— Qu'est-ce qui se passe ? demanda-t-il en se redressant dans son lit, de plus en plus réveillé.

— Ta ligne fixe – elle est coupée.

— Je voulais t'en parler…

— De quoi ?

— Ce n'est pas pour me parler de ma ligne fixe que tu m'appelles à cette heure-ci. Carrie ?

— Elle va bien.

— Quoi, alors ? Et toi, tu vas bien ?

— C'est Keith.

Son partenaire, le père de Carrie. Rebus déglutit.

— Qu'est-ce qui se passe ?

À l’autre bout du fil, Samantha se mit à sangloter doucement. Sa voix se brisa.

— Il est parti.

— Le salopard…

— Non, ce n’est pas ça… Je ne crois pas, en tout cas, renifla-t-elle. Je veux dire, j’en sais vraiment rien. Il a disparu. Ça fait deux jours.

— Et tout allait bien à la maison ?

— Pas pire que d’habitude.

— Mais tu ne crois pas qu’il est seulement – je ne sais pas – qu’il s’est pris une cuite quelque part ?

— Ce n’est pas son genre.

— Tu as signalé sa disparition ?

— La police envoie quelqu’un pour me parler.

— On a dû te dire que deux jours, ce n’est pas beaucoup ?

— Oui. Mais son téléphone est sur messagerie.

— Et il est parti sans sac, ni rien ?

— Rien. On a un compte bancaire commun – j’ai regardé en ligne et il n’a rien acheté, ni retiré d’argent. Sa voiture est encore sur le parking près de l’église.

Rebus visualisait l’endroit – à cinq minutes à pied de leur domicile. Il s’était garé là une fois pour admirer la vue. Samantha habitait en bordure du village de Naver, sur la côte sauvage du Nord, à douze kilomètres à l’est de Tongue. Le vent avait secoué la voiture et Rebus à l’intérieur.

— Des soucis au travail ? demanda-t-il. Des problèmes d’argent ?

— Il était au courant que j’avais eu une liaison, bafouilla-t-elle.

— D’accord, fit Rebus.

— Mais c'est fini, tout ça. Ce n'est pas pour ça qu'il est parti – j'en suis sûre. Il aurait pris ses affaires, sinon. La clé était encore sur le contact… Garé si près de la maison… Ça n'a aucun sens. Tu y comprends quelque chose, toi ? Seulement, je… Je n'ai pas fermé l'œil de la nuit, je n'arrête pas d'y penser, et j'ai peur que la police se dise que j'ai quelque chose à voir avec ça.

Rebus l'interrogea après un moment de silence :

— Pourquoi la police se dirait-elle une chose pareille, Samantha ?

— Parce que, ici, tout le monde sait qu'on traversait une période difficile. Et tout le monde est au courant pour Jess et moi.

— C'est le type que tu voyais ? Est-ce que Keith a déjà essayé de lui régler son compte ?

— Je n'en sais rien. Mais ça n'a rien à voir avec Jess. C'est impossible.

— Le scénario le plus probable est tout simplement que Keith va refaire surface – et je parle d'expérience.

— J'ai un mauvais pressentiment, papa.

— Je peux être chez toi avant le déjeuner. À quelle heure la police vient te voir ?

— On ne me l'a pas précisé.

Il entendit Samantha inspirer profondément.

— Il faut que j'accompagne Carrie à l'école, je le leur ai dit.

— Tout va bien se passer, Sammy, je te le promets.

Sammy, le surnom qu'il lui avait donné jusqu'à ce qu'elle décide qu'elle était trop grande. Pour une fois, elle ne le reprit pas.

— Merci, dit-elle à la place, d'une voix si faible qu'il l'entendit à peine.

JOUR UN

1

À son réveil, Siobhan Clarke trouva un texto de Rebus. Elle décréta qu'il pouvait attendre qu'elle ait préparé le café. Il était à peine sept heures passées et Graham Sutherland avait déjà levé le camp. Elle se demanda si sa capacité de ninja à s'habiller et à s'éclipser sans qu'elle s'en rende compte ne devrait pas l'agacer.

— Ça l'aurait défrisé, de me servir une tasse…

Elle regagna sa chambre d'un pas lourd, encore en pyjama, la tasse nichée entre ses deux mains. Elle la déposa sur la table de nuit avant d'empoigner son téléphone et de le réveiller en balayant l'écran.

Grosse faveur. Occupe-toi de Brillo aujourd'hui. Clé sous la moitié de brique à côté de la porte d'entrée. On s'appelle plus tard.

— C'est quoi, ce bordel ?

Clarke s'assit au bord du lit encore chaud pour passer son coup de fil.

— Je suis au volant, l'avertit Rebus. Pas envie d'écoper d'un PV.

Sa vieille Saab n'avait pas l'option mains libres. Elle entendit vibrer le moteur.

— C'est quoi l'urgence ?

— Samantha. Son partenaire a disparu de la circulation.

— Tu es en route pour Tongue ?

— Pas tout à fait – ils ont emménagé dans le village voisin il y a deux ans de ça.

— Et tu penses que ton tas de ferraille va tenir le coup ?

— J'ai failli te demander si je pouvais emprunter le tien.

— Pourquoi tu ne l'as pas fait ?

— Il était cinq heures du matin. Tu n'aurais sans doute pas apprécié.

— Sans compter que j'aurais eu deux-trois questions à te poser.

— Certes. Brillo n'est pas très exigeant : juste une petite balade, après quoi il peut se débrouiller tout seul pendant que tu quémandes un poste à la BEP[1].

— Tu ne veux pas que je déballe tes cartons ?

— C'est fait.

— Menteur.

— T'avise pas de fouiller dans mes affaires sans ma permission.

— Tu penses faire l'aller-retour dans la journée ?

— Personnes disparues, Shiv. Elles finissent quasiment toujours par refaire surface.

— Tu es où, là ?

— Au sud de Pitlochry.

— Sur la redoutable A9 ? Comment va Samantha ? ajouta Siobhan après une pause.

---

1. La brigade des enquêtes prioritaires.

— Comment tu serais à sa place ?
— Il est parti depuis combien de temps ?
— Deux jours, une nuit.
— Risque suicidaire ?
— Pas excessivement.
— Ah !
Clarke porta la tasse à ses lèvres.
— Samantha m'a dit qu'elle voyait quelqu'un d'autre.
— Ah !
— Il n'a pas emporté d'affaires, la voiture est garée près de chez eux, il n'a pas utilisé sa carte de crédit.
— Il veut peut-être lui faire une frayeur ?
— Auquel cas, il va se prendre une torgnole.
— D'elle ou de toi ?
— On se parle plus tard. Pour Brillo, tu sais où trouver le nécessaire.
— Je le savais, jusqu'à ce que tu réorganises la cuisine.
— Ne jamais tourner le dos à un défi, Shiv.
Le temps qu'elle trouve une repartie, Rebus avait mis fin à la communication.

Il était tout juste dix heures passées quand elle arriva à la BEP. Le bureau était en pleine effervescence, et Graham Sutherland penché sur la table de Christine Esson qui lui expliquait ce qu'il voyait à l'écran. Lorsqu'il remarqua Clarke, Sutherland interrompit la conversation et s'avança vers elle d'un pas nonchalant.
— Pas facile de vous tenir à distance, inspectrice Clarke, dit-il en se plantant devant elle, bras croisés.

Elle répondit d'un haussement d'épaules et de ce qu'elle espérait être un sourire irrésistible.

— John a quitté la ville. Je n'ai littéralement rien d'autre à faire.

— Et comme je l'ai dit la dernière fois, j'ai un effectif au complet.

D'un geste, il désigna les bureaux. Clarke reconnut toute l'assemblée : Esson et Ogilvie, les sergents Tess Leighton et George Gamble, un autre constable du nom de Phil Yeats. Elle avait déjà eu l'occasion de travailler avec eux au sein de l'équipe de Sutherland. Tout le monde était au courant pour elle et le patron. Gamble avait été le seul à se permettre une critique.

— Je ne vois pas d'inspecteur, commenta-t-elle.

— Je crois qu'il est question de moi.

Elle se tourna vers l'embrasure de la porte. Malcolm Fox venait d'entrer dans le bureau, chargé d'une liasse de feuilles.

— Malcolm, on roule sa bosse, à ce que je vois, fit Clarke.

— La brigade criminelle s'intéresse au dossier, expliqua Sutherland d'un ton peu amène. Ils nous prêtent l'inspecteur Fox le temps de l'enquête.

— Pour des rapports quotidiens à l'attention de nos vénérables aînés, je suppose.

— Avant toute chose, j'ai l'esprit d'équipe, Siobhan – je ne t'apprends rien.

Clarke ne put s'empêcher de jeter un œil en direction de Tess Leighton. Le regard que Leighton lui rendit l'informa que la relation qu'elle avait eue avec Fox n'avait pas duré.

— Je peux être utile, monsieur, affirma Clarke en

tournant de nouveau son attention vers Sutherland. Vous le savez aussi bien que moi.

Sutherland prit le temps de la réflexion.

— Cela impliquerait de partager un bureau avec Malcolm.

— Du moment qu'il promet de ne pas copier sur moi…

Clarke savait ce que Sutherland pensait : de même que Fox aurait un œil sur eux et rapporterait tout à ses patrons, elle aurait un œil sur lui, et Sutherland resterait dans la boucle.

Fox fit mine de protester, puis se résigna d'un haussement d'épaules.

— Ça me va, dit-il. La priorité, c'est d'appréhender l'assassin.

— Bien dit. Je vous laisse le soin de trouver une chaise et de prendre vos marques.

Ils observèrent Sutherland rebrousser chemin jusqu'à son bureau. Puis Fox lui tendit la main.

— Bienvenue à bord.

Clarke regarda fixement sa main.

— Ma ville, mon navire. Tu n'es qu'un passager.

Elle entendit Tess Leighton étouffer un rire. Le visage de Fox commença à s'empourprer.

— Bonne vieille Siobhan, finit-il par dire. Légère en amabilité, lourde en agressivité. À croire que tu as appris du maître. D'ailleurs, en parlant de lui…

— Le déménagement est bouclé.

— Mais sa santé, ça va ? Je veux dire, pas pire qu'avant ?

— Personne ne t'empêche de l'appeler.

— J'ai arrêté d'essayer.

Clarke jeta un œil alentour, à la recherche d'une chaise libre.

— À l'administration, peut-être, fit Fox en désignant le couloir. Je m'en charge, si tu veux.

Clarke confirma d'un hochement de tête.

— Pendant que tu nous prépares un thé.

Il s'éclipsa avant qu'elle n'ait eu le temps de réagir.

Clarke se dirigea droit sur la bouilloire, vérifia qu'elle contenait suffisamment d'eau et la mit en marche.

— Il y a une cagnotte, grogna Gamble de derrière son bureau. Cinq balles dans la boîte.

— Et bien le bonjour à vous aussi, George.

Gamble était vêtu de son éternel costard – un trois-pièces à carreaux criard –, les cheveux en broussaille, le visage rougeaud, la bedaine pressée contre son gilet. Assise en face de lui, Tess Leighton offrait un tel contraste qu'on aurait dit un fantôme – mince, le teint pâle, les yeux cernés. Les deux, à leur manière, étaient de bons détectives, quand bien même Gamble donnait l'impression de compter les jours jusqu'à la retraite. Clarke n'avait travaillé qu'une seule fois avec eux et connaissait mieux Esson et Ogilvie, tous deux issus de son équipe de Gayfield Square. Phil Yeats était un autre habitué de Sutherland – un blond d'une vingtaine d'années qui avait pour spécialité d'obéir aux ordres, ni plus ni moins.

Esson, munie de sa tasse, s'était rapprochée de la bouilloire, prête à se resservir.

— C'est quoi le topo ? demanda-t-elle à voix basse.

— John est parti au Nord pour voir sa fille.

— En vous laissant en plan par la même occasion.

— Le déménagement était terminé. Il ne restait que quelques cartons.

— Il y avait des choses intéressantes planquées dans son appart ?

— Pas de porno ni de macchabées. Il s'avère néanmoins qu'il aime les Jack Reacher.

— Je suis plutôt *team* Karin Slaughter, pour ma part. Les deux auteurs seront à Édimbourg, si vous…

— Christine, coupa Clarke, à quel moment aviez-vous l'intention de me dire pour Fox ?

— Que je vous dise quoi ? Pour autant que je sache, vous étiez en congé.

— Et donc quand je suis passée hier ?…

— J'ai pensé que ça risquait de vous agacer un chouïa.

— Je ne suis pas agacée – j'aime bien qu'on me tienne au courant.

Esson fit la moue.

— Vous avez vu l'inspecteur-chef Sutherland hier soir ?

Clarke la fusilla du regard.

— Qu'est-ce que ça peut vous faire ?

— Lui non plus, il n'a pas craché le morceau – même raisonnement, j'imagine. On voulait juste que vous décompressiez. L'inspecteur Fox a tendance à faire l'effet inverse.

L'eau avait fini de chauffer. Clarke souleva la bouilloire trop haut et le liquide bouillant ricocha hors de la tasse. Elle jura entre ses dents.

— À l'évidence, ce congé vous a fait un bien fou, la taquina Esson en regardant Fox transbahuter dans la pièce ce qui ressemblait à un fauteuil exfiltré de la salle d'interrogatoire.

Clarke l'ignora, termina de préparer le thé et porta

les deux tasses jusqu'à la table de Fox. Il était en train de rassembler ses affaires d'un côté – ordinateur portable, fournitures, chargeur de téléphone – avec toute la délicatesse dont un homme de son gabarit pouvait se prévaloir. Clarke fit de son mieux pour s'installer confortablement sur la chaise. Fox souleva sa tasse comme pour porter un toast avant d'avaler une gorgée.

— Donc, on en est où ? demanda Clarke.

— Pour commencer, on traite ça comme un homicide, l'obligea Fox. L'arme n'a pas encore été retrouvée et les caméras de surveillance n'ont rien donné – les recherches se poursuivent. La victime était un étudiant étranger et il y a eu plusieurs agressions récemment.

— Ah ?

— Essentiellement à St Andrews, d'ailleurs – des gosses riches harcelés par les crétins du coin. Mais on rapporte deux incidents du côté des Meadows. Les étudiants se sont organisés de façon à ce qu'aucun d'entre eux ne se retrouve seul là-bas la nuit. Et puis, il y a l'angle racial : le Brexit engendre une hausse des faits d'agression, surtout verbale, mais aussi physique, à l'occasion.

— À Édimbourg ?

— Je répète, quelques faits seulement ont été rapportés. Mais un des amis proches de la victime a été tabassé, il y a quelques semaines.

— Voilà qui est intéressant.

— Pas très loin du domicile de la victime. Pour l'instant, on ne voit pas encore de lien évident, mais on garde ça en ligne de mire.

— Et le mode de vie de Salman ? Tout ce que je sais, c'est qu'il était fan de James Bond.

— Il menait le même train de vie que James Bond, surtout, dit Fox en ouvrant une série de clichés sur son ordinateur. Ça provient de ses comptes sur les réseaux sociaux. Boîtes de nuit et champagne. L'Aston qu'il conduit à Édimbourg est un nouveau modèle, mais à Londres il a une DB5 classique.

— La consommation d'alcool n'est pas vue d'un mauvais œil ? J'imagine qu'il est musulman pratiquant…

— Il n'a pas l'air concerné par les règles en vigueur.

Clarke regarda défiler les photos de Salman bin Mahmoud à des événements sportifs et dans des clubs, en complets impeccables taillés sur mesure, au bras d'une kyrielle de jeunes femmes plus glamour les unes que les autres.

— Tu noteras sa prédilection pour le martini, commenta Fox.

— Et les drogues ? demanda-t-elle tandis qu'un mouvement expert sur le *trackpad* de Fox faisait apparaître une nouvelle page remplie de photos.

— Pour autant qu'on sache, rien.

Fox commença à tapoter les visages du bout du doigt.

— Elle, c'est la fille d'un député conservateur. Et celle-là, elle fait partie de la bourgeoisie écossaise – lady Isabella Meiklejohn. Son père possède une belle portion du Flow Country.

— Du quoi ?

— Le comté de Caithness et Sutherland. Des tourbières, essentiellement.

— Elles ressemblent à des top-modèles.

— À se demander ce qui a bien pu les attirer chez un play-boy millionnaire au charme exotique.

Fox se vit récompensé d'un petit rictus qui s'apparentait presque à un sourire.

— Il était riche comment ?

— On ne sait pas vraiment. Son père est assigné à résidence depuis un moment, mais manifestement il reste de l'argent – on ne peut pas éternellement mener ce train de vie à crédit. On a ajouté des photos de sa demeure d'Édimbourg sur le Mur des indices, précisa Fox en agitant vaguement le bras dans cette direction. Et la Met nous en a envoyées de son appart londonien – pas trop moches, ni l'un ni l'autre.

— Était-il connu de nos services avant ça – des voisins se plaignant de soirées folles, des amendes pour excès de vitesse dans les rues de New Town ?

— On a une poignée de PV de stationnement impayés. Ce n'était pas un grand adepte des trajets à pied, autrement dit, il avait l'habitude de laisser traîner sur les lignes jaunes.

— Une aubaine pour les pervenches.

Fox acquiesça d'un mouvement de la tête. Il était arrivé à la fin des clichés. Clarke se rassit sur sa chaise, laquelle n'était pas à proprement parler conçue pour être confortable – elle allait devoir apporter un coussin de son salon.

— Alors, à ton avis, il s'est passé quoi ?

— Tout est dans le lieu du crime. Seafield Road à cette heure de la nuit ; soit il était au tout début d'un long trajet vers le sud, soit il avait rendez-vous avec quelqu'un.

Clarke opina.

— Aucun de ses amis n'habite dans le coin ?

— Pas qu'on ait trouvé, non.

— Il cherchait peut-être une course de bolides. On connaît bien ça, la nuit à Édimbourg, surtout en banlieue. Si j'avais une voiture comme la sienne, je serais tentée.

— On examine de près la possibilité d'un vol de voiture qui aurait mal tourné, en effet. L'Aston a été passée au peigne fin : on a trouvé les empreintes digitales de son propriétaire, c'est tout. Le réservoir était bien rempli et elle n'avait pas de problème mécanique a priori.

— Donc, il ne s'est pas arrêté à cause d'une panne. Les relevés de téléphone portable ?

— La demande a été faite. Jusqu'ici, il semblerait qu'il ait passé son ultime coup de fil à un ami – celui-là même qui s'est fait agresser. L'intéressé affirme qu'ils ont parlé de choses et d'autres, de projets pour le week-end, ce genre de banalités.

— Combien de temps avant qu'il ne soit tué ?

— Deux heures.

— As-tu parlé à cet ami ?

— Moi, personnellement ? demanda Fox avant de secouer la tête. Je viens juste de débarquer sur le dossier.

Clarke accrocha le regard de Fox et le soutint.

— Pourquoi t'ont-ils réellement envoyé, Malcolm ?

Il haussa lentement les épaules.

— C'est considéré comme un crime grave, Siobhan.

— Mais pourquoi, justement ?

— Parce que certaines personnes insistent.

— Nos dirigeants politiques, tu veux dire.

— Il y a des ramifications internationales. Avec notre sortie de l'Europe…

— Il nous faut le plus de partenaires commerciaux possible, devina Clarke, y compris des régimes autoritaires ? Pourtant, les chefs saoudiens ne portent pas particulièrement dans leur cœur le père du décédé, alors comment expliquer la pression ?

— Impossible à dire.

— Manière diplomatique de me signifier de ne pas m'obstiner ? demanda Clarke en inclinant la tête. Est-ce qu'on va se fader des murs en cours de route, Malcolm ? Des individus qu'on n'aura pas le droit d'interroger, des informations qu'on aura du mal à obtenir ?

— Honnêtement, je n'en ai aucune idée, répondit Fox en portant de nouveau la tasse à ses lèvres. Mais quelque chose me dit que tu escaladeras tous les murs qui se dresseront sur ton chemin – comme si tu avais appris de…

Clarke l'interrompit en agitant le doigt.

— Tout ce qu'a pu m'apprendre John Rebus est révolu depuis longtemps, et lui avec.

Elle espérait paraître plus convaincue qu'elle ne l'était en réalité.

2

Rebus avait oublié à quel point le trajet était long. Il aurait juré qu'il couvrait autrefois ces quelque 400 kilomètres en quatre petites heures. Et voilà qu'aujourd'hui, il lui en fallait plus de cinq, alors qu'il n'avait fait qu'un seul arrêt pour ravitailler l'auto et son conducteur, sans oublier de gratifier le capot de la Saab d'une tape réconfortante pour lui signifier qu'il appréciait l'effort consenti. Tout compte fait, l'A9 n'avait pas été si terrible – quelques poids lourds, des caravanes et deux zones de travaux routiers. Des travaux de dédoublement de la chaussée étaient en cours et se poursuivraient encore bien après que Rebus aurait emprunté la circulation fluide de l'autoroute du Ciel. Il n'avait pas pensé à emporter d'affaires. Il n'y avait qu'un seul CD dans la voiture – une compilation que Siobhan lui avait gravée et sur laquelle elle avait inscrit au stylo-feutre noir les mots « Pour les temps de ténèbres ». Il lui avait demandé d'expliquer cet intitulé.

— Il y a des titres pour te faire réfléchir, d'autres pour t'apaiser ou pour te donner envie de danser, avait-elle répondu.

— De danser ?

— OK, d'agiter la tête, si tu préfères.

Et en effet, il y avait là un peu de tout : une piste de funk qui semblait sortie tout droit des années 1970, suivie d'un morceau minimaliste de Brian Eno, de Leonard Cohen évoquant l'amour et la perte, d'un autre groupe qui dépeignait l'Angleterre post-Brexit. Et puis il y avait Black Sabbath avec *Changes*.

— Bien vu, Siobhan…

À la station-service, après avoir ajouté une brosse à dents et du dentifrice à ses achats, il avait demandé à la caissière s'ils vendaient encore des CD.

— Tout se fait par Bluetooth, de nos jours, lui avait-elle expliqué.

— Pas tout, quand même, j'espère, avait-il rétorqué.

La pluie avait fait son apparition bien avant Tain, pour l'escorter jusqu'après Altnaharra au gré d'une quarantaine de kilomètres à voie unique, vide de tout autre véhicule, à son grand soulagement. Il avait les yeux irrités, le dos, les épaules et le postérieur endoloris. Lorsqu'il s'arrêta sur une aire de croisement pour soulager sa vessie, il inspira profondément en s'appliquant à apprécier la nature sauvage qui l'entourait. Pics escarpés, lochs translucides, fougères et chants d'oiseaux. Jusqu'ici, il n'avait guère fait attention au paysage, préoccupé qu'il était par Samantha. La mère de celle-ci, Rhona, était décédée quelques années auparavant. L'enterrement avait mobilisé une assistance clairsemée dans une ville-dortoir à l'extérieur de Londres. Samantha avait grandi dans l'appartement d'Arden Street, mais elle avait fini par aller vivre chez sa mère, à Londres. Après quoi elle était retournée à Édimbourg pour le travail, avant de s'installer à Tongue avec Keith. Carrie était arrivée à la faveur d'une FIV – un ultime coup de poker, pour reprendre l'expression de Samantha. Ils avaient déménagé un peu plus à l'est de Tongue, dans un bungalow de construction moderne qui leur épargnait des factures d'électricité salées. Rebus n'avait rencontré Keith que quelques fois seulement, préférant caler ses visites sur les heures de bureau. De même, Keith n'accompagnait pratiquement jamais Samantha et Carrie lors de leurs rares passages à Édimbourg.

Rebus connaissait-il seulement son nom de famille ? Samantha avait dû le lui dire. Il l'avait probablement entendu sans l'écouter. Quoi qu'il en soit, Keith avait l'air de bosser dur et de subvenir aux besoins de sa famille. Aux dernières nouvelles, il travaillait au démantèlement de la vieille centrale nucléaire de Dounreay. L'année d'avant, il y avait eu une fuite et Rebus avait téléphoné pour prendre des nouvelles de l'intéressé. Samantha lui avait certifié que tous les résultats d'examens s'étaient révélés négatifs.

— Donc tu as encore besoin d'une lampe sur ta table de nuit ? avait plaisanté son père.

De Naver, Dounreay n'était pas exactement la porte à côté. Il fallait compter quarante-cinq minutes de trajet. Un jour, il avait demandé à Samantha pourquoi ils ne se rapprochaient pas du lieu de travail de Keith. La réponse était simple : Carrie. Elle avait ses amis et elle était scolarisée dans un bon établissement à Naver. Si on mettait ça dans la balance, la navette entre le boulot et la maison ne faisait pas le poids.

Un bon gars, ce Keith. Alors pourquoi Samantha avait-elle fréquenté un autre homme ?

Comme il dépassait Tongue, Rebus arrêta les essuie-glaces. Le soleil avait réussi à percer un banc de nuages. Par intermittence, il apercevait la surface étincelante de la mer étale. Le vent était retombé. Passé Tongue, une autre route à voie unique l'attendait qui, en serpentant à l'intérieur des terres, lui fit perdre le large de vue. Il arriva enfin à Naver et traversa le village. En passant devant le bungalow de Samantha, il chercha des yeux un véhicule de police mais n'en aperçut aucun. L'église s'élevait à une centaine de mètres plus loin, son parking bordant la façade. La Volvo XC90 bleu foncé de Keith était garée là.

Rebus immobilisa sa voiture derrière et en sortit en roulant des épaules pour les dénouer. La clé avait été retirée du contact de la Volvo, et les portières verrouillées. Rebus jeta un œil dans l'habitacle, sans que rien attire son attention. Il estima la distance qui le séparait du bungalow. Quelques minutes à pied ? Même s'il y avait un arrêt de bus de l'autre côté de la route, il ne devait pas y avoir profusion de transports en commun. Peut-être Keith avait-il fait du stop, à moins qu'il n'ait réservé un taxi ou trouvé quelque solution dans ce goût-là. Peut-être que des potes de Dounreay l'avaient emmené boire un coup à Thurso et qu'il s'était réveillé mortifié après une nuit de turpitudes, préférant faire profil bas à l'hôtel ou dans une chambre d'amis en attendant de trouver le courage de battre sa coulpe.

Après tout, Samantha n'était-elle pas passée aux aveux, elle aussi ?

Rien n'était moins sûr, au fond. L'avait-elle dit à Keith ou Keith s'en était-il rendu compte ? Rebus vit une voiture s'approcher. C'était une Mondeo et non un véhicule de service, mais il savait déjà que c'était la police. Qui disait voiture banalisée disait Criminelle, c'est donc sans surprise qu'il l'observa se garer à côté de la Saab en bloquant la moitié de la chaussée. Le conducteur activa ses feux de détresse et sortit en laissant la portière ouverte et le moteur au ralenti.

— Vous avez besoin d'aide, monsieur ? demanda-t-il d'une voix autoritaire.

Il approchait la trentaine et ses cheveux noirs taillés court grisonnaient déjà aux tempes. Rasé de près, mâchoire carrée, teint rougeaud, large d'épaules. En d'autres circonstances, Rebus aurait pu le prendre pour un fermier.

— Vous êtes ici pour vous entretenir avec ma fille, dit-il. Voilà pourquoi *moi*, je suis ici.

L'homme redressa légèrement le torse, comme pour lui adresser un regard appréciateur.

— Dans ce cas, vous êtes John Rebus ? Avec Internet, tout est plus facile aujourd'hui, expliqua-t-il devant la tentative de l'intéressé de cacher sa surprise. J'ai tapé le nom de votre fille et je suis tombé sur vous.

— C'est plutôt à son partenaire que vous devriez vous intéresser.

— Tout le monde m'intéresse, monsieur.

Il tendit la main à Rebus.

— Je suis sergent, dépêché depuis Inverness.

— Pas la porte à côté.

— Plus que pour d'autres.

Rebus serra la main tendue.

— Avez-vous un nom, sergent ?

— Robin Creasey.

— Vous êtes donc au courant que je suis un ancien de la Criminelle ?

— Désormais strictement retourné à la vie civile.

— C'est votre manière à vous de me signifier de ne pas m'impliquer ?

— Évidemment que vous êtes impliqué, vous êtes de la famille. Mais s'il s'avère qu'il s'agit en effet d'une affaire policière…

— Alors ce ne sera plus *mes* affaires ? devina Rebus.

— On se comprend.

Creasey jeta un œil à la voiture de Rebus.

— Vous venez d'arriver ? Le moteur de la voiture est encore chaud.

— Faut sans doute que je la dépose au garage.

Creasey lui adressa un large sourire.

— Allons voir votre fille.

Il s'arrêta à mi-chemin de sa Mondeo et balaya les alentours du regard.

— Drôle d'endroit pour laisser son véhicule, non ? Je me demande s'il fréquentait assidûment l'église…

Samantha passa l'intégralité de l'entretien à se ronger les ongles. Le salon était en désordre, la plupart des dommages imputables à Carrie. Rebus doutait fort que Samantha s'en rendît compte. Même chose dans la cuisine – les assiettes de la veille en pile dans l'évier, les reliefs du petit déjeuner sur la table. Rebus avait servi du thé. Samantha était assise dans un fauteuil, Creasey sur le canapé. Rebus s'installa dans le fauteuil restant après avoir retiré les jouets et les livres qui le recouvraient. Creasey se contentait de questions brèves, mais qui allaient droit au but. Des problèmes au travail ? À la maison ? Est-ce que ce genre de comportement ressemblait à Keith ? Pouvait-elle lui donner le numéro de téléphone de ce dernier, ainsi que celui de ses amis et de sa famille ? Rebus apprit que le patronyme de Keith était Grant et que ses parents étaient décédés. Il avait une sœur au Canada, mais ils n'étaient pas proches. Lui arrivait-il d'aller se baigner – après tout il y avait une plage à deux pas ? Non, pour la bonne raison qu'il n'avait jamais appris à nager.

— Il ne s'est pas noyé, affirma Samantha.

Elle avait tâché de le joindre sur son portable, évidemment, mais avait-il toutefois utilisé sa carte bancaire ? La réponse était non. Pourquoi était-elle persuadée qu'il avait abandonné la voiture sur l'aire de stationnement ? En guise de réponse, Samantha secoua la tête et jeta son dévolu sur un ongle intact. Rebus remarqua la quantité de cadres photo qui décoraient la pièce, pour la plupart des portraits de Carrie, pris à l'école, mais aussi des photos de vacances en famille, sur lesquelles tout le monde adressait son plus beau sourire à l'objectif. La Samantha en chair et en os avait l'air fatiguée, sa longue chevelure emmêlée de plus en plus émaillée de gris. Rebus se fit la réflexion qu'elle avait perdu du poids, qu'elle avait le visage émacié, et la peau qui pendait au niveau du cou.

— Tu devrais le lui dire, intervint-il comme l'entretien touchait à sa fin, et sa fille lui lança un regard dur. S'il est aussi minutieux que je le crois, il finira par le découvrir.

Le regard de Creasey glissa de la fille au père avant de revenir sur Samantha. Puis il attendit. Après tout, il avait le temps. Samantha planta ses yeux sur les lattes du plancher.

— J'ai fréquenté un type pendant un temps. C'est fini, maintenant, mais Keith s'en est aperçu. Pas facile de garder un secret dans un endroit aussi petit.

— Ça remonte à quand ?

— Deux mois.

— L'autre homme en question : un de ses amis ?

Elle secoua la tête.

— Il gère une communauté. Vous appelleriez sans doute ça comme ça. Keith et moi, on était curieux, alors un jour on est allés visiter. Keith n'y est jamais retourné, moi si.

— Donc Keith connaît cet homme ?

— Il s'appelle Jess Hawkins. Pour autant que je sache, ils ne se sont vus qu'une seule fois et encore, juste le temps de se serrer la main.

— Quand Keith l'a su, il n'est pas allé voir M. Hawkins ?

— Je lui ai demandé de ne pas le faire. Quoi qu'il se soit passé, à ce moment-là c'était terminé.

— Comment l'a-t-il appris ? demanda Rebus. C'est toi qui le lui as dit ?

Une fois encore, elle secoua la tête.

— Une note – anonyme, évidemment.

— Quelqu'un du village, dans ce cas ?

Samantha haussa les épaules.

— Tu l'as encore, cette note ?

— Non.

— Avez-vous revu M. Hawkins depuis ? s'enquit Creasey.

Samantha finit par consentir un lent hochement de tête.

— En société, oui.

— Je vous remercie de m'avoir fait part de cette information. À présent je dois vous demander si, à votre avis, elle peut avoir le moindre rapport avec la disparition de Keith.

— Je ne pense pas.

— Il a toutefois dû y avoir des répercussions sur votre relation ? insista le sergent.

Samantha le fusilla du regard.

— Je n'ai pas le souvenir d'avoir pris rendez-vous avec un conseiller matrimonial.

Creasey leva la main en signe d'apaisement.

— Cela pourrait expliquer le comportement de Keith – son besoin de s'éloigner pour se vider la tête, de prendre le temps de la réflexion.

— Il a eu deux mois pour faire ça, fit valoir Rebus.

— Le temps que les choses s'enveniment, contra Creasey, et Rebus remarqua qu'il n'avait pas touché sa tasse, toujours posée par terre, sur son sous-verre en céramique. J'imagine que la situation ne devait pas être simple, Samantha. S'est-il renfermé sur lui-même, ou est-il plutôt du genre à péter les plombs ?

Samantha pouffa.

— Keith n'a jamais levé la main sur moi.

— Vous avez parlé ? Essayé d'arranger les choses ?

— Quand il était là.

— Il s'absentait plus que d'habitude ?

— Il voyait les gens qui partageaient son passe-temps. Sans doute plus souvent que Carrie et moi.

— Quel passe-temps ?

— L'histoire locale. Il y a un ancien camp de prisonniers de guerre en allant vers Tongue. Ils étudient son histoire, font quelques travaux de fouilles. Ils avaient un projet bancal pour ouvrir le lieu aux touristes.

— Peut-être pas si bancal que ça – après tout, vous êtes sur la North Coast 500. L'itinéraire draine des tas de visiteurs.

— La plupart passent à fond de train dans des bagnoles de sport, rétorqua Samantha avec dédain.

Creasey se tourna vers Rebus.

— La route côtière fait le bonheur des automobilistes.

— Je sais, rétorqua Rebus. J'habite peut-être dans les lointaines terres du Sud, mais les nouvelles arrivent jusqu'à moi.

Creasey prit le parti d'ignorer l'humeur du père et tourna de nouveau son attention vers la fille.

— Que pensez-vous qu'il soit arrivé à Keith, Samantha ?

— Quelque chose.

— Pourriez-vous être plus précise ?

— Un accident, peut-être, répondit-elle avant de hausser les épaules et de consulter son téléphone. Il va falloir que j'aille chercher Carrie.

Un coup d'œil rapide à sa montre apprit à Rebus que sa fille exagérait – l'école ne finirait pas avant une ou deux heures. Il vit Creasey en arriver à la même conclusion et se contenter toutefois de hocher la tête.

— Une dernière question, dans ce cas. Quand avez-vous vu ou avez-vous parlé à Keith pour la dernière fois ?

— Ce même soir. Après le dîner, il a dit qu'il sortait.

— A-t-il dit à quel endroit ?

— Non.

— Et il avait l'air d'aller bien ?

Samantha hocha la tête avec lenteur.

— Restons-en là pour le moment, conclut Creasey en se levant, une carte de visite à la main. Je vais lancer un avis de disparition, mais si Keith réapparaît ou qu'il y a du nouveau… Les clés de la Volvo sont ici ? Je souhaiterais inspecter le véhicule. Je les glisserai dans la boîte aux lettres quand j'aurai terminé.

— Sur la table à côté de la porte d'entrée.

Creasey lui tendit la main.

— Les gens finissent presque toujours par revenir, dit-il.

Samantha lui serra la main, loin d'avoir l'air convaincue.

Rebus se leva en annonçant qu'il raccompagnait le sergent. Creasey récupéra les clés de la voiture tandis qu'il lui ouvrait la porte. Les deux hommes sortirent sur le palier et Rebus referma le battant derrière eux, en s'assurant qu'il n'était pas verrouillé.

— Vous pensez qu'il y a matière à s'inquiéter ? demanda-t-il.

— Il est encore trop tôt pour se prononcer. Si elle n'avait pas fait mention de sa liaison et que je m'en étais rendu compte après coup, je me serais peut-être dit qu'elle me cachait autre chose.

Il s'interrompit, scrutant le visage de Rebus.

— Je sais que sa vie n'a pas toujours été un long fleuve tranquille. Elle avait douze ans, n'est-ce pas, quand cette espèce de cinglé lui est tombé dessus ? Elle en a gardé une dent contre vous.

— Ça remonte à une trentaine d'années.

— Et puis délit de fuite à la vingtaine. Elle a été

clouée dans un fauteuil roulant pendant un temps. Encore aujourd'hui, elle garde un léger boitement.

— Vous êtes en train de nous proposer une partie de Top Trumps pour détectives ?

— C'est de votre âge, Top Trumps ?

— Vous oubliez que j'ai une petite-fille – ainsi qu'une fille, qui s'est révélée une adulte parfaitement équilibrée, en dépit de vos insinuations.

— Je ne connais pas grand monde qui soit « parfaitement » équilibré, monsieur Rebus.

— Allez examiner la voiture, rentrez chez vous et faites votre déclaration.

— Pour vous laisser tout le loisir de faire quoi, exactement ?

— D'aider ma fille de mon mieux.

Rebus rouvrit la porte et disparut dans la maison.

3

Ils remirent de l'ordre dans le salon et la cuisine. Samantha vérifiait toutes les deux minutes qu'elle n'avait pas raté un texto de Keith.

— Donc, ce jour-là, il ne s'est rien passé d'extraordinaire ? demanda Rebus.

— Non.

— Keith est rentré du boulot, il a dîné, puis il est sorti ?

— Tu n'as pas écouté ce que je racontais au détective ?

— J'essaie de me faire une idée précise. À quelle heure as-tu commencé à t'inquiéter ?

— À l'heure du coucher, je suppose.

— Comment ça, tu supposes ?

— Je lui ai envoyé un texto.

Elle agita son portable devant le visage de son père.

— Vérifie par toi-même si tu ne me crois pas.

— Évidemment que je te crois.

— Ce n'est pas l'impression que ça me donne, rétorqua-t-elle en consultant de nouveau l'heure. Bref, faut vraiment que j'aille chercher Carrie.

— Creasey s'en est rendu compte, tu sais.

Elle lui lança un regard mauvais.

— De quoi ?

— Que tu lui as menti pour te débarrasser de lui.

— Je n'en pouvais plus, répondit-elle en soulevant son manteau du dossier de la chaise et en commençant à l'enfiler. Tu viens ?

— Keith conserve-t-il ici quoi que ce soit concernant le camp de prisonniers de guerre ?

— Dans le garage.

— Je vais plutôt rester dans les parages dans ce cas.

— Comme tu veux. Rien n'est fermé à clé. Et tu n'es pas obligé de verrouiller la porte d'entrée non plus.

— C'était partout comme ça, avant, commenta Rebus.

— Un endroit sûr pour élever ses enfants, renchérit Samantha, plus pour elle-même, tandis qu'elle enroulait son écharpe à son cou et se dirigeait vers la porte.

Samantha partie, Rebus fit le tour du propriétaire. Dans la chambre principale, il n'y avait pas de tiroirs de part et d'autre du lit, seulement deux petites tables de nuit identiques. De son côté à elle : une plaquette à moitié vide d'ibuprofène, des ciseaux à ongles, un chargeur de téléphone, un radioréveil. De son côté à lui, la biographie d'un footballeur, un iPad, des écouteurs. L'iPad exigeait un mot de passe. Le fond d'écran était l'une des photos encadrées qui décoraient le salon – père et fille en vacances au bord de la mer, Samantha était vraisemblablement derrière l'appareil. Il envisagea d'ouvrir la commode et le placard, mais se ravisa.

La chambre de Carrie était une explosion de couleurs et de jouets, dont un qu'il se souvenait lui avoir offert pour son huitième anniversaire. Comme il n'y avait pas grand-chose d'autre à voir, si ce n'était une petite salle de bains et un débarras, il enfila son manteau et se dirigea vers le garage. Là, les étagères débordaient d'articles et d'outils de bricolage, de fils de fer et autres câbles. Au milieu, en lieu et place d'un véhicule, trônaient une table sur tréteaux et une chaise pliante en bois. Rebus s'assit et passa en revue l'amoncellement de papiers, livres, carnets de notes, plans et clichés photocopiés.

Le Camp 1033 était également connu sous le nom de Camp Borgie, ainsi nommé d'après la rivière qui le longeait. L'étude des documents donna rapidement l'impression à Rebus que le lieu avait servi à héberger divers groupes d'individus selon les phases de la Seconde Guerre mondiale, des résidents « étrangers » longue durée au Royaume-Uni aux soldats allemands faits prisonniers. Keith avait fourni un travail consciencieux. Il y avait là des ouvrages sur l'histoire des camps de concentration, et plus spécifiquement sur les camps en Écosse. Des volumes dénichés chez des revendeurs et dont les emballages en carton jonchaient encore le sol. Aux yeux de Rebus, le geste dénotait une certaine urgence, une soif. Une manière peut-être d'arrêter de penser à la situation avec Samantha ? De s'immerger. De se perdre. Une longue liste manuscrite énumérait les documents officiels et les livres qu'il ne s'était pas encore procurés. Les mots « National Library » étaient soulignés de deux traits.

Rebus se rendait bien compte qu'il aurait pu y passer des heures sans apprendre grand-chose qui soit d'une réelle utilité. Et pourtant, sa curiosité était piquée. Si Borgie était le Camp 1033, on pouvait supposer qu'il existait au bas mot 1 032 autres camps du même acabit disséminés à travers tout le territoire des îles britanniques. Pourquoi n'en avait-il jamais entendu parler? Un des ouvrages était consacré à un autre camp écossais du nom de Watten, situé près de Wick. Pas si éloigné, en fin de compte. Il y avait en outre une brochure sur le camp de Cultybraggan, près de Comrie, lequel était quasiment intact et faisait déjà office de destination touristique. Rebus put constater que Keith – ou quelqu'un d'autre – avait griffonné des calculs afin d'estimer le coût d'un projet similaire autour du Camp 1033. La réponse s'élevait à plusieurs centaines de milliers de livres. L'auteur des calculs avait souligné la somme finale, qu'il avait accompagnée du dessin d'une mine renfrognée.

Rebus tendit l'oreille lorsqu'une voiture s'approcha et stationna un instant, le moteur au ralenti, avant de repartir. Il quitta le garage et regagna le bungalow, où il trouva sans surprise la clé électronique de la Volvo par terre dans le couloir. Il la ramassa, referma la porte d'entrée et décida de marcher jusqu'au parking. Autour de lui, le vent claquait, lui faisant regretter de ne pas s'être muni d'un couvre-chef, tout en songeant qu'il aurait eu bien du mal à l'empêcher de s'envoler. La voiture déverrouillée, il prit place sur le siège conducteur et tira la portière sur le mauvais temps. Il fit jouer la clé de contact et le moteur démarra aussitôt. Il alluma l'autoradio, réglé sur Radio Scotland, mais le signal était inexistant.

Le GPS n'offrait guère d'indices, aucune destination n'ayant été enregistrée. Dans ces contrées, mieux valait connaître les itinéraires que se fier à la technologie pour arriver à bon port. Comme pour appuyer ce précepte, un atlas routier était rangé dans la portière côté passager. Rebus n'arrivait pas à l'atteindre depuis son siège, aussi il laissa tourner le moteur, et sortit pour contourner la voiture et s'asseoir sur le siège passager. Il ne tarda pas à s'apercevoir que le siège était mouillé. Il se releva et posa sa main à plat sur la surface. Humide, sans l'ombre d'un doute. Il se saisit de l'atlas routier et le feuilleta, en portant son attention sur les plans des alentours. Pas de trace d'annotation, rien d'encerclé. Il s'adossa au siège et souleva l'accoudoir central. À l'intérieur, l'espace de rangement était vide, exception faite de quelques emballages de barres chocolatées et de chewing-gums. Keith ne fumait pas, même si Samantha avait concédé à Creasey qu'il aimait bien sortir de temps à autre au pub avec ses potes, essentiellement des collègues de travail. Les pubs en question allaient de celui de Naver à celui, plus éloigné, de Thurso. Pour autant, il ne prenait jamais le volant en état d'ébriété – toujours un taxi ou la voiture d'un ami qui s'était abstenu de boire.

Dans la boîte à gants, il ne trouva rien d'autre que le carnet d'entretien du véhicule et diverses factures du garagiste. Rebus referma la portière passager et jeta un œil à la banquette arrière, puis au coffre, qui contenait un anorak maculé de boue, une paire de chaussettes en laine épaisse et des chaussures de randonnée savamment usées. Sans doute la panoplie de Keith quand il se rendait au Camp 1033.

Rebus se retrancha une nouvelle fois sur le siège conducteur et contempla à travers le pare-brise la vue sur les collines qui barraient l'horizon. Le paysage alentour était plus verdoyant que dans le village voisin de Tongue, moins pelé et escarpé. De ses précédentes visites, il savait que de l'autre côté du cimetière des dunes menaient à une longue plage de sable incurvée. Il crut se rappeler que Samantha lui avait raconté que Keith avait grandi à Dundee, mais qu'il avait des attaches ici – des vacances en famille, de bons souvenirs. Il se demanda s'il devait laisser la clé sur le contact, pour quand Keith reviendrait. Mais Samantha avait décidé de la conserver à l'intérieur, si bien qu'il coupa le contact, verrouilla la voiture et glissa la clé dans sa poche.

Arrivé au bungalow, comme il n'y avait pas le moindre signe de Samantha, il prit le volant de sa propre voiture et mit le cap sur le cœur du village. Sa seule et unique rue commerçante était à deux pas de la route principale. On y trouvait un bar, le Glen, une boutique qui faisait office de bureau de poste et de café, et une poterie. En se garant devant le Glen, la première personne qu'il aperçut fut Creasey, en conversation avec deux habitants à l'extérieur de la boutique. Rebus savait pertinemment que le sergent était en train de faire la même chose qu'il se proposait lui-même de faire, à savoir creuser. Une fois dans le pub, il s'approcha du comptoir. Le lieu était mort, seule une barmaid rangeait des verres sur un rayonnage. Elle leva les yeux vers lui.

— Votre copain vient tout juste de passer, lança-t-elle.

— Qu'est-ce qui m'a trahi ?

— Je sais reconnaître un flic quand j'en vois un. Je vais vous dire la même chose qu'à lui, déclara-t-elle en se campant face à Rebus, les mains à plat sur le comptoir. Keith se tient à carreau, il sait s'arrêter de boire.

— C'est un habitué, donc ?

— Il s'assied là-bas avec son groupe d'histoire, confirma-t-elle en désignant une table dans un angle. Deux pintes par personne et emballé, c'est pesé.

— C'est le groupe qui fait des recherches sur le Camp Borgie ?

La barmaid le scruta.

— Votre copain ne connaissait pas le nom du camp.

— Mais vous le lui avez appris ?

— Sauf que maintenant, je me demande comment ça se fait que vous le connaissiez et pas lui. Je suis peut-être allée un peu vite en besogne.

— Je m'appelle John Rebus. Je suis le père de Samantha.

— Avant, vous étiez dans la police, dit-elle en hochant lentement la tête.

— Donc vous n'étiez pas très loin du compte.

— Ravie de voir que je n'ai pas perdu la main. L'autre bonhomme posait des questions sur Samantha – est-ce qu'elle venait ici avec Keith, est-ce que dans le couple ça avait l'air d'aller.

— Je peux vous demander ce que vous avez répondu ?

— Un môme, ça peut mettre une relation à rude épreuve. À cause de ses trajets, Keith est absent pendant de longs moments.

— Et quand ce n'est pas son boulot, c'est le Camp 1033 qui l'accapare.

— Vous y êtes allé ? Ça devait pas être fendard pour les prisonniers, continua-t-elle comme Rebus secouait la tête, à se geler l'hiver, avec ces vents violents qui soufflent sans arrêt. Et pourtant, à la fin de la guerre, certains sont restés et se sont mis en ménage avec des filles du coin.

— On dirait que vous savez de quoi vous parlez.

— Mon père.

— Mais vous n'avez pas l'air assez âgée.

Elle leva les yeux au ciel, même si elle n'avait pas l'air insensible à la flatterie.

— C'était un remariage, après la mort de sa première femme. Il avait presque cinquante ans quand j'ai débarqué. Il avait changé son nom, de Kolln à Collins. Il m'a appelée May, parce que j'étais née au mois de mai – zéro imagination, si vous voyez ce que je veux dire.

— Est-il encore de ce monde ?

— Nonagénaire, mais il a bien vieilli.

— Ravi de faire votre connaissance, May.

Rebus lui serra la main par-dessus le comptoir. Il lui avait fallu revoir son âge à la hausse d'environ une décennie – ses traits étaient restés imperméables à la rudesse du climat. Cheveux noirs aux épaules et un visage qui s'accommodait de peu voire pas de maquillage. Elle arborait cette attitude franche et pragmatique qu'ont tous les employés de bar.

— Le sergent Creasey a posé d'autres questions ?

Au lieu de répondre, elle lui proposa un verre.

— Pour me tenir compagnie, c'est tout.

Comme il secouait la tête, elle se servit une limonade au pistolet de distribution, avant de sortir une rondelle de citron.

— On est raffinés, par chez nous, dit-elle en faisant tomber la tranche dans le verre.

— Je vois ça.

Elle sirota sa boisson d'un air pensif; Rebus eut l'impression qu'elle essayait de décider de ce qu'elle allait lui confier.

— Il m'a demandé si je connaissais l'histoire de Samantha, dit-elle enfin. Ça m'a étonnée. Après tout, c'est pas elle qui s'est fait la malle. Alors que celle de Keith n'avait pas du tout l'air de l'intéresser.

— Comme s'il la soupçonnait de quelque chose? avança Rebus.

— J'ai refusé de jouer le jeu. Les rumeurs se répandent suffisamment vite sans qu'on les alimente.

— Vous a-t-il demandé ce qui, d'après vous, était arrivé à Keith?

Elle hocha la tête avec lenteur, les yeux rivés sur son verre.

— Les gens foutent le camp tout le temps, pour tout un tas de raisons. Moi-même j'y ai songé plus d'une fois.

— Et alors, qu'est-ce qui vous retient ici? Votre père, j'imagine.

— Peut-être – ou alors la même raison qui pousse les gens à venir s'installer ici: la possibilité de tourner le dos à toute la merde qui pleut ailleurs. C'est pour ça que j'allume presque jamais ce machin, à moins qu'un client me le demande.

D'un geste, elle avait désigné la télé accrochée au-dessus de la porte. Rebus remarqua les photos encadrées qui la flanquaient. On y voyait John Lennon et Yoko Ono.

— Je viens de l'écouter dans la voiture, commenta-t-il.

— On voit passer des fans, de temps à autre.

— Comment ça se fait ?

— Il venait ici, autrefois. Enfin, à Durness, pour être précis. En vacances, quand il était gamin. Et puis il y a eu l'accident.

Rebus s'approcha du téléviseur. L'une des photos montrait une voiture dont l'avant était sérieusement cabossé.

— Il conduisait Yoko dans le Nord pour lui montrer les lieux de son enfance, expliqua May Collins. Ils ont fait une sortie de route et ont fini à l'hôpital à Golspie.

— Je ne connaissais pas cette anecdote.

— C'est mon histoire locale à moi.

Rebus pivota vers elle.

— Le groupe de Keith vous a-t-il jamais questionnée à propos de votre père ?

— Le moins qu'on puisse dire, c'est qu'ils sont rigoureux. Vous aussi, ajouta-t-elle en le regardant droit dans les yeux. Vous êtes bien minutieux, pour un retraité.

— Ça n'est pas vraiment la question, vous vous en doutez bien.

Elle acquiesça.

— Vous êtes de la famille. Ce qui veut dire que l'enjeu est personnel.

— Donc, si vous pensez à quoi que ce soit qui puisse m'être utile…

Rebus griffonna son numéro de portable sur le sous-bock posé devant lui et le fit glisser vers May.

— Je vous en serais très reconnaissant. Et la prochaine fois, je pourrai peut-être nous offrir un verre.

Elle agita le sous-bock à son intention.

— Vu la taille du village, ce n'est pas la peine de téléphoner – il suffit de donner de la voix.

Dehors, il n'y avait plus le moindre signe de Creasey. Plus précisément, la rue était vide. Rebus la remonta sur toute sa longueur avant de rebrousser chemin jusqu'à la Saab. Lorsqu'il fit jouer la clé de contact, rien ne se produisit. Il essaya encore, en appuyant plusieurs fois sur la pédale d'accélérateur. Malgré toute la peine qu'il se donna, il n'obtint guère qu'un cliquetis. Il sortit de la voiture, ouvrit le capot et regarda le moteur.

— À quoi tu joues, là ? marmonna-t-il entre ses dents avant de laisser retomber le capot et de retourner au pub.

— Déjà ? lança May Collins.

— Ma voiture est en panne. Il y a un garage dans le coin ?

— À Tongue, oui, mais en règle générale, on fait appel à Jess Hawkins. Ah, ajouta-t-elle en avisant la mine de Rebus, vous êtes au courant pour Jess. Je n'étais pas sûre.

— C'est le type de la communauté ?

— Où l'on trouve toutes sortes de compétences. Il y a toujours plus ou moins quelqu'un qui s'y connaît en mécanique. Vous voulez que je les appelle ?

— Ils ont le téléphone, dites-moi ?

Elle sourit.

— Ils ne sont pas amish, non plus.

— Ils sont quoi, alors ?

— Vous vous souvenez de ce que j'ai dit, de ce qui incite les gens à venir ici ?

— Toute la merde qui pleut ailleurs ?

— Ils aspirent à un nouveau départ. Ça et sauver la planète. Alors, je les appelle ?

Rebus pesa ses options et finit par hocher la tête. Elle composa le numéro, mais le téléphone sonna dans le vide.

— Réessayez dans une heure, peut-être, suggéra-t-elle. Vous pouvez toujours vous installer avec un verre et le journal, en attendant.

Rebus déclina.

— En revanche, je vais vous laisser la clé de la voiture, si ça ne vous dérange pas. Vous me trouverez chez Samantha quand vous aurez besoin de moi.

— Je pourrais vous déposer.

— Et fermer le bar ?

Rebus secoua la tête.

— Contrairement aux apparences, je tiens encore sur mes deux jambes.

— Je vous verrai peut-être faire votre jogging un peu plus tard, dans ce cas ?

— J'ai toujours préféré m'entraîner de bon matin.

Rebus agita la main en guise d'au revoir et regagna la sortie. Au passage, il attrapa brosse à dents et dentifrice dans la Saab, qu'il laissa déverrouillée, et les fourra dans sa poche.

Il était à moitié allongé sur le canapé du salon – et probablement aux trois quarts endormi – quand Carrie franchit la porte d'entrée à fond de train, semant duffle-coat, sac à dos et chaussures dans son sillage. En l'apercevant, elle s'arrêta net dans son élan. Rebus croisa le regard de Samantha.

— Je n'étais pas sûre que tu serais encore à la maison, dit-elle pour justifier l'étonnement de sa petite-fille.

— Coucou, Carrie, fit Rebus en ouvrant grand les bras.

Carrie s'avança vers lui d'un pas martial et posa la tête dans le creux de son épaule. Il la serra contre lui en embrassant le sommet de son crâne. Elle avait les cheveux blonds coupés court, un visage rond et des yeux inquisiteurs.

— Tu ressembles chaque jour un peu plus à ta maman, dit-il.

— Maman a les cheveux gris, contra Carrie.

— Je veux dire quand elle avait ton âge.

Carrie l'examina attentivement.

— Je peux voir une photo ?

— De ta maman ?

Il fit mine de palper ses poches.

— Je n'en ai pas sur moi, répondit-il.

— Mais tu as un téléphone.

— Papy n'a pas de photos sur son téléphone, expliqua Samantha en s'approchant pour caresser les cheveux de sa fille.

— Mais pourquoi ?

— Viens prendre ton goûter, éluda Samantha en la faisant avancer vers la cuisine, la tête à demi tournée en direction de son père. Tu veux quelque chose ? Tu restes à dîner ?

— Ma voiture vient de me claquer dans les doigts.

— Je me suis demandé où elle était passée.

— Au village, on m'a dit que Jess Hawkins pourrait me donner un coup de main.

Samantha ne répondit pas. Rebus se leva et lui emboîta le pas vers la cuisine.

— C'est fort probable, dit-elle en versant un verre de lait.

Carrie s'était installée à table, le nez dans ce qui semblait être son iPad attitré.

— Il y aura forcément quelqu'un là-bas qui pourra t'aider, c'est ce que je veux dire, précisa Samantha.

— Où habite-t-il ?

— Sur la route de Tongue.

— Près du Camp 1033 alors ?

— C'est quasiment la porte à côté.

— J'ai jeté un œil aux affaires dans le garage.

— Donc tu as pu te rendre compte que ça virait à l'obsession, chez Keith.

Samantha jeta un œil à l'écran de son téléphone avant de le glisser de nouveau dans sa poche – pas de message.

— Il est où papa ? demanda Carrie.

— Au travail, dit Samantha.

— Il est tout le temps au travail, se plaignit Carrie. Quand je serai grande, je ne travaillerai jamais.

— À la bonne heure, fit Rebus avant de se tourner vers sa fille. Où se trouve le Bed and Breakfast le plus proche ?

— Tu peux rester ici, dit-elle en disposant une assiette de biscuits sur la table.

— Tu n'as pas la place.

— On a un canapé. Tu voudrais que papy reste avec nous, pas vrai, Carrie ?

Carrie releva le nez, mais ce qui défilait à l'écran accaparait désormais toute son attention, et le marmonnement qu'elle donna pour toute réponse échappa à Rebus.

— Une fois que Carrie sera au lit, on rattrapera le temps perdu, continua Samantha. Tu pourras me raconter pourquoi tu n'as plus de ligne de téléphone fixe. Après avoir un peu réfléchi à la question, j'en ai déduit que tu avais déménagé.

Elle soutint son regard jusqu'à ce qu'il opine du chef.

— Tu as déménagé et tu ne m'as rien dit.

Sa voix ne trahissait aucune émotion, contrairement à ses yeux.

— Ça date littéralement d'hier, fit valoir Rebus. Je comptais t'appeler aujourd'hui.

— C'est à cause des escaliers, c'est ça ? Tu ne peux plus monter les escaliers.

Carrie leva la tête.

— Pourquoi ?

— Je suis un peu rouillé, expliqua Rebus.

— Tu vas mourir ? demanda-t-elle d'une voix plus curieuse que véritablement inquiète.

— Pas avant longtemps.

— Papa, il passe son temps avec des gens morts.

Samantha s'efforça de rire.

— Ce n'est pas vrai, Carrie.

— Dans le garage, dit-elle en agitant un bras vers l'extérieur.

— Toutes les photos et les noms – il n'y en a presque aucun qui est encore en vie.

Samantha sursauta comme la sonnerie de son téléphone retentissait. Son visage se rembrunit lorsqu'elle lut le nom qui s'affichait à l'écran.

— C'est la mère de Jenny, dit-elle en prenant la communication.

Carrie fit coucou de la main, comme si Jenny pouvait la voir. Samantha s'éloigna de quelques pas. La conversation sembla tourner autour d'un après-midi de jeu.

— Je vais passer un coup de fil, moi aussi, Rebus informa-t-il sa petite fille.

Il vérifia le réseau disponible – une barre, ça ferait l'affaire. Samantha était restée dans le salon, ce fut donc dans le couloir qu'il se planta pour pianoter le numéro sur son téléphone, en se demandant comment Siobhan allait bien pouvoir réagir à ce qu'il s'apprêtait à lui annoncer.

4

— Alors, tu rentres quand ?

Siobhan Clarke, téléphone à l'oreille, regardait Brillo renifler la pelouse à une dizaine de mètres d'elle. Le chien s'accroupit brusquement et Clarke fit signe à Fox de prendre de toute urgence le sac en polyéthylène qu'elle tenait dans sa main tendue. La contrariété se lut sur le visage de Fox, aussitôt mouché par le regard noir de Clarke.

Une certaine animation régnait dans le parc des Meadows. Quelques barbecues dont il avait fallu convaincre Brillo de s'éloigner, un match de foot improvisé, des joggers et des cyclistes, des bambins raccordés à leurs parents par des rênes, des étudiants allongés sur le ventre en train d'organiser leur soirée.

— Tu ne peux pas tout simplement en louer une en attendant ? demanda Clarke, en regardant Fox s'agenouiller pour exécuter sa tâche.

Il chercha des yeux la poubelle la plus proche et la rallia à grands pas tandis que Brillo se remettait en quête de quelque piste invisible.

— Bon sang, John…

Clarke lâcha un soupir sonore. Quand Fox arriva à sa hauteur, la communication était terminée.

— Il reste sur place ?

— Problème de bagnole.

— Sa fille va bien ?

— Son compagnon a disparu sans laisser de traces. J'ai l'impression qu'elle est un peu toute seule, là-haut, avec sa gamine.

— On est censés faire quoi du chien ?

Clarke se fendit d'un mince sourire, reconnaissante de ce « on ».

— Je ferais sans doute mieux de le ramener chez moi.

— Après qu'on s'est entretenus avec l'ami de notre victime ?

— Je passerai prendre Brillo après, acquiesça Clarke.

Elle claqua des mains contre ses cuisses et Brillo arriva en bondissant. Clarke accrocha la laisse à son collier et tous trois regagnèrent Melville Drive, qu'ils traversèrent en direction de Marchmont Road. Ils bifurquèrent sur Arden Street, et Brillo, après un temps d'hésitation devant l'entrée de la cage d'escalier, sembla se résigner à franchir la grille du jardinet. Clarke déverrouilla la porte. Le temps qu'elle mette la main sur les croquettes et la gamelle dans la cuisine, Fox arpenta le salon et finit par piocher une brassée de 45 tours dans un carton.

— Des pièces d'antiquité, tout ça, dit-il comme Clarke le rejoignait.

— John veut qu'on inscrive « Il écoutait les faces B » sur sa pierre tombale.

Fox sourit et jeta un œil circulaire à la pièce.

— Ça fait bizarre – les mêmes objets dans un cadre différent. Il avait évoqué l'achat d'un pavillon de plain-pied…

— Dans le genre du tien ?

— Il m'a dit que c'était la raison principale qui l'empêchait de franchir le pas.

— Qu'est-ce qu'il entendait par là ?

Fox remit les vinyles dans leur carton.

— C'était une pique gratuite, à mon avis. Tu sais comment il est.

Il se frotta la paume des mains comme pour les épousseter. Clarke consulta son téléphone.

— Bientôt l'heure ? demanda Fox. Le chien peut rester tout seul ?

— J'ai dit que je repasserais le prendre après – à moins que tu ne te proposes ?

— Je ne suis pas doué avec les animaux.

— Moi non plus.

Un petit grognement s'éleva depuis l'encadrement de la porte. La tête inclinée sur le côté, Brillo les contemplait.

— Il sait reconnaître un menteur quand il en voit un, traduisit Fox avec un large sourire. En route, allons voir à quoi ressemble un fonds fiduciaire, de nos jours.

Circus Lane était une des ruelles les plus pittoresques d'Édimbourg. Jadis, elle hébergeait les chevaux et les domestiques des grandes demeures voisines. Ces anciennes écuries avaient été rénovées en habitations aujourd'hui très prisées et impeccablement entretenues, aux façades parées ici et là de compositions florales.

Clarke aurait autrefois commis l'impair de qualifier son revêtement de vulgaire chaussée pavée, mais aujourd'hui, elle savait pertinemment que les pierres sous ses pieds, qui ressemblaient davantage à des briques bien taillées qu'à de grossiers galets, paraient l'une des ruelles les plus photographiées de la ville.

Giovanni Morelli habitait dans la portion médiane de Circus Lane. Clarke et Fox s'étaient attendus à s'entretenir avec lui à l'intérieur, mais en arrivant, ils le trouvèrent sur le pas de sa porte. Il ne portait pas de veste, et s'était contenté de nouer une élégante écharpe à son cou, par-dessus un pull de laine jaune à col en V et un T-shirt blanc.

— Monsieur Morelli ? crut bon de s'assurer Clarke.

Le jeune homme passa une main dans sa fine chevelure noire avant de hocher la tête. Il était rasé de près, bien qu'un chaume de barbe ombrât son menton. Une femme l'accompagnait, vêtue d'une veste courte en daim, d'un jean et d'une paire de bottes qui lui montaient aux genoux. De carrure plus large que l'Italien, elle le dépassait d'une bonne tête. Sa chevelure épaisse, d'un blond vénitien, était rabattue derrière une oreille. Tandis qu'elle s'appliquait à tirer sur sa cigarette, Clarke eut tout le loisir de contempler ses ongles vernis et manucurés à la perfection.

— Issy me rendait visite, expliqua Morelli. Et comme je n'aime pas l'odeur de cigarette…

— Merci d'avoir accepté de nous recevoir, enchaîna Fox avant de se présenter, ainsi que sa collègue.

— Et donc on va rester plantés dans la rue comme deux clodos, lâcha sèchement la dénommée Issy. Il y en a pour longtemps ? On doit partir en soirée.

— Lady Isabella Meiklejohn ? déduisit Clarke.

Déconcertée par son identification, l'intéressée ne tarda pas à se ressaisir. Elle devait avoir la vingtaine, sa peau était lustrée et ses dents nacrées.

— Avant toute chose, nous tenons à vous présenter nos condoléances, affirma Fox. Comme vous le savez, notre priorité est de faire toute la lumière sur les événements.

— En ajoutant Giovanni à la liste des suspects ? maugréa Meiklejohn en broyant son mégot sous son talon.

— Issy, je t'en prie, plaida Morelli en posant délicatement une main sur son bras.

Elle enroula ses doigts aux siens et resta un instant immobile.

— Nous avons une théorie, poursuivit Fox, selon laquelle les deux agressions pourraient être liées. Des individus ayant une dent contre Salman et vous-même, monsieur Morelli. L'agression a eu lieu ici, n'est-ce pas ? continua-t-il sans tenir compte de Meiklejohn, qui levait les yeux au ciel.

Morelli hocha la tête et désigna du doigt un point à quelques mètres de là.

— Je rentrais à la maison.

— Où étiez-vous ?

— Chez Salman.

— Il habitait à – quoi ? – environ cinq minutes à pied ?

Morelli approuva.

— Minuit, ou juste après. Un agresseur, je crois. Par-derrière. Un coup sur la tête.

Il porta une main au sommet de son crâne.

— Je suis tombé. Et j'ai reçu un autre coup, je crois.

— Coup de poing, ou…

— À l'hôpital, ils avaient l'air de dire que c'était probablement un objet contondant.

— Étiez-vous habillé comme vous l'êtes ce soir ?

— Avec une veste. Il était plus tard, il faisait plus froid.

— Avec une capuche ?

— Oui, c'est exact. D'ailleurs on m'a dit que la capuche avait amorti les chocs.

Pendant ce temps, Meiklejohn pianotait ostensiblement sur son téléphone.

— Je crois savoir que vous étiez à l'hôpital avec M. Morelli ? l'interrogea Clarke.

— On a déjà répondu à toutes ces questions, protesta Meiklejohn. Ce qui veut dire que vous avez des déclarations officielles, et que vous savez parfaitement que la réponse est oui.

— Vous êtes l'amie de monsieur, rien de plus, n'est-ce pas ?

La femme daigna enfin lever les yeux sur Clarke.

— Oui.

— Et de M. bin Mahmoud ?

— Là encore, oui, répondit-elle tandis que ses yeux se rivaient de nouveau sur son écran. Écoutez, on sait tous très bien que c'est à cause du Brexit. Le nombre d'agressions sur des étrangers monte en flèche.

— Pourtant les fans du Brexit ne courent pas les rues, par ici, commenta Fox.

— Ah bon ? Il y en a plein ma famille.

— Ils vivent par ici ?

— À Londres et dans le Sutherland.

Elle jeta un coup d'œil à Morelli et ajouta :

— On va être en retard.

— Il y a un bar à l'angle de la rue, si c'est urgent à ce point, suggéra Clarke.

— On retrouve des gens dans le Cowgatc.

Clarke fronça légèrement les sourcils.

— Au Devil's Dram ?

— Au Jenever Club.

— Nous n'en avons plus pour très longtemps, assura Fox.

Morelli effleura de nouveau le bras de son amie.

— Prends un taxi. Je te rejoindrai.

Le visage de Meiklejohn se renfrogna.

— En te laissant avec deux flics ? *No way*. Vous croyez sérieusement qu'il y a un rapport entre le coup que Gio s'est pris sur la tête et le meurtre de sang-froid de Salman ?

— Qu'en pensez-vous ?

— J'en pense que j'entends le bruissement des branches auxquelles se raccroche la police, qui serait infoutue de trouver son propre cul dans un bidet si on éteignait la lumière.

— Vous avez sans doute davantage que nous l'expérience des bidets, la moucha Clarke, dont l'attitude se durcit autant que la voix.

D'un signe, Fox fit comprendre à Morelli qu'il avait une autre question.

— L'individu qui vous a attaqué, avez-vous eu le temps d'appréhender sa taille, son âge, de voir s'il s'agissait d'un homme ou d'une femme ?

Morelli eut un haussement d'épaules.

— L'individu ne vous a rien dit, rien volé ?

Derechef, il haussa les épaules.

— Conclusion, c'est un crime haineux, assena Meiklejohn.

— Dans les cas d'agressions racistes, l'agresseur se défoule le plus souvent physiquement, mais aussi verbalement, objecta Fox. L'idée étant de faire savoir à la victime pourquoi on s'en prend à elle.

Meiklejohn écarta le raisonnement d'un tressautement sec de l'épaule.

— Comment vous êtes-vous rencontrés, tous les trois ? demanda Clarke en brisant le silence.

— À une soirée, répondit Morelli.

— Chez M. bin Mahmoud ?

— Un ami commun à St Andrews, corrigea-t-il.

— Vous étudiez tous les deux là-bas ? Littérature anglaise ? poursuivit-elle comme ils opinaient du chef.

Ils acquiescèrent de nouveau.

— Alors que M. bin Mahmoud suivait des cours de commerce à Londres…

— Ça ne l'empêchait pas de faire partie de notre cercle, fit valoir Meiklejohn.

— Un peu comme du *networking* ?

— Comme dans *The Social Network*, sourit Meiklejohn, satisfaite de la référence.

— Je me souviens du film, lança Morelli.

— Moi aussi, fit Clarke. Des gosses de riches qui se croient tout permis et qui passent leur temps à se poignarder dans le dos.

Morelli fronça les sourcils.

— Ce n'est pas du tout ça, dans mon souvenir…

Clarke avait garé sa Vauxhall Astra sur St Stephen Street. Comme ils passaient devant le Bailie, Fox lui offrit de faire une pause au pub.

— Pas ici, répondit-elle. Et puis je suis de garde de chien, souviens-toi. Je te dépose à ta voiture.

— Est-ce qu'ils nous ont appris quelque chose, tous les deux ?

— Qu'en penses-tu ?

— Je te pose la question.

— Je vois ça.

Clarke s'interrompit, le temps de déverrouiller l'Astra, de prendre le volant et d'attacher sa ceinture de sécurité pendant que Fox l'imitait.

— Ils n'avaient l'air ni choqués ni peinés, reprit-elle.

— Simple manifestation du flegme de la haute ?

— Peut-être vivent-ils dans un monde où on fréquente les gens sans jamais les connaître vraiment. Salman avait du fric, une belle gueule, et un pedigree familial. Je suis persuadée que les gens comme Gio et Salman trouvent lady Isabella aussi exotique qu'eux-mêmes peuvent le sembler à nos yeux.

— C'est clairement un autre monde, approuva Fox, un instant songeur. Morelli a à peu près la même carrure que la victime, le même teint de peau aussi…

— Sauf que bin Mahmoud portait la barbe.

— Mais mettons que l'agresseur l'ait suivi depuis le domicile de Mahmoud. Il était derrière lui et Morelli avait remonté sa capuche.

— Une erreur sur la personne ? On se serait trompé de cible ?

— Cette ruelle est un endroit idéal pour agresser quelqu'un.

Clarke réfléchit aux propos de Fox tandis qu'elle démarrait le moteur et négociait pour sortir de son étroite place de stationnement.

— Je t'ai trouvée un peu dure à propos du film, déclara Fox.

— Je suis d'accord, avoua Clarke avec un sourire. Mais sur le moment, j'étais à court de munitions.

— Heureusement qu'il y a eu le bidet, souligna Fox en lui rendant son sourire.

5

Après avoir ramené Brillo et tout son attirail chez elle, Clarke regarda le chien explorer son nouvel environnement. Il avait l'air à la fois perplexe et un peu cafardeux. À l'évidence son maître lui manquait, et peut-être s'inquiétait-il de ce qu'on allait désormais le réduire à cette vie de patachon. Après avoir pioché des restes dans le frigo et bu la moitié d'une tasse de thé à la menthe, Clarke enfila de nouveau son manteau et regagna la porte, malgré Brillo qui lui collait aux basques. Une fois sur le palier, elle l'écouta aboyer à l'intérieur, avant de céder et de rouvrir la porte.

— Très bien, puisque tu insistes, dit-elle en le prenant dans ses bras.

Une fois en voiture, Brillo resta sagement assis, remuant la queue, les pattes avant appuyées sur la fenêtre passager, à contempler le défilé des magasins, des bars, des restaurants et des piétons. Clarke ne se rendait pas très loin. Arrivée à destination, elle baissa la vitre de deux centimètres et sortit de la voiture en lui adressant un « Assis, bon chien ». Brillo sembla volontiers se satisfaire de cet arrangement.

Ils s'étaient garés à deux pas du Cowgate, vers sa

pointe est. Les soirs de week-end, entre les bagarres de pochtrons et la bêtise ambiante, les choses ici pouvaient mal tourner, mais ce n'était pas le week-end et il n'était pas tard. Il n'en restait pas moins que la plupart des établissements arboraient un ou deux portiers trapus prêts à gérer ou à dégager les fauteurs de troubles. En jetant un œil au Jenever Club sur Google, Clarke s'était rendu compte qu'elle avait raison. Quelques mois plus tôt à peine, cette boîte de nuit s'appelait effectivement le Devil's Dram. Elle avait alors pour spécialités des whiskies onéreux et une restauration hors de prix, ainsi que des sessions DJ nocturnes et une piste de danse. Apparemment, le whisky avait cédé le pas au gin, sans pour autant que la façade ait eu droit à un relooking.

En traversant la rue, Clarke ne put s'empêcher de jeter un œil sur sa gauche en direction de la morgue, tapie dans l'anonymat le plus parfait. Ses employés l'appelaient le « point mort » de la ville, pourtant la vie alentour suivait son cours avec une intensité trépidante – à en juger tout du moins par le souffle qui sortit des tréfonds de la boîte de nuit lorsque le portier lui ouvrit. Avant qu'elle ait eu le temps de franchir le seuil, une main se referma sur son épaule.

— Ça alors, quelle coïncidence.

Elle fit volte-face et tomba nez à nez avec la mine réjouie de Malcolm Fox.

— Je commençais à me dire que tu n'allais jamais venir, dit-il.

Au lieu d'entrer, ils s'effacèrent sur le côté.

— OK, j'avoue, je suis impressionnée, déclara Clarke d'une voix qui ne l'était pas du tout.

— Je crois que c'est au moment où j'ai proposé un

verre et que tu m'as répondu « pas ici ». Je me suis dit que tu avais un autre endroit à l'esprit – et comme on avait parlé du Devil's Dram…

— Tu risques de devenir bon, à force.

— Mais ce n'est pas tout, je me trompe ?

Clarke réfléchit un moment avant de répondre.

— Je n'affirmerais pas que Meiklejohn était défoncée, mais elle avait pris quelque chose – de la cocaïne, je dirais.

— Je ne m'en étais pas aperçu, lâcha Fox avec contrariété.

— J'ai peut-être plus souvent eu affaire à des camés que toi.

— Il est vrai que j'ai mené une vie protégée. Mais l'un dans l'autre, tu n'es pas au Devil's Dram pour surveiller Gio et Issy – qui ne sont toujours pas arrivés, soit dit en passant.

Clarke le dévisagea.

— Tu es planté ici depuis tout ce temps ?

— Je n'avais rien d'autre de prévu. Mais j'ai raison, n'est-ce pas ? Le Dram appartenait autrefois au dénommé Morris Gerald Cafferty, et il n'y a aucune raison de penser qu'il a cessé d'être aux manettes sous prétexte que les tendances de consommation d'alcool ont changé.

— Et qu'est-ce qu'on sait d'autre à propos de ce Cafferty ?

— Il contrôle vraisemblablement une bonne part du commerce local de substances illicites.

— Et à présent, tu en sais autant que moi. C'est bizarre qu'ils ne soient toujours pas arrivés – ils avaient l'air pressés de lever le camp, tout à l'heure.

— À croire que leur seule hâte était de se débarrasser de nous. Alors, quel est le plan, inspectrice Clarke ?

— Un petit verre après une longue journée, répondit l'intéressée.

— Mais oui, et Cafferty n'y verra que du feu.

Fox lui tendit la main. Clarke la regarda.

— Ravi de bosser de nouveau avec toi, Siobhan.

— De même, finit-elle par répondre en acceptant sa poignée de main, mais quand Fox relâcha sa prise, Clarke resserra la sienne. Et puisqu'on en est à faire copain-copain, le moment est venu de m'expliquer l'intérêt de Gartcosh dans cette affaire.

Elle le regarda attentivement peser le pour et le contre. Il finit par acquiescer et la fit reculer de quelques pas sur le trottoir.

— Une requête de la Special Branch à Londres, expliqua-t-il à mi-voix. Ils se demandent s'il n'y a pas une implication de l'État. Des Saoudiens, je veux dire. Bien que ce ne soit pas particulièrement leur style.

— Parce qu'il n'a pas fini haché menu dans une valise ? fit Clarke en relâchant la pression de sa main. Tu en penses quoi ?

— Trop tôt pour le dire.

— Ce serait un message à l'intention du père ?

Fox se contenta de hausser les épaules.

— Maintenant, tu en sais autant que moi.

— Le reste de l'équipe est au courant ?

— La Special Branch préfère ne pas ébruiter la chose.

— Pourquoi ?

— Si j'étais d'humeur généreuse, je dirais qu'ils veulent qu'on garde l'esprit ouvert.

— Et un jour sur deux, quand l'humeur est chagrine ?

— Ils ne veulent pas que les Saoudiens pensent qu'on les soupçonne. Ça mettrait en péril nos précieuses relations commerciales.

— Moins les gens sont au courant, moins on risque une fuite.

Elle hocha la tête d'un air entendu.

— Fini les cachotteries, Malcolm, l'avertit-elle.

— Je pars du principe que tu vas en informer l'inspecteur-chef ?

— Une raison de ne pas le faire ?

— C'est toi qui décides, Siobhan.

— C'est moi qui décide, confirma-t-elle en se dirigeant vers les silhouettes qui flanquaient l'entrée de la boîte de nuit.

Ils décidèrent de commencer par les toilettes, histoire de voir si quelqu'un se faisait une ligne. On entendait le bruit de la salle principale jusque dans l'entrée. Quelques personnes occupaient une piste de danse aux dalles multicolores rétroéclairées tandis que le DJ oscillait doucement derrière ses deux écrans d'ordinateur. Le lieu était à moitié vide, la soirée ne faisait que commencer, pourtant il se dégageait d'ores et déjà une moiteur et un volume sonore considérables. Au bar, où les mixologues assuraient le spectacle, les affaires étaient florissantes. Un escalier transparent donnait sur un balcon et d'autres marches s'enfonçaient vers un sous-sol résolument plus calme.

Clarke n'était pas étrangère au lieu, quand bien même elle n'y avait pas mis les pieds depuis le changement de nom. Le décor kitsch d'inspiration occulte du Devil's Dram s'était vu remplacé par du faux-victorien – de lourdes tentures, des appliques murales imitant la lueur vacillante des lampes à gaz, un lambris de bois sombre. Clarke poussa la porte des toilettes des femmes et fit mine de se regarder dans le long miroir qui s'étirait au-dessus d'une rangée de lavabos. Le battant d'une seule cabine était fermé. Son occupante finit par en émerger et se planter à côté de Clarke pour se recoiffer d'une main, le téléphone vissé dans l'autre.

— C'est mort, ce soir, lança Clarke.

— J'ai déjà vu plus vivant.

La porte sur le bar s'ouvrit et une autre jeune femme entra en faisant claquer ses talons de sept centimètres. Elle avisa Clarke d'un air perplexe, contemplant son accoutrement prosaïque – et à n'en pas douter l'âge de sa propriétaire. Clarke se fit soudain la réflexion que, en effet, elle avait l'âge d'être la mère de ces jeunes filles.

— Gary se comporte vraiment comme un connard, déclara la nouvelle venue à son téléphone, regard rivé sur l'écran tout en mettant le cap sur un cabinet.

— Gary ? répéta Clarke à l'attention de sa voisine.

Pour toute réponse, elle eut droit à un haussement d'épaules. Un petit coup sec sur sa robe en strass brillant, un dernier coup d'œil dans le miroir et la femme s'en fut.

Depuis l'intérieur du cabinet, la voix résonnait en égrenant le chapelet des défauts de Gary. Clarke jeta un ultime regard alentour pour déceler une quelconque trace de poudre blanche, puis elle ouvrit la porte. Une imposante silhouette peu amène l'attendait. Quand elle regarda derrière elle en direction des toilettes des messieurs, elle s'aperçut que Fox avait lui aussi écopé d'un binôme.

— Il veut vous parler.

— Comme de bien entendu, rétorqua-t-elle.

Elle jeta un œil en direction de Fox, qui lui adressa un haussement d'épaules. Elle inclina la tête et se laissa guider à travers la piste de danse, emboîtant le pas à Fox et son garde du corps jusqu'au sommet des escaliers, où la carrure corpulente de Morris Gerald Cafferty, boule à zéro, se détachait sur une banquette d'angle.

— Je me disais bien que c'était vous, lança Cafferty avec un large sourire avant de leur faire signe de s'asseoir, mais la banquette était tout juste assez grande et Clarke sentit la cuisse de Fox se presser contre la sienne. Vous buvez quelque chose ?

— Ça va, répondit Fox.

Autre geste de Cafferty qui congédia les deux portiers. Il reporta son attention sur ses visiteurs.

— Vous entrez dans une boîte de nuit, mais pas pour boire un verre. Encore de service, j'imagine ?

— Vous avez refait la déco, fit Clarke sur le ton de la conversation.

Cafferty eut un geste vague en direction du verre en forme de ballon posé devant lui.

— Le grand truc, aujourd'hui, c'est le gin. Pas cher, et se distille facilement. Ajoutez un expert en mixologie – ce que tout le monde fait – et c'est le profit assuré.

— La rénovation n'a pas dû vous ruiner non plus, commenta Clarke en se délectant de l'effort que faisait Cafferty pour cacher son irritation.

— Vous êtes sur le meurtre de l'étudiant arabe ? avança-t-il.

— Dans le mille, répondit Fox.

— Faut que ce soit une affaire digne de ce nom pour que vous arriviez à fond de train de Gartcosh. Toujours à la brigade criminelle, inspecteur Fox ?

L'intéressé aquiesça.

— Sans doute encore un peu une épine dans le pied de l'inspectrice Clarke depuis que vous avez décroché la promotion qu'elle méritait.

— Salman et ses amis étaient des habitués ici ? demanda Clarke, négligeant l'appât.

— Ils sont venus quelques fois, concéda Cafferty. J'ai transformé le sous-sol en zone VIP. Si votre tête me revient, vous avez le droit à une petite carte noire qui permet d'y accéder.

— Vous ne vous seriez pas disputés, par hasard ?

— Avec le prince ?

Cafferty accueillit avec un sourire l'absurdité de la question de Clarke.

— Je ne crois pas qu'il était prince, commenta Fox.

— Mais ça lui plaisait bien quand je l'appelais comme ça, argua Cafferty en changeant de position sur le canapé. J'ai jeté un œil à son histoire, sur Internet, et je suis tombé sur tout le baratin concernant son père. La politique, hein ? La mère de tous les maux.

Ses yeux se mirent à briller et Clarke se demanda à quoi il jouait.

— J'ai entendu dire que vous vous étiez improvisée déménageuse, inspectrice, poursuivit-il. N'oubliez jamais : il faut bien plier les genoux. Rebus se plaît dans son appartement de retraité ?

— Salman et son entourage se fournissent-ils quelquefois auprès de vous ? demanda-t-elle.

— Vous m'accusez de trafic de drogue ? s'offusqua Cafferty en écarquillant les yeux d'une horreur feinte. Et si ça continue, d'avoir saigné un étudiant arabe à cause d'un deal qui aurait mal tourné ? Je vois qu'on est toujours aussi futé à la Criminelle, dit-il avec un petit grognement dédaigneux. En parlant de ça, vous gardez toujours votre lit bien au chaud pour votre boss, Siobhan ? Ça se termine jamais bien, les amourettes au bureau. Prenez par exemple Malcolm ici présent et…

Il claqua des doigts, le front plissé.

— J'ai son nom sur le bout de la langue…

— On n'est pas là pour ça, affirma Clarke en se glissant hors de la banquette. On nous a dit que deux amis de la victime étaient susceptibles de se trouver ici. On voulait leur poser quelques questions. Vous permettez qu'on jette un œil à votre soi-disant zone VIP ?

— Faites comme chez vous. D'ailleurs, j'insiste. Vous trouverez les lames de rasoir et les billets de cinquante roulés sur la table ornée de feuilles d'or à côté du bar. Et peut-être quelque chose d'encore plus exotique si vous devinez le mot de passe…

Cafferty les regarda partir en pouffant de rire.

Avant de disparaître dans les escaliers, Fox ne put s'empêcher de jeter un regard en arrière.

— Il se fait vieux, dit-il à Clarke. Il a le visage luisant, il n'a vraiment pas l'air en bonne santé.

— À moins qu'il ne teste la marchandise.

— Ce n'est pas le genre, si ?

— Non, reconnut Clarke.

— À ton avis, qui lui passe les infos sur nous ?

— Ça peut être n'importe qui. Montre-moi un seul flic qui n'ait pas l'option passoire.

— Pas faux.

Ils étaient arrivés à un nouveau jeu de portes, gardées par un portier plus classieux qui se tenait, les mains jointes, à côté d'une cordelette de velours noir. À leur approche, il la décrocha.

— Je croyais qu'il fallait montrer une carte, remarqua Clarke.

— Pas les représentants de la loi, lui répondit-il d'une voix qui semblait sortie tout droit d'un cul-de-basse-fosse.

Clarke et Fox descendirent. La lumière était légèrement plus vive, et la musique qui sortait des haut-parleurs plus feutrée. Un petit bar était tenu par une femme glamour qui avait l'air sous-employée. Alentour, les tables étaient vides.

— Même pas l'ombre d'un billet de cinq, marmonna Fox entre ses dents.

Une porte cintrée débouchait sur un couloir dont les murs de brique étaient restés à l'état brut. Clarke repéra une légère odeur d'humidité. Elle savait que la vieille ville comptait des dizaines de ces passages souterrains et autres caves de stockage. De part et d'autre du couloir se découpaient des espaces d'intimité, dont les détenteurs des fameuses cartes noires avaient fait leur tanière. Chaque alcôve était tapissée de velours froissé de teinte pourpre. De vraies bougies supplantaient l'éclairage électrique des étages supérieurs. Ici, l'alcool de prédilection était le champagne, frappé dans des seaux à glace. Si l'interdiction de fumer semblait respectée, quelques clients vapotaient. En passant devant l'une des alcôves, Clarke aperçut Meiklejohn et Morelli. Ils venaient manifestement d'arriver et retiraient leurs vêtements en saluant les trois autres clients attablés devant leur verre. Aucun d'eux ne prit la peine de lever la tête au passage de Clarke et de Fox. Clarke fit signe à Fox de rebrousser chemin. Même au second passage, le groupe ne fit aucun cas de leur présence.

De retour au bar, ils s'arrêtèrent un instant.

— Tu sais qui c'était ? demanda Clarke.

— Je ne suis pas gâteux.

— Je ne veux pas parler de Posh Spice et de l'étalon transalpin, mais du type entouré des deux top-modèles.

— Je n'ai pas vraiment eu le temps de…

— Il s'appelle Stewart Scoular. Membre du Parlement écossais jusqu'à ce que le SNP[1] le mette sur la touche. Au motif de commentaires racistes postés en ligne. Il s'est fait oublier pendant un temps et puis il s'est réinventé promoteur immobilier.

— D'accord.

L'hôtesse leur demanda s'ils désiraient boire quelque chose, avant d'ajouter :

— Avec les compliments de M. Cafferty.

— On est de service, non merci, répondit Fox en regardant son sourire figé se liquéfier.

Clarke repartait déjà à l'assaut des escaliers. Fox lui emboîta le pas jusqu'à la sortie du Jenever Club sur le Cowgate.

— C'est pour ça qu'il avait le regard brillant, expliquait Clarke.

— Cafferty ?

---

1. Le Scottish National Party. Le Parti national écossais est le principal parti indépendantiste écossais.

Elle hocha la tête, plongée dans ses pensées.

— Quand il a parlé de politique. Il savait parfaitement qu'on allait tomber sur Stewart Scoular. Comme s'il nous avait collé les coordonnées sur un GPS.

— D'où son insistance pour qu'on parte en exploration ?

Clarke approuva de nouveau.

— À quoi tu joues, Cafferty ? marmonna-t-elle.

— Cela n'a rien d'inhabituel qu'un promoteur riche connaisse des gens comme Meiklejohn et Morelli, si ?

— Il doit avoir quinze ans de plus qu'eux, réfléchit Clarke, sinon non, j'imagine que ça n'a rien d'inhabituel.

— Eh bien alors…

Fox se tut et redressa les épaules devant le regard que Clarke lui lança.

— C'est le moment où tu m'expliques que ton intuition est plus fine que la mienne ? C'est peut-être pour ça que tu méritais la promotion qu'ils m'ont donnée à moi ?

— Tu connais Cafferty – s'il peut nous monter l'un contre l'autre, il ne se gênera pas. C'était le but de son coup bas.

— Mais tu penses réellement qu'il essayait de te dire quelque chose avec sa réplique sur la politique ?

— Quasiment certaine.

— Qu'est-ce qui te fait hésiter ?

Il la regarda secouer lentement la tête.

— Et donc, résultat des courses ?

— Résultat des courses : on rentre dans nos pénates. J'espère seulement que personne n'a chouré Brillo.

— Tu l'as laissé dans la voiture ? Je ne suis pas sûr que Rebus approuverait.

— Il n'a qu'à ramener son cul ici, dans ce cas !

— Je suis sûr qu'il s'y emploie.

Clarke le regarda fixement.

— Tu crois ça ?

— Pas vraiment, admit Fox en levant les mains en signe de défaite.

Un serveur était venu remplacer le verre vide de Cafferty. Par un verre de limonade, mais personne n'avait besoin de le savoir. Cafferty adorait faire croire au client qu'il était fan de gin. À l'époque où il vendait du whisky, le jus de pomme faisait assez bien la blague. Il se pencha sur son iPad et rejoua les images des caméras de surveillance. Il ne pouvait pas être certain que Clarke avait repéré Scoular, mais il y avait fort à parier que c'était le cas. S'il n'y avait eu que ce gros balourd de Fox, les choses auraient sans doute été différentes.

— C'est intéressant, quand même, se dit-il en zoomant et dézoomant avant de basculer sur les angles de vue des diverses caméras.

La capiteuse lady Isabella et son compagnon à la peau mate, plus vrais que nature, se tenaient à moins de trois mètres de Clarke et de Fox. Et pourtant les détectives ne les avaient pas abordés – ce qui voulait donc dire que Clarke avait menti en prétendant vouloir les interroger. Ce qui voulait dire qu'ils allaient à la pêche aux informations. Mais bien sûr. Les deux aux toilettes en même temps ? Ils cherchaient des drogues.

Cafferty se fendit du plus fin des sourires.

— Vous auriez dû rester boire un coup à l'œil, Shiv.

D'après ses estimations, d'ici quelques minutes lady Isabella allait plonger la main dans sa pochette et en ressortir un petit sachet, qu'elle se ferait une joie de partager avec ses acolytes. Scoular commanderait une autre bouteille de champagne, ça ferait un peu d'argent pour les caisses. Tous ne participeraient pas – Scoular préférait se tenir à carreau, pour ainsi dire. Mais Cafferty possédait des images des autres à foison, y compris de l'infortuné Salman bin Mahmoud. Elles ne serviraient peut-être à rien, mais on ne savait jamais, n'est-ce pas ? En attendant, il fallait qu'il aille présenter ses condoléances. Après tout, ne venaient-ils pas tout juste de perdre leur ami et la soirée n'était-elle pas une sorte de veillée ? Peut-être aurait-il l'occasion de glisser la question qui ne cessait de lui trotter dans la tête : qu'est-ce que le jeune prince était donc allé faire dans cette zone sinistre de la ville, loin de sa demeure géorgienne et de ses privilèges ? Cafferty avait-il raté quelque chose au sein des heures et des heures de bandes-vidéo ?

À la prochaine mise à jour du système, il ferait le nécessaire pour ajouter le son à la liste des critères techniques ; en attendant, en rassemblant toute la solennité dont il était capable, il se leva et prit son verre plein.

JOUR DEUX

6

À son réveil sur le canapé, Rebus était tombé nez à nez avec une paire d'yeux qui le dévisageaient avec intensité.

— Il est où, mon papa ? souffla Carrie.

Il se redressa et consulta sa montre. Il était sept heures passées. Sa petite-fille était encore en pyjama.

— J'ai entendu maman qui pleurait, continua-t-elle. Est-ce que papa il est parti parce que maman elle criait ?

— Elle criait ?

— Ils criaient tous les deux. Mais papa essayait d'arrêter.

Carrie retroussa sa lèvre inférieure. Rebus cligna des yeux pour chasser le reste de sa nuit.

— Ils se sont disputés ? Le soir où papa est parti ?

— Parce que j'ai dit à papa qu'on était allées voir les poules.

Elle était au bord des larmes.

— Ce n'est pas ta faute, Carrie, rien de tout ça ne l'est. Elles étaient où, les poules ? demanda Rebus après une pause.

— Chez Jess, fit sa petite-fille en reniflant.

— Tu devrais t'habiller. Je te retrouve au petit déjeuner. Ne t'en fais pas, d'accord ?

Sans rien ajouter, elle regagna sa chambre à petits pas. Rebus s'habilla prestement et replia le duvet du mieux possible avant d'ouvrir la fenêtre pour renouveler l'air. Il avait plu pendant la nuit, mais le ciel commençait à se dégager. Le vent qui sifflait sans relâche s'engouffra dans la pièce et souleva les rideaux. La veille au soir, Samantha leur avait servi plusieurs verres de whisky et ils avaient parlé – ils s'en étaient tenus à des sujets anodins, évitant à tout prix ceux qui pouvaient fâcher. À présent, elle toquait à la porte et venait lui apporter une grande tasse de café.

— Bien dormi ?

— Comme un bébé.

— Des céréales, ça te va ? Je n'ai pas grand-chose d'autre.

— En général, un café suffit.

Elle hocha la tête, l'esprit ailleurs.

— Pas de nouvelles.

C'était une affirmation plus qu'une question. Elle répondit non de la tête.

— Je vais m'occuper du petit déjeuner, fit-elle en tournant les talons.

— Samantha, j'ai oublié de te poser une question, hier – le siège passager de la Volvo était mouillé.

— La vitre était baissée.

— Quand tu as trouvé la voiture ?

— Il a plu à l'intérieur, acquiesça-t-elle.

— Sais-tu pourquoi la vitre était baissée ?

— Je vais m'occuper du petit déjeuner, répéta-t-elle.

— Attends – il y a autre chose. Le soir où Keith est parti, vous vous êtes disputés, n'est-ce pas ? À propos d'une visite que tu avais faite chez Jess Hawkins ?

Le visage de Samantha se rembrunit.

— Quelle chipie, celle-là.

— Ne va pas le lui reprocher : elle s'en charge déjà très bien toute seule. Mais tu n'as pas pensé à en parler à Creasey ?

— Et alors ?

— Et alors s'il pose des questions et qu'il l'apprend de quelqu'un d'autre…

— Ce n'était rien, papa, vraiment. Keith n'était pas content que je continue à y aller, mais j'apprécie les gens là-bas. Ils sont sur la même longue d'onde que moi.

— Plus que Keith ?

— Je ne sais pas… à certains égards…

Elle le regarda fixement.

— Tu vas le dire à Creasey ?

— Je préférerais que cela vienne de toi.

— Et moi je préférerais que tu te mêles de tes affaires.

Elle quitta la pièce en claquant la porte.

Rebus attendit que la cuisine s'anime – la mère et sa fille discutaient d'un projet scolaire – avant de se diriger vers la salle d'eau pour prendre une douche chaude. Le temps qu'il arrive dans la cuisine, elles avaient presque terminé leur petit déjeuner. Il jeta un œil au bol et à la cuiller qui restaient sur la table, bien conscient qu'ils étaient disposés devant la chaise que devait occuper Keith en temps normal. Il resta debout en faisant de son mieux pour ne pas être dans le passage. Samantha égrenait une liste tout en remplissant le lave-vaisselle.

En réponse à chaque point, Carrie répondait d'un « J'ai » ou « C'est fait ».

— C'est bon, va chercher ta veste et ton sac, conclut Samantha en refermant le lave-vaisselle.

— Je peux vous accompagner ?

Carrie considéra ce changement de routine d'un œil méfiant.

— Je ne sais pas si c'est vraiment nécessaire, lança froidement Samantha.

— Ça me ferait plaisir, fit valoir Rebus, les yeux sur sa petite-fille. Tu serais d'accord ?

Carrie finit par opiner du chef.

— Merci, dit-il.

Ils marchèrent une ou deux minutes en silence. Carrie jetait des regards par-dessus son épaule en direction de la maison et Samantha serrait son portable dans sa main libre comme un talisman. Malgré sa petite taille, Naver avait un groupe scolaire pour le primaire et un pour le secondaire, dont les effectifs respectifs se dénombraient en dizaines plutôt qu'en centaines d'écoliers. Samantha avait toujours été très emballée par la qualité de l'enseignement et quand Rebus lui posa la question, Carrie énuméra les points forts de sa maîtresse.

— Le problème, c'est de garder les enseignants, ajouta Samantha.

En entrant dans le village, Rebus aperçut la Saab, capot ouvert, et un homme en salopette et blouson matelassé bleu penché sur le moteur.

— Je vais vous laisser ici, annonça-t-il à sa fille et sa petite-fille. Passe une bonne journée, Carrie.

Elle parvint à répondre d'un petit bruit indifférent avant de dépasser sa mère en sautillant. Rebus les regarda s'éloigner, en espérant que Samantha allait se retourner et qu'il pourrait lui adresser un signe de la main. Mais elle n'en fit rien. Au même moment, May Collins émergeait du Glen avec une tasse de thé. Le mécanicien fit une pause pour la lui prendre des mains. May gratifia Rebus d'un sourire chaleureux lorsqu'elle le vit.

— Voici John, annonça-t-elle au mécanicien. C'est le père de Samantha.

— Mick Sanderson, répondit-il en agitant ses doigts pleins d'huile pour s'excuser de ne pas lui serrer la main.

Il avait la vingtaine, des cheveux roux bouclés et le visage moucheté de taches de rousseur.

— Merci pour votre aide, dit Rebus. Ça se passe bien ?

— Je viens tout juste de m'y mettre. À mon avis, c'est quitte ou double. Plus une voiture prend de l'âge, plus elle a besoin qu'on la bichonne.

— Il n'est pas exclu que j'aie été un peu négligent.

— Ça se voit, croyez-moi.

— Si c'est réparable, intervint May Collins, Mick est l'homme de la situation. À la communauté, il y a un tracteur antédiluvien : Mick réussit à le faire marcher année après année.

— C'est ça, l'idée, Mick ? Une communauté ? demanda Rebus.

— C'est une appellation comme une autre, fit le mécanicien avec un haussement d'épaules. On vit en communauté, on partage la charge de travail. Vous devriez nous rendre visite.

— Peut-être bien. Vous êtes au courant des raisons de ma présence ici ?

— J'ai entendu pour Keith, si c'est ça la question.

— Donc, vous le connaissez ?

— Il est venu, une fois, avec Samantha.

— L'endroit ne lui a pas autant plu qu'à Samantha ?

Sanderson haussa les épaules.

— À moins que ce soit les gens qui lui aient déplu ?

— Les gens et les lieux, c'est du pareil au même selon mon expérience.

— Il travaille dans une centrale nucléaire. Pas vraiment New Age, comme approche.

— Il travaille à son démantèlement, non ? Pour sécuriser le site. Personnellement, je n'y vois aucun inconvénient. Alors que votre gouffre à essence, là…, dit Sanderson en tapant des phalanges sur la voiture.

— À ma décharge, je l'ai achetée avant l'ère du réchauffement climatique.

May Collins rit et même Sanderson esquissa les contours d'un sourire.

— J'en oublie mes bonnes manières, fit May. Vous voulez un thé, John ?

— Ça va, je vous remercie. May vous a donné mon numéro de téléphone ?

— Je vous préviens dès qu'il y a du nouveau. L'idée, c'est qu'elle tienne la route jusqu'au prochain garage, je suppose ?

— Si c'est ce que vous me proposez.

— Je vais voir ce que je peux faire.

— Encore merci. Au fait, elle a un nom, votre communauté ?

— Pas vraiment.

— Des heures d'ouverture pour les visiteurs ?

— Vous y trouverez quelqu'un jour et nuit.

Sanderson avait posé sa tasse de thé sur le bitume et replongeait déjà la tête sous le capot.

— Le jour de la disparition de Keith, Samantha et Carrie étaient passées.

— Ah oui ?

— Pour voir les poules.

— Je devais être occupé ailleurs.

Rebus le regarda travailler pendant quelques secondes.

— Je ne vous dérange pas plus longtemps.

May Collins lui étreignit le bras.

— On ouvre à midi. Amenez Samantha pour le déjeuner. On sert de la soupe et des sandwichs, rien d'exceptionnel, mais ça pourrait lui faire du bien.

— Je vais lui proposer, répondit Rebus.

Elle serra la main sur son bras.

— Faites ça.

Rebus rentra à pied au bungalow, les mains au fond de ses poches, sa veste boutonnée jusqu'au cou. À peine faisait-il trois ou quatre degrés de moins qu'à Édimbourg, mais ici le vent soufflait du nord, et semblait ne jamais vouloir se calmer, pas même l'été. La porte de la maison n'était pas verrouillée. Il franchit le seuil, mais il se sentait nerveux. Il mit la main sur les clés de la Volvo, qu'on avait ramenée du parking et garée devant le bungalow, et griffonna une note qu'il laissa sur la table de la cuisine – il ne voulait pas que Samantha aille croire que Keith était rentré et qu'il avait pris la voiture. Mais elle arriva au moment où il ressortait.

— Je vais faire un tour en voiture, annonça-t-il.

— Ma compagnie n'est pas assez bien pour toi ?

— Ce n'est pas ça. Je travaille mieux quand je suis livré à moi-même.

— Donc ça n'a rien d'un simple tour en voiture ?

— En fait si, probablement. Et pendant ce temps, tu peux essayer de joindre les collègues et les copains de Keith – voir s'ils ont du nouveau. Tu es peut-être passée à côté de quelque chose la dernière fois que tu as appelé.

Elle examina le téléphone dans le creux de sa main.

— Le détective m'a contactée.

— Creasey ?

— Après que j'ai déposé Carrie à l'école. Il m'a encore posé des questions sur Jess et moi.

Elle le toisa d'un regard accusateur.

— Je n'ai pas dit un mot. Tu lui as parlé de la dispute ?

— Ce n'était pas une dispute.

— Quand bien même. Je serai de retour pour le déjeuner, reprit-il. May Collins pense qu'on devrait grignoter un bout au pub.

— Peut-être, finit par concéder Samantha.

Rebus se pencha pour déposer un baiser sur sa joue, mais elle recula. Il ne lui restait plus qu'à se mettre en route.

Il quitta le village et prit à l'ouest, sur l'A836. D'un côté s'étendait la côte – même si elle se dérobait largement à son regard – et de l'autre les coteaux avec ici ou là un mouton occupé à brouter. Il finit par tomber sur une pancarte de fortune qui indiquait une auberge pour randonneurs et un café. La maison, à l'aspect massif, était agrémentée d'une extension sur un étage. Il se gara sur le parking non pavé et se dirigea vers la porte, sur laquelle une autre pancarte écrite à la main proclamait : « Oui, c'est vraiment ouvert – essayez la poignée ! » Ce qu'il fit, débouchant ainsi sur une salle suffisamment spacieuse pour accueillir quatre tables et un comptoir, derrière lequel se tenait un homme d'à peu près son âge, qui le salua d'un geste de la main.

— En quoi puis-je vous aider?

— Un café, merci, répondit Rebus en jetant un regard circulaire.

Un mur était couvert de photographies et de cartes postales – envoyées par des randonneurs qui avaient apprécié l'accueil, mais aussi les boissons chaudes, les scones et les gâteaux. Les clichés montraient des visiteurs qui avaient posé devant le café, ou sur un chemin à flanc de coteau, harnachés d'un sac à dos et emmitouflés dans des couches de vêtements. L'homme affairé à la machine à café tourna la tête vers lui.

— Vous ne m'avez pas l'air d'être un randonneur – pas aujourd'hui, en tout cas.

— C'est ma panoplie qui m'a trahi ?

— L'absence de chausses de marche, surtout.

— Je suis plus fan d'histoire que de géographie.

— Camp 1033 ?

Rebus s'approcha du comptoir.

— C'est exact. Le groupe d'histoire locale m'a parlé de ce lieu.

— Ils viennent ici, reconnut l'homme.

— Êtes-vous au courant que l'un d'eux a disparu ?

— Keith Grant, oui.

L'homme fixa Rebus du regard.

— Et vous êtes le père de Samantha, en train de vous faire passer pour un touriste lambda. Les nouvelles vont vite, vous savez. D'autant plus que vous conduisez la voiture de Keith, ajouta-t-il en désignant la fenêtre.

— Ma fille est dans tous ses états, avoua Rebus. Je pose des questions à droite à gauche dans l'espoir de trouver des réponses.

— Je ne connais pas vraiment votre fille, mais Keith était – est – un habitué. À chaque fois, à la nuit tombée, il fallait quasiment le traîner hors du camp. Après quoi ils mettaient deux tables côte à côte pour être assis tous ensemble et ils étudiaient leurs cartes, leurs notes et leurs photos. Ce n'est pas une clientèle comme ça qui va assurer ma retraite.

Il s'interrompit pour lui tendre le café qu'il avait fini de verser.

— Vous le voulez toujours ou c'était un prétexte ?

— Absolument, assura Rebus en saisissant la tasse qui atterrissait sur le comptoir. Quand vous parlez de votre retraite, je ne peux pas m'empêcher de me dire…

— Qu'à mon âge ça devrait déjà être fait ?

L'homme gratta sa joue rubiconde du bout des ongles. Sous ses sourcils broussailleux, son regard étincelait.

— Ma foi, vous n'avez pas tort, poursuivit-il. Ma femme et moi, nous nous sommes installés ici après avoir vendu notre entreprise. Nous sommes originaires du Lancaster. Elle est décédée l'année dernière, précisa-t-il en jetant un œil autour de lui. Tout ça, c'était son idée – elle aimait être entourée de gens. Pas dans le sens d'une vie citadine, mais pour avoir du passage, vous voyez ? Elle réussissait toujours à faire parler les visiteurs, et puis elle écrivait quelques lignes à leur sujet dans ses carnets – un peu comme un passe-temps, si vous voulez.

— J'ai comme l'impression qu'elle aurait aimé un groupe d'histoire locale.

— Oh, mais c'était le cas. C'est même pour cela qu'ils ont commencé à venir ici – c'est Rosemary qui leur a suggéré d'étudier le Camp 1033.

— Je suis navré qu'elle ne soit plus parmi nous.

— Moi aussi. Au fait, fit-il en tendant la main, je m'appelle Ron Travis.

— John Rebus. Dites-moi, Ron, vous devez bien connaître Keith ?

— C'est bien pour ça que je suis tout autant que vous dans le flou. Ça ne lui ressemble pas du tout, si vous voulez mon avis.

— Ça pourrait être un accident ?

Travis réfléchit à cette éventualité en se grattant de nouveau la joue.

— C'est ce que pense votre fille ?

Rebus l'étudia de plus près.

— C'est difficile de garder un secret dans un endroit pareil.

— Keith avait le Camp 1033, elle avait Jess Hawkins et toute sa clique.

— La communauté n'est pas très loin d'ici ?

— À cinq minutes d'ici.

— Près du camp ?

Travis acquiesça.

— Toutes sortes de personnes échouent ici, John. Des gens comme Rosemary et moi, en quête de changement, et des gens comme Hawkins et consorts, qui veulent à peu près la même chose. Ça n'est pas toujours très bien vu par les gens du cru, ceux qui habitent ici depuis des décennies, et qui ont du mal à joindre les deux bouts.

— Samantha et Keith sont nouveaux, eux aussi.

— Mais ils ont un enfant – ça aide à se faire accepter. La moitié des membres du groupe d'histoire venait d'ailleurs. C'est marrant que ce soit ceux-là qui se passionnent pour la mémoire des lieux.

— Visiblement, Keith s'impliquait pleinement pour le Camp 1033. Il a transformé son garage en un véritable musée.

— Ma foi, c'est une histoire intéressante – et quasiment oubliée. Avez-vous vu le camp ?

— J'y vais en sortant d'ici.

— Vous savez qu'il a accueilli toutes sortes de personnes ? Quand la guerre a éclaté, des rumeurs effrayantes n'ont pas tardé à circuler. Des Italiens et des Allemands, qui habitaient ce pays depuis des générations, se sont retrouvés emprisonnés. Plus tard, ça a été le tour des vrais criminels de guerre – les nazis purs et durs, ce genre d'individus. Les Polonais enfermaient même leurs propres compatriotes s'ils avaient une tête qui ne leur revenait pas. L'infanterie polonaise patrouillait la moitié des côtes. Parfois, se justifia-t-il devant l'air étonné de Rebus, je ne peux pas m'empêcher d'écouter les discussions du groupe. Ils rêvent que la collectivité rachète le camp et le transforme en centre touristique. L'idée était de Keith, si je me souviens bien. Mais ça n'arrivera pas.

— J'ai vu les sommes d'argent nécessaires.

— Même s'ils levaient les fonds, je doute que le propriétaire accepte de vendre, affirma Travis avec un gloussement. Il avait pour projet de transformer toute la zone en port spatial.

— En quoi ?

— Pour le lancement des satellites. Mais le projet

est tombé à l'eau. Après ça, c'était censé devenir un parc de ciel obscur – pour faire venir les astronomes amateurs. Avec un grand hôtel flambant neuf et des tas de chambres d'hôtes. Pour autant que je sache, c'est toujours à l'état de projet, avec un golf, et un country club en prime maintenant.

— Mais vous êtes bien propriétaire de cet établissement ?

Travis opina du chef.

— Totalement cerné par des milliers d'hectares appartenant à lord Strathy – qui, comme de bien entendu, habite à Londres et non pas ici.

— Lord Strathy est également propriétaire des terres de la communauté ?

— Mais c'était sans compter sur Jess Hawkins. Hawkins a fait rédiger le bail de façon à ce que ça coûte une fortune pour le faire partir contre son gré. J'ai entendu dire que Strathy avait mis une batterie d'avocats sur l'affaire pour essayer de trouver des failles. Jusqu'ici, pas de pot.

— Je n'ai jamais entendu parler de ce lord Strathy.

— Son vrai patronyme est Meiklejohn – il doit faire partie d'une dizaine de propriétaires terriens dont vous n'avez jamais entendu parler. Ce qui ne les empêche pas de posséder une bonne partie de notre cher pays. Vous connaissez la compagnie de théâtre 7:84 ? Le nom faisait référence à la statistique, continua-t-il comme Rebus secouait la tête, selon laquelle sept pour cent de la population possédait quatre-vingt-quatre pour cent des richesses. C'était il y a un moment, notez bien.

— Vous n'avez pas l'air de penser que les chiffres se sont améliorés.

— Parfois, je me dis que j'ai atterri ici pour ne plus avoir à me préoccuper de ça. Rosemary et moi étions très actifs, autrefois – on allait aux manifs, on signait des pétitions, toutes ces choses-là. La campagne pour le désarmement nucléaire, le mouvement anti-apartheid, Les Amis de la Terre. Quand Tony Blair a été élu, on n'a pas dessaoulé pendant deux jours, sourit-il à ce souvenir. En fin de compte, ça n'a pas fait une once de différence.

— Pour autant, je n'ai pas l'impression que vous consacriez beaucoup de temps à cette fameuse communauté.

— De mon point de vue, ils ont décidé de tourner le dos au reste du monde. Du moment que tout va bien pour eux dans leur petite bulle, tous les autres peuvent bien finir en cendres. Et Hawkins…, ma foi, manifestement il a quelque chose, sinon ils ne resteraient pas dans les parages, mais le diable m'emporte si je sais ce que c'est. Samantha le savait, elle, ajouta-t-il lorsqu'il croisa le regard de Rebus. Vous avez dû en entendre parler ?

— En effet. Mais ça n'a pas duré longtemps et elle s'est rabibochée avec Keith.

— Ça reste un rabibochage – ça n'enlève rien au mal qui a été fait.

Deux motards chargés de matériel de camping se garèrent devant l'auberge. Ils mirent pied à terre et entreprirent de retirer casques et épaisseurs de cuir. Tous deux avaient les cheveux argentés.

— Les premiers de la journée, commenta Travis.

— North Coast 500 ?

Travis hocha la tête.

— Je vous dois combien pour le café ?

— Deux soixante-quinze. Les toilettes sont sur votre gauche en sortant – vous n'en trouverez pas au Camp 1033.

— Merci.

— Bonne chance, John. Vous direz à votre fille que je pense bien à elle.

— Ce sera fait.

Les motards saluèrent Rebus au passage. Scandinaves, à vue de nez. Ils avaient le teint vermeil, sain, et l'air d'être parfaitement à leur aise en ce bas monde. Rebus sentait son cœur battre la chamade en raison du shot de caféine. Il avait encore le dos et les genoux endoloris après la longue route de la veille, et la tête un peu alourdie par le whisky qu'il avait ingurgité en compagnie de Samantha. Il prit place dans la Volvo et rédigea un texto à l'attention de Siobhan Clarke pour lui faire part des dernières nouvelles concernant la Saab. Il espérait que Brillo ne se morfondait pas trop. Il essaya de s'imaginer en train de piloter une moto toute la journée, puis le soir venu de planter la tente et de se glisser à l'intérieur, à l'abri des éléments ; et rebelote le jour suivant.

— Chacun son truc, marmonna-t-il tout en se languissant d'une cigarette.

Son téléphone lui signifia qu'il captait de nouveau en faisant brusquement entendre sa sonnerie. Le numéro affichait l'indicatif d'Édimbourg, pour autant, il lui était inconnu. Rebus décrocha aussitôt.

— Allô ?

— John ? John Neilson à l'appareil. Il paraît que tu as déménagé.

Ex-flic, dix ans de plus que Rebus. En poste à Gayfield Square et dans le centre-ville quand Rebus avait fait sa connaissance. De temps à autre, ils se retrouvaient pour bavarder autour d'un verre.

— Qui m'a balancé ? demanda Rebus.

— Kirsty.

Proprio de l'Oxford Bar. Une des rares à qui Rebus s'était confié.

— Elle s'est dit que tu ne m'en voudrais pas d'être au courant.

— Pour le coup, elle a raison.

— C'est la bronchopneumopathie ?

— Je suppose.

— Aucun de nous ne rajeunit. J'appelais juste pour vérifier que tu t'en sortais.

Rebus songea soudain à quelque chose.

— Tu as toujours le nez fourré dans les livres, John ? Tu pourrais peut-être m'aider. Je m'intéresse aux camps de prisonniers de la Seconde Guerre mondiale.

— Un sujet réjouissant.

— J'essaie de mettre la main sur toute une liste de documents et de livres.

— Ce n'est pas une bibliothèque qu'il te faut, c'est Internet.

Rebus se souvint soudain que Neilson s'était découvert une passion pour l'informatique depuis qu'il était à la retraite. Un jour, il s'était vanté de récupérer les données d'un disque dur endommagé.

— Comment faire pour trouver les sites Internet qui peuvent me servir ? s'enquit-il.

— Pour des camps en Allemagne ?

— Au Royaume-Uni. Des camps d'internement

plutôt que de prisonniers de guerre, et plus spécifiquement le Camp 1033.

Il entendit Neilson se munir d'un stylo et prendre des notes.

— Je vais t'envoyer des liens. Tu me donnes ton adresse mail ?

Rebus la lui épela.

— AOL, John ? gloussa Neilson. Tu es vraiment un dinosaure. Je m'en occupe. Donc, reprit-il après une pause, le déménagement s'est bien passé ? Je sais que ça peut être un événement traumatisant. Quand est-ce que je vois ton nouveau chez-toi ?

— Laisse-moi finir de déballer les cartons. Tu me trouveras les infos ?

— Un brin de travail de police – ça me manque autant qu'à toi.

Rebus mit fit à la communication, démarra la Volvo et reprit la route.

7

Il trouva le moyen de passer devant le Camp 1033 sans le voir. Il avait pris l'endroit pour un corps de ferme en ruine. Comprenant son erreur, il fit demi-tour, gara la voiture sur l'herbe du bas-côté et marcha d'un pas lourd jusqu'à une clôture délabrée d'un petit mètre de hauteur. Les photos consultées dans le garage de Keith lui avaient appris que dans les années 1940, un grillage hérissé de fils barbelés encerclait le périmètre du camp, fermé par un haut portail. De tout cela, il ne restait plus rien. La grille de remplacement lui arrivait au-dessus du genou. Toute personne plus jeune et agile que Rebus n'aurait eu aucun mal à l'enjamber. D'autant plus qu'elle n'était pas cadenassée, les hautes herbes se faisant un devoir de la maintenir en place.

Une poussée vigoureuse plus tard, il se retrouva à l'intérieur de l'enceinte. Des allées envahies par les mauvaises herbes serpentaient entre les coques allongées des abris Nissen, dont les toits avaient été emportés et les fenêtres brisées. Quelques rares graffitis bardaient les façades. Une grande bâche bleue maintenue au sol par des gravats marquait l'emplacement des fouilles archéologiques du groupe d'histoire.

Rebus s'enfonça dans le camp, qui se révélait plus important qu'il ne l'avait pensé. Il se souvint des plans dans le garage. Non seulement ils faisaient état d'unités d'habitation, mais également d'une station d'épuration, d'une cantine, d'une infirmerie, de postes de garde et plus encore. La désolation des lieux était idéale. Les fugitifs qui s'aventuraient dans les collines étaient voués à errer pendant des jours et à dépérir sans jamais atteindre la civilisation. Sur la route, leurs vêtements de détenus les auraient trahis. Rebus jeta un œil à travers la porte ouverte d'un baraquement. En son temps, il ne devait guère contenir que des lits superposés et un poêle. Les murs en parpaings et le toit en tôle ondulée ne devaient fournir aucune isolation.

Il sortit son téléphone et put constater que la seule et unique barre qui indiquait jusque-là la faiblesse du réseau avait désormais totalement disparu. La pluie arrivait de nouveau par rafales. Pas une voiture sur la route, pas une tête de bétail alentour. Aucun oiseau dans le ciel. Il s'était rarement senti aussi coupé de tout. N'ayant pas tenu compte du conseil de Travis, il sentit sa vessie se rappeler à son bon souvenir et s'approcha d'un pan de façade à l'écart de la route pour défaire sa braguette. Une fois soulagé, il s'enfonça plus profondément dans le camp, qu'il tâcha de se représenter rempli d'hommes – gardes comme détenus. Ces derniers par centaines, les autres vraisemblablement par dizaines, armés de fusils et de pistolets.

À sa gauche se dressait un autre baraquement mieux conservé : son toit et sa porte étaient intacts, mais là encore plus aucune fenêtre n'avait de vitre. Mais il y avait toujours une poignée sur la porte, qu'il fit jouer.

Le seuil franchi, il remarqua les vestiges de deux lits superposés. Des braises noircies et des cendres grises montraient l'emplacement d'un feu de fortune, sans doute allumé il y a longtemps par les mêmes fêtards qui avaient abandonné les cannettes de bière en train de rouiller par terre. Rebus vit quelque chose d'autre qui gisait à ses pieds. Une sacoche de cuir marron. Il la ramassa, elle était vide. C'est alors qu'il aperçut les bottes qui dépassaient d'un cadre de lit. Il inspira lentement et se donna le temps de rassembler ses esprits avant d'avancer de quelques pas.

La tête était tournée de côté, le corps tordu et raide. Rebus savait reconnaître un cadavre quand il en voyait un – tout comme une scène de crime.

— Nom de Dieu, Keith, murmura-t-il.

Il s'accroupit pour tenter de déceler un pouls à sa gorge et à son poignet, tout en sachant qu'en trouver un tiendrait du miracle. Or l'époque n'était pas aux miracles. Plusieurs mouches s'activaient sur la plaie béante qui était visible à l'arrière du crâne du mort. Rebus essaya de les chasser, puis il se rappela que leurs larves pouvaient servir à estimer l'heure du décès – Deborah Quant le lui avait répété à l'envi. Il se releva et consulta son téléphone – pas de réseau. Comment l'annoncer à Samantha ? Qu'allait-il lui dire ? Keith n'était pas parti, pas plus qu'il ne s'était suicidé ou qu'il avait succombé à un accident.

Rebus scruta le sol à la recherche de l'arme du crime. Il leva son téléphone pour photographier la sacoche vide. Puis il adressa des excuses silencieuses à Keith, ressortit du baraquement et se dirigea vers la Volvo en avalant de grandes goulées d'air pour se calmer.

L'auberge de Travis était à portée de vue lorsqu'il ressortit son téléphone. Toujours pas de réseau. Il ne lui restait plus qu'à reprendre la voiture et à y retourner. Sur place, les motards finissaient leur petit déjeuner de scones et de café et Travis s'affairait devant l'évier.

— Je peux utiliser votre ligne fixe ? demanda Rebus.

— On dirait que vous avez vu un fantôme, blagua Travis avant de prendre la mesure de l'attitude et de l'inflexion de Rebus.

Il le guida derrière le comptoir jusqu'à un bureau exigu, avant de rebrousser chemin pour le laisser seul. Rebus composa le numéro que lui avait donné le détective.

— Sergent Creasey, répondit la voix à l'autre bout du fil.

— John Rebus. Je viens de trouver le corps de Keith Grant.

— Où ça ?

— Un baraquement au Camp 1033.

— Le camp d'internement ?

— Exactement.

— Il a fait une chute, c'est un accident ?

— Assommé par-derrière. Il a le crâne fracassé.

— Qui d'autre est au courant ?

— Pour l'instant, seulement vous et moi.

— Il va me falloir deux heures pour envoyer une équipe de scène de crime sur les lieux. Je vais joindre Thurso. Ils accepteront bien de se séparer d'un ou deux agents en attendant, pour boucler les lieux, à défaut d'autre chose.

Creasey ménagea une pause avant de l'interroger.

— Qu'est-ce que vous faisiez là-bas, John ?

— Plus tard, les questions, rétorqua Rebus avec fermeté. Pour l'instant, lancez la machine.

Il coupa la communication et regarda fixement le combiné tout en se pinçant l'arête du nez, comme il essayait de mettre de l'ordre dans ses pensées. Quelques instants plus tard, il retourna dans la salle. Travis débarrassait la table, et Rebus vit les deux motos s'éloigner en direction de Tongue.

— Ne vous en faites pas, dit Travis en lisant dans ses pensées. Ils n'ont pas l'intention de s'arrêter au camp. En cas de choc, une tasse de thé sucré est censée aider…

Rebus refusa d'un signe de tête.

— Mais je vais devoir monter la garde pendant un moment – peut-être un ou deux petits sandwichs à emporter ?

— Je vous prépare une Thermos pour les accompagner ?

— Parfait, oui, merci.

— Je peux vous demander ce qui s'est passé ?

— J'ai bien peur que non.

— Pauvre gars. Je l'avais prévenu de ne pas bivouaquer.

Rebus dévisagea Travis.

— C'est vrai ?

— Il avait un sac de couchage, d'accord, mais on risque l'hypothermie, là-bas, même l'été.

— Ça remonte à quand ?

— Un mois, environ. Après les tensions chez lui. Je passais en voiture, un soir, et j'ai vu la sienne garée le long de la clôture. Il était dans l'un des abris. Je lui ai dit que j'avais un lit pour lui ici, mais il a refusé.

Rebus ouvrit son téléphone et afficha la photo de la sacoche.

— Vous reconnaissez cet objet ? demanda-t-il en inclinant l'écran vers Travis.

— On dirait son sac. Il rangeait ses documents de recherche dedans. Et son ordinateur, évidemment.

Il sembla soudain saisir la portée de ce cliché.

— Ce n'est pas le froid qui l'a tué, n'est-ce pas ?

Rebus secoua la tête sans un mot. Travis pâlit.

— Oh ! Je vais vous chercher la Thermos, finit-il par annoncer en retournant dans la cuisine à pas lents. Jambon ou fromage, pour les sandwichs ?

— Un de chaque, peut-être.

— Bien sûr, oui.

Cinq minutes plus tard, Rebus était de retour sur la route, après avoir prévenu Travis de ne toucher mot de la situation à personne. Il gara la voiture sur le même emplacement, mais cette fois-ci, il resta à l'intérieur, une vitre baissée jusqu'à ce que la pluie commence à s'engouffrer dans l'habitacle. L'autoradio ne captait aucune fréquence. La Thermos était remplie de soupe de lentilles, qui se déversa dans la tasse comme de la vase, trop salée au goût de Rebus. C'est à peine s'il y toucha, idem pour les sandwichs. Travis les avait agrémentés de laitue et de tomates, que Rebus jeta sur le bas-côté.

Il s'écoula pratiquement une heure avant qu'il n'entende le bruit d'un moteur. Les gyrophares bleus clignotaient encore quand le véhicule de patrouille s'immobilisa en dérapant à côté de la Volvo, bloquant la route par la même occasion. Rebus sortit et observa les quatre agents en uniforme – trois hommes, une femme – émerger de la voiture.

— Gyrophares et toutes sirènes hurlantes depuis Thurso, hein ? s'enquit-il.

— On nous a dit de mettre la gomme.

— Eh bien, vous avez réussi avec brio à alerter toute la population dans un rayon de soixante kilomètres. Les rumeurs doivent aller bon train, à l'heure qu'il est.

— Qui êtes-vous, d'abord ? demanda le chauffeur, estimant que l'attaque était une meilleure tactique que la défense.

— C'est moi qui ai prévenu la Criminelle. Les techniciens du crime arrivent dans combien de temps ?

— Donc, c'est vous qui avez trouvé le corps ?

Les quatre agents se tournèrent en direction du camp. L'un d'eux plongea sur la banquette arrière du véhicule de patrouille et en ressortit un rouleau de ruban en plastique bleu et blanc estampillé POLICE.

— Jusqu'à nouvel ordre, le camp dans son intégralité est considéré comme une scène de crime, déclara Rebus. Tous les quatre, vous surveillerez le périmètre, autrement dit la clôture. À vue de nez, déclara-t-il en désignant le ruban du menton, il vous en manque quelques centaines de mètres si c'est tout ce que vous avez pris.

— Mais vous êtes qui, à la fin ? demanda de nouveau le chauffeur, d'un air interloqué.

— Un homme qui a eu affaire à plus d'un homicide dans sa vie. Si vous ne voulez pas vous faire enguirlander par les techniciens à leur arrivée, je vous recommande de suivre mes instructions, compris ?

— Vous n'êtes pas notre patron, contra le chauffeur en s'avançant d'un pas comme s'il prenait la juste mesure de Rebus. De ce que je vois, vous n'êtes le patron de personne. Alors soyez gentil et indiquez-nous le corps. Après quoi – et je vous dis cela avec tout le respect que je vous dois – je vais vous demander de vous casser d'ici vite fait.

Deux de ses collègues n'avaient pas eu la patience d'attendre. Ils enjambaient déjà la grille. Quelques secondes plus tard, ils arrivaient à hauteur des premiers bâtiments. Rebus haussa les épaules d'un air résigné et rebroussa chemin jusqu'à la Volvo en suivant des yeux les quatre agents qui s'évanouirent à l'intérieur de l'enceinte. Il savait déjà qu'il ne bougerait pas d'un iota. Et d'un parce que Creasey et son équipe étaient en chemin, et de deux parce qu'il n'était pas pressé de reprendre le rôle qui l'attendait à Naver. Il avait encore à l'esprit l'image de Carrie en train de le scruter pendant son sommeil.

Il est où, mon papa ?

J'ai entendu maman qui pleurait.

Bien des larmes allaient encore couler avant que cette journée ne touche à sa fin.

8

Une autre agression avait eu lieu pendant la nuit – une étudiante chinoise poussée par-derrière, frappée à coups de pied tandis qu'elle gisait sur le trottoir. On l'avait emmenée aux urgences, dont elle était sortie à présent. Tess Leighton et George Gamble s'étaient chargés de l'interroger à son appartement.

— Son anglais était loin d'être parfait, rapporta Gamble, le nez sur son carnet. Une amie a servi d'interprète.

— Elle était en état de choc, ce qui n'a pas aidé, interrompit Leighton les bras serrés sur sa poitrine.

Ils se trouvaient dans le bureau de la BEP, devant le reste de l'équipe qui les écoutait attentivement. L'inspecteur-chef Sutherland avait vérifié le lieu de l'agression sur la carte murale, et l'avait encerclée au crayon : Argyle Place dans le quartier de Marchmont.

— Ce sont essentiellement des boutiques de plain-pied, lui expliquait Leighton. Un pub au coin. Pas de témoins à proprement parler à ce stade. Une autre étudiante qui rentrait chez elle l'a entendue gémir. Elle l'a aidée à se relever. Elle pensait qu'elle avait trébuché et qu'elle était tombée.

— Faites du porte-à-porte, ordonna Sutherland. Et vérifiez les caméras de surveillance. On a une description de l'assaillant ?

— Elle avait le nez sur son portable et elle écoutait de la musique avec un casque. Elle n'a rien vu venir.

— Les facs vont renforcer leurs mesures de sécurité, expliqua Christine Esson. Et les sites web des médias locaux en ont fait leur une.

— L'assaillant lui a-t-il volé quelque chose ?

— Son téléphone, c'est tout, répondit Leighton. Ce qui me fait penser à un vol à l'arraché pur et simple. Malgré ça, la presse crie déjà au crime raciste.

— Les étudiants et les gosses de riches ont toujours été des cibles rêvées, mit en garde Fox. Il n'y a pas de raison particulière de relier cet événement à Salman bin Mahmoud.

— Ce qui n'empêchera pas les réseaux sociaux de s'en donner à cœur joie, grogna Sutherland. Maintenant, donnez-moi de bonnes nouvelles.

Il jeta un regard circulaire, s'arrêta sur Clarke et sur Fox.

— Siobhan ?

— Nous nous sommes entretenus avec Isabella Meiklejohn et Giovanni Morelli la nuit dernière – essentiellement à propos de l'agression subie par M. Morelli. Ils ont l'air de très bien supporter la disparition de leur ami.

— C'est-à-dire ?

— Disons qu'ils ne pleurent pas son décès. Ils avaient une soirée prévue au Jenever Club. Et puis ils ne semblaient pas particulièrement inquiets, ce que l'on peut aussi imputer à leur éducation. Je dirais qu'ils ont toujours vécu une existence très protégée.

— Je crois que ce que Siobhan essaie de dire, intervint Fox, c'est que s'ils savaient pourquoi leur ami a été pris pour cible, ils le cachaient très bien et qu'ils n'avaient pas l'air de craindre qu'il leur arrive la même chose.

— Un grand bravo pour cet exemple de *mansplaining*, assena Esson en faisant mine d'applaudir.

— J'essayais seulement de…

— Ça suffit, coupa Sutherland, la main levée. L'agression de la nuit dernière donnera lieu à une enquête, mais notre priorité reste l'homicide. Je manque toujours d'éléments concernant M. bin Mahmoud. Comme toujours, la Met est d'une lenteur légendaire et nous n'obtenons pas grand-chose de sa banque ni de ses fournisseurs de téléphone et d'Internet. Il va falloir redoubler d'efforts, les amis.

— Peut-on demander au gouvernement de faire pression ? demanda Esson.

— Ça s'est un peu calmé, dut admettre Sutherland. À mon avis, les Saoudiens s'en lavent les mains. S'ils voulaient en tirer quelque chose, ministres et diplomates seraient au courant et on se prendrait régulièrement un bon coup de pied au cul.

— C'est parce que la famille de la victime n'a pas la cote ? interrogea Clarke.

— Et donc aucun accord commercial ne court le risque d'être compromis, quel que soit le résultat.

— Sauf s'il s'est fait buter par les Saoudiens, observa Leighton. On a déjà connu plus bizarre, George, lança-t-elle à Gamble, qui pouffait.

Fox, qui tentait d'éluder le regard de Clarke, fut

soulagé de sentir son téléphone vibrer. Il consulta l'écran. Numéro masqué. Du regard, il sollicita l'approbation de Sutherland. En guise de réponse, ce dernier haussa sèchement le menton. Fox prit la communication et s'éclipsa de la pièce.

— Inspecteur Fox, répondit-il en refermant la porte derrière lui.

— Malcolm.

Cette voix traînante, légèrement nasillarde.

— Cafferty. Comment avez-vous eu ce numéro ?

— Ça m'a fait plaisir de vous voir hier soir. J'espère que vous avez trouvé ce pour quoi vous étiez venus.

— Nous étions venus voir si vous fourguiez de la cocaïne.

Fox écouta le silence, puis l'aboiement de rire qui s'ensuivit.

— Je ne m'attendais pas à ça.

— Quoi donc ?

— La vérité nue.

— Qu'est-ce que vous voulez, Cafferty ?

— J'ai eu vent d'une nouvelle agression. On a volé quelque chose à la victime ?

— Son téléphone – pourquoi ?

— J'allais vous proposer mes services. Maintenant que les flics de la trempe de Rebus sont de l'histoire ancienne, vous avez perdu une ressource précieuse.

— C'est-à-dire ?

— Les indics, les balances, les yeux et les oreilles de la rue.

— De nos jours, on appelle ça les ressources sur le terrain. Vous proposez de faire passer le mot, je peux vous demander pourquoi ?

— Disons que je suis un citoyen responsable. Ce n'est dans l'intérêt de personne que les gens aient peur de sortir le soir.

— Le soir étant votre heure de prédilection pour faire affaire.

— Je plaide coupable.

Silence sur la ligne.

— Maintenant que je vous tiens, cela dit…

— Enfin, il en vient au fait.

— Vous savez quoi ? Ce genre de ton ne me donne pas envie de continuer. Je ferais peut-être mieux de m'adresser directement à votre boss.

— Je peux vous donner son numéro.

— Je ne parle pas de Sutherland.

Fox fronça les sourcils.

— Qui, dans ce cas ?

— Votre boss à la brigade criminelle, la directrice adjointe Jennifer Lyon.

— Et de quoi exactement pensez-vous l'informer ?

— Mieux vaut faire ça en face à face, Malcolm. Vous avez mon adresse ?

— J'y étais hier soir.

— Je veux parler de mon domicile. Dans trente minutes. Trouvez un prétexte pour semer Siobhan. Votre boss aimerait autant, croyez-moi.

*

L'appartement de Cafferty comprenait les trois derniers étages d'une construction moderne de verre et d'acier dans ce qui avait été pendant longtemps l'enceinte de l'hôpital principal de la ville, désormais rebaptisé le Quartermile. Fox arriva sur les lieux vingt minutes plus tard, après avoir quitté le poste de police sans prendre la peine de justifier son départ. Il appuya sur la sonnette. La porte de l'immeuble se déverrouilla et il prit l'ascenseur jusqu'au penthouse. Sur le palier, Cafferty l'attendait dans l'entrebâillement de la porte, un verre de jus de tomate à la main.

— Entrez, entrez, dit-il en guise de salutation avant de le précéder à l'intérieur.

Le couloir débouchait sur un vaste espace surplombé d'une mezzanine. Des vitrages courant du sol au plafond offraient une vue dégagée sur les Meadows, en direction de Marchmont, et au-delà, sur les collines de Pentland. À l'est se découpaient Arthur's Seat et les falaises de Salisbury, au sommet desquelles on apercevait la silhouette des touristes les plus endurants.

— Pas mal, hein ?

— Comme dit le proverbe, le crime paie.

Cafferty partit d'un rire et fit un geste en direction de la cuisine.

— Un café ? Autre chose ?

Fox secoua la tête.

— Venons-en au fait.

— Sobre et efficace – c'est bien.

Cafferty prit place dans un fauteuil en cuir, et ne sembla pas s'émouvoir de ce que Fox restait debout.

— Alors voilà..., commença-t-il pour s'interrompre aussitôt. Vous ne voulez rien boire, bien vrai ?

— Crachez le morceau.

Cafferty leva le verre qu'il tenait à la main.

— Je ne vais pas gâcher, je n'en suis plus qu'à cinq par jour. Mon médecin dit qu'il faut que je fasse attention à moi. Je ne veux pas finir comme ce pauvre vieux Rebus qui ne peut même plus prendre les escaliers.

Face au mutisme de Fox, aussi immobile qu'une statue, il poussa un soupir.

— Alors voilà. Votre boss, la directrice adjointe Lyon. D'après ce qu'on m'a dit, sa carrière est en plein essor. Dans un an, deux grand max, le directeur de la police sera au placard. Si ça ne tenait qu'à lui, il aurait déjà mis les voiles, mais voilà, c'est impossible. Le pauvre gars est sur les rotules tellement il a donné de sa personne pour remettre la boîte d'aplomb. Il reste encore à régler la question du budget, mais à mon avis ça n'est pas près de s'arranger.

Cafferty regarda Fox droit dans les yeux et le gratifia d'un large sourire.

— Comme vous pouvez le constater, je me suis pris d'une passion pour Police Scotland.

— Je ne comprends toujours pas la raison de ma présence ici.

— Vous êtes ici parce que la trajectoire impeccablement ascendante de Jennifer Lyon est sur le point de piquer du nez en chute libre, expliqua Cafferty en mimant de la main un mouvement rotatif descendant. Ce qui serait fort dommage pour elle. Le plus ironique, c'est qu'elle n'y est pour rien, pas directement. Tout ça, c'est à cause de son mari.

Il sirota une gorgée, les yeux perdus sur le panorama par-delà les fenêtres.

Fox enfonça les mains dans ses poches – une réaction discrète, qui n'en restait pas moins une réaction.

— Alors voilà ce que vous allez devoir faire, Malcolm…

Cafferty s'interrompit une nouvelle fois.

— Vous ne voulez pas vous asseoir, bien vrai ? Vous êtes un peu pâlot, tout à coup.

— Continuez.

Cafferty commença par avaler une gorgée de son verre, qu'il prit soin de savourer. Puis, une fois fin prêt, il poursuivit :

— Je peux tout faire disparaître – les photos et la vidéo. Comme ce n'est probablement pas ce qu'elle a envie d'entendre, si vous le souhaitez, vous pouvez lui dire que *vous* pouvez tout faire disparaître. Inutile de donner mon nom, si c'est comme ça que vous voyez les choses. Ce qui importe, c'est que vous serez sur axe pour une promotion express une fois qu'elle sera au sommet.

Les mâchoires de Fox se crispèrent. Il n'allait pas donner à Cafferty la satisfaction de poser la question attendue. Cafferty sourit dans son verre à moitié vide. Le jus avait laissé des traces rouges sur ses lèvres.

— J'attends toujours de savoir ce que vous voulez, répondit Fox à mi-voix.

— La réponse est la suivante : pas grand-chose. Et rien d'illégal.

— Je vous écoute.

Cafferty fit mine de se lever.

— Je vais peut-être me resservir un petit godet avant…

— *Dites-le-moi, bordel !*

Cafferty se laissa lentement glisser dans son fauteuil, un air de satisfaction sur le visage. Alors il se mit à parler.

Situé à Gartcosh dans le Lanarkshire, le campus du Crime écossais avait été érigé sur le site d'une ancienne aciérie. Les alentours étaient restés en grande partie à l'état de terrains vagues. Théoriquement, le QG de Police Scotland était à Tulliallan, mais tout le monde savait que c'était à Gartcosh qu'on s'occupait des choses sérieuses.

La directrice adjointe Lyon avait coutume de traverser les couloirs et les espaces ouverts de Gartcosh d'un pas résolu. Fox en avait de longue date déduit qu'il s'agissait davantage de dissuader quiconque de lui mettre le grappin dessus que d'arriver de toute urgence à destination. Depuis qu'il avait entamé la route d'une heure au départ d'Édimbourg, il s'était appliqué à peaufiner sa manœuvre d'approche. Malgré tout, en la voyant arriver parée des innombrables cordelettes de laissez-passer qui oscillaient à son cou, il crut un instant qu'il allait perdre ses moyens. Il s'apprêtait à se faire le porteur de mauvaises nouvelles, ce que les destinataires n'oublient jamais.

— Malcolm, fit-elle en guise de salutation, le visage impassible. J'imagine qu'il y a du nouveau ?

— Pardon ?

— Le meurtre.

— Pas vraiment, madame.

Elle inclina légèrement la tête. La coupe de ses cheveux blond vénitien, dont était bannie la moindre trace de gris, ressemblait à un casque de protection moulé sur son crâne.

— Alors ? l'incita-t-elle à poursuivre.

Fox s'éclaircit la gorge.

— Il serait préférable de nous entretenir en privé, madame.

Elle jeta un œil alentour à l'immense foyer. Les membres du personnel passaient sans faire de bruit, certains chuchotant au téléphone, d'autres jetant des coups d'œil furtifs en direction de la redoutable directrice adjointe.

— Par pitié, ne me dites pas qu'il va falloir que je vous couvre les miches.

Fox secoua la tête.

— À la bonne heure.

Elle se remit en marche et Fox prit soin de la suivre à une distance respectable.

La salle de réception mitoyenne au bureau était vide. L'assistante leva les yeux de son ordinateur et se fendit d'un infime sourire en voyant Fox. Le temps qu'il ferme la porte, Lyon avait déjà pris place derrière son bureau impeccablement rangé. Comme il restait planté debout, elle lui intima l'ordre de s'asseoir d'un regard sans appel. La chaise tubulaire massive était particulièrement inconfortable. Fox sentit qu'il avait la gorge un peu sèche. Il se l'éclaircit une fois encore.

— C'est un genre de message, commença-t-il. Qui ne vient pas de quelqu'un que nous qualifierions d'amical. Si vous le souhaitez, je peux vous dire de qui il s'agit, mais ne pas le savoir pourrait jouer en votre faveur.

— Si vous commenciez par me transmettre le message.

Elle s'appuya des deux coudes sur le bureau, le buste légèrement incliné en avant, pour lui signifier qu'il avait toute son attention.

— C'est à propos de votre mari, madame. Des photos et une vidéo – le concernant, j'imagine – qui pourraient se révéler embarrassantes pour vous, voire gênantes pour votre carrière.

Jennifer Lyon digéra l'information. Un bref instant, son regard se voila. Elle finit par lever les coudes et s'adosser à sa chaise, les épaules raidies.

— Très bien, dit-elle d'une voix atone. Qui vous l'a dit ?

— Êtes-vous certaine de vouloir le savoir ?

— Dites-le-moi, bon sang.

— Morris Gerald Cafferty.

— Alias Big Ger.

Elle hocha imperceptiblement la tête.

— Des photos et une vidéo ?

À son tour, Fox opina.

— Non pas qu'il me les ait montrées.

— Ça ne peut pas être un coup de bluff ?

— Il avait l'air très sûr de lui. Jusqu'ici, ajouta Fox, vous avez toujours réussi à protéger votre vie privée…

— Mais vous savez qui est mon mari ?

Oui, Fox le savait. Il s'appelait Dennis Jones. Vice-chancelier d'une des toutes nouvelles universités de la côte ouest.

— J'imagine qu'il ne s'agit pas de malversations financières, avança-t-il. Ce n'est pas le genre de choses qui rend bien en images.

Un petit rictus fit tressauter les lèvres de Lyon.

— C'est une liaison, dit-elle, les yeux rivés sur son bureau. Pas avec une étudiante – je devance votre question –, mais avec un membre du personnel, mariée elle aussi. Une liaison brève, stupide, terminée.

— En parlant de stupide… Est-ce qu'ils auraient pu passer une soirée à Édimbourg ? Dans un club du Cowgate, peut-être ?

— Cafferty est propriétaire d'un établissement là-bas, c'est ça ? Truffé de caméras de surveillance, j'imagine.

Elle attrapa un stylo et l'examina un instant avant de le balancer sur son bureau.

— Comment les hommes font-ils pour être aussi cons ?

— Vous dites que c'est terminé. Est-ce parce que vous avez découvert le pot aux roses ?

— Et parce que j'ai posé l'ultimatum habituel.

— C'est récent ?

Elle lui lança un regard noir.

— Quelle importance ? répliqua-t-elle, mais elle se radoucit aussitôt. Il y a deux mois.

Elle se leva brusquement et contourna sa chaise dont elle agrippa le dossier des deux mains.

— Et donc ?

— Il affirme qu'il peut tout faire disparaître moyennant une faveur.

Lyon secoua la tête avec conviction.

— Vous savez très bien qu'on ne peut pas faire ça.

— Si ça peut vous aider, ce n'est rien d'illégal. Il souhaite seulement qu'on monte une opération, qu'on creuse un peu, peut-être un brin de surveillance…

— Contre un concurrent ?

— C'est ce que j'aurais tendance à me dire, répondit Fox avec un haussement d'épaules. On en saura peut-être plus après coup.

— Il s'attend à ce qu'on trouve quoi ?

— Je ne suis pas sûr que lui-même le sache.

— Qui est la cible ?

— Un promoteur immobilier : un certain Stewart Scoular.

— Le nom me dit quelque chose.

— Il a été membre du Parlement écossais, très brièvement. Le hasard veut que je l'aie vu hier soir.

— Ah bon ?

— Au club de Cafferty. Il était en compagnie de deux amis de Salman bin Mahmoud.

— Il entre dans le cadre de votre enquête ?

Fox secoua la tête.

— Il n'a pas attiré notre attention jusqu'ici.

— Ma foi, je dirais que la situation vient de changer, vous ne croyez pas ?

— Si, madame.

— Toujours rien sur l'implication potentielle des Saoudiens ?

— Non.

— Je vais en informer la Special Branch, fit Lyon, qui réfléchit un instant avant de se rasseoir. Je ferais bien de m'entretenir avec Cafferty.

— Avec tout le respect que je vous dois, je ne pense pas que ce soit prudent. Je serai heureux de faire l'intermédiaire.

— On n'a rien du tout sur ce Scoular ? Il n'est jamais apparu sur notre radar, à aucun moment ?

— Ça ne mange pas de pain de jeter un œil, non ?

— À vous de me le dire, Malcolm. Il est digne de confiance, votre copain Cafferty ?

— Pas pour un sou. Mais il veut quelque chose et il est persuadé que nous sommes son meilleur moyen de l'obtenir. Et pour ma part, je suis très intrigué par l'intérêt qu'il porte à Scoular…

— Donc, on se prête au jeu jusqu'à ce qu'on ait une réponse ?

— Ou jusqu'à ce qu'il nous cède les photos et la vidéo.

Lyon pointa Fox du doigt.

— Il faut qu'il montre patte blanche, Malcolm. Je ne tiens pas personnellement à voir ce qu'il a, mais tirez ça au clair. Histoire de vérifier que ce n'est pas de l'esbroufe.

— Compris.

— Et s'il faut creuser plus avant, la discrétion sera de mise, l'avertit-elle et ses yeux étincelèrent. En fait, l'enquête à laquelle vous êtes affecté est parfaite – vous allez alpaguer Scoular pour qu'il tombe dans votre escarcelle. Vous pouvez faire ça sans trop attirer l'attention ?

— Je doute de pouvoir monter une opération de surveillance.

— Cela dépend de ce que vous découvrirez, vous ne croyez pas ?

Il se dégageait de sa voix et de son attitude un infime soupçon de sommation.

— Je ferai tout ce qui est en mon pouvoir, madame, l'assura Malcolm Fox.

9

Lorsque Rebus alla répondre à la porte, il trouva May Collins sur le seuil. Elle lui tendit deux grands sacs plastique d'un air solennel.

— Tenez, c'est pour vous, si vous voulez. Ça appartenait à mon défunt mari. Vous faites à peu près la même taille. J'imagine que vous n'allez pas repartir de sitôt et comme vous ne trouverez pas beaucoup de boutiques de vêtements dans le coin…

Sa voix resta en suspens. Rebus lui prit les sacs des mains et jeta un œil à leur contenu.

— Donc, vous êtes au courant ?

— Oh, John, c'est horrible ! Comment va Samantha ?

— Elle a emmené Carrie chez une amie.

— C'est vous qui lui avez appris la nouvelle ?

Rebus inspira brusquement, les dents serrées, et acquiesça en expirant.

— Ça a dû être terrible.

Terrible ? Il n'était pas sûr que le mot soit assez fort. Après un mouvement de recul, Samantha avait manqué lui sauter à la gorge quand il avait essayé de la toucher, avant de pousser des hurlements inconsolables. Puis, très vite, l'horreur avait cédé le pas à l'angoisse :

qu'allait-elle dire à Carrie ? Quels mots pourraient bien atténuer le choc ? Elle avait consulté l'heure sur son téléphone. Bientôt la sortie des classes. Où était son manteau ?

Assieds-toi, lui avait dit son père. Prends cinq minutes.

« *Tu crois pas que tu en as assez fait comme ça ?!* » Un cri accusateur. Une vocifération contre la seule personne au monde qui lui fût suffisamment proche en cet instant. Et quand Rebus avait une nouvelle fois tenté de tendre les bras vers elle, elle lui avait giflé la main. « Ça fait des années que je m'en sors très bien sans toi... »

Rebus n'avait pas répondu à May Collins, pourtant elle hochait la tête comme si c'était le cas – un hochement compatissant.

— Je pourrais vous préparer une tasse de thé, mais je ne suis pas sûre que ça serve à grand-chose. Un gorgeon de whisky, peut-être ?

Rebus refusa et Collins se rappela brusquement :

— Mick a réussi à faire démarrer votre voiture. D'après lui, ça ne veut pas dire qu'elle vous ramènera jusqu'à chez vous, mais j'ai récupéré la clé.

— Qu'est-ce que je lui dois ? demanda Rebus en prenant la clé.

— Je doute qu'il accepte quoi que ce soit – surtout vu les circonstances, soupira-t-elle de nouveau. Si vous avez besoin de moi, vous savez où me trouver.

Le vrombissement de véhicules lancés à vive allure les fit sursauter. Deux voitures et une camionnette, sans signes distinctifs. L'équipe des spécialistes qui s'apprêtaient à s'atteler au Camp 1033.

— Je ne sais pas si j'ai le droit de poser la question,

fit May Collins à mi-voix, mais est-ce qu'il s'est suicidé ?

Le visage de Rebus resta impénétrable.

— C'était un accident, dans ce cas ?

— Ce n'était pas un accident.

Comme elle commençait à comprendre, sa bouche dessina un grand O et ses yeux s'écarquillèrent.

— Eh bien, bredouilla-t-elle, j'imagine que je ferais mieux de…

Elle commença à se retourner, faisant mine de partir tout en espérant qu'il lui demande de rester.

— Merci pour les vêtements, fit-il en rentrant dans le bungalow, dont il ferma la porte derrière lui.

Dans la salle de bains, il choisit quelques affaires et se changea. Il chargea ses vêtements dans le lave-linge de la cuisine et sélectionna un cycle de lavage court. Au-dehors, une voiture s'arrêta devant la maison. Il arriva à la porte d'entrée avant Creasey et l'attendit.

— Vous permettez que j'entre ? demanda le jeune sergent avec une sollicitude digne d'un entrepreneur de pompes funèbres.

Rebus le précéda dans le salon.

— Samantha est chez une amie.

— Comment va-t-elle ?

Rebus se contenta d'un haussement d'épaules.

— Et la petite ?

— Je n'étais pas là quand Samantha le lui a annoncé – si tant est qu'elle l'ait fait.

Creasey se percha sur le bord du canapé.

— C'est une sale nouvelle, bien sûr, et il faudra du temps pour l'assimiler…

— Mais vous devez néanmoins l'interroger ?

— Vous le savez aussi bien que moi. Et les gens du labo vont devoir inspecter la Volvo.

— Ils y trouveront mes empreintes.

— Et les miennes, renchérit Creasey. Donc nous allons avoir besoin des vôtres et de celles de Samantha afin de pouvoir les éliminer d'emblée.

— Vous êtes allé au camp ? Vous l'avez vu ?

Creasey hocha la tête avec lenteur.

— La sacoche vide, poursuivit Rebus, d'après le type qui tient le café au bord de la route, c'est là qu'il rangeait ses notes et son ordinateur.

— Nous sommes en train de prendre la déposition de M. Travis.

Rebus se rendit compte qu'il s'était laissé glisser sur l'accoudoir d'un fauteuil – pas tout à fait prêt encore à s'installer confortablement.

— Keith a passé quelques nuits là-bas quand il a su pour Samantha et Jess Hawkins.

— Nous allons interroger *tout le monde*, John, vous pouvez me croire.

Creasey ménagea une pause.

— Vous allez me faire confiance ?

— Pourquoi cette question ?

— À cause de tout ce que j'ai appris à votre propos : parce que vous avez travaillé toute votre vie dans la capitale et que vous pourriez être tenté de croire que les gens qui sont en poste ici sont un peu… rustres. Je suis venu vous dire que nous connaissons notre travail et que nous le ferons avec toute la minutie que vous êtes en droit d'attendre de nous.

Rebus gardait le regard fixé au sol.

— Il y a nécessairement un rapport avec le camp, affirma-t-il.

— Pourquoi ?

— L'ordinateur disparu.

— C'est typiquement le genre de choses qu'on vole par opportunisme – transportable et qui se revend facilement. Son téléphone aussi a disparu.

Rebus secouait la tête et Creasey lui adressa un regard dépité.

— En quoi ce camp avait-il une telle importance aux yeux de M. Grant ?

— Je l'ignore, mais il y a une foule de documents de recherche dans le garage. Il faut vous adresser au groupe d'histoire. Ils auront peut-être des réponses.

— On y viendra.

— J'imagine que l'autopsie passe en premier ? La cause du décès, comme point de départ ? Des recherches d'empreintes dans le camp ? continua-t-il comme Creasey approuvait chaque question d'un signe de tête. Et ma fille comme suspecte, voire principale suspecte ?

— Vous avez été à ma place, vous savez comment ça se danse. Nous ferons preuve de discrétion. Et l'aide aux victimes sera là pour votre fille et votre petite-fille le cas échéant. Les clés de la Volvo sont dans le couloir ? demanda Creasey en se levant, et Rebus acquiesça. Je vais les prendre. Samantha a probablement un double, mais elle serait bien avisée de ne pas toucher à la voiture tant qu'on n'a pas terminé.

— Je transmettrai le message.

— Vous devez vous concentrer sur votre rôle de père, à présent, fit Creasey comme il lui serrait la main. Laissez-nous prendre en charge le reste.

Tout en acquiesçant, Rebus planta son regard dans celui du sergent.

— Dites-moi. Est-ce qu'on lui a pris son argent et ses cartes de crédit ?

— Son portefeuille était dans sa poche, apparemment intact.

— Et vous continuez à croire que le vol est un mobile envisageable ?

— À ce stade, tous les mobiles sont envisageables.

— Tâchez de ne pas l'oublier, fiston. Faites les choses bien.

Rebus raccompagna le détective à la porte. De retour dans le salon, il le suivit des yeux par la fenêtre, tandis que Creasey montait en voiture et repartait en direction de la scène du crime. Quand le bruit du moteur faiblit, Rebus enfila son manteau et se dirigea vers le garage. Il s'installa sur la chaise pliante devant la table à tréteaux et se plongea dans l'étude du Camp 1033.

10

Fox était à mi-chemin d'Édimbourg lorsqu'il se décida à répondre à la nouvelle tentative d'appel de Siobhan Clarke.

— Tu nous la joues Houdini, maintenant ? s'impatienta-t-elle.

— J'ai été convoqué à Gartcosh – la cheffe là-bas avait besoin de moi.

— Ça a dû te faire bizarre. En attendant, j'ai reçu un texto de John.

— Il rentre ?

— Loin de là – ils ont trouvé un corps. Le compagnon de sa fille.

— Merde alors. Un suicide ?

— Son texto n'en disait pas plus et je n'arrive pas à le joindre – à croire qu'il te prend pour exemple.

— J'étais en réunion.

— Mais tu es sur le chemin du retour ?

— Encore une trentaine de minutes – on se retrouve où ?

— Je sors Brillo aux Meadows. Il faut que j'aille récupérer deux-trois choses chez John.

— Je te retrouve là-bas.

Fox coupa la communication, mit son clignotant et déboîta pour doubler. Près de trente ans de permis et pas la moindre contravention, rayure ou bosselure. Parce qu'il était prudent. Il respectait les règles. Il savait ce qu'il faisait.

Il se demanda s'il était prêt à franchir la ligne – et jusqu'où – pour la directrice adjointe Jennifer Lyon. Et pour ses propres perspectives de promotion.

— Il va falloir le confier à un chenil, annonça Clarke tandis que Brillo se mettait en devoir de suivre une énième piste.

— Tu as sans doute raison, répondit Fox. Toujours pas de nouvelles de John ?

Clarke secoua la tête.

— Je ne peux pas l'enfermer chez moi toute la journée – ni chez son maître, d'ailleurs.

— Il n'y a pas un voisin qui pourrait s'en occuper ?

Elle planta son regard dans le sien et Fox leva les mains.

— Non, non, non. Je te l'ai déjà dit : je ne suis pas doué avec les animaux. En plus, j'ai les mêmes horaires insensés que toi.

— Sans grand résultat, pour toi comme pour moi.

— Et au bureau, il n'y a personne d'autre pour s'occuper du chien – Christine ou Ronnie ? Tu pourrais abuser de ton rang.

— L'idée m'a traversé l'esprit, fit Clarke tout en piochant son téléphone dans sa poche pour en consulter l'écran. En parlant du loup… Que puis-je faire pour vous, Christine ? demanda-t-elle en prenant l'appel.

— On vient de faire une percée phénoménale.

— Très drôle.

— Autrefois, vous seriez tombée dans le panneau.

Clarke entendit le léger cliquetis du clavier en arrière-plan.

— On s'ennuie au poste, à ce que je vois ?

— Évidemment, mais j'appelais pour savoir si, à votre avis, John Rebus apprécierait une sortie au théâtre.

— Au théâtre ?

— Lee Child et Karin Slaughter sont de passage à Édimbourg, vous vous souvenez quand j'en ai parlé ? Bref, c'est ce soir, et je viens de me faire poser un lapin, ce qui veut dire que j'ai un billet en rab.

— John est encore dans le Nord.

— Dans ce cas, c'est votre jour de chance.

— Avez-vous proposé à Ronnie ?

— Il ne lit que des BD.

— Des romans graphiques ! cria Ronnie Ogilvie depuis l'autre bout du bureau.

— Je vous tiendrai au courant. Quelqu'un a remarqué mon absence ?

— L'inspecteur-chef a reçu une nouvelle injonction de nos seigneurs et maîtres. Ronnie et moi, on va se la couler douce devant des heures de bandes de vidéosurveillance.

— Je ne vous retiens pas, dans ce cas. Au revoir, Christine.

Clarke coupa la communication et, laisse au poing, siffla Brillo. Elle jeta un œil à Fox.

— Alors comme ça, la visite à Gartcosh n'avait rien de transcendant ?

— Non.

— Londres n'a rien de plus sur des commandos

du Moyen-Orient qui feraient des sauts de puce chez nous ?

— Les listes de passagers ont été passées au peigne fin. La Special Branch n'a rien laissé au hasard.

— Tu as bien insisté sur le fait qu'on se tuait tous à la tâche ?

— Absolument.

— Très bien.

Clarke, qui s'était avancée de deux pas en direction de Melville Drive, s'arrêta lorsqu'elle vit que Fox ne semblait pas disposé à lui emboîter le pas.

— Je suis garé par là-bas, dit-il en indiquant vaguement les bâtiments universitaires de l'autre côté des Meadows.

— C'est à l'autre bout du monde.

Fox pinça légèrement les lèvres.

— On se retrouve au bercail, dit-il en tournant les talons.

Elle le regarda s'éloigner. Il tourna à moitié la tête comme pour vérifier qu'elle était toujours là, puis allongea le pas. Clarke partit dans le sens opposé. Brillo la suivait, les yeux levés vers elle, en se demandant s'il y avait la moindre chance pour qu'elle prenne un jour l'apparence de son maître. Toutefois, il ne sembla pas se formaliser lorsqu'elle le prit dans ses bras avant de faire demi-tour pour prendre Fox en filature. Clarke avait beau réfléchir, elle ne voyait aucune raison à ce qu'il soit garé aussi loin. Devant lui, Fox consultait son téléphone tout en marchant. Clarke s'écarta du chemin pour emprunter la pelouse. Tout autour d'elle, l'animation ne manquait pas, entre les gens qui promenaient leur chien et les étudiants qui jouaient au frisbee et au foot. Un observateur averti l'aurait repérée, mais Fox remonta Middle Meadow Walk sans se retourner. Au premier café, il bifurqua à gauche en direction du complexe du Quartermile. Il y avait un parking souterrain par là, mais il n'était pas donné. Bien trop cher en tout cas pour un pingre comme Malcolm Fox. Arrivée à l'étroite bande de trottoir qui menait à la devanture du café, elle avait perdu sa trace. Devant elle, la rue était vide. Donc soit il venait de descendre au parking, soit…

Elle s'avança à pas de loups jusqu'au portail le plus proche et jeta un œil à l'angle en direction du tout premier immeuble de résidence moderne. Sa porte en verre était en train de se rabattre. Clarke temporisa puis s'avança prudemment jusqu'à l'entrée. En jetant un œil à travers les battants de verre, elle vit l'affichage à quartz au-dessus de l'ascenseur cocher un étage après l'autre, avant de s'immobiliser sur une lettre plutôt que sur un chiffre.

P comme penthouse.

Clarke croisa le regard interrogateur de Brillo.

— Et on sait qui habite là-haut, hein mon chien ? murmura-t-elle avant de lever de nouveau les yeux, le cou tendu. J'espère que tu sais ce que tu fais, Malcolm. Je l'espère sincèrement…

Aussitôt sorti de l'immeuble de Cafferty, Fox appela Jennifer Lyon.

— Ce n'est rien de bien méchant. On les voit au Jenever Club. D'abord à l'étage, jusqu'à ce qu'un serveur leur tende la fameuse carte qui confère un statut spécial, après quoi ils vont dans le salon VIP.

— Poursuivez.

— Ils dansent un peu… ils s'embrassent, s'enlacent.

Gêné, Fox se racla la gorge.

— Oui ?

— C'est à peu près tout. On voit qu'ils sont intimes, mais il n'y a pas de vrai…

— J'ai saisi, merci.

— Cafferty affirme qu'ils sont allés plusieurs fois au club, mais à mon avis, s'il avait eu autre chose de plus compromettant, il me l'aurait montré.

— D'accord.

— C'est vraiment *soft*.

— Il n'en demeure pas moins qu'il a couché avec elle. Si Cafferty publie ces images, Dennis sera contraint de s'expliquer.

— Il pourra toujours nier que c'est allé plus loin.

Fox l'entendit soupirer.

— J'ai jeté un œil sur Internet à ce Scoular, poursuivit-elle. Il a l'air parfaitement réglo. Rien de ce qu'a pu vous dire Cafferty n'explique l'intérêt qu'il lui porte ou ce que nous serions censés découvrir à son propos ?

— Rien.

— Alors poursuivons en essayant de jouer la montre.

— En creusant un peu plus dans la vie de Scoular ?

— En tant qu'élément pertinent dans l'enquête bin Mahmoud.

— Comme vous voudrez, madame.

— Je vous en suis reconnaissante, Malcolm. Je ne l'oublierai pas, sachez-le.

— Merci.

Une fois l'appel terminé, Fox se surprit à retourner à sa voiture d'un pas vif et léger. Au cours de la conversation avec Jennifer Lyon, il avait passé une donnée sous silence – la brève incursion de son époux et de sa bonne amie dans l'alcôve occupée par Scoular et ses acolytes. L'offrande, acceptée, d'une ligne de coke. Puis le champagne, les rires et l'expression de pur plaisir sur le visage de Dennis Jones…

*

Planté devant la fenêtre de son appartement, les yeux sur le panorama de la ville, Cafferty rugissait au téléphone :

— Alors, quand je t'appelle, Benny, l'idée c'est que tu décroches à la première sonnerie. Tu piges, bordel ? Je me fous de savoir si tu es en train de tirer un coup ou de couler un bronze, à ce moment-là, rien d'autre ne compte.

— Désolé, patron. Vous voulez que j'amène la voiture ?

— Ce que je veux, c'est que tu soulèves ton gros cul et que tu sortes faire un brin de causette. Une étudiante chinoise s'est fait agresser la nuit dernière, on lui a tiré son téléphone. Si c'est un petit con des cités qui a fait ça, il doit être en train de faire le mariole. Tu vas aller me le choper.

— Pourquoi ?

— Parce que je te le dis !

— Bien sûr, patron, absolument.

— L'agression a eu lieu à Marchmont, alors commence peut-être par le sud : Moredun, Gracemount… les quartiers de dégénérés, quoi. Tu as des contacts, là-bas ?

— Quelques-uns, oui.

— T'attends quoi, alors, putain ? *News* ou pas, tu me rappelles dans deux heures.

Cafferty planta le doigt sur l'écran pour raccrocher. Il attendit que sa respiration reprenne un rythme normal. Son travail était à soixante ou soixante-dix pour cent une question de caractère et d'attitude. Il n'était pas comme ces jeunes loups qui avaient besoin de tout un arsenal pour arriver à leurs fins. En règle générale, un regard et un mot faisaient l'affaire – en tout cas jusqu'à présent. Mais les choses devenaient de plus en plus compliquées, le monde changeait. Les prototypes de gangsters modernes fonctionnaient en roue libre. Ils se pointaient en douce depuis le Nord, de Manchester ou de Liverpool, et jetaient leur dévolu sur des villes comme Dundee, où la dernière chose dont la population avait besoin était un approvisionnement en drogues moins cher parce que tributaire d'une bande de mercenaires. Jusqu'ici, la réputation de Cafferty avait su protéger la majeure partie de ses opérations à Édimbourg, mais il n'était pas sûr de pouvoir tenir encore bien longtemps. Il lui restait toutefois son club, l'hôtel-boutique de New Town, la station de lavage de voitures et l'établissement de paris sportifs.

Et puis il ne fallait pas oublier les appartements qu'il mettait en location – il proposait les plus chics à des étudiants étrangers. En grande majorité, les étudiants en question étaient chinois. Si l'agression de l'une des leurs restait impunie, ils allaient finir par se demander si Édimbourg était vraiment une bonne destination. Ce qui serait sans incidence si d'autres nationalités étaient susceptibles de les remplacer, sauf qu'avec le Brexit, l'avenir était incertain… À ce jour, une large portion de ses revenus était parfaitement licite et il avait bien l'intention de poursuivre sur cette voie. L'immobilier s'était révélé un bon investissement, si bien qu'il songeait à se lancer dans l'acquisition de terrains à usage commercial – le domaine de Stewart Scoular, pour être tout à fait précis. En entrant dans ce monde, il espérait côtoyer des gens de qualité, des gens comme lady Isabella et la famille bin Mahmoud. Des gens comme Giovanni Morelli.

Et s'éloigner inexorablement de Benny et de son engeance.

Cafferty jeta un œil à la pièce autour de lui.

— Ce n'est jamais assez, se murmura-t-il à lui-même.

Il avait beau grimper toujours plus haut, frapper toujours plus fort, ça n'était jamais assez.

11

Rebus n'avait jamais vu une telle effervescence dans la grand-rue de Naver. Les riverains devisaient par grappes et des voitures remplies de curieux arrivaient en tous sens. Il savait que les médias n'allaient pas tarder à venir gonfler les rangs des badauds. Rebus déverrouilla la Saab, mit le contact et réussit à démarrer du premier coup. Toutefois il ne discerna pas le ronronnement habituel du moteur. Il enfonça l'accélérateur jusqu'au plancher, attirant les regards sur lui. Il coupa le moteur et ressortit.

Il remonta la rue en prenant soin de garder la tête baissée pour éluder les voix pleines de questions et les gens qui, à l'évidence, connaissaient son identité. Cap sur une maison située à l'autre extrémité. Arrivé sur le perron, il appuya sur la sonnette et attendit. La septuagénaire légèrement courbée qui ouvrit lui fit signe de franchir le seuil comme si elle accueillait un réfugié. Elle serra ses deux mains dans les siennes.

— Un choc terrible pour nous tous, terrible.

— Merci de me recevoir si rapidement, madame McKechnie.

— Mais c'est normal. Par ici, je vous prie. Et appelez-moi Joyce.

Le petit salon était en désordre, surchargé d'une profusion de décorations en porcelaine et de photos de famille encadrées aux murs. Le feu de cheminée donnait l'impression d'aspirer tout l'oxygène de l'espace confiné. Sur une table basse était posé un plateau en métal sur lequel on avait sorti le service en porcelaine, ainsi que des biscuits. À l'arrivée de Rebus, un homme s'était levé. Il avait quelques années de moins que Mme McKechnie.

— Edward Taylor, dit-il en serrant la main de Rebus.

— Asseyez-vous, tous les deux, ordonna Joyce McKechnie en empoignant la théière. Je m'occupe de ça. Edward le prend nature.

— Une goutte de lait, merci, précisa Rebus comme il se débarrassait de sa veste.

Taylor lui tendit l'assiette de sablés, mais Rebus déclina d'un mouvement de la tête.

— Quelle affreuse nouvelle, pour Keith. Toutes mes condoléances.

— Merci.

Un silence s'ensuivit jusqu'à ce que Mme McKechnie eût fini de s'installer.

— Et je tenais encore à vous remercier de me recevoir.

— C'est bien le moins qu'on puisse faire, répondit-elle.

Elle avait l'accent du coin. Quant à Taylor, Rebus avait l'impression qu'il venait d'un peu plus au sud.

— Du peu de temps que j'ai passé ici, il me semble évident que Keith adorait côtoyer le groupe d'histoire.

— Keith était notre espoir pour l'avenir, répondit

Taylor. Nous autres, nous sommes plutôt à ce qu'on appelle le crépuscule de la vie.

— Les autres membres du groupe ? l'encouragea Rebus.

— J'ai appelé Anna, mais pas de réponse, s'excusa Joyce McKechnie. Je ne pense pas qu'ils soient rentrés de vacances.

Anna et Jim Breakspear : les deux autres noms que Rebus avait trouvés dans les notes de Keith Grant.

— Un groupe très restreint, commenta-t-il.

— Officiellement, nous sommes plus d'une dizaine de membres, mais tout le monde ne peut pas forcément y consacrer le temps qu'il voudrait.

— D'un autre côté, Keith avait un emploi à plein temps et ça ne l'empêchait pas de jouer son rôle, fit valoir Taylor en se mettant à tripoter un bouton de son cardigan brun-gris.

— Mais vous m'avez l'air d'être fringants, tous autant que vous êtes, observa Rebus. J'ai vu vos travaux de fouilles.

McKechnie laissa échapper un petit rire.

— On a forcé la main à deux, trois personnes pour mobiliser des bénévoles de la Maison de la jeunesse.

Rebus acquiesça en silence avant d'allumer son téléphone et d'afficher la photo dont il avait besoin. Il se leva et orienta l'écran vers ses interlocuteurs, le bras tendu.

— On a retrouvé la sacoche de Keith, mais elle était vide. À votre connaissance, que renfermait-elle ?

Taylor regarda la photo.

— Son dernier carnet de notes, probablement – il en noircissait des dizaines.

— Et son ordinateur portable, ajouta McKechnie.
— Vous savez ce qu'il renfermait ?
— Aujourd'hui, on appelle ça des *notebooks*, coupa Taylor avant d'avaler une gorgée de thé. Ça évite de confondre avec les téléphones.
— Et puis des notes de recherche à propos du camp, ajouta McKechnie, à qui l'interlude avait laissé le temps de la réflexion. Des photos, des plans, ce genre de choses.
Le portable de Rebus se mit à vibrer. D'un bref coup d'œil, il constata qu'il avait raté plusieurs appels. Dont deux de Laura Smith, correspondante pour les affaires criminelles au journal *The Scotsman*. Il éteignit son téléphone et le remit dans sa poche.
— Diriez-vous que le camp était devenu une obsession chez lui ? demanda-t-il.
— Probablement, répondit Taylor tandis que McKechnie acquiesçait en silence.
— Mais je me suis demandé…
McKechnie s'interrompit, les lèvres serrées.
— Tout ce que vous avez à dire pourrait se révéler très utile, l'incita Rebus.
— Eh bien, le camp est à un jet de pierre de Stalag Hawkins…
— Stalag Hawkins ?
Elle eut un mince sourire.
— Le sobriquet vient de Keith. Avec le temps, on a tous fini par l'adopter.
— Vous voulez parler de la communauté ?
Taylor épousseta quelques miettes sur son pantalon.
— Saviez-vous que Samantha était devenue bien amie avec eux ?

— Elle m'a parlé d'elle et de Hawkins, si c'est ça la question. Mais c'était fini entre eux.

— Bien sûr.

Rebus se concentra de nouveau sur McKechnie.

— Keith utilisait le camp pour pouvoir espionner la communauté ? On ne peut pas la voir depuis là-bas, si ?

— Non, mais on voit les voitures qui passent sur la route.

— C'est lui qui vous l'a dit ?

Elle secoua la tête.

— On se posait la question, c'est tout.

— Ça n'explique pas pour autant son travail acharné – toutes les estimations budgétaires pour transformer le camp en attraction touristique.

— Vous avez raison, bien évidemment, concéda Taylor en reposant sa tasse sur le plateau après avoir décliné l'offre d'un deuxième service. Cet endroit le tenait entre ses griffes.

— Les fantômes n'ont pas de griffes, Edward, le corrigea McKechnie avec l'ombre d'un sourire.

— Les fantômes ?

Le regard de Rebus fit un aller-retour entre McKechnie et Taylor.

— Des tas de gens ont trouvé la mort au Camp 1033 et alentour au cours de sa brève existence. Certains de maladies et de causes naturelles, d'autres ont été passés par les armes ou éliminés par d'autres moyens.

— D'autres moyens ? répéta Rebus.

— Meurtres, empoisonnements…

— Et Keith s'intéressait à tout cela ?

— De très près, souligna Taylor.

— J'ai passé au peigne fin toutes les notes que j'ai

pu trouver, fit Rebus en se frottant la joue. De mémoire, un des ouvrages qu'il s'était procurés faisait mention de décès dans les autres camps. Mais il n'y avait rien sur le Camp 1033.

— Il a même enregistré des entretiens, ça ne te dit rien ? demanda McKechnie en regardant Taylor, qui hocha la tête en silence. Avec des personnes qui se souvenaient du camp – et avant que vous posiez la question, monsieur Rebus, c'était *un tantinet* avant mon époque.

Rebus esquissa le sourire qu'elle semblait attendre de lui.

— Donc, pour que les choses soient bien claires, vous voulez parler d'entretiens avec des gens qui habitent ici-même ?

— Et il a même eu une correspondance avec des rescapés vivant à l'étranger – des prisonniers qui étaient rentrés en Allemagne ou en Pologne après la guerre.

— Ou en Angleterre et aux États-Unis, compléta Taylor.

— Des entretiens qu'il a filmés ? demanda Rebus.

— Des entretiens audio, je crois, répondit Taylor avant d'interroger McKechnie du regard, laquelle se contenta de hausser les épaules. Il les conservait sur une clé USB.

Rebus tenta de se souvenir s'il en avait vu la moindre trace dans le garage.

— Ça ne doit pas représenter un grand nombre de personnes, observa-t-il.

— De moins en moins, avec le passage des années, reconnut Taylor.

— Je sais qu'il a parlé à May Collins, mais s'est-il entretenu avec son père, aussi ?

— Joe Collins, oui. Et puis Frank Hess, Stefan Novack, Helen Carter…

De nouveau, Taylor chercha du regard l'approbation de Joyce McKechnie.

— Je suis à peu près sûre que ça fait le tour de la question, acquiesça-t-elle.

Rebus inclina le buste en avant, coudes sur les genoux.

— Cela m'aiderait considérablement si vous pouviez prendre le temps de réfléchir ensemble et de noter tout ce dont vous vous souvenez concernant ces entretiens et les décès au Camp 1033. Pensez-vous que ce soit possible ?

— Ce ne sont pas les fantômes qui l'ont tué, monsieur Rebus, répondit McKechnie sans y mettre aucune malice.

— J'essaie juste de me faire une idée de qui il était. Je regrette tant de ne pas l'avoir mieux connu.

— Nous comprenons tout à fait, opina Taylor. Nous allons faire tout notre possible.

— Je vous en suis reconnaissant, conclut Rebus en se levant.

Samantha, dans la chambre de Carrie, était occupée à emballer des affaires dans un sac. Elle leva sur lui ses yeux cerclés de rouge.

— Tes vêtements ont presque fini de sécher. Elles viennent d'où, ces fringues ?

— De May Collins.

— C'était à son mari ?

— Oui.

— Elle a gardé les vêtements de son époux décédé ?

— Qu'est-ce que tu fais ?

— Carrie va rester un peu chez Jenny.

— Tu lui as dit ?

Samantha gonfla les joues avant de relâcher tout l'air qu'elle retenait.

— Tu étais passé où ?

— J'étais en train de parler au groupe d'histoire.

— Pour une raison particulière ? interrogea-t-elle avec un regard.

— On l'a retrouvé dans l'enceinte du camp, Sammy.

— S'il te plaît, c'est Samantha.

Elle remonta la fermeture Éclair du sac et resta un instant en suspens.

— Brosse à dents, dit-elle avant de se faufiler à côté de lui.

Rebus lui emboîta le pas jusqu'à la salle de bains.

— Est-ce qu'on peut parler ?

— De quoi ?

— La sacoche de Keith a été retrouvée au camp. Apparemment, son contenu a été volé.

— Et ?

— Tu n'en as jamais parlé. Ni de son ordinateur portable – qui a disparu lui aussi, à moins que tu n'en saches plus que moi.

Elle se figea avant de finalement faire volte-face.

— Je parle à qui, là, merde ? J'aimerais vraiment savoir si je m'adresse à mon père ou à un flic qui me fait passer un interrogatoire.

— Sammy…

— *Samantha !*

Elle ravala ses larmes et repartit en le bousculant au passage. Le temps qu'il la rattrape, elle tournait autour de la table de la cuisine d'un pas frénétique, comme si elle avait perdu quelque chose.

— Tout le monde croit que j'ai à voir avec sa disparition, lâcha-t-elle. Tous ces yeux qui me scrutent dès que je sors. Facebook et compagnie sont prêts à me brûler au bûcher. Vous autres qui exigez des empreintes digitales, une mèche de cheveux pour un test ADN ; il faut une déposition, une identification formelle. Et ça n'est que le début. On s'était disputés, ce soir-là, fit-elle d'un ton plus calme, comme la colère qui l'agitait semblait retomber un peu. Rien de bien grave, toutes proportions gardées, sauf que ton pote Creasey voit ça d'un autre œil. Je suis épuisée, je ne sais plus quoi faire, Keith est mort et je ne peux pas laisser Carrie me voir craquer.

D'un battement de cils, elle sembla refaire le point sur le monde alentour.

— Des conseils à me donner, inspecteur ?

— Je suis là pour toi, Samantha.

— Comme tu as toujours été là pour moi, c'est ça ? Un coup de fil deux fois par an, et encore, si on avait de la chance, avec maman.

Samantha inspira, les dents serrées, et agita la main en direction de la machine.

— Quand elle aura fini, je veux que tu t'en ailles.

— Bon sang, Samantha…

— Je suis sérieuse. Je m'en sortirai très bien. Il faudra bien, de toute façon, déclara-t-elle en évitant son regard. J'ai entendu dire que ta voiture était réparée, donc tu n'as vraiment plus aucune raison de rester.

— J'ai toutes les raisons de rester – vous êtes ma seule famille, Carrie et toi. Je veux vous aider.

— Alors tu vas me dire une chose, énonça-t-elle en s'approchant de lui, son regard rivé au sien, jusqu'à ce que leurs visages ne soient plus séparés que de quelques centimètres. Je suis considérée comme une suspecte ?

— La police doit faire le nécessaire justement pour pouvoir t'écarter.

— Mais en attendant, vous me suspectez, c'est ça ? Toi autant que la police ?

Elle secoua la tête avec lenteur et, lorsqu'elle reprit la parole, sa voix avait perdu toute vigueur.

— Va-t'en, papa. Je ne veux pas que tu sois ici à mon retour.

Elle hissa le sac à son épaule et s'immobilisa devant la porte qui donnait sur l'extérieur.

— Les fringues d'un mort, dit-elle pour elle plus que pour lui.

Sur ces mots, elle s'en fut.

Il envisagea de la suivre jusqu'au village. Carrie ne méritait-elle pas de le voir ? Pouvait-on ramener Samantha à la raison ? Il se ravisa, se laissa tomber sur une chaise de la cuisine et regarda le lave-linge terminer son cycle.

Trente minutes plus tard, il entrait au Glen. Le pub était animé. À peine eut-il franchi la porte que les conversations se turent. En se dirigeant vers le comptoir, il aperçut un journaliste en train d'interviewer un villageois, téléphone portable braqué sous son nez pour ne pas rater une miette de son témoignage. Plus que sur le nouvel arrivant lui-même, May Collins avait les yeux fixés sur les deux sacs qu'il portait à bout de bras. Elle finit par les lever sur Rebus lorsqu'il l'interrogea :

— Vous faites hôtel ici ?

12

L'équipe de la division de la BEP avait élu comme repaire de fin de journée un bar situé à cinq minutes à pied du poste de police de Leith. Quand il sentait que la motivation flanchait ou que la fatigue s'installait, Graham Sutherland annonçait à la cantonade « Débrayage au pub ». Selon la règle qu'il avait édictée, il payait les deux premières tournées avec sa carte de crédit. Une des tables au coin semblait les attendre à chaque fois, qu'ils complétaient en allant pêcher des tabourets à droite et à gauche. Sutherland avait fini par avouer un jour à Siobhan qu'il appelait en amont pour réserver « le coin habituel ».

— Donc tu leur es redevable, avait-elle commenté. Attention, Graham, c'est une mauvaise pente.

— On n'est plus à l'époque de Rebus. Pas de pot-de-vin ni de bouteille de Grouse en douce dans l'arrière-salle.

Pas même de ristourne – Sutherland veillait au grain, quel que soit le collègue qui payait sa tournée.

Ce soir-là, ils étaient six autour de la table. Ronnie Ogilvie, absorbé par un jeu télévisé, lançait les réponses avant tous les candidats. Esson et Leighton avaient le nez sur leur portable, c'était à peine s'ils touchaient à leur verre. Fox était focalisé sur les deux sachets de chips striées éventrés sur la table, et se léchait les doigts après chaque bouchée.

— Santé, fit Sutherland en levant sa demi-pinte avant d'en avaler une gorgée.

Clarke avait commandé un gin tonic avec une bouteille de tonic en plus. Elle songea à la génération de Rebus : ils n'auraient pas été nombreux à s'inquiéter d'un éventuel contrôle d'alcoolémie. Au fond, ce n'était pas tant que l'époque avait changé. C'était plutôt que Clarke et ses collègues n'étaient pas faits de la même étoffe. Certes, ils s'octroyaient parfois une grosse soirée, histoire de relâcher la pression, mais pour la plupart, ils avaient tendance à considérer leur travail ni plus ni moins pour ce qu'il était : un travail. Gamble et Yeats étaient rentrés dans leurs pénates ; le premier pour s'attabler devant un dîner mijoté par sa compagne et le deuxième pour se préparer pour son match de foot à cinq. Que le diable les emporte si leur métier de policier leur bouffait la vie. Clarke jeta un œil à Sutherland de l'autre côté de la table en se demandant si cela pouvait expliquer qu'ils ne se soient jamais engagés l'un envers l'autre : par peur que leur relation ne se laisse envahir par le travail et vice-versa. Il fallait se laisser de la place pour respirer.

C'était d'ailleurs pour cela qu'elle s'était décidée à assister à la rencontre littéraire en compagnie d'Esson. Elles mangeraient un bout quelque part autour du théâtre et puis elles décrocheraient, l'espace d'une ou deux heures. Tournant son attention vers Malcolm Fox, lequel s'appliquait à faire glisser ses chips avec une gorgée d'Appletiser, Clarke remarqua qu'il avait l'esprit ailleurs. Il faisait mine de s'intéresser au même jeu télévisé que Ronnie Ogilvie, mais seulement pour s'éviter toute interaction avec les autres. Absorbé par ses pensées, il remettait les pièces du puzzle en place. Il ne paraissait pas préoccupé à proprement parler, plutôt bouillonnant d'une énergie nerveuse que personne d'autre ne semblait voir. Il n'avait pas pipé un mot de sa visite chez Cafferty : il s'était mis au travail devant son ordinateur, à passer au peigne fin la liste des amis et des connaissances de Salman bin Mahmoud, allant même jusqu'à appeler la Met pour les relancer. Sutherland, qui s'était arrêté à sa hauteur pour écouter la conversation, l'avait gratifié d'une tape sur l'épaule.

Fox ne quitta des yeux l'écran de télévision qu'après s'être rendu compte que ses doigts pédalaient dans le vide à l'intérieur du paquet de chips. Il ne restait plus que des miettes poudreuses. Il croisa le regard de Clarke et haussa les épaules.

— Alors, ça t'a coûté combien le parking dans le Quartermile ? demanda-t-elle. C'est aussi cher qu'on le dit ?

— J'étais à George Square, rectifia-t-il. Je n'ai pas un budget à rallonge, non plus.

— Écoutez-moi, tout le monde, interrompit Sutherland, n'oubliez pas de demander des factures pour toutes vos dépenses professionnelles, afin de pouvoir les présenter comme notes de frais. On est large, ce n'est pas demain la veille qu'on va dépasser le budget.

— Je peux toujours faire un saut au Moyen-Orient pour creuser ce volet de l'enquête, si ça peut aider, blagua Esson avec un petit sourire, sans prendre la peine de lever le nez de son téléphone.

— Vu comme Malcolm harcèle nos amis de la Met, je m'attends à moitié à ce qu'il fasse une demande de déplacement à Londres, rétorqua Sutherland.

— Ça ne sera sans doute pas nécessaire, fit savoir l'intéressé. Le défunt passait le plus clair de son temps à Londres. Si quelqu'un dans sa vie là-bas avait voulu sa mort, il n'aurait pas fini ses jours à Édimbourg.

— À moins qu'on ait voulu brouiller les pistes, objecta Ogilvie en détournant son attention du générique de fin du jeu télé.

— J'en reviens sans cesse au lieu du crime, ajouta Fox. Pourquoi ce trou paumé ? Qui l'a choisi – la victime ou son assassin ?

— En tout cas on a appris une chose – le lieu était autrefois prisé des dealers et des exhibs.

— Des exhibs ? répéta Esson en se riant de l'expression de Sutherland.

— Vu les cercles dans lesquels évoluait la victime, je ne pense pas qu'il en était réduit à ça. S'il voulait se procurer de la drogue, il avait tous les clubs VIP et les salons particuliers qu'il voulait. Quant au sexe…

— Est-ce qu'on pense qu'il couchait avec Issy Meiklejohn ? demanda Esson à la tablée. Elle a l'air proche de l'Italien, et comme on nous l'a bien appris à l'école de police : *cherchez la femme**[1].

Sutherland sourit, une main levée.

— Au cas où vous auriez oublié, on est censés avoir quartier libre. Je veux bien que quelqu'un change de sujet, *s'il vous plaît**.

Le silence retomba sur la table ; qui buvait une

1. * En français dans le texte.

gorgée, qui jouait avec son verre. Tess Leighton fut la première à le rompre d'un soupir :

— Je n'ai pas d'autre idée de conversation.

— Pas mieux, ajouta Ogilvie.

Une fois les ricanements finis, Sutherland proposa une nouvelle tournée, mais Esson secoua la tête.

— On ferait mieux de se mettre en route, avec Siobhan, dit-elle en se penchant pour attraper son sac à main. À demain au bureau ?

— Je reste pour un dernier, répondit Ogilvie à son patron.

Fox eut l'air dubitatif et Leighton, tout en acceptant d'un hochement de tête, s'était déjà replongée dans ses textos.

Clarke suivit Esson vers la sortie. Il faisait encore jour, la nuit ne tomberait que dans quelques heures. Elles étaient à mi-chemin de la voiture quand son téléphone tinta. Un message de Graham Sutherland.

À tout à l'heure ?

Elle eut un mouvement d'hésitation. Et décida de ne pas répondre d'emblée. Elle voulait d'abord réfléchir.

La rencontre littéraire avait lieu à Usher Hall. Après s'être garées dans Grindlay Street, elles avaient eu le temps d'avaler un plat chez Dine.

— Qui l'eût cru ? fit Clarke en apercevant la foule qui se pressait à l'entrée du théâtre.

— La rencontre est à guichets fermés, lui confirma Esson en fouillant dans son sac à la recherche des billets.

Nouveau message de Sutherland.

Vais pas tarder à me mettre en route pour Glasgow si tu n'as pas besoin de moi.

Il avait la clé de chez elle, mais elle savait qu'il ne se le permettrait jamais.

Va chez moi, si ça ne t'ennuie pas d'être seul. Je ne sais pas à quelle heure je vais rentrer. Elle s'apprêtait à appuyer sur Envoi quand une idée lui traversa l'esprit. *Y a qui d'autre au pub ? Malcolm est rentré chez lui ?*

Un instant plus tard, deux textos arrivèrent en tandem.

Merci, je t'attends chez toi.

Il a filé juste après toi.

Clarke regarda fixement son écran. Elle savait très bien où Fox avait filé.

— Qu'est-ce qui se passe ? demanda Esson.

Clarke se rendit compte que sa collègue l'avait observée tout du long.

— Bah, ce n'est rien.

— Non, ce n'est clairement pas l'impression que ça donne. Vous êtes attendue ailleurs ?

— Je n'arrive pas à débrancher.

— C'est pas comme si je n'avais pas remarqué. Pendant le dîner, j'avais l'impression de parler à un mur.

Clarke lui adressa un sourire fatigué.

— À ce point ?

— Allez, dit Esson en lui faisant signe de déguerpir. Faites ce que vous avez à faire.

— Vous êtes sûre ? Je vous rembourserai la place.

Esson vérifia l'heure.

— Ils me la reprendront sans doute si je fais vite. Je crois avoir vu un guichet prévu pour ça.

— Merci, Christine. Je suis vraiment désolée.

Esson lui fit une nouvelle fois signe de déguerpir et se dirigea vers l'entrée du théâtre. Clarke esquissa un dernier sourire navré, puis tourna les talons en direction de Grindlay Street, avant de se souvenir qu'elle était venue avec la voiture d'Esson. La sienne était restée à Leith. Elle avisa la station de taxis de l'autre côté de Lothian Road, le long du Sheraton. Trois véhicules patientaient en file indienne. Elle passa au travers de la circulation et grimpa dans le taxi en tête de file.

— Où va-t-on, ce soir ? demanda le chauffeur.

— Queen Charlotte Street – le poste de police.

— Alors comme ça on se constitue prisonnière ? On n'a pas la conscience tranquille ?

Le chauffeur démarra le moteur et enclencha son compteur.

— C'est pas mon genre, répondit Clarke d'une voix trop basse pour qu'il puisse entendre.

*

— Bonsoir, Malcolm, dit-elle en pénétrant dans le bureau de la BEP.

Fox tressaillit.

— Tu m'as fait peur.

Plantée derrière lui, Clarke déchiffrait l'écran d'ordinateur par-dessus son épaule.

— Amis et associés, expliqua-t-il.

Clarke hocha la tête.

— Rien qui ne pouvait pas attendre demain, fit-elle en jetant un œil à l'espace vide.

— Et pas grand-chose qui m'attende à la maison,

plaida-t-il. Et puis j'aime bien avoir le bureau pour moi tout seul.

— Sans personne pour te déranger, fit semblant d'approuver Clarke en se laissant glisser sur une chaise face à lui.

— Ça va ? demanda-t-il. Et cette rencontre littéraire, alors ?

— Je n'étais pas d'humeur, en fin de compte. Tu as mangé quelque chose ?

— J'aurais dû y aller mollo sur les chips, dit-il en se tapotant l'estomac tandis que Clarke tendait le bras pour attraper son carnet de notes, qu'elle feuilleta.

— Tu n'as pas chômé. Un vrai fan club de Stewart Scoular à toi tout seul.

— On l'a vu en compagnie de Meiklejohn et Morelli, on peut en conclure qu'il connaissait le défunt. Et dans la rue, le bruit court qu'il refourgue un peu de coke à ses copains.

Clarke le gratifia d'un fin sourire.

— Qui connais-tu dans la rue, Malcolm ? J'ai toujours pensé que tu étais davantage un gratte-papier. D'autant plus que tu n'étais même pas à Édimbourg, ces derniers temps.

Le visage de Fox s'empourpra.

— Ça ne m'empêche pas d'avoir des sources, Siobhan. Je travaille à la Criminelle – mon boulot consiste à traiter des informations.

— Donne-moi un nom, dans ce cas, dit Clarke avant de lever aussitôt la main. Non, laisse-moi deviner. Que dirais-tu de Morris Gerald Cafferty ? Aurait-il pu se transformer en balance pour la brigade criminelle et l'inspecteur Malcolm Fox ?

— OK, fini de jouer. J'imagine que tu m'as suivi ? demanda Fox, bras croisés.

— C'est toi qui es allé le chercher ou l'inverse ?

— Un peu des deux.

— Et il t'a offert Stewart Scoular sur un plateau d'argent ?

— Plus ou moins.

Clarke secoua la tête.

— Avec Cafferty, les choses ne sont jamais aussi simples. Qu'est-ce qui se passe, Malcolm ?

— Je ne peux vraiment pas te le dire, Siobhan – pas pour l'instant.

— Ça a un rapport avec ton déplacement à Gartcosh ?

— Arrête, plaida-t-il, une main levée, paume tournée vers elle.

— Cafferty a-t-il quelque chose sur Scoular et Salman bin Mahmoud ?

— Je n'en sais rien.

— Donc il n'avait rien d'autre à te fourguer à part Scoular et un vague deal de coke ? Quel est le lien tangible avec l'enquête qu'on est censés mener ?

Un sourire s'esquissa lentement sur le visage de Fox.

— Je suis bien content que tu poses la question.

Il lui fit signe de venir s'asseoir à côté d'elle, face à l'écran de l'ordinateur, pendant qu'il s'armait de sa souris et de son clavier.

— Qui eût cru que les pages affaires des journaux pouvaient se révéler si instructives, commença Fox. Je m'apprêtais à imprimer tout ça, mais en attendant, regarde un peu, dit-il en tapotant l'écran du bout du doigt. L'entreprise de Scoular est impliquée dans des projets à travers le monde entier. Parmi lesquels, il y a quelques années de cela, des immeubles d'habitation de luxe au Moyen-Orient. Mais il a bien retenu la leçon.

Clarke regarda défiler les articles, qui touchaient cette fois à des programmes immobiliers à Londres, Toronto et Vancouver.

— Beaucoup sont restés à l'état de projet, mais d'autres ont avancé, expliquait Fox.

— Morale de l'histoire ?

— Les gens qui ont de l'argent veulent que cet argent fasse des petits, mais ils veulent aussi que cet argent soit bien protégé, or le Moyen-Orient comporte des risques. Le père de Salman avait un rôle de rapporteur d'affaires, et non seulement il flambait ses propres capitaux dans certains projets, mais en plus il leur trouvait d'autres investisseurs, qui optaient le plus souvent pour l'anonymat, en s'abritant derrière des noms de sociétés, pour la plupart immatriculées dans un pays offshore. Mais puisque le père de Salman est sur la touche…, dit Fox en tournant la tête vers Clarke.

— Tu penses que Salman a repris le flambeau ? Je ne me souviens pas que son nom soit ressorti dans nos recherches.

— Certes, mais regarde plutôt.

Nouveaux clics, nouvel article des pages affaires. Un unique paragraphe, qui passait facilement inaperçu. Clarke entreprit de le lire tandis que Fox faisait le commentaire.

— L'entreprise de Scoular, avec une injection de capitaux saoudiens, a pour projet de construire un club de golf au nord, sur des terrains appartenant à lord Strathy.

— Lord Strathy étant…

Nouveau clic et la biographie de l'intéressé apparut à l'écran, accompagnée d'une photo le montrant en toge d'hermine, arborant teint rose et bien portant des privilégiés.

— De son vrai nom Ramsay Meiklejohn, expliqua Fox comme un clic supplémentaire affichait une carte du nord de l'Écosse. Il est le père d'Issy Meiklejohn. Toute la zone en bleu lui appartient.

— Ça en fait, des terres.

Clarke pointa du doigt un point sur la côte, puis un autre.

— Ça n'englobe pas tout à fait Tongue et Thurso…

— Mais ça s'en approche. La demeure ancestrale est à mi-chemin entre les deux, le long de la route de Dounreay.

La photo suivante montrait un château.

— En réalité, il n'est pas si ancien que ça, commenta Fox. Milieu du dix-neuvième. Dans le style seigneurial écossais remis au goût du jour, d'où les tourelles à la Disney.

— Merde alors, Malcolm, quand tu creuses, tu ne fais pas semblant, lâcha Clarke en lui jetant un coup d'œil. Oui, enfin pas la peine de crâner non plus.

— Mais tu dois admettre que ça commence à prendre forme : Scoular de mèche avec lord Strathy ; des financements en provenance du Moyen-Orient ; la victime et Isabella Meiklejohn…

— Ce qui ne nous dit toujours pas pourquoi quelqu'un voulait la mort de Salman.

— À part… ça, objecta Fox en ouvrant une nouvelle page à l'écran. Le même consortium avait eu pour projet de construire un port spatial près de Tongue. C'est tombé à l'eau, en partie à cause des préoccupations locales, mais surtout parce qu'ils n'ont pas réussi à réunir les fonds. Visiblement, le projet de construction de golf pâtit du même problème. Et ce n'était pas donné, leur affaire. Or, depuis l'assignation à résidence d'Ahmad bin Mahmoud, ses transactions financières sont limitées, et donc c'est le fils qui est sous pression pour cracher au bassinet. Une pression qui est vraisemblablement le fait des Stewart Scoular et autres Ramsay Meiklejohn.

— On a des preuves tangibles de ça ?

Le visage de Fox se décomposa imperceptiblement.

— J'ai contacté deux journalistes économiques, mais je n'ai pas de nouvelles.

— Tu as contacté la presse ?

Clarke le dévisagea d'un regard sans appel.

— Par e-mail seulement, et en choisissant bien mes mots.

— N'empêche, ce n'est sans doute pas bien malin, dit-elle en se grattant le front.

— Je ne vois personne d'autre faire avancer ce dossier, Siobhan.

— Tu fais le jeu de Cafferty, Malcolm. C'est lui qui a lancé toute cette machine. Tu ne crois pas que cela devrait nous faire réfléchir ?

Fox secouait déjà la tête.

— Si tu veux mon avis, Cafferty s'est dit qu'on allait tout au plus trouver que Scoular distribuait ou vendait un peu de blanche à ses copains. Ça ne doit pas lui plaire, vu que ça le prive de clients potentiels. Ce qu'on a là, expliqua-t-il en désignant l'écran, va bien plus loin, et c'est moi qui ai relié les éléments. À tout le moins, ça vaut le coup de montrer ça au patron, non ?

— Bien sûr. Mais j'ai l'impression que ton « tout le moins » cache autre chose, fit Clarke sans se priver de le scruter. Un brin de causette avec Stewart Scoular, peut-être ?

— Peut-être.

— Avant d'en parler en haut ?

Fox haussa les épaules.

— Rien de tel que l'instant présent, à ce qu'il paraît.

Il avait presque un sourire en coin.

— Tu as déjà tout prévu ? devina Clarke.

— Tu veux venir ? répondit-il en consultant sa montre.

— Maintenant ?

— Oui.

— À son bureau ?

Il secoua la tête.

— Chez lui. S'agissant d'une enquête pour meurtre, je lui ai fait comprendre que le temps pressait.

— Que lui as-tu dit d'autre ?

— Que nous interrogions toute personne ayant connu le défunt et que son nom était apparu.

— Il a avoué connaître Salman ?

Fox opina du chef tout en enfonçant les bras dans les manches de sa veste.

— Je suis peut-être un gratte-papier, Siobhan, mais il m'arrive de taper dans le mille.

Clarke était loin d'être convaincue. Elle lui emboîta néanmoins le pas vers la sortie.

Que pouvait-elle faire d'autre ?

13

La maison de Stewart Scoular appartenait à une enfilade de demeures géorgiennes surplombant la rivière, à Stockbridge. La porte d'entrée était flanquée de deux boutons d'interphone, l'un marqué « Bureau » et l'autre laissé vierge. Fox appuya sur le bouton vierge. Quelques instants plus tard, une voix crachota au sortir de l'interphone. « Entrez. »

Ils poussèrent la porte et débouchèrent dans un vestibule exigu qui donnait sur deux portes, dont l'une s'ouvrit en grand. Scoular portait une chemise rose pâle à col ouvert, manches retroussées. Clarke remarqua qu'il était pieds nus. Pas de bagues à ses mains, ni montre, ni bijoux. Il avait les cheveux argentés, soigneusement taillés, le visage finement parsemé de taches de rousseur, et des dents étincelantes.

— Je vois que vous avez amené du renfort, dit-il avec un petit rire.

— Voici ma collègue, l'inspectrice Clarke, annonça Fox. Merci de nous recevoir à cette heure avancée.

Scoular balaya les formalités d'un geste et les devança dans un salon haut de plafond, aux corniches tarabiscotées et au plancher poncé.

— Bel endroit, commenta Fox comme s'il était sincère.

Le mobilier avait l'air coûteux, même si la pièce donnait l'impression d'être sous-employée. Clarke se fit la réflexion qu'il avait dû creuser sa grotte autre part, écran géant et gadgets à l'appui. Le salon ne comportait aucune étagère et quasiment aucun bibelot. Pas de livres, ni de magazines ou de photos de famille.

— Vous êtes seul dans cette maison ? demanda-t-elle.

— Pas *tous* les soirs, dit-il avec un nouveau gloussement. Puis-je vous offrir quelque chose à boire ?

— C'est aimable à vous, non merci.

Fox s'était posé sur le canapé en cuir. Le cadre chromé devait être un nid à traces de doigts, pourtant, Clarke n'en vit aucune. Soit le canapé était flambant neuf, soit son propriétaire employait un personnel de maison méticuleux.

— Nous n'allons pas vous déranger longtemps, annonça Fox en se décalant pour faire de la place à Clarke. Nous avons seulement quelques questions afin de clarifier la teneur de votre relation avec Salman bin Mahmoud.

Scoular s'assit sur un fauteuil assorti au canapé et croisa les jambes de sorte que sa cheville droite reposait sur son genou gauche. Clarke eut le sentiment qu'il se donnait beaucoup de mal pour avoir l'air détaché. Le menton relevé, comme pour mieux réfléchir, il répondit :

— Sincèrement, je ne pense pas l'avoir rencontré plus de dix ou douze fois. Essentiellement à des soirées.

— Certaines chez lui ?

— À une occasion, assurément.

— Il habitait à cinq ou dix minutes d'ici à pied ?

— Dans ces eaux-là.

— Et Giovanni Morelli est encore plus près ?

— Cinq minutes, max. Je dirais que je connais Gio un petit peu mieux que je ne connaissais Sal.

— Les gens l'appelaient Sal ?

— Certains d'entre nous, oui.

Scoular avait attrapé ses orteils et semblait s'employer à les masser.

— Vous vous êtes fait mal au pied ? coupa Clarke.

— Non, répondit-il, mais il sembla prendre conscience de sa posture et reposa le pied à terre. Désolé. J'ai eu une légère crampe un peu plus tôt, après être allé courir.

Clarke ne fut nullement étonnée d'apprendre qu'il faisait de la course à pied. Il devait probablement avoir un équipement de gym chez lui. Il était mince et légèrement hâlé, le genre qui fait mouche auprès de certaines femmes. Elle l'imagina en train de présenter un projet immobilier devant une salle pleine de personnes qui lui enviaient son physique et son assurance. D'autant plus qu'après le renvoi de son parti politique suite à ses propos subversifs, il devait passer pour un frondeur.

— J'aurais dû vous demander si l'enquête progresse, reprit-il.

— Elle progresse, affirma Fox.

Une phrase creuse dont Scoular sembla se contenter.

— Quand j'étais membre du Parlement écossais, j'étais particulièrement attaché à la justice et au combat contre le crime. J'étais frappé de voir le sacré travail que Police Scotland abattait malgré ses dotations insuffisantes.

— Nous tâchons de ne pas trop nous plaindre, fit valoir Clarke.

— Pour en revenir à M. bin Mahmoud, coupa Fox, vous l'avez rencontré quelques fois dans un cadre social. Diriez-vous que c'était là toute l'étendue de votre relation ?

— En gros, oui.

— L'avez-vous jamais côtoyé à Londres ?

— Non.

— Mais vos affaires vous y amènent ?

— Parfois.

— Vous travaillez dans…

— Le développement immobilier – commercial, essentiellement. L'hôtellerie, ce genre de projets. Édimbourg regorge de terrains qui demandent à être mieux exploités.

— Pour maximiser les profits, vous voulez dire ?

— Pour maximiser le potentiel. Ce n'est pas toujours une question d'argent.

— Des infrastructures supplémentaires, une meilleure qualité de vie ?

Scoular sonda Clarke du regard, sans trop savoir si c'était du lard ou du cochon.

— C'est exact, répondit-il d'une voix atone.

— Nous avons déterminé que vous connaissiez M. bin Mahmoud et que vous connaissez M. Morelli, résuma Fox. Donc vous connaissez vraisemblablement lady Isabella Meiklejohn ?

— Oui, je connais Issy.

— Y a-t-il d'autres personnes, dans le cercle de M. bin Mahmoud, à qui nous devrions parler ?

Scoular prit le temps de réfléchir.

— C'est à Issy et Gio qu'il faut s'adresser. Comme je vous l'ai dit, j'étais loin d'être le confident de Sal…

— Qui occupait cette place, d'après vous ?

— Issy, probablement.

— Ils étaient ensemble ?

— C'est à elle qu'il faudrait poser la question. Je n'ai jamais eu l'impression que Sal s'intéressait particulièrement au sexe.

— À quoi s'intéressait-il, alors ?

— Il aimait sortir en boîte. Il aimait porter de beaux vêtements, conduire de belles voitures, voyager…

— Le tout financé par son père ?

— À moins qu'il n'ait travaillé comme barman en catimini.

Fox réussit péniblement à rendre son sourire à Scoular.

— Avez-vous jamais été en affaires avec le père de Salman ?

— Jamais.

— Mais vous avez déjà fait affaire au Moyen-Orient ?

— Ça remonte, et jamais avec lui, affirma Scoular tout en claquant des mains sur ses cuisses comme s'il s'apprêtait à se redresser. On a fait le tour de la question, vous ne croyez pas ?

— M. bin Mahmoud avait-il des ennemis, la moindre difficulté ? poursuivit Clarke.

— Non.

— Et la dernière fois que vous l'avez vu…

— Dans un club ou un autre, j'imagine.

— Au Jenever, peut-être ? On nous a dit que vous y

aviez vos habitudes, continua-t-elle comme Scoular la regardait fixement sans lui répondre.

— Je ne dirais pas vraiment ça. Je dois y faire un tour deux fois par mois.

— Vous avez dû entendre parler de son propriétaire, en revanche – un dénommé Cafferty ?

— Je vous ai dit que je m'étais intéressé de près à la justice et au combat contre le crime, vous vous souvenez ?

— Donc vous connaissez Cafferty ?

— De réputation, seulement.

— Mais en dépit de cette réputation, vous n'avez pas de scrupule à remplir ses caisses ?

Le regard de Scoular fit un aller-retour entre Clarke et Fox.

— Je ne suis pas sûr de comprendre où vous voulez en venir.

Fox répondit le premier.

— Nous tâchons simplement d'esquisser une image la plus complète possible de M. bin Mahmoud, son histoire, son mode de vie.

— C'était un type agréable à côtoyer, le play-boy typique, j'imagine. Dans certains milieux, c'est sûrement le genre de choses qui suscite la jalousie, mais c'était un garçon très attachant.

Cette fois-ci, Scoular se leva en faisant mine d'étirer ses mollets.

— Une dernière chose, intervint Fox en quittant le canapé. Une idée de ce qu'il faisait à Seafield ?

— Je me suis posé la question, en effet.

— Et ?

— Le seul rapport qui me vienne à l'esprit est que, une fois, nous avons joué au golf dans ce coin-là.

— Il jouait au golf ?

— Pas très bien, mais il voulait faire comme Sean Connery. Sal s'est toujours appliqué à imiter son idole.

— Vous étiez seuls tous les deux ?

— Gio était là. Ce n'est pas un joueur beaucoup plus accompli, mais on peut dire qu'il s'était habillé pour l'occasion. On aurait dit la scène dans le film *MASH*, vous vous souvenez ? Quand ils se font passer pour des golfeurs professionnels – ils me faisaient penser à ça.

— J'imagine quand même que vous vous abstenez de leur rire au nez, non ? s'enquit Clarke. Surtout quand vous avez besoin qu'ils sortent leur carnet de chèques pour un de vos projets.

Scoular lui adressa un regard de profond mépris.

— On n'utilise plus les chéquiers, de nos jours, inspectrice. Tout se fait par voie électronique. Et je me flatte de n'avoir jamais perdu un centime de mes investisseurs.

— Le terrain de golf au nord ? renchérit Fox. Celui qui est sur les terres appartenant au père d'Issy Meiklejohn ?

— Eh bien ?

— Avec la mort de M. bin Mahmoud, est-ce que son financement ne s'annonce pas quelque peu problématique ? Ou peut-être avait-il déjà pris la décision de ne pas mettre la main au porte-monnaie ?

— Je crois que je vous ai tout dit.

Scoular regagna le seuil et la porte, qu'il ouvrit en grand. Clarke prit tout son temps pour se relever, les yeux rivés sur les siens depuis l'autre côté de la pièce.

— Encore merci pour votre disponibilité. Et,

conclut-elle en montrant ses pieds nus d'un geste, attention aux engelures…

— Intéressant, non ? s'enquit Fox une fois qu'ils eurent regagné le trottoir.

— On l'a bousculé, c'est le moins qu'on puisse dire.

— Tu penses qu'il nous cache des choses ?

— Tu penses la même chose, acquiesça Clarke. La question est de savoir ce qu'on en fait.

— Il y a des comptables judiciaires à Gartcosh. Je pourrais leur refiler le tuyau.

Clarke resta songeuse avant d'observer :

— Pour un homme accusé de racisme, il se vante volontiers d'un panel amical très cosmopolite.

— Du moment qu'ils sont riches et qu'ils ne sont pas juifs.

— Et attaquer l'affaire sous l'angle du club de golf ? Celui qui se trouve à proximité du lieu du crime ?

— Tu penses qu'il y a un lien ?

— Je n'en ai aucune idée, Malcolm, dit-elle avant de consulter l'heure sur son téléphone.

— Il faut promener Brillo ?

— Le pauvre petit père attend depuis suffisamment longtemps. Tu m'accompagnes, ou tu vas faire ton rapport à Cafferty ? Je plaisante, ajouta-t-elle comme il se rembrunissait.

— Je ne crois pas, justement, rétorqua-t-il avant d'enfoncer les mains dans ses poches et de tourner les talons.

— Tu n'as à t'excuser de rien, se morigéna Clarke à voix basse. Ce n'est pas toi qui es coincée entre la Special Branch et un gangster…

Cafferty, installé sur sa banquette habituelle de la mezzanine du Jenever Club, était occupé à biberonner son éternelle limonade lorsque Benny lui téléphona.

— On a peut-être quelque chose, patron. Ça sent bon du côté de Moredun. Il y a un type, qui habite vers Moredunvale Road. Il est à la tête d'un gang du coin. Connu des flics.

Cafferty sirota une gorgée de son verre.

— Un nom, ce serait bien, Benjamin.

— Cole Burnett.

— Cole, comme ce qu'on extrait des mines[1] ?

Benny le lui épela.

— Inconnu au bataillon, admit Cafferty davantage pour lui-même que pour son employé.

— Je vous l'amène ?

— Tu l'as vu ?

— Pas encore. Mais j'ai son adresse.

— Et qu'est-ce qui te fait dire que c'est lui ?

— Il a un faible pour le vol à l'arraché de portables. Il flanque les gens par terre, leur fout un bon coup de pied et puis s'en va.

— Et il les revend à qui ?

Cafferty écouta le silence qui s'ensuivit pendant que Benny se creusait la cervelle pour trouver un moyen de lui expliquer qu'il n'en savait rien.

— Laisse tomber. Mais oui, je veux que tu me l'amènes. Au club, peut-être, mais attendons la fermeture. On n'entend pas ce qui se passe au sous-sol

---

1. Jeu de mots avec « *coal* », c'est-à-dire « charbon » en anglais, qui se prononce de la même façon.

– on pourrait brancher Hulk sur le secteur, dans la rue, personne ne s'en rendrait compte.

— Une batterie de voiture fait aussi bien le travail, commenta Benny.

— Tu en sais sûrement plus que moi, répondit Cafferty.

Même si tous les deux savaient que ce n'était pas la stricte vérité.

14

Le temps que May Collins fasse sortir le dernier client, il était minuit passé. Pour la soirée, elle avait été secondée au bar par un dénommé Cameron. La vingtaine, il vivait, en compagnie de ses tatouages et piercings au visage, dans une caravane à l'arrière du pub.

— Techniquement, la chambre que vous occupez est la sienne, avait expliqué Collins à Rebus. Mais il préfère là où il est.

Rebus donna un coup de main pour nettoyer les tables jonchées de verres et autres détritus pendant que Collins empilait les chaises et que Cameron chargeait le lave-verres.

— On passera la serpillière demain, suggéra Collins.

— Ça faisait longtemps qu'on avait pas eu autant de monde.

Cameron n'avait pas l'air mécontent. La soirée s'était déroulée sans prise de tête, sans chahut. Le pub avait rempli son office de lien social, dont les journalistes trop curieux s'étaient fait expédier sans ménagement. Deux d'entre eux avaient fait partie des derniers clients à s'en aller – l'un d'Inverness, l'autre d'Aberdeen. À un moment de la soirée, celui d'Inverness s'était approché de Rebus pour lui glisser : « Laura Smith vous salue et dit que vous feriez bien de la rappeler. » Ce à quoi Rebus avait répondu par un chapelet de mots choisis, obligeant le reporter à battre en retraite et à passer le reste de la soirée à l'abri de son groupe de collègues.

On avait porté des toasts à la mémoire de Keith et ceux qui l'avaient connu y étaient allés de leurs anecdotes, mais derrière tout ce vernis se cachait la question que tout un chacun se posait à voix basse : y avait-il un meurtrier parmi eux ? Rebus avait entendu ici et là des bribes de réponses : c'étaient des gens du voyage, des étrangers, des immigrants. N'y avait-il pas eu un meurtre à Thurso, deux ans plus tôt, dont on n'avait jamais appréhendé le coupable ? Et là encore, la victime n'avait-elle pas succombé à un coup porté à la tête ? Rebus avait bien conscience que tous ces récits étaient nécessaires, qu'ils servaient à éluder plutôt qu'à expliquer la réalité des choses. La théorie la plus échevelée mettait carrément en scène un *poltergeist*.

— J'ai déjà vu des trucs vachement bizarres par là-bas, avait affirmé son auteur face à son auditoire captivé. Des lueurs, des bruits, des ombres qui bougeaient derrière la clôture…

Collins avait accroché le regard de Rebus et secoué la tête avec lenteur.

Il avait passé la soirée à biberonner une unique pinte ; une fois éventée, il avait fini par la troquer contre un whisky très allongé.

— Désolé de ne pas mettre plus d'argent dans la caisse, s'était-il excusé en tendant un billet de cinq par-dessus le comptoir.

— On s'en sort très bien sans vous, avait répliqué Collins.

Le tiroir-caisse ouvert, elle s'appliquait à présent à transvaser les billets et les pièces dans un sac.

— Je vais déposer ça dans le coffre, prévint-elle Cameron avant de disparaître par l'embrasure d'une porte.

Cameron, de retour derrière le bar et son travail accompli, se servait un verre de cidre. Rebus étudia le mur derrière le comptoir. Entre les bouteilles trônaient un blason, quelques cartes postales délavées reçues de l'étranger, un faux billet de vingt livres, des spécimens de diverses devises étrangères et quelques clichés du bar pris au fil des années.

— C'est le père de May, expliqua Cameron en tapotant une des photos. Autrefois, c'est lui qui gérait le pub, et puis ça lui a fait trop, au bout d'un moment. Ça remonte à bien avant ma naissance, cela dit.

— Il vient encore de temps en temps ?

Le barman secoua la tête.

— Je crois que l'endroit est trop chargé de souvenirs. De bons souvenirs, je veux dire, mais il n'est plus que l'ombre de lui-même, aujourd'hui.

— À qui le dis-tu.

Cameron eut un petit sourire en coin.

— Alors comme ça, vous créchez ici, ce soir ?

— Samantha a besoin de respirer.

— C'est compréhensible, j'imagine, commenta-t-il en éclusant son cidre en quelques lampées avant de décrocher son blouson en jean d'une patère. Allez, je me rentre.

— Tu avais beaucoup de contacts avec Keith ?

— Je lui servais des verres de temps à autre.

Rebus posa de nouveau les yeux sur le mur derrière le comptoir.

— Il y avait quoi, là, avant ? demanda-t-il en levant le menton vers des clous disposés en forme de triangle.

— Croyez-le ou non, un revolver. Le canon reposait là, détailla Cameron en désignant chaque clou l'un après l'autre, le pontet ici et la crosse sur celui-ci. Je crois qu'il appartenait à M. Collins, mais je n'en suis pas sûr. Il était bouffé par la rouille.

— Il est passé où ?

Le barman haussa les épaules.

— May a dû le jeter, j'imagine. Les clients n'ont pas nécessairement envie de se retrouver nez à nez avec un pistolet pendant qu'ils essaient de passer du bon temps.

— Mais personne n'y touchait ?

— Il est arrivé plusieurs fois que May le décroche pour virer les traînards à la fermeture. Pour plaisanter, apparemment, ça faisait la blague.

— Je n'en doute pas, observa Rebus.

Cameron jeta un dernier coup d'œil au comptoir.

— Je vous dis à demain, alors. May prépare des petits pains au bacon avant qu'on mette tout en place pour l'ouverture. Je me demande si on aura autant de monde.

— Le cirque médiatique va finir par passer son chemin, affirma Rebus.

— Pas avant un ou deux jours, espérons.

Cameron franchit la porte en agitant la main au moment où May Collins réapparaissait. Elle glissa une mèche de cheveux rebelle derrière une oreille.

— Un petit dernier bien mérité, dit-elle en positionnant un verre sous une bouteille de whisky suspendue tête en bas. J'espère que vous vous joindrez à moi.

— Ce n'est pas raisonnable.

— Vous n'avez pas l'intention de prendre le volant, si ?

— C'est une question de santé. J'ai une bronchopneumopathie chronique.

— Navrée de l'apprendre.

— Oh, et puis allez.

Ils s'assirent côte à côte sur les tabourets hauts et trinquèrent avant de porter l'alcool à leurs lèvres. Autour d'eux, le silence reprit ses droits, brisé seulement par le ronronnement du lave-vaisselle et des bribes de voix qui passaient de temps à autre dans la rue.

— Elle finira par se raviser, vous savez, dit Collins. Samantha, je veux dire.

— Peut-être bien.

— Vous êtes son père – elle ne pourra pas rester éternellement en rogne contre vous. Mais pour l'instant, elle cherche un responsable, et elle vous a sous la main.

— Je devrais peut-être m'allonger sur le divan, non ? lança Rebus en se souvenant que Samantha avait formulé un commentaire dans le même sens face à Robin Creasey.

— Ce n'est pas la peine d'être psychologue, il suffit d'avoir vécu son lot de querelles avec son propre père.

— Cameron m'a raconté que votre père gérait le bar, autrefois.

— Oui, mais ça date. Sa première femme est décédée

et il a épousé ma mère – Betsy. Après la mort de ma mère, il a eu de plus en plus de mal à faire face.

— Et donc, vous avez pris la relève ?

— Avec mon mari Billy. Après quoi, c'est *lui* qui a chopé un cancer et voilà. Je ne suis pas sûre d'avoir vraiment voulu tout ça, dit-elle en jetant un œil autour d'elle. Mais c'était là et mon père avait besoin de moi.

— Je suis à peu près sûr que Samantha n'a *vraiment pas* besoin de moi.

— Peut-être pas en ce moment, mais…

— Le fait est que j'ai toujours trop aimé mon travail. Ma femme me disait que c'était comme si j'entretenais une liaison – à rentrer tard, à être absent les week-ends. Et même quand j'étais à la maison, les dossiers me suivaient jusque-là, fit-il en tapotant son front. Et ce n'est pas comme si je pouvais en parler avec elles. Il était hors de question d'exposer Rhona et Sammy à ce monde-là.

— C'était peut-être là votre erreur – elles n'avaient pas besoin d'un preux chevalier qui les protège. Rhona avait besoin d'un mari et Samantha d'un père, point barre.

Elle termina son verre et alla le remplir. Rebus déclina. Il la regarda manier le doseur de son choix.

— Cameron m'a raconté l'histoire du pistolet, dit-il.

— Ah oui ?

— Vous vous en êtes débarrassée ?

— Pas exactement.

Elle reprit place sur son tabouret.

— Il s'est volatilisé.

— Quelqu'un l'a volé ?

Collins haussa les épaules.

— Au début, je pensais que mon père avait dû le reprendre, sauf que non. De toute façon, il est complètement esquinté par la rouille, donc il n'y a pas d'inquiétude à avoir.

— Mais vous l'avez signalé ?

— Il finira bien par refaire surface. Si un gosse du coin s'amuse avec, je le saurai bien assez tôt.

— Ça remonte à quand ?

— Un mois environ.

— Qu'en pense votre père ?

Elle sirota une gorgée avant de répondre.

— Il est surpris que je l'aie conservé pendant aussi longtemps.

— L'arme date de la guerre ?

— Pour autant que je sache.

— Mais votre père a été prisonnier de guerre, si je ne m'abuse.

— Il a été détenu, en effet.

— Donc il n'aurait pas possédé d'arme à feu.

— Il a trouvé ce pistolet échoué sur la plage dans les années 1950 – c'est ce que dit la légende, en tout cas, précisa-t-elle avant de reposer son verre. Où voulez-vous en venir, John ?

— Keith se passionnait pour l'histoire du Camp 1033. Il lui arrivait même de camper la nuit sur place. La personne qui l'a tué a vraisemblablement volé le contenu de sa sacoche – à savoir ses recherches. J'ai appris que Keith s'était entretenu avec votre père ainsi qu'avec d'autres survivants du camp, mais je n'ai trouvé aucune trace de ces témoignages dans son garage.

Après réflexion, Collins proposa :

— Vous voulez parler à mon père ?

— Et aux autres, si possible.

— Je pourrais les rassembler ici, dit-elle en levant les yeux sur l'horloge. Les appeler demain matin, histoire de voir si je peux les faire venir avant l'ouverture. Qu'en dites-vous ?

— Je dis merci.

— Vous pensez vraiment que ça peut aider ?

— Aucune idée.

— La police voudra leur parler, vous croyez ?

— Si elle fait les choses comme il faut, oui.

— Vous n'avez pas l'air convaincu.

— Creasey m'a l'air plutôt compétent, mais je sais très bien comment ça marche – tout le monde ne sera pas comme lui.

— Soit, nous verrons bien demain. En attendant, je suis bien contente qu'un preux chevalier passe la nuit sous mon toit.

— Malgré les fissures dans son armure ?

— Sans oublier son destrier déglingué.

Collins se laissa glisser du tabouret. Sa fatigue était manifeste.

— Éteignons les lumières et montons.

— Vous connaissiez sans doute Keith bien mieux que moi. En vérité, je le connaissais à peine. Il était comment ?

— Il était discret, mais il avait de la personnalité. Tout le monde l'aimait et il adorait Carrie, c'était une évidence.

— Quand Samantha a commencé à fréquenter Jess Hawkins, ça a dû faire des dégâts. Vous pensez vraiment qu'ils avaient recollé les morceaux ? Comme il faut, je veux dire ?

— Ils avaient l'air d'aller bien, réfléchit Collins. On y allait tous avec des pincettes, j'imagine.

— Y a-t-il eu le moindre affrontement entre Keith et Hawkins ?

— Verbalement, éventuellement, mais pas physiquement à ma connaissance.

— Samantha m'a dit qu'ils ne s'étaient vus qu'une seule fois. Apparemment, c'était bien avant la brouille.

— Je me trompe peut-être.

— Vous savez, c'est une note anonyme qui lui a révélé la liaison avec Hawkins. Avez-vous la moindre idée de qui pourrait faire une chose pareille ?

— Je n'aime vraiment pas l'idée que *quiconque* puisse faire une chose pareille, dit-elle avant de poser les yeux sur Rebus. Si la question est de savoir si Keith a pu refouler ses sentiments, la réponse est oui, c'est tout à fait possible. Tout le village était au courant, ça lui restait forcément en travers de la gorge. Ça devait le tarauder, il devait se demander pourquoi personne ne lui en avait parlé. Après ça, il était plus taciturne qu'avant, c'est sûr.

— Et il a tourné toute son attention vers le Camp 1033…

Le portable de Rebus tinta à la réception d'un texto.

— Samantha ? demanda Collins.

— Édimbourg, rectifia-t-il. Je vais rappeler avant de monter. Est-ce que je peux utiliser l'ordinateur du bureau ?

John Neilson était revenu vers lui deux heures plus tôt en lui envoyant par e-mail divers liens vers des sites

Internet. Rebus avait relevé sa boîte sur son téléphone, mais s'il devait lire des pavés, il préférait s'asseoir devant un écran de taille respectable.

Collins acquiesça d'un hochement de tête.

— Je vais enclencher l'alarme, faites simplement attention de ne pas trop vous éloigner. À demain.

— Pour les petits pains au bacon, ai-je cru comprendre.

— Bonne nuit, John.

Rebus s'avança jusqu'à une fenêtre dont la vitre était recouverte d'une pellicule de givre opaque. Malgré l'heure avancée, il ne faisait pas encore nuit. Une fois l'hiver venu, les journées courtes leur feraient payer le prix fort. Plus aucune voix ne parvenait de la rue, il perçut seulement le vrombissement d'une voiture esseulée. Il envoya un texto à Clarke – *Dispo pour parler ?* – et quand elle lui répondit par l'affirmative, il l'appela.

— On est deux oiseaux de nuit, tous les deux, observa-t-il. Ça se passe bien avec Brillo ?

— Il est avec moi.

— Chez toi ?

— Chez moi. Ça avance ?

— Keith a été tué.

— J'ai vu ça en ligne, mais l'article était vague.

— Un coup porté à la tête à l'aide d'un objet contondant. Les forces de l'ordre se mettent en branle. Samantha est dans tous ses états, tu t'imagines bien. Carrie est chez une amie.

— Avait-il de la famille ?

— Une sœur au Canada – je me demande si Sammy va penser à le lui dire.

— Pas de suspects évidents, pour le moment ?
— Non, admit Rebus.
— Donc tu mets la main à la pâte ?
— En quelque sorte.
— Tu es bien occupé, donc ?
Rebus s'interrompit, et considéra l'intonation de Clarke.
— Qu'est-ce qu'il y a, Siobhan ?
— Un lien ténu entre ma victime et le lieu où tu te trouves actuellement.
Il l'écouta attentivement lui exposer Stewart Scoular, la famille bin Mahmoud, le projet de terrain de golf, Isabella Meiklejohn et lord Strathy.
— Ce n'est pas la première fois que j'entends ce nom, indiqua-t-il à la mention de Strathy. Tu veux que je fouine un peu ?
— Pas particulièrement…
Il ne put réprimer un sourire.
— Et néanmoins tu m'appelles en plein milieu de la nuit pour m'en toucher deux mots. Je vois dans votre jeu comme dans de l'eau de roche, inspectrice Clarke.
— Ça devra rester officieux, John.
— Naturellement.
— Et si tu trouves quoi que ce soit…
— Je t'appelle immédiatement.
— Tu es sûr d'avoir le temps ? C'est surtout Samantha qui a besoin de toi.
— Laisse-moi m'en charger, Siobhan, je vais voir ce que je peux faire. Maintenant file au lit et dis à Brillo qu'il me manque.
— Ce sera fait, John. Et merci.
— On se rappelle.

Rebus mit fin à la communication et franchit le plateau mobile du bar en tapotant le portable sur son menton. Les interrupteurs étaient à côté de l'emplacement vide du pistolet. Il contempla un instant les clous fichés dans le mur, avant de plonger la salle dans le noir et de mettre le cap sur le bureau.

Trois heures plus tard, il était allongé dans son lit, les yeux rivés au plafond, imperméable au sommeil. Le jour allait poindre dans deux petites heures. Il croyait savoir pourquoi Keith s'était passionné pour le Camp 1033. C'était lié à la manière dont on avait traité les gens au cours de la Seconde Guerre mondiale. Des voisins jetés en prison sous prétexte qu'ils n'étaient pas nés au Royaume-Uni. La méfiance des habitants qui s'était instaurée à l'égard des petits commerçants. Pendant un temps, l'île de Man était devenue un immense camp d'internement, tout comme l'île de Bute. « Embarquez-les tous ! » avait sommé Churchill, déclenchant une véritable foire d'empoigne comme toute personne d'origine étrangère était soudain soupçonnée de trahison. État de fait exacerbé lorsque Sikorski, qui dirigeait les milliers de soldats polonais postés au Royaume-Uni, commença à envoyer en prison tous les opposants à sa politique. Keith avait rédigé plusieurs longs articles, sur lesquels Rebus était tombé dans le garage, rangés parmi une liasse de lettres de refus provenant de magazines et de journaux. Sa colère devant l'injustice transparaissait dans ses écrits – trop abruptement, peut-être. L'un de ses articles comparait l'attitude d'alors à ce qui était en train de se passer ici et maintenant. Il avait intitulé son papier « La sempiternelle chasse aux sorcières ».

— Tu m'avais l'air d'être dans le camp des gentils, murmura Rebus au cœur de la nuit.

Auquel cas, pourquoi le sort avait-il voulu qu'on l'assassine ?

JOUR TROIS

15

À 7h30, Rebus était planté devant le bungalow et le vent lui mordait le visage. La porte était fermée à double tour, sans aucun signe de vie à l'intérieur. Samantha avait déjà dû se mettre en route pour aller chercher Carrie chez son amie. Il se rendit compte qu'il ignorait son adresse. Alors qu'il rebroussait chemin vers la Saab, une voiture de patrouille se gara derrière lui, lui bloquant la route. Son unique occupant en sortit. Vêtu d'un uniforme, il ne s'était pas encombré d'un couvre-chef, peu désireux de laisser les bourrasques de vent s'amuser avec.

— Vous êtes John Rebus ?

— Ça dépend.

— C'est juste que vous ressemblez plus à un clodo qu'à un ex-flic. C'est le sergent Creasey qui m'envoie, pour prendre vos empreintes.

— Bien.

— Donc, si vous voulez bien passer dans mon bureau…

Il entendait par là le siège passager du véhicule de patrouille. Le kit à empreintes digitales reposait sur la banquette arrière. L'agent alla le chercher et se mit au travail.

— Vous prenez celles de ma fille, aussi ? s'enquit Rebus.

— Je connais la procédure sur le bout des doigts, monsieur, dit-il en souriant à son petit trait d'humour.

Sa mission accomplie, les empreintes scellées dans un sac transparent en polyéthylène étiqueté au nom de Rebus et accompagné de sa date de naissance, le policier le congédia d'un geste de la main avant de décrocher le micro de sa radio.

— Un plaisir de travailler avec vous, maugréa Rebus.

Il s'agenouilla pour s'essuyer le bout des doigts dans l'herbe tout en suivant du regard la voiture de patrouille. Après une marche arrière sur la route principale, elle repartit vers sa destination suivante.

De son côté, la Saab ne faisait pas un bruit très orthodoxe, mais elle démarrait et ses roues tournaient quand on le lui demandait. Rebus conduisit lentement jusqu'à l'école primaire. Les parents arrivaient avec leur progéniture, la tête baissée contre le vent furieux. Rebus sortit de la voiture et se posta devant les grilles. La plupart des parents semblaient savoir qui il était, le gratifiant d'un salut méfiant ou d'un regard appuyé en passant. Enfin, il aperçut Carrie. Elle tenait la main d'une fillette de son âge. Ne sachant que dire, il garda le silence. La femme qui les accompagnait les fit entrer par la grille, déposant un baiser sur la tête de chacune avant de se tourner vers lui, bras croisés.

— Je suis le père de Samantha, annonça-t-il.

— Je sais.

— Comment va Carrie ?

— Cette petite n'est pas stupide – elle sait qu'il est arrivé quelque chose.

— Samantha ne lui a encore rien dit ?

— Elle a essayé, fit la femme sans quitter des yeux les deux filles qui traversaient la cour en sautillant, leurs sacs oscillant dans le dos. Et avant que vous posiez la question, j'ai proposé de garder Carrie à la maison aujourd'hui, mais Sam veut que les choses soient aussi normales que possible. Elle sait très bien qu'elle demande l'impossible, mais qui suis-je pour l'en empêcher ?

— Vous l'appelez Sam ? commenta Rebus avec l'ombre d'un sourire. Moi, je n'ai le droit d'utiliser que « Samantha ». J'espérais lui parler…

— La police l'a emmenée à Thurso. Ils veulent qu'elle identifie le corps, même si ça peut paraître superflu. Je lui ai proposé de l'accompagner, mais elle n'a rien voulu savoir.

— C'était quand ?

L'agent préposé aux relevés ne pouvait pas ne pas être au courant, mais il s'était bien gardé de le lui dire. Il allait forcément intervenir avant ou après l'identification du corps. Nom de Dieu…

— Ils sont arrivés à la maison à la première heure. À votre expression, reprit-elle après une pause, je vois bien que vous auriez voulu y être. Croyez-moi, je lui ai dit la même chose.

— Mais elle n'a rien voulu savoir ? devina Rebus.

La femme lui tendit la main.

— Je m'appelle Julie Harris, à propos. La mère de Jenny.

Rebus serra la main qu'elle lui tendait. Elle avait l'accent du coin.

— Merci pour toute l'aide que vous apportez à Sam

et Carrie. Et si vous pouviez continuer à glisser un petit mot en ma faveur…

— Ça lui fait beaucoup à gérer, comprenez bien ça. Pour l'heure, vous êtes un dommage collatéral. Je suis infirmière, précisa Harris en décryptant son regard. Je travaillais aux urgences avant la naissance de Jenny, après quoi j'ai décidé d'être mère à plein temps. Et maintenant, reprit-elle après un silence, vous allez cavaler jusqu'à Thurso, n'est-ce pas, pour la convaincre d'accepter votre aide ?

— Ça se voit tant que ça ?

— Non, c'est seulement que votre fille vous ressemble beaucoup, monsieur Rebus. Tâchez de ne pas l'oublier.

Au sortir de Naver, en prenant vers l'est, la route s'élargissait à deux voies. Au loin, Rebus aperçut un parc éolien terrestre et, à sa gauche, par intermittence, des baies et des plages visiblement inaccessibles et bordées de falaises à pic. Il finit par repérer Dounreay et son réacteur en forme de bulbe, au démantèlement duquel avait travaillé Keith. L'imposant parking était rempli de véhicules appartenant aux employés de la centrale. Rebus se rendit compte qu'il ignorait le poste précis qu'avait occupé Keith. Il n'était pas à la direction, ce qui ne voulait pas dire pour autant qu'il n'était pas qualifié. D'expérience, Rebus savait même que c'était souvent le contraire.

La compilation passait doucement sur le lecteur ; il reconnut les Clash et Jethro Tull, mais pas les trois chansons suivantes. Arrivé à la périphérie de Thurso, il vit une langue de terre s'étendre par-delà les eaux au nord. Les îles Orkney, devina-t-il. Un peu plus haut, il avait dépassé le panneau indiquant le ferry de Scrabster. Samantha et Keith y avaient amené Carrie à plusieurs reprises et il se souvenait de l'enthousiasme de Samantha au téléphone.

— Tu ne lui as même pas annoncé que tu déménageais, marmonna-t-il. Ta propre fille, bon sang…

Rebus suivit le panneau indiquant l'hôpital, partant du principe que la morgue se trouvait au même endroit. Il avait songé à appeler Deborah Quant pour voir si elle pouvait glisser un mot au médecin légiste qui officiait sur place et s'assurer qu'on le laisserait entrer. Mais cela aurait nécessité un brin d'explications – et entraîné sans doute des mises en garde contre le surmenage. Il avait donc opté pour l'improvisation. Après tout, pourquoi changer l'habitude de toute une vie ?

Comme il était arrêté dans une file qui laissait passer la circulation dans le sens inverse, il décida de baisser sa vitre pour aérer l'habitacle. C'est à ce moment-là qu'il aperçut une voiture de police parmi les véhicules qui défilaient le long du trottoir. Un véhicule de police à l'arrière duquel était assise Samantha, les traits pâles, l'air ébranlé. Il cria son nom, en vain. La bouche pleine de jurons, il attendit que la circulation se dégage. Derrière lui, l'automobiliste était tellement sur les dents que sa grille de calandre était à deux doigts de toucher le coffre de la Saab. Après avoir enfin dépassé les véhicules à l'arrêt, Rebus mit son clignotant et se rangea sur le côté en attendant de pouvoir tenter un demi-tour en trois temps. Il ne lui restait plus qu'à suivre Samantha jusqu'à Naver.

Il se souvenait d'avoir passé le village de Strathy,

sans doute à mi-chemin entre Naver et Thurso. Il déterra son portable du fond de sa poche et lança une recherche sur lord Strathy, alias Ramsay Augustus Ranald Meiklejohn. Sur Internet, le panel de photos montrait un homme tout aussi replet que pouvait le laisser supposer son nom, aux cheveux quasi inexistants et au visage de la teinte d'un champ de coquelicots. Une photo le montrait en tenue de chasse de pied en cap, à cheval et entouré de chiens de meute surexcités. Une autre avait été prise devant le château de Strathy. De plein style baronnial-cornemuse, la bâtisse était agrémentée de son lot de tourelles et d'une ribambelle de pignons à gradins. Sur le téléphone, la suite des résultats proposait une carte des environs du château, situé à trois ou quatre kilomètres du village à l'intérieur des terres.

— Que je ne t'entende pas dire que je ne suis pas gentil avec toi, Siobhan, murmura-t-il en montant le volume du CD.

La voiture de police avait dû faire une pointe de vitesse, parce que, arrivé à Strathy, il avait perdu sa trace. Au village, aucun panneau n'indiquait le château, mais de toute façon, une seule route étroite partait sur la gauche en s'éloignant de la côte. Il l'emprunta. Flanquée de champs des deux côtés, elle rétrécit, bientôt truffée de nids-de-poule gorgés d'eau, si bien que Rebus dut ralentir pour louvoyer au pas tandis que le moteur ahanait à grand renfort de gémissements et de sifflements. Un imposant portail se découpa enfin au loin, entouré de poteaux de pierre surmontés de statues, dont les grilles en fer forgé ouvragé étaient fermées. Au ras du sol, un panneau en bois patiné par les intempéries signalait une VOIE PRIVÉE.

Rebus mit pied à terre et s'approcha des grilles. En levant le nez, il vit que les statues représentaient un lion et une licorne, bardés tous deux d'un bouclier et tous deux érodés par des années passées à la merci des éléments.

— Ne m'en parlez pas, les gars, dit-il en appuyant sur les grilles qui cédèrent sous sa poussée.

Les deux battants grands ouverts, il reprit place au volant de la Saab et s'engagea dans l'allée.

Le château apparut au sortir d'une longue courbe. Un parc de stationnement gravillonné séparait la porte d'entrée d'une pelouse ornée en son centre d'une fontaine désaffectée. Pas d'autre habitation à des kilomètres à la ronde, une vue grandiose, mais presque aucune protection contre le règne des intempéries. Pas d'arbre, pas de haie.

Tandis que Rebus se garait, une porte en bois massif s'ouvrit. Une femme sortit sur le seuil, les mains pressées l'une contre l'autre, comme si elle priait. Rebus s'approcha de la bâtisse en l'examinant. La cinquantaine, les cheveux remontés en chignon, une jupe grise simple, cardigan et chemisier assortis. Il n'en avait certes pas croisé beaucoup, mais elle lui fit penser à une bonne sœur.

— Je peux vous aider ? demanda-t-elle.

— Je l'espère. Je souhaitais m'entretenir avec lord Strathy, s'il est dans les parages.

Le soupçon d'affabilité qui parait son visage s'évanouit instantanément.

— Il est absent.

— Quel dommage. J'ai fait toute la route depuis Édimbourg…

— Sans rendez-vous ? demanda-t-elle d'un air incrédule.

— Bien souvent, nous n'en avons pas besoin, contra Rebus en glissant les mains dans ses poches. Avez-vous entendu parler du meurtre de l'étudiant saoudien ?

Il eut l'impression que si elle avait porté un collier de perles, elle se serait empressée de l'agripper à pleines mains. À la place, elle se contenta de tordre une main dans l'autre, comme si elle essorait un torchon.

— Vous êtes de la police ?

Rebus ne dit mot, la laissant s'imaginer ce qu'elle voulait.

— Est-il arrivé quelque chose à… ? commença-t-elle avant de s'interrompre. Vous feriez mieux d'entrer, je vous en prie.

— Merci.

Le vestibule correspondait en tout point à la représentation qu'il s'en faisait : des têtes de cerfs aux murs, des vestes Barbour sur une rangée de patères, et en dessous un étalage de bottes vertes en caoutchouc – le tout bardé de panneaux de bois sombre et couvert d'un revêtement fibreux de teinte marron.

— Thé ? proposa-t-elle.

— Avec plaisir.

— Souhaitez-vous patienter dans le petit salon ?

— Dans la cuisine, ce sera très bien. Je suis désolé, je n'ai pas retenu votre nom…

— Madame Belkin. Jean Belkin.

— Je m'appelle Fox, répondit Rebus.

Comme il s'y attendait, la cuisine était située dans les quartiers des domestiques. Laissant le vestibule derrière eux, ils pénétrèrent dans un couloir étroit et nu, puis descendirent un escalier de pierre en colimaçon qui menait à un autre couloir. Au jugé, la grande cuisine avait dû être modernisée dans les années 1960. La cuisinière en fonte avait l'air encore plus ancienne. Il en approcha ses mains pour les réchauffer tandis que Jean Belkin remplissait la bouilloire électrique. Elle devança son interrogation :

— Les plaques mettent une éternité à chauffer, dit-elle en appuyant sur le bouton.

— Vous êtes seule ici, madame Belkin ?

— Si c'était le cas, vous n'auriez pas franchi le seuil. Pas sans me montrer une pièce d'identité.

Rebus fit mine de tapoter les poches de sa veste.

— Dans la voiture, s'excusa-t-il.

— Ce n'est rien. Colin, mon mari, n'est pas très loin. C'est le jardinier, l'homme à tout faire. Il s'occupe de tout par ici.

Elle alla chercher les tasses et la théière, le lait et le sucre.

— Biscuit ?

— Pas pour moi, merci.

— Vous venez vraiment d'Édimbourg ?

— Oui.

— Est-ce que vous avez entendu parler de notre meurtre *à nous* ? On n'est plus à l'abri nulle part, de nos jours.

— Le jeune homme du côté de Naver ? demanda Rebus avec un hochement de tête. Une vilaine affaire.

— Notre monde sombre dans le chaos, commenta-t-elle en secouant la tête d'une mine soucieuse.

— Ce n'est pas moi qui vais vous contredire.

Il l'observa tandis qu'elle cherchait la formulation adéquate à donner à son interrogation.

— Est-ce à cause de lady Isabella, inspecteur ?

— Qu'est-ce qui vous fait dire cela ?

— Elle connaissait le monsieur saoudien – elle l'a amené ici quelquefois.

— Vraiment ?

— Mais elle ne rentre pas très souvent à la maison, elle préfère la grande ville et que sais-je encore.

— Ma visite a plutôt à voir avec le père de lady Isabella. D'après nos informations, il aurait fait affaire avec le défunt.

— Quel genre d'affaires ?

Elle versa l'eau de la bouilloire dans la théière. La main ferme et stable, elle était concentrée sur sa tâche.

— Lord Strathy a-t-il un bureau – un assistant personnel ou un secrétaire ?

— À Londres, oui. La plupart de ses activités commerciales sont centralisées là-bas.

— Y est-il en ce moment ?

Les joues de Belkin s'empourprèrent brusquement.

— Nous ne savons pas exactement où il se trouve, en toute vérité.

Un bruit derrière eux interrompit la conversation. La porte qui donnait sur l'extérieur s'ouvrit dans un bruit de ferraille, laissant passer un homme corpulent et mal rasé qui posa un regard circonspect sur Rebus.

— Colin, voici M. Fox, un détective d'Édimbourg, commença à expliquer Belkin.

— Ah oui ? lâcha-t-il avec méfiance. Vous n'êtes pas de la première jeunesse, dites donc.

— Je suis plus jeune que je n'en ai l'air.

— Y a bougrement intérêt, assena le jardinier en s'approchant de l'évier pour se rincer les mains, puis les essuyer au torchon que lui tendait sa femme. Qu'est-ce qui se passe ?

— Le jeune Saoudien, expliqua son épouse en servant une autre tasse. Celui qui est venu ici…

— Oui, eh bien quoi ?

Rebus s'avança d'un pas.

— Nous étudions ses relations d'affaires et le nom de votre employeur a attiré notre attention.

Colin Belkin but bruyamment une gorgée de thé.

— Et comment diable voulez-vous qu'on en sache quoi que ce soit ?

— Je suis venu m'entretenir avec lord Strathy – votre épouse vient de m'informer qu'il semble avoir disparu.

— Nom de Dieu, tout ça parce qu'il prend un peu de temps pour lui, grogna Colin.

— C'est ce qu'il est en train de faire ?

— Ça paraît logique.

Belkin fit claquer sa tasse sur l'imposante table en bois, puis reprit, en s'adressant à sa femme :

— Tu te souviens de cette affaire, il y a deux ans ? Le reporter qui disait qu'il n'était pas reporter ?

— Quelle affaire ? demanda Rebus.

Mais Colin avançait déjà sur lui la main tendue, paume vers le ciel.

— Faites voir votre badge.

— Il m'a dit qu'il l'avait laissé dans sa voiture, précisa sa femme.

— Dans ce cas, on va aller vérifier ça ensemble. C'est contre la loi de se faire passer pour un policier.

— Je peux vous donner un numéro de téléphone, certifia Rebus. Vous pourrez demander à parler à l'inspecteur Malcolm Fox.

Belkin extirpa un portable de sa poche arrière.

— Faisons ça.

Rebus tourna de nouveau son attention vers Jean Belkin.

— Quelle affaire ? répéta-t-il, mais elle s'était murée dans le silence.

— Par là, la sortie, lâcha son mari avec un grand geste, à moins que vous préfériez me donner ce numéro de téléphone…

Rebus hésita un moment.

— Vous n'avez pas fini d'entendre parler de nous.

Colin Belkin abaissait déjà la poignée de la porte, son téléphone dans l'autre main. Après un ultime regard incendiaire au couple, Rebus regagna l'extérieur, contourna la propriété et remonta le chemin en pente qui menait à la Saab.

Arrivé au bout de l'allée, il laissa les grilles béantes – vengeance mesquine, mais que faire d'autre ? – et se gara sur une aire de croisement. Il alluma son téléphone et constata l'absence de réseau. Le jardinier y était-il allé à l'esbroufe ? Pas impossible. Le temps qu'il entende le bruit de pas précipités, il était trop tard pour réagir. La portière passager s'ouvrit en coup de vent et Colin Belkin l'empoigna par le revers de sa veste, lèvres retroussées.

— Si vous êtes pas un sale flic, vous êtes qui, bordel ?

D'une main, Rebus tenta de détacher sa ceinture de sécurité tandis que de l'autre il s'escrimait à desserrer l'étau de Belkin, qui le secouait comme une vulgaire poupée de chiffon.

— Fourrez pas votre putain de nez dans les affaires des autres ! aboya Belkin. Sinon je vous refais le portrait, assena-t-il en brandissant son poing serré à deux centimètres du visage de Rebus.

— Dans quelle prison étiez-vous ? demanda Rebus, et l'homme écarquilla les yeux et relâcha imperceptiblement son étreinte. Je suis capable de repérer un ex-taulard à cinquante mètres. Votre employeur est au courant ?

Belkin recula le poing comme pour armer son coup, mais se figea soudain en entendant la voix de sa femme. Debout à hauteur des grilles, elle le suppliait d'arrêter. Belkin approcha son visage si près de celui de Rebus que ce dernier huma son haleine chargée d'oignon.

— Revenez nous emmerder et vous allez morfler.

Il le lâcha et recula d'un pas avant de tourner les talons et de rejoindre sa femme.

Rebus sentait son cœur battre à tout rompre, et la tête lui tournait. Il palpa son inhalateur dans la poche de sa veste, mais songea qu'il ne serait pas d'un grand secours. Il resta un instant sans bouger, les yeux sur le rétroviseur central, tandis que Belkin refermait les grilles dans un grand fracas métallique et que sa femme le ramenait au château. Lorsqu'ils disparurent de son champ de vision, il enfonça l'accélérateur et sentit un léger tremblement lui parcourir la plante du pied. C'est le moment que choisit le CD pour lui balancer un *I'd Rather Be the Devil* bien senti de John Martyn.

De retour sur l'A836, il jeta un œil à son téléphone, qui arborait une barre de réseau, et s'arrêta sur le bas-côté pour appeler Siobhan Clarke.

— Quoi de neuf? s'enquit-elle.
— Ça fait un bail que le personnel du château n'a pas vu lord Strathy.
— Donc, il doit être à Londres.
— Ce n'est pas l'impression que j'ai eue. Je dirais qu'ils ont essayé de le débusquer, sans succès.
— Tu analyses ça comment?
— C'est ton boulot, pas le mien.
— Je vais vérifier auprès de son bureau à Londres. Je vais peut-être interroger sa fille, par la même occasion.
— Autre chose: le personnel a fait allusion à une histoire avec la presse, il y a deux ans. Ça te dit quelque chose?
— Quitte pas, lui ordonna Clarke et Rebus entendit un bruit de papier et les marmonnements de Malcolm Fox, à qui elle transmettait la question.
— La quatrième épouse de Strathy, finit par répondre Clarke. Apparemment, il les collectionne comme des trophées. Elle l'a plaqué.
— C'est tout?
— Elle a renoncé à la vie de château pour le pays des hippies.
Rebus plissa les yeux.
— Traduction?
— D'après les rapports, elle est entrée dans une espèce de secte New Age.
— Implantée entre Naver et Tongue, par le plus grand des hasards?
— Pourquoi cette question si tu connais déjà la réponse?
— Je vérifiais. Elle a un nom, cette femme?

— Angharad Oates. La presse tabloïd n'y est pas allée de main morte sur les jeux de mots graveleux[1].

— Tu peux m'envoyer tout ce que tu as sur elle ?

— Ou bien tu jettes un œil sur Google, c'est ce qu'a fait Malcolm.

— Il a de quoi t'occuper ?

— À peine.

— C'est marrant, parce qu'il vient juste de se pointer au château de Strathy pour poser des questions…

— Tu fais profil bas, comme à ton habitude ?

— N'oublie pas qui se tape le sale boulot.

— Et le reste, comment ça va ? Avec Samantha, je veux dire ?

— Elle tient le coup.

— Et toi ?

— Rends-moi un dernier service, tu veux bien ? Fais une recherche sur Colin Belkin. C'est le jardinier et le factotum du château de Strathy.

— Et ?

— Et je te ficherais mon billet qu'il a un casier.

— Je vais voir ce que je peux faire.

---

1. « Oates » se prononce comme dans l'expression « *to sow one's oats* », qui signifie « jeter sa gourme à tous les vents ».

16

— Dis-moi ce que tu vois, dit Malcolm Fox en tournant la tête vers Siobhan Clarke.

Il les avait conduits jusqu'au terrain de golf de Craigentinny, dépassant de ce fait le théâtre du crime de Salman bin Mahmoud.

Clarke vit quelques voitures garées, essentiellement des marques et modèles très en vogue auprès des cadres intermédiaires – au demeurant, le genre de véhicule que Malcolm Fox lui-même conduisait ces temps-ci. Deux messieurs à la chevelure blanche sortaient du club après une matinée sur le green, chacun avec un lourd sac de golf sur l'épaule.

— Je vois ton avenir ? hasarda Clarke avant d'ajouter : Si tu crachais ta Valda, plutôt ?

— Observe et prends-en de la graine, rétorqua Fox.

Il coupa le moteur et détacha sa ceinture de sécurité avant d'ouvrir sa portière. Clarke le haïssait quand il sortait le grand jeu. Il ne pouvait jamais se contenter de partager une découverte ou une intuition prometteuse – il fallait toujours qu'il en fasse des caisses. Le voilà qui s'approchait à pied du portillon qu'ils venaient de franchir en voiture. Un simple poteau à contrepoids, qu'on abaissait si nécessaire. Le parking n'était pas surveillé, seuls quelques panneaux mettaient en garde contre les amendes et notifiaient le règlement. Quand Clarke finit par le rejoindre, Fox abattit le plat de sa main sur la barrière.

— La nuit, ils la ferment – j'ai appelé pour vérifier.

— OK, fit Clarke.

— Ils la ferment *à clé* – tu vois ce que ça veut dire ? temporisa-t-il, mais, comme elle ne disait rien, il poursuivit : Salman bin Mahmoud vient ici en journée, il joue au golf. Il se dit que ce parking est un lieu de rendez-vous propice.

Fox leva un doigt et dessina des cercles en l'air.

— Pas de caméra de surveillance, pas de gardien.

— Mais il ne sait pas que le parking n'est pas accessible de nuit ? termina Clarke.

— Contrarié, il se rabat sur le premier parking qu'il trouve.

— Celui de l'entrepôt, fit-elle et elle hochait la tête, à présent. Ce qui tend à dire que c'est lui l'instigateur du rendez-vous, et pourtant, nous n'avons rien trouvé sur son téléphone.

— Il existe peut-être un deuxième téléphone. Ou alors le rendez-vous a été convenu autrement. En face à face, pourquoi pas. Tout ce que je veux dire, c'est que ça nous explique le lieu du crime. Ajoute à cela que cette réunion allait peut-être concerner le terrain de golf.

Clarke vit l'euphorie éclairer le visage de Fox.

— Quand tu veux, dit-elle en croisant les bras.

— J'ai parlé avec mon contact, le journaliste économique. Craigentinny est un terrain de golf public, ce qui veut dire qu'il est la propriété de la ville, mais ce n'est un secret pour personne que le conseil d'Édimbourg est fauché comme les blés et cherche désespérément à économiser et à gagner de l'argent. Un consortium l'a approché.

— Pour acheter le terrain de golf?

— Pas seulement celui-ci, apparemment – et pas seulement à Édimbourg.

— C'est lié au projet de terrain de golf de Stewart Scoular dans le nord ?

— Les mêmes noms reviennent sur le tapis.

— Y compris la famille bin Mahmoud et lord Strathy ?

Fox souriait de toutes ses dents comme un bon élève dont la maîtresse vient de remarquer le travail. Clarke, le visage impassible, réfléchissait à son raisonnement.

— John dit que lord Strathy a disparu. J'ai contacté son bureau à Londres, mais ils sont tous champions du monde de la dérobade.

— Sa fille ?

— Elle ne répond pas au téléphone. J'ai laissé un message. Est-ce que Salman bin Mahmoud venait souvent jouer ici ? demanda Clarke en se mordillant la lèvre, mais Fox haussa les épaules. La partie avec Scoular remonte à quand ?

— Tu en sais autant que moi, Siobhan.

— Il faut qu'on retourne causer avec Scoular, c'est ça ?

Le haussement d'épaules se mua en lent hochement de tête.

— Et tu vas raconter quoi de tout ça à Big Ger ?

— Il vaut sans doute mieux que cela reste entre lui

et moi, tu ne crois pas ? S'il y a bien une chose que je veux éviter, c'est de te traîner là-dedans.

— Au cas où ça vire au foutoir ?

— J'ai une cuirasse solide.

— Dans ce cas, espérons que ceux qui s'en prendront à toi ne visent pas la tête. OK, décréta Clarke en campant les mains sur ses hanches. Allons voir si on arrive à hérisser le poil d'un certain promoteur immobilier particulièrement obséquieux…

*

Et en effet, l'intéressé n'eut pas l'air ravi de les revoir.

Ils avaient remonté sa trace jusqu'à un restaurant à deux pas de George Street, où il avait organisé un repas d'affaires. C'est la bouche pleine qu'il se leva de table pour les rejoindre dans le vestibule.

— Juste quelques questions, c'est tout, lança Clarke en guise d'excuses. Combien de fois avez-vous joué au golf avec Salman bin Mahmoud ?

— Trois fois, je crois.

— Et combien de fois à Craigentinny ?

— Une seule fois.

— Et tout ça, coupa Fox en s'approchant de lui comme un serveur passait en le frôlant, à cause de l'intérêt que portait votre consortium à la reconversion de Craigentinny en propriété privée ?

Scoular déglutit ce qu'il était encore occupé à mastiquer. Ses yeux fusèrent d'un détective à l'autre.

— Quel est le rapport avec le meurtre de Salman ?

— C'est ce que nous tentons de déterminer.

Avant que Scoular n'ait le temps de répondre, Clarke lui assena une nouvelle question.

— À quand remonte votre dernière partie de golf avec le décédé ?

— Trois semaines, peut-être.

— Trois semaines avant sa mort ?

— Il faudrait que je vérifie dans mon agenda, mais dans ces eaux-là, oui.

— Et ça se passait à Craigentinny ?

— Oui.

— Et vous avez discuté du financement de l'achat du terrain de golf ?

— Le long du parcours, oui.

— J'imagine que l'achat de ce terrain reviendrait moins cher que la construction d'un tout nouveau complexe sur un autre site ? s'enquit Fox.

— Tout dépend des négociations.

— Si on part du principe que vous n'aviez pas l'intention d'affecter le golf à un autre usage. J'imagine que si les adhésions ne rapportent pas assez, vous pourriez toujours solliciter le reclassement du terrain et construire un joli lotissement d'habitations haut de gamme…

Scoular le fusilla du regard.

— Auquel de mes concurrents vous êtes-vous adressés ? Aucun n'est digne de confiance – les racontars sans fondement ne tardent jamais à donner lieu à des poursuites en diffamation, inspecteur.

À son tour, Clarke s'approcha de Scoular alors que de nouveaux clients entraient dans le restaurant.

— Vous avez croisé lord Strathy récemment ?

Elle vit sa mâchoire se crisper tandis qu'il tournait son attention vers elle.

— Ramsay ? finit-il par demander. Pourquoi cette question ?

— C'est l'un de vos investisseurs, si je ne m'abuse ? Un « partenaire », pour ainsi dire ?

— Et quand bien même ?

— Il semblerait qu'il ait disparu de la circulation.

— Ah ?

— Vous n'avez pas eu de ses nouvelles, dernièrement ?

Scoular fit mine de consulter sa montre.

— Vous vouliez savoir autre chose ?

— Juste histoire de confirmer : Salman bin Mahmoud était-il ce que l'on pourrait appeler un associé ? Il tenait les cordons de la bourse de sa famille et une partie de cet argent était dévolue à des projets dont vous aviez la charge ?

— Je suis facilitateur de projets, rien de plus.

— Ça veut dire oui ?

— Je vous ai tout dit. Si ma coopération ne vous convient pas, le moment est sans doute venu de solliciter mes avocats. Dans l'intervalle, vous pourriez peut-être vous préoccuper d'autre chose – comme de mettre la main sur la personne qui a tué Sal, par exemple.

Il franchit le rideau qui les séparait de la salle du restaurant. Un bref instant, Clarke et Fox eurent un aperçu des tables. Elles étaient pleines. Après quelques secondes, Clarke recourba l'index à l'intention de Fox, puis elle écarta le rideau. La salle était en forme de L et, après avoir tourné au coin, ils découvrirent un espace séparé par une vitre, qui contenait une table ovale autour de laquelle étaient réunis six convives. Scoular présentait ses excuses tandis qu'un serveur refaisait les niveaux et qu'un autre débarrassait les assiettes vides. À table, quatre hommes, tous en costume-cravate, et une femme. Lady Isabella Meiklejohn.

Clarke poussa la porte en verre et entra, Fox sur les talons.

— C'est intolérable, commença à protester Scoular.

L'ignorant, Clarke s'adressa directement à Meiklejohn.

— Je vous ai laissé un message.

— Ah bon ?

Elle portait une veste de teinte pourpre sur une courte robe noire. Rouge à lèvres coordonné à la veste. Elle se fendit d'un sourire comme s'il pouvait suffire à l'exonérer d'excuses, les yeux rivés sur son verre, qu'elle porta à ses lèvres.

— Nous essayons de joindre votre père, insista Clarke.

— Et pourquoi donc ?

— Savez-vous où il se trouve ?

— Du tout. Et cela ne m'intéresse pas particulièrement, rétorqua-t-elle en souriant à l'intention des autres convives.

— Vous allez lui transmettre un message, ordonna Clarke tandis que Meiklejohn faisait mine de porter un toast avec son verre. Dites-lui de m'appeler. Je vous laisse reprendre votre argumentaire de vente..., conclut-elle avant de regarder tour à tour les quatre hommes pour mémoriser leur visage.

Fox s'effaça pour lui permettre de sortir avant lui. Il inclina légèrement la tête puis lui emboîta le pas et parvint à sa hauteur une fois arrivé sur le trottoir. Clarke retirait un PV de sous l'essuie-glace de sa voiture. Elle le lui tendit.

— Tu as reconnu quelqu'un ? demanda-t-elle.

— Non.

— Tu aurais peut-être dû venir accompagné de ton copain des pages affaires.

— D'instinct, je dirais des banquiers, peut-être des élus.

Clarke hocha la tête.

— Et Issy Meiklejohn pour faire joli.

— C'est tout ?

Clarke le dévisagea.

— Le fond de ta pensée, Malcolm ?

— Ce ne serait pas la première femme de l'histoire à se faire passer pour une potiche.

— À ton avis, c'est elle qui tient les rênes de l'entreprise familiale ?

— Pas si éloigné du rôle de Salman bin Mahmoud – c'est peut-être ce qui les a rapprochés à l'origine – deux ambitieux qui n'ont jamais quitté le trophée des yeux.

Clarke était bien forcée d'en convenir. Pour autant, elle n'était pas prête à décerner à Fox le bon point qu'il attendait d'elle. Désignant le PV, elle le mit en garde :

— N'oublie pas de payer. L'amende double en cas de non-paiement, et je ne suis pas sûre que ta cuirasse soit suffisamment coriace face aux pervenches d'Édimbourg.

17

Le Camp 1033 restait interdit d'accès. Rebus se gara à côté d'un Portakabin jaune qu'on avait jouxté à la grille. La portière de la Saab à peine entrouverte, une rafale de vent l'écarta en grand. L'espace d'un instant, il crut que les charnières allaient claquer. Il lui fallut s'y reprendre à deux fois pour la refermer depuis l'extérieur. La porte du Portakabin était verrouillée et personne ne répondit lorsqu'il toqua. De l'autre côté du ruban de police, un agent esseulé lui jeta un regard peu amène.

— C'est ce qui s'appelle faire mauvaise pioche, lui lança Rebus en s'approchant.

— On va bientôt me relever. En quoi puis-je vous aider ?

— Je suis un proche du défunt. Je me demandais si le sergent Creasey était disponible.

— Il n'est pas ici.

— C'était bien mon impression, fit Rebus en regardant alentour.

— C'est vous qui avez trouvé le corps ?

— C'est moi, reconnut Rebus.

— On m'a dit que je risquais de vous voir. Le

message est le suivant : foutez le camp et laissez-nous bosser. Je sais que vous étiez dans la police, et que vous saisirez l'idée.

— Vous ne faites que votre travail, fiston. Le simple fait que vous soyez coincé ici me renseigne amplement sur l'estime que vous portent vos collègues.

Rebus tourna les talons en direction de la Saab.

— Dites à Creasey que j'ai à lui parler.

— Je n'y manquerai pas, ouais, fit l'agent avant de se racler la gorge et de cracher par terre.

Rebus s'assit au volant et réfléchit à la marche à suivre. Son téléphone tinta, lui annonçant la réception d'un texto de May Collins.

Rendez-vous 16 h 30 au pub. À tout'

Ce qui lui laissait amplement du temps d'ici là et l'incita à pousser plus avant. En direction de Tongue, un écriteau fait main, fiché sur un poteau, attira son attention. Il indiquait un chemin mangé par les ornières et arborait un seul mot : BIENVENUE.

— Pour une fois, ça fait plaisir, se dit Rebus en manœuvrant pour négocier la piste.

Elle se faufilait au milieu d'une enfilade de monticules recouverts de touffes de chardons, végétation qui semblait prédominer en ces lieux. Il finit par apercevoir les contours d'une ferme. Un panache de fumée s'élevait d'un bâtiment à colombages, derrière lequel se découpaient deux imposantes granges et une poignée de caravanes décaties. Un homme, torse nu, sa chemise nouée à la taille, coupait du bois à la hache. Reconnaissant Mick Sanderson, Rebus lui fit signe de la main.

Il gara la Saab à côté d'une Volvo d'apparence

familière et sortit. Des traces de poudre recouvraient les portières, le tableau de bord et le volant de la Volvo. L'équipe médico-légale n'avait pas chômé – et ne s'était pas donné la peine de nettoyer avant de partir. Il s'avança jusqu'au billot, notant au passage une moto appuyée contre un arbre. Deux jeunes femmes donnaient à manger aux poules, deux autres s'affairaient au potager. La sueur faisait luire le torse de Sanderson.

— La Saab roule encore, à ce que je vois, dit-il en hochant la tête vers son ouvrage.

— Mieux que jamais, confirma Rebus.

— On sait l'un comme l'autre que ce n'est pas vrai. Si vous voulez rentrer à Édimbourg, il va falloir la faire réviser dans un garage digne de ce nom.

— Quoi qu'il en soit, je tenais à vous remercier, dit Rebus en lui tendant la main, que Sanderson saisit dès qu'il eût posé sa hache contre le tas de bois. Et puis je voulais vous dédommager.

— Ce n'est pas utile.

— Si vous êtes sûr, alors..., fit Rebus avant de jeter un œil aux jeunes travailleuses. Vous êtes combien ?

— Ça change tout le temps. Certaines personnes restent quelques semaines, d'autres plus longtemps.

Rebus hocha la tête en feignant de s'intéresser au sujet.

— Je vois que ma fille est là. Je vais en profiter pour aller lui dire bonjour...

Sanderson s'apprêtait à protester, mais Rebus avait déjà mis le cap sur la bâtisse. Il n'était pas tout à fait arrivé au seuil quand la porte s'ouvrit sur un homme qui avait la cinquantaine, le visage ridé, et de longs cheveux gris retenus en queue de cheval. Il portait un jean crasseux et une chemise bleue presque entièrement délavée.

— Vous devez être John, dit-il en le gratifiant d'un sourire qui jurait avec son regard.

Ses yeux étaient d'un bleu perçant, aux pupilles en tête d'épingle. Il arborait une barbe de deux jours et des poignets bardés de bracelets en coton de différents motifs. Il se tenait d'une main au chambranle, l'autre posée sur sa hanche.

— Entrez, l'invita-t-il. Moi, c'est Jess.

Rebus pénétra dans le vaste espace ouvert. Il y avait une cheminée avec un insert à bois, une cuisine en désordre, des futons et des poufs surdimensionnés qui tenaient lieu de canapés et de fauteuils. Dans l'espace dédié à la cuisine, une femme mettait des légumes cuits en bocaux. Rebus inclina la tête en guise de salutation, mais elle l'ignora. Elle avait quelques années de moins que Jess Hawkins, le visage buriné et de longs cheveux couleur paille qui s'emmêlaient par paquets. Assis par terre, à côté d'elle, un bambin s'appliquait à mâchonner un jouet d'un air ravi.

Un escalier s'élevait depuis le centre de la pièce. D'aspect artisanal, il n'avait pas l'air particulièrement stable, d'autant qu'il était jonché de jouets et de vêtements d'enfants.

— Je pensais bavarder avec Samantha, annonça Rebus sur le ton de la conversation.

Hawkins le toisa d'un air peiné.

— Elle n'est pas d'humeur à bavarder, John. Elle a surtout besoin d'un peu de répit.

— Je suis là ! hurla Rebus dans l'escalier. Je veux aider, c'est tout !

Hawkins posa délicatement la main sur sa manche, mais la retira quand Rebus le fusilla du regard.

— Un peu de répit, murmura Hawkins en écho. Le moment venu, elle rentrera.

— Comme elle est rentrée auprès de Keith après sa petite passade avec vous ? assena Rebus sans le quitter des yeux.

D'un geste, il désigna la femme assise dans la cuisine.

— Qu'est-ce qu'elle en a pensé, votre compagne ?

— Nous sommes aussi libres d'aimer que nous le sommes de vivre, argua Hawkins. Voulez-vous une tasse de thé vert ? Ou peut-être un verre d'eau, tout simplement ?

— Keith Grant est mort pas très loin d'ici.

— Je suis au courant – la police est venue poser des questions.

— Quand il a su pour vous et ma fille, Keith a commencé à passer ses nuits au camp – vous avez dû voir sa voiture garée là-bas. Vous l'avez forcément remarquée.

— Qu'essayez-vous de dire, John ?

— Qu'il est peut-être venu ici, fit Rebus en haussant la voix dans l'espoir que Samantha l'entende distinctement. C'est ce que j'aurais fait, à sa place.

— Vous voyez des points communs entre lui et vous ? À moins que vous ne vous projetiez ? demanda Hawkins d'une voix sincère.

— Vous couchez avec toutes les femmes ici, ou vous les triez sur le volet ? C'est peut-être même pour ça que vous avez créé ce lieu, après avoir gagné puis perdu une fortune en bourse. C'est merveilleux Internet, vous ne trouvez pas ? Toute l'histoire de votre vie y est, et n'importe qui peut la lire – d'un parc HLM à la City de Londres, et puis le risque de trop, c'est la dégringolade, du Moët au muesli…

— Vous souffrez, John. J'aimerais trouver le moyen de vous venir en aide…

D'un air presque apitoyé, Hawkins s'éloigna de Rebus et s'approcha de la table de la cuisine. Il se posta derrière la femme, dont il effleura la nuque. Elle esquissa un sourire chaleureux que Hawkins ne pouvait voir. Rebus parcourut les quelques pas qui la séparaient d'elle.

— Angharad ?

Elle leva les yeux vers lui.

— On se connaît ?

Son accent était indéniablement de la haute. Le regard de Rebus glissa de la femme au nourrisson, puis se riva sur Hawkins.

— Pas étonnant qu'il vous haïsse, lâcha-t-il.

— Qui ?

— Lord Strathy.

Hawkins se fendit d'un nouveau sourire.

— Ce n'est pas de la haine, John, c'est de la cupidité.

— Vous parlez d'expérience, hein ?

— Chacun part en quête de réponses à sa manière. Vous avez été policier. Vous-même avez cherché à l'extérieur alors que vous auriez dû regarder à l'intérieur. Vous avez passé toute votre vie d'adulte au service de l'État, à faire ses basses besognes pour qu'il ne se salisse pas les mains.

— Sans personne pour faire le boulot que j'ai fait, tout s'effondre.

— Au cas où vous n'auriez pas remarqué, tout *est en train* de s'effondrer. Et votre travail a fini par vous coûter votre famille.

— Allez vous faire foutre.

Angharad lâcha un petit *tss-tss* tout en poursuivant sa tâche.

— Vous ne pourrez pas éternellement vivre planqués ici, assena Rebus. Le monde ne s'arrête pas devant votre pancarte de bienvenue.

— J'aimerais pouvoir vous aider, répéta Hawkins en écartant les bras.

— Dans ce cas, faites descendre ma fille pour que je puisse lui parler.

— Elle a le sentiment que vous vous méfiez d'elle.

— Elle a tort.

— Laissez du temps au temps – laissez-*lui* le temps dont elle a besoin.

— Les gens gobent vraiment ce genre de psychologie fumeuse ? Vous-même, vous y croyez ?

— Tout ce que nous proposons ici est une alternative à ce monde que vous semblez habiter si volontiers.

— Colère et rancœur, psalmodia Oates en tendant un morceau de pomme à l'enfant.

— Colère et rancœur, répéta Hawkins en écho. Une flambée de cupidité et de stupidité. Il faudrait être bien bête pour aller chercher des réponses là-bas, affirma-t-il en agitant le bras en direction du monde qui s'étendait au-delà de la ferme.

— Dans ce cas, pourquoi ma fille a-t-elle choisi Keith plutôt qu'ici ? rétorqua Rebus.

— J'ai hésité.

La voix venait d'en haut. Samantha se tenait au

sommet des escaliers, les bras raides le long du corps, le visage trempé de larmes.

— Je l'ai envisagé, mais je n'ai pas pu.

— Par amour, affirma Jess Hawkins en hochant la tête d'un air compréhensif.

Angharad Oates leva le bras par-dessus son épaule et étreignit la main de Hawkins dans la sienne.

— Samantha, est-ce qu'on peut parler ? demanda Rebus.

Mais elle finit par secouer la tête et disparut dans l'une des chambres. Hawkins fit mine de parler, mais Rebus le réduisit au silence d'un doigt menaçant.

— Encore une connerie sur la vie et l'amour et je jure que je vous en colle une.

De sa main libre, Oates empoigna le couteau à éplucher et l'inclina vers lui.

— Essayez un peu, dit-elle en dévoilant une rangée de dents immaculées.

— Vous feriez peut-être bien de partir, John, dit Hawkins en tapotant l'épaule d'Angharad.

— Carrie a besoin de sa mère, affirma Rebus.

— Je sais.

Hawkins continua à hocher la tête jusqu'à ce que Rebus rebrousse chemin, passe la porte et s'en aille.

18

— Tout le monde est arrivé, annonça May Collins en sortant de derrière le comptoir pour guider Rebus dans un coin de la salle. Il a fallu un peu plus d'organisation que ce que j'aurais pensé.

Quatre personnes l'attendaient autour d'une table. Deux déambulateurs étaient parqués à proximité.

— Voici mon père, Joe.

L'homme, voûté, de petite taille, avait une respiration laborieuse. La main qu'il tendit à Rebus était agitée d'un tremblement visible, sa peau ressemblait à du papier crépon. Il portait des lunettes à verres épais et le sommet de son crâne comptait plus de taches de vieillesse que de cheveux. La femme assise à côté de lui aurait tout à fait pu être sa sœur.

— Helen Carter, annonça May, avant d'ajouter d'une voix plus forte : Helen est un peu sourde, malgré son sonotone. N'est-ce pas, Helen ?

L'intéressée émit un petit caquètement en approuvant de la tête.

En face d'elle se tenait un homme du même âge, aux traits anguleux. Plus élancé et mince que Joe Collins, il était manifestement exempté du port de lunettes.

— Stefan Novack, le présenta May Collins. Helen et Stefan habitent tous deux à Tongue. Stefan a eu la gentillesse de l'accompagner en voiture.

Rebus serra la main de Novack tout en jetant un œil à son voisin, qui leva les deux paumes vers lui.

— Je sais bien, fit le jeune homme en guise d'excuse.

— Voici Jimmy Hess, expliquait déjà May. Son grand-père n'est pas en grande forme, aujourd'hui.

— Votre grand-père étant…

— Frank Hess – Franz, de son vrai prénom, de même que Joe c'est Josef, précisa Jimmy en désignant le père de May Collins. Et comme je le dis toujours, non, nous n'avons pas de lien de parenté avec Rudolf.

— De toute façon, Frank ne vient jamais ici, observa May.

— Il n'aime pas trop boire, expliqua Jimmy à Rebus. En tout cas plus ces derniers temps.

— Installez-vous, je vais vous chercher un verre, invita May Collins en gratifiant Rebus d'une tape sur le bras.

— De l'eau pétillante, ça ira, répondit-il en prenant place en bout de table.

— Toutes mes condoléances, lui dit Jimmy Hess.

Il devait approcher la quarantaine et portait mal sa corpulence. Il n'avait pas d'alliance au doigt, et ses cheveux noirs commençaient à se dégarnir sérieusement sur les tempes.

— C'est gentil à vous d'être venu à la place de votre grand-père, lui répondit Rebus. Mais ça risque d'être du temps perdu pour vous.

Hess répéta le même geste, les deux mains levées.

Il devait souvent y recourir, sans même s'en rendre compte.

— Le fait est que mon grand-père me parlait tout le temps du camp, et que j'étais avec lui quand Keith lui a posé toutes ses questions, alors je vous serai peut-être plus utile que vous ne le croyez.

Rebus acquiesça, il avait compris le message.

— Comme vous le savez, commença-t-il en s'adressant à la tablée, Keith était le compagnon de ma fille. Quelqu'un l'a assassiné au Camp 1033, et il semblerait qu'on ait volé son ordinateur et ses notes de travail. J'ai pu étudier le reste de ses recherches et je sais que Keith était obsédé par le camp. Je me demandais ce qu'il avait bien pu apprendre en s'adressant à vous.

— Je n'ai pas tout entendu, intervint Helen Carter en se penchant vers Rebus au point de le frôler. Vous savez bien sûr que je n'ai pas été détenue dans ce camp ?

Rebus sourit.

— Vous travailliez au dispensaire. Il en est brièvement question dans les dossiers de Keith.

— En revanche tu as épousé un détenu, lança Hess en face d'elle. J'ai encore le petit cheval en bois que le mari d'Helen avait sculpté quand il était en prison. Ils laissaient souvent sortir les détenus pour qu'ils travaillent aux champs et qu'ils fassent de l'exercice, expliqua-t-il.

May Collins déposa son verre devant Rebus.

— Ce n'est pas le moment de piquer du nez, mit-elle en garde son père qui avait les paupières lourdes.

— La faute à la conversation, aboya-t-il dans un anglais encore mâtiné d'un fort accent.

— Vous faisiez partie des prisonniers qui pouvaient sortir du camp ? s'enquit Rebus.

— Bien sûr.

— Et vous veniez tout juste d'être promu officier, je crois – ce qui veut dire que vous ne logiez pas dans les mêmes bâtiments que les moins gradés ?

— Exact.

— Comment avez-vous atterri au Camp 1033 ?

— Ma section s'est fait encercler. Nous n'avons pas eu d'autre choix que de nous rendre.

— Et vous, monsieur Novack ?

Novack avança précautionneusement sa main droite en direction du verre posé devant lui sur la table. Ses doigts s'y enroulèrent sans qu'il tente de le soulever.

— Avant d'être un camp britannique, 1033 appartenait aux Polonais.

— Vous n'étiez pas du côté du général Sikorski ? Donc vous n'étiez pas ici en même temps que M. Collins et M. Hess ?

— Pas tout à fait, non – mais Helen y a travaillé tout du long.

Novack jeta un œil à Helen Carter et inclina légèrement la tête.

— Je n'ai pas tout entendu, les informa Carter en tripotant son appareil auditif.

— Offrez-lui un verre de rhum et vous verrez que, comme par miracle, son audition sera infaillible, suggéra Novack à voix basse.

Le coup d'œil espiègle qu'elle lui lança sembla confirmer sa prédiction.

— Je suis revenu ici à la fin de la guerre, continua Novack à l'attention de Rebus. J'avais de bons souvenirs du lieu et de ses habitants – et puis je n'avais pas de grandes perspectives d'avenir en Pologne. À l'époque, le Camp 1033 était encore opérationnel, bien sûr. Il n'a fermé qu'en 1947. Les détenus servaient de main-d'œuvre gratuite – pas besoin de les renvoyer chez eux, dans la mesure où il n'y avait pas officiellement eu d'armistice à la fin de la guerre. Et le pays avait besoin de travailleurs.

— C'est à cette époque que vous avez été libéré, monsieur Collins ? demanda Rebus.

— Exactement.

— Et comme M. Novack, vous avez choisi de rester dans le coin ?

Il haussa de nouveau les épaules.

— J'étais tombé amoureux.

Rebus s'adressa à Jimmy Hess :

— Et votre grand-père ?

— Pareil, confirma-t-il avec un signe de tête.

— C'est étrange, vous ne trouvez pas ? intervint Helen Carter. Je ne crois pas que beaucoup de prisonniers de guerre britanniques soient restés en Allemagne après 1945.

— Ils n'ont qu'à pas être aussi accueillants, rétorqua Novack. Les Écossais, je veux dire.

— Donc, il n'y a que des bons souvenirs liés au camp ? interrogea Rebus.

— Ce n'était pas sans son lot d'épreuves, nuança Novack. L'endroit était glacial l'hiver, étouffant l'été. Même après que les soldats britanniques ont remplacé les Polonais, il y a eu des incidents. Quelqu'un aurait essayé d'empoisonner la livraison de pain – n'est-ce pas, Helen ?

— Ils ont été nombreux à souffrir d'intoxication alimentaire. C'était monnaie courante.

Rebus posa les yeux sur Novack.

— Vous ne pensez pas que c'était un hasard ?

— Dans l'ensemble, les gens se montraient aimables, mais imaginez la situation – des étrangers au charme exotique libres de circuler au sein de la population, de séduire vos femmes…

— Ce qui engendrait une certaine rancœur ? devina Rebus.

— Mieux vaut que ce soit Josef qui le raconte, affirma Novack.

— Que veux-tu que je raconte ? aboya Collins de l'autre côté de la table.

— Un détenu est mort, Josef.

— Mort comment ? demanda Rebus au cœur d'un silence pesant.

— Devant le peloton d'exécution. Il avait abattu un des gardes.

Novack tourna son attention vers Helen Carter.

— Le garde en question était un ami de ta sœur, n'est-ce pas, Helen ? Son nom ne me revient pas…

— Il s'appelait Gareth, psalmodia-t-elle dans un murmure tandis que ses yeux chassieux s'emplissaient d'eau. Gareth Davies.

— Deux hommes, une femme, conclut Novack.

Rebus se tourna vers Joe Collins.

— Le revolver que vous gardiez accroché au mur derrière le comptoir, quelle est son histoire ?

— Je l'ai trouvé échoué sur le rivage. Il avait dû appartenir à un garde, qui l'avait jeté au large pour marquer la fin du conflit.

— Vous l'aviez fait sécuriser ?

— C'était inutile – la mécanique était grippée. Il n'aurait jamais fonctionné.

— Quand il a disparu, qu'avez-vous pensé ?
— Que c'était sans conséquence.
Derrière Rebus, la porte s'ouvrit avec un grand bruit et une ombre tomba sur la table.
— Mais qu'est-ce que vous foutez, nom d'un chien ? s'irrita Robin Creasey.
Rebus pivota pour lui faire face.
— Je fais votre travail, sergent Creasey. Faut bien que quelqu'un s'en charge.
— Un mot. Dehors. Tout de suite.
Rebus se leva lentement avec un geste d'excuse et suivit le policier jusqu'au trottoir.
— Vous êtes retourné au camp, affirma Creasey.
— Donc on vous a passé le message ?
— Qu'est-ce que vous aviez de si pressant à me dire ?
Rebus fit mine de considérer la question.
— À bien y réfléchir, je ne suis pas sûr qu'il faille vous embêter avec ça. Vous êtes déjà bien assez occupé.
— C'est plutôt vous qui feriez bien de vous occuper ailleurs. Qu'est-ce que vous foutez encore dans les parages ?
— Le compagnon de ma fille a été assassiné, au cas où vous l'auriez oublié.
— Et s'il y a bien une chose dont je me passerais, c'est de vos traces de pattes sur toute l'enquête. Qu'est-ce que vous êtes allé faire au château de Strathy ?
— Les nouvelles vont vite.
— Le jardinier a un copain flic à Thurso. Il lui a demandé de vérifier s'il y avait un certain Fox dans la police d'Édimbourg. Il en a trouvé un, en effet, sauf que

la description ne collait pas. Le vrai Fox a vingt ans de moins, pour commencer.

— Je ne voulais pas qu'on sache que c'était moi au château.

— Mais vous venez de l'avouer.

— Que je suis bête…

Rebus fourra les mains dans ses poches. Les deux hommes pivotèrent vers la devanture du bar dont la porte venait de s'ouvrir. Stefan Novack en sortit en enroulant une écharpe à son cou.

— J'ai un autre rendez-vous, s'excusa-t-il. Josef s'est endormi et Helen doit rentrer chez elle prendre ses cachets. J'espère que nous avons pu vous aider.

— J'aimerais encore discuter un peu, répondit Rebus. Pourrai-je vous revoir ?

— Comment vous voudrez.

Novack tint la porte ouverte afin qu'Helen Carter puisse négocier la sortie du pub avec son déambulateur. Elle ne sembla pas reconnaître Rebus. Ils se mirent en route vers la voiture dont Novack déverrouilla les portières.

— C'était quoi votre petite coterie ? s'impatienta Creasey.

— Keith les a interviewés sur le camp, pourtant il n'y a aucune trace des entretiens dans les documents que j'ai trouvés dans son garage. Quiconque a volé son ordinateur avait une bonne raison de le faire. Sans compter qu'il y avait également une clé USB contenant des enregistrements audio – disparue, elle aussi.

Creasey fit la grimace.

— Enfin, John, on en a déjà parlé. Tous les cambrioleurs et tous les voleurs à la tire savent parfaitement que les ordinateurs et les téléphones portables se vendent comme des petits pains.

— Ses carnets de notes se sont volatilisés, eux aussi. Ça aussi, ça se revend bien ?

— Donc, vous essayez de me faire croire qu'il a été assassiné de sang-froid sous prétexte qu'il s'intéressait à un camp d'internement de la Seconde Guerre mondiale ? Vous trouvez ça plus crédible qu'une affaire de rancune, de bisbille ou de vol ?

Rebus pointa l'index sur Creasey.

— Vous essayez de mettre ça sur le dos de ma fille ?

— Nous gardons l'esprit ouvert.

— Vous avez qui d'autre ? Jess Hawkins ?

— Pourquoi lui particulièrement ? demanda Creasey d'une voix sincèrement intriguée.

— Parce que sa secte utopique à la Jim Jones[1] est à un jet de pierre du Camp 1033.

— Et ?

— Et lui, ou un de ses larbins, aurait très bien pu décider que c'était le seul moyen de rallier Samantha à la cause.

Les deux hommes se dévisagèrent un instant en silence. Rebus souffla bruyamment et se passa une main dans les cheveux.

— Je sais pas, Robin. Franchement, j'en sais rien.

— En quoi lord Strathy cadre avec vos théories ?

Rebus secoua la tête.

— Je rends service à quelqu'un au CID d'Édimbourg.

1. Fondateur et pasteur américain du Temple du Peuple, à l'origine du massacre de Jonestown en 1978.

— Ce fameux Fox ?

— Non, pas lui. Savez-vous que Strathy possède la majorité des terres dans les environs, y compris celles occupées par le Camp 1033 et la communauté de Hawkins ?

Creasey haussa un sourcil.

— Vous me l'apprenez, en effet.

— Keith voulait que la communauté rachète le terrain sur lequel elle est implantée. Pour en faire un centre touristique.

— Et ?

— Et il semblerait que sa seigneurie a disparu des radars.

Creasey eut un soudain regain d'intérêt.

— Depuis quand ?

— Bonne question. Je n'ai aucune certitude à ce propos. D'instinct, je dirais que, fut un temps, le fameux jardinier du château – un type du nom de Colin Belkin – n'avait pas trop les flics à la bonne.

— Il a un casier ?

— Ça vaut le coup de creuser, à mon avis.

Creasey, la mâchoire crispée, fit de rapides calculs.

— Déjà que je manque de personnel…

— Ils sont tous affectés au Portakabin ?

— On nous a autorisé l'accès au poste de police de Tongue – dès qu'on réussira à mettre la main sur la personne qui est censée avoir la clé pour nous ouvrir.

— Je peux toujours donner un coup de pouce si vous êtes en sous-effectif.

— C'est bien essayé, John, mais… bon sang, vous savez très bien ce que je vais vous répondre.

— Que je devrais lâcher l'affaire, rentrer chez moi,

ne pas rester dans vos pattes – quelque chose dans ce goût-là.

— Vous devriez vous concentrer sur Samantha et Carrie. Elles ont besoin de votre attention, bien plus que les morts.

Creasey jeta un œil à sa montre.

— Je ne voudrais surtout pas vous retenir, observa Rebus.

— Je dois être à Inverness ce soir. Il faut que je me mette en route.

— Vous avez eu le temps de comparer mes empreintes à celles relevées dans la Volvo ?

— Les vôtres, les miennes, celles de Samantha et celles de Keith. Plus des empreintes partielles d'enfant qui appartiennent très certainement à votre petite-fille. Saviez-vous, reprit-il après un moment de silence, que Samantha s'est rendue chez Hawkins le jour de la mort de Keith ? Ne vous fatiguez pas – votre visage me donne la réponse. Vous persistez à dire que son aventure avec lui était finie ?

— Vous ne lui ferez pas porter le chapeau, Creasey. Comptez sur moi pour vous en empêcher.

Creasey le dévisagea.

— Je parle dans le désert depuis le début, c'est ça ?

— Je vous assure que j'en ai pris bonne note.

La lenteur avec laquelle le détective secoua la tête lui indiqua clairement qu'il n'était pas dupe. Rebus le regarda traverser la route et remonter en voiture. Au même moment, la porte du bar s'ouvrit et Jimmy Hess en sortit.

— Je ferais mieux d'y aller, annonça-t-il en se glissant dans sa veste polaire.

— Merci d'être venu. J'espère que votre grand-père va se requinquer bien vite.

— Il a quatre-vingt-treize ans. Je ne pense pas que se requinquer soit au programme.

— Mais ses facultés sont intactes – suffisamment pour que Keith ait pu lui poser quelques questions ?

— Ils ont eu une conversation, en effet. Mais je ne suis pas sûr que mon grand-père ait été d'une grande aide. Sa mémoire n'est plus ce qu'elle était et tout cela remonte à si loin.

— Je voudrais bien m'entretenir avec lui, à l'occasion.

— Je vais voir ce que je peux faire.

— Qui s'occupe de lui, si vous permettez que je pose la question ?

— C'est moi. On s'en sort tant bien que mal.

— Ça ne doit pas être facile quand vous êtes au travail.

Le visage de Jimmy Hess s'assombrit.

— J'ai plaqué mon boulot pour pouvoir être plus présent. Ça sert à ça, la famille, n'est-ce pas ?

Il leva les yeux sur le crépuscule qui les enveloppait peu à peu.

— On ne sait jamais ce qui nous attend.

Il remonta la capuche de sa veste polaire sur sa tête et se mit en marche.

Rebus laissa passer quelques instants avant de rebrousser chemin. À l'intérieur, Joe Collins piquait un petit roupillon, les mains posées sur ses genoux. La musique qui sortait des haut-parleurs était à peine audible. Le bar avait retrouvé sa clientèle habituelle. Les médias étaient passés à autre chose : idem pour les fouineurs. Rebus se hissa sur un tabouret de bar.

— Qu'est-ce que je vous sers ? demanda May Collins.

— Un café, aussi serré que possible.

— Le lit n'était pas confortable ?

— Impossible de me débrancher le cerveau.

— Vous êtes sûr que le café soit la bonne réponse ?

— J'en sais rien, May – c'était quoi la question, déjà ?

Elle se dirigea vers le percolateur en riant.

19

En ce début de soirée, le Jenever Club n'était pas encore tout à fait ouvert, ce qui n'empêcha néanmoins pas Dennis Jones de franchir ses portes et de demander à parler à Morris Cafferty.

— J'ai l'habitude qu'on m'appelle Big Ger, aboya une voix depuis la mezzanine.

Jones monta les escaliers deux par deux. De haute stature, il se considérait encore en bonne forme physique. Il jouait au badminton et au squash. Il disputait le tournoi universitaire en double avec sa collègue Gillian Bowness. C'était d'ailleurs là que les ennuis avaient commencé.

Cafferty était assis sur la toute dernière banquette. Il était seul et à l'arrivée de Jones, il ferma l'écran de son ordinateur portable.

— Asseyez-vous et dites-moi donc ce qui vous amène.

— Je crois que vous le savez déjà.

Jones respirait fort, boosté par l'adrénaline.

— Votre femme sait que vous êtes ici ?

— Tout ce qu'elle m'a dit, c'est que quelqu'un avait une vidéo. Ça venait forcément d'ici, alors j'ai creusé un peu. Pas la peine d'être un détective émérite.

— Et à présent que vous êtes ici, qu'attendez-vous de moi, exactement ?

— Je ne vous laisserai pas lui faire ça.

— À qui donc ?

— Jenni.

— Je suppose qu'il s'agit de la directrice adjointe Lyon ? Que vous a-t-elle dit ?

— Qu'elle s'en occupait et que je ne devais pas m'inquiéter. Mais si s'en occuper l'oblige à négocier avec des ordures dans votre genre…

— Vous préféreriez que ça soit rendu public ? conclut Cafferty avec les prémices d'un gloussement de rire, mais il se contint lorsqu'il vit Jones serrer les poings. Évitez d'aggraver votre cas. Et asseyez-vous donc, que je puisse vous raconter quelque chose que je n'ai pas dit à votre bonne dame.

Il attendit patiemment, le temps que Jones se plie à sa volonté et se glisse sur la banquette.

— La vidéo qu'on a enregistrée ici est gentillette – ça se bécote, ça se roule une galoche, ça se colle un peu de poudre dans le nez. On voit de ces choses, parfois, si vous saviez. Sauf que je me targue de savoir qui est qui. Ce n'était pas votre poste en université qui m'intéressait, mais votre épouse. C'est pour cette raison que je vous ai fait surveiller pendant une quinzaine. Le parc naturel à côté de votre université – quelle beauté, terriblement sous-exploité. Le parking est vide, les trois quarts du temps…

Il contempla l'effet de ses paroles. Dennis Jones perdait de plus en plus de sa superbe. Il poursuivit :

— C'est un peu imprudent, vous ne trouvez pas ? Même si j'admire la souplesse de votre amie. Ça doit être à force de jouer au badminton, sans doute, fit-il en laissant planer un silence. Je n'ai aucun moyen de savoir ce que vous avez dit à votre dame, mais ce genre de photos en première page d'un tabloïd… ma foi, y a de quoi vous flinguer un mariage sur-le-champ.

Il se pencha en avant, coudes sur la table.

— Ce n'est pas vous le sujet, Dennis. Je doute que Jenni se préoccupe particulièrement de vous et de votre carrière. La sienne, en revanche…, laissa-t-il entendre en s'adossant de nouveau à la banquette. Comment réagirait-elle si elle savait que vous êtes venu ici ? Je vais vous le dire : elle serait furax, parce que vous vous exposez à me foutre dans une colère noire. Un coup de fil à la presse, une pièce jointe en e-mail, et elle fait la une de tous les journaux. Même si je peux tout à fait comprendre l'attitude macho, je vous recommande de filer à la maison et de laisser le soin à votre épouse de s'occuper de la couche de merde que vous avez étalée partout dans son bel intérieur.

Il rouvrit l'écran de son ordinateur, signifiant la fin de l'entretien.

— Vous n'avez pas fini d'entendre parler de moi, bafouilla Jones en se levant.

— J'espère pour vous que si, trancha Cafferty en le fusillant du regard avant de reporter son attention sur son écran.

Cafferty écouta le claquement des pas s'éloigner dans les escaliers, puis il se glissa hors de la banquette et jeta un œil par-dessus la rambarde de la mezzanine. Son visiteur était parti. Il sortit son téléphone.

— Malcolm ? dit-il quand l'intéressé décrocha. Vous

êtes encore au bureau ? Rendez-vous en bas dans un quart d'heure…

*

Une imposante Mercedes noire aux vitres lourdement teintées l'attendait. Quand Fox quitta le poste de police de Leith, le chauffeur en sortit et referma la portière derrière lui. Fox traversa la chaussée. Malgré la petite taille du chauffeur, tout dans son attitude de tension nerveuse laissait présager qu'il était tout à fait capable de se défendre.

— Banquette arrière, annonça-t-il.

Fox prit place à côté de Cafferty. Le chauffeur resta debout sur le trottoir, à se griller une cigarette en consultant son téléphone.

— Un problème ? demanda Fox en s'épargnant les échanges de politesses.

— Je me suis dit que vous aimeriez être au courant. J'ai reçu la visite de Casanova.

— Vous voulez parler de Dennis Jones, je présume ?

— À mon avis, il a dû se dire que quelque chose ne tournait pas rond, vu comme sa bourgeoise se comportait, et elle a fini par cracher le morceau.

— Elle lui a tout raconté ?

— Pas tout – mais il a eu assez de jugeote pour remonter jusqu'à moi.

— Et ?

— Et il est hors de question que ça se reproduise. Il n'y a de la place que pour trois dans cette relation, Malcolm – vous, moi et votre patronne.

— Ce n'est pas une relation.

— Je ne peux pas tout à fait vous contredire, dans la mesure où vous m'apportez que dalle, tous les deux.

— Faites-moi confiance, on est sur le coup.

— Et ?

— Et on est au tout début du puzzle. On a quasiment posé tout le cadre, il reste à remplir l'intérieur.

— Dans ce cas, donnez-moi les grandes lignes.

Fox secoua la tête.

— Pas encore.

— Mais bientôt ?

Fox tourna à demi la tête vers Cafferty.

— Il y a un rapport avec Salman bin Mahmoud ? Une affaire de blanchiment d'argent ? De terrains de golf et de noblesse terrienne ?

— Très bien, je vois que vous n'avez pas chômé, acquiesça Cafferty d'un lent mouvement de tête. Mais je vais avoir besoin que vous me remplissiez ce puzzle sans trop tarder.

— Ce n'est pas en vous tenant la jambe que je vais beaucoup avancer.

— Vous allez causer à Lyon de son mari remonté comme un coucou ?

— On dirait bien que je n'ai pas le choix.

— Un type comme ça, avec un tempérament pareil…

— Quoi ?

— Va peut-être falloir qu'on le surveille. Qui nous dit qu'il s'est rangé ? interrogea Cafferty en vrillant ses yeux sur Fox. Mais je dois reconnaître que vous êtes beaucoup plus rusé que je ne l'aurais pensé.

— Comment ça ?

— La tronche qu'il a faite quand je lui ai parlé de la vidéo de lui et de la coke. Il n'était pas au courant que je l'avais, ce qui me fait dire que sa bourgeoise non plus – autrement dit vous avez gardé ce petit détail sous le coude. Fallait éviter qu'elle en sache trop, vous aviez peur qu'elle se passe les nerfs sur vous ?

Il agita un doigt à son attention.

— J'aurais dû me douter qu'un type du nom de Fox serait un petit rusé. Maintenant, foutez-moi le camp et activez-vous sur Stewart Scoular. L'heure tourne, Malcolm…

Fox poussa la portière et sortit. Le chauffeur terminait d'écraser sa cigarette sous son talon. Fox retraversa la chaussée, entra de nouveau dans le commissariat, franchit le contrôle de sécurité et gravit les escaliers. Un dégât des eaux avait laissé une tâche au plafond et un seau posé au sommet des marches était paré pour la prochaine averse. L'édifice avait été construit au début du XIXe siècle pour accueillir un palais de justice, avant d'être brièvement le siège du conseil municipal de Leith. Le bâti était de pierre massive, mais à l'instar de plusieurs commissariats de la même époque, son entretien était prohibitif. Il se demanda combien d'années encore il allait pouvoir tenir.

— Plus que moi, vraisemblablement, murmura-t-il, le souffle un peu court lorsqu'il arriva en haut des escaliers.

Clarke était assise devant leur bureau. Pour la plupart, les autres membres de l'équipe avaient fini leur journée, ou étaient sur le départ, mais Siobhan Clarke jouait les prolongations. Le fournisseur téléphonique de la victime venait d'envoyer les six derniers mois de relevés. Comme ils avaient déjà eu accès au téléphone de Salman bin Mahmoud, ils connaissaient les destinataires de ses ultimes appels et s'étaient entretenus avec toutes les personnes qui lui avaient parlé le jour de sa mort. Le relevé montrait une boutique haut de gamme de vins et spiritueux du centre de Londres, ainsi que deux banques privées (une à Londres, une à Édimbourg), un tailleur local spécialiste du tweed et du vêtement de sport et un restaurant de Leith étoilé au guide Michelin. Les banques s'étaient montrées particulièrement réfractaires aux questions touchant à la situation financière de leur client. Un jeu incomplet de relevés bancaires avait été apporté du domicile édimbourgeois de Salman bin Mahmoud, laissant voir un solde s'élevant à une petite dizaine de milliers de livres.

— C'est pas pour dire, mais ça fait pas lourd, avait commenté Christine Esson.

D'un autre côté, comme Graham Sutherland avait pris soin de le souligner, les super-riches avaient souvent d'autres moyens d'accumuler de l'argent et d'accéder à leurs capitaux. Les comptables judiciaires étaient sur le coup, à la fois à la police métropolitaine de Londres et à Gartcosh. Fox n'avait eu aucun mal à ajouter le nom de Stewart Scoular dans le pot, aux côtés d'Isabella Meiklejohn et de Giovanni Morelli.

Le défunt ne possédait aucune de ses deux voitures de sport – il les louait. La maison d'Édimbourg était la propriété de la famille, très vraisemblablement acquise en guise d'investissement à long terme, tandis que le loyer de l'appartement londonien représentait quasiment le double de ce que Fox gagnait en un mois.

Fox s'assit à côté de Clarke et se saisit des deux livres posés sur le bureau. Deux thrillers en édition reliée.

— Un cadeau de Christine, expliqua Clarke. Un pour moi, un pour John.

Fox en ouvrit un à la page de garde.

— Signé et tout le tralala, ironisa-t-il. Quel dommage que tu n'aies jamais une minute à toi…

— Il voulait quoi, Cafferty, au fait ? Le bureau a des fenêtres, Malcolm, lui balança-t-elle comme il la dévisageait. Tu reçois un coup de fil, et un quart d'heure plus tard, tu annonces que tu vas aux toilettes.

— J'avais enfilé ma veste, comprit Fox.

— Ce qui n'est pas strictement nécessaire pour assouvir un besoin naturel. Donc, je m'approche de la fenêtre et qu'est-ce que je vois ? La grosse voiture d'une grosse brute.

— Il venait aux nouvelles, c'est tout.

— Tu ne peux vraiment pas faire ça, fit Clarke, le front plissé. Tu lui as demandé pourquoi il s'intéressait à ce point à Stewart Scoular ?

— Il cache bien son jeu.

— Il n'est pas le seul. Tu me caches des choses et ça ne me plaît pas du tout, je te le dis tout net.

— Je t'ai tenue au courant pour la Special Branch, rétorqua Fox à mi-voix.

— Mais là, c'est encore autre chose, répondit-elle en secouant la tête. À te voir faire, tu as les gros bonnets de ton côté – d'où ce ramassis de conneries sur l'épaisseur de ton armure.

— Laisse tomber, Siobhan.

— C'est mal me connaître. Qu'est-ce qu'il a à vendre, Cafferty ? Une affaire tellement juteuse pour tes supérieurs qu'on est obligés de lui laisser le champ libre ?

— Laisse tomber, j'ai dit.

Fox avait durci le ton. Il inspira profondément et expira.

— Ce n'est pas l'heure de sortir Brillo ?

— Je l'ai sorti au déjeuner, tu as déjà oublié ?

— Ça remonte à six heures.

— Il faut le sortir combien de fois par jour, à ton avis ?

— Tu devrais peut-être voir ça avec John.

— Ah ouais ? Et peut-être que tu devrais voir avec la Special Branch s'ils sont jouasses que tu traînes un gangster notoire dans cette enquête.

Entre eux le silence s'étira. La mâchoire de Fox se contracta.

— Des nouvelles de Rebus ? finit-il par demander.

Clarke poussa un soupir.

— Silence radio.

— Et l'insaisissable lord Strathy ?

— Noie le poisson si ça te chante – tes questions ne me feront pas oublier que tu me caches des choses, ça continuera plutôt à me mettre en rogne jusqu'à ce que tu me dises quoi.

— Compris. Mais pour revenir à lord Strathy ?

— Toujours rien. J'ai demandé à la Met de jeter un œil dans ses divers lieux de prédilection à Londres.

— Ils doivent nous adorer à la capitale.

Les lèvres de Fox s'étirèrent en un fin sourire. Clarke saisit une des feuilles de relevés téléphoniques. Elle était bardée d'annotations. Les originaux des factures n'avaient montré que les appels et les textos envoyés par la victime. À présent, les documents listaient les appels reçus.

— Gio, Issy, Gio, Issy, Gio, égrena-t-elle. Quasiment deux douzaines de coups de fil le jour de sa mort.

— Je crois que les jeunes d'aujourd'hui préfèrent ça à un tête-à-tête.

— Et puis, il y a Stewart Scoular, même si les appels sont loin d'avoir la même fréquence, ajouta Clarke en posant un œil sur les notes jetées dans son carnet. Dix-huit conversations téléphoniques en six mois – neuf appels sortants et neuf entrants.

— Et rien n'indiquant l'organisation d'un rendez-vous à Craigentinny, énonça Fox, à moins qu'il n'ait été avec Meiklejohn ou Morelli.

Clarke opina du chef.

— Mais on a ça, dit-elle en tapotant une autre feuille. Une douzaine d'appels sur le téléphone fixe du château de Strathy. Un tous les quinze jours, à peu de chose près.

— Il n'y a pas de réseau, là-haut ?

— C'est ce que je me dis.

— Pour parler à Issy ?

Clarke répondit d'un haussement d'épaules.

— On lui posera la question. C'est soit elle quand elle était en visite, soit son père.

Clarke se frotta les yeux. Il n'y avait plus qu'elle et Fox dans la salle de la BEP. Des bruits de pas s'estompaient dans la cage d'escalier tandis que le personnel auxiliaire terminait sa journée.

— Comment avancent les recherches sur Issy, à ce propos ? rebondit Clarke.

— Comme toujours, le Net est un splendide marécage. Des frasques à l'adolescence, des opérations de sauvetage pilotées par les relations publiques pour des magazines de société. Apparemment, elle passe une grande partie de sa vie à soutenir des œuvres caritatives.

— Entre ses cours à l'université et ses bals fastueux ? Quand j'étais à la fac, il y en avait plusieurs comme elle – toute une tripotée de richards qu'on voyait une fois par an dans la salle d'examen.

— Alors que toi-même, tu dormais dans une baignoire remplie de charbon ?

— L'école de la vie, Malcolm.

— Je croyais que tes parents étaient maîtres de conférences ?

— Tu dézingues ma lutte des classes.

Clarke s'ébroua pour tenter de s'éclaircir les idées.

— On s'arrête là pour aujourd'hui ? suggéra Fox.

— J'arrête si tu arrêtes.

— Je pensais rester encore un peu, fit-il en tapotant l'écran de l'ordinateur. On trouve quantité d'infos sur Issy la femme du monde, mais c'est Issy la boss des affaires qui nous intéresse vraiment.

— Tu vas donc causer à tes fameux contacts ?

— Tu auras noté, je l'espère, qu'ils n'ont toujours rien fait fuiter.

— Ça ne les empêchera pas de le faire plus tard.

— Je devrais sans doute passer un coup de fil à la directrice adjointe, pour la tenir au courant.

— Je suppose qu'elle sait pour Cafferty ?

— Tu supposes ce que tu veux.

— Ce serait peut-être plus simple que je te flanque des coups de matraque jusqu'à ce que tu craches le morceau.

— Ça manquerait quelque peu de professionnalisme. Permets-moi une proposition : je travaille encore un peu pendant que tu promènes Brillo et que tu manges un bout…

— Oui ?

— Après quoi, on se retrouve et on va voir si lady Isabella Meiklejohn est chez elle et reçoit les visites – après tout, on n'a toujours pas vu sa baraque.

— Autre chose : la maison du décédé, intervint Clarke. Je sais qu'une équipe technique l'a passée au peigne fin, mais j'aimerais bien y jeter un œil.

— Ça tombe bien, il y a un jeu de clés quelque part, répondit Fox en désignant la salle d'un geste circulaire.

— Rendez-vous à huit heures ?

Fox fit un rapide calcul.

— Va pour huit heures.

20

Isabella Meiklejohn habitait littéralement à un jet de pierre de chez Gio Morelli, mais contrairement à ses amis, elle se contentait d'un appartement sur St Stephen Street. Un premier étage qui donnait sur un pub, l'Antiquary. Elle avait répondu à l'interphone d'une voix méfiante, qui n'avait pas tardé à céder le pas à l'irritation quand les deux détectives avaient décliné leur identité.

— Ça suffit avec vos foutues questions, ronchonna-t-elle en appuyant sur le bouton pour leur ouvrir.

La cage d'escalier de l'immeuble était miteuse. Un vélo était attaché à la rampe du palier à côté de sa porte et Clarke lui demanda si c'était le sien.

— Ça vous en bouche un coin, hein ? lâcha-t-elle avec un sourire glacial avant de les faire entrer.

L'étroit couloir était encombré. Un mannequin tenait lieu de porte-manteau et de porte-chapeau, tandis qu'une martre empaillée derrière une vitrine faisait office de table, dont le plateau était jonché de courrier non ouvert, de clés et d'écouteurs. Clarke aperçut le coin-cuisine – à l'évidence, c'était le jour de congé de la femme de ménage. Les portes des deux chambres étaient fermées. Le salon, percé d'une seule fenêtre, était cubique. Une porte ouverte donnait sur un débarras qui avait été transformé en une sorte d'étude – bureau, ordinateur, imprimante. De l'électro jouait sur un appareil portable que Meiklejohn éteignit d'un mot.

Quelques livres, rien d'extravagant, étaient empilés à côté de la cheminée, mais il n'y avait aucune bibliothèque. Les murs étaient bardés d'œuvres d'art criardes, vraisemblablement les travaux d'amis ou de camarades d'université. Meiklejohn se rassit sur le canapé d'un mouvement théâtral et replia ses jambes sous elle. Un verre de vin rouge était posé par terre, à côté d'une bouteille à moitié vide et d'un cendrier plein. L'odeur de cigarette persistait dans l'air.

— Pas facile de monter la côte jusqu'au centre-ville, remarqua Clarke, surtout pour une fumeuse.

— Mes poumons vont très bien.

Meiklejohn baissa les yeux sur sa poitrine avant de gratifier Fox d'un regard qui se voulait aguicheur.

— Des nouvelles de votre père ?

— Non.

— Et vous ne commencez pas à vous inquiéter ?

— Je devrais ?

Fox s'éclaircit la gorge.

— Les appels téléphoniques entre M. bin Mahmoud et vous-même le jour de sa mort. Pouvez-vous nous rappeler leur teneur ?

— Comme d'habitude, j'imagine – les potins, les projets pour le week-end.

— Rien de professionnel, donc ?

— Professionnel ?

— Lorsqu'on vous a croisée au restaurant, vous étiez en train de dîner avec des investisseurs de Stewart Scoular.

— Ah bon ?

— D'où ma question.

Meiklejohn empoigna son verre et tourna son attention vers Clarke.

— Qu'en pensez-vous, inspectrice ?

— Au départ, j'ai pensé que vous exhibiez vos seins devant un tas de vieux bonshommes de l'âge de votre père, moyennant un repas à l'œil.

Meiklejohn leva son verre pour porter un toast avant de boire.

— Et maintenant ?

— Scoular fait partie d'un consortium qui essaie d'acheter un terrain de golf à Édimbourg. Ces mêmes gens font probablement partie du projet de construction d'un complexe touristique haut de gamme entre Tongue et Naver – sur des terres appartenant en grande partie à votre père.

— Appartenant au Strathy Estate, la corrigea Meiklejohn.

— Ce qui revient au même, à peu de chose près. À partir de là, on se demande si votre rôle à ce fameux déjeuner n'était pas plus étoffé ? Représentez-vous votre père lors de telles réunions ?

Sans se presser, Meiklejohn reposa son verre de vin sur le sol avant de rétorquer d'une voix traînante :

— Et en quoi tout ça peut bien vous aider à identifier l'assassin de Sal ?

— Nous travaillons avec les éléments qu'on nous donne, argua Fox. En tâchant de voir en quoi les pièces du puzzle s'assemblent pour former le tableau d'ensemble.

— Ce ne serait pas plutôt *Time's Up*, la bonne analogie ? Parce que quand je vous regarde, je vois deux personnes qui brassent de l'air en faisant semblant de savoir ce qu'elles racontent.

— Souhaitez-vous que l'assassin de M. bin Mahmoud soit arrêté, lady Isabella ? intervint Clarke.

— Évidemment.

— Et vous continuez à affirmer qu'il n'avait pas d'ennemis ?

— Exception faite des racistes envieux, oui.

— Personne qui lui devait de l'argent, il n'avait aucune dette ? Aucun désaccord commercial ? Pas d'amies ou d'amantes éconduites ? continua Clarke en insistant sur la dernière question.

— On n'a jamais baisé, inspectrice.

— Pourquoi pas ?

Meiklejohn dévisagea Clarke.

— Je ne vois pas en quoi cela vous regarde.

— Vous n'êtes pas en couple avec Gio Morelli ?

— Non.

— Stewart Scoular ?

Cette fois la question vint de Fox.

— Qu'est-ce que ma vie amoureuse vient foutre au milieu de tout ça ?

— Ça veut dire oui ?

— Ça veut dire allez vous faire mettre.

— Votre père connaissait-il bien la victime ? Suffisamment pour que Salman l'appelle au château de Strathy ?

— Je n'en sais rien.

— À moins que ce ne soit vous, qu'il ait appelée ?

— Je passe le moins de temps possible là-haut.

— Mais vous y avez amené Salman, exact ?

— À deux soirées.

— Votre père était-il présent ?

— Je ne dis pas qu'ils ne se connaissaient pas en société, mais mon père passe plus de temps à Londres qu'en Écosse.

— Londres, rebondit Fox, où incidemment M. bin Mahmoud poursuivait ses études.

Meiklejohn hocha la tête avec lenteur, comme si elle se souvenait de quelque chose.

— Mon père lui a organisé une visite de la Chambre des Lords – Sal a adoré. Mais au dernier moment, mon père a eu un contretemps et a demandé à un ami de faire le guide.

— J'imagine que les investisseurs potentiels de Stewart Scoular n'auraient aucun mal à se laisser impressionner par des visites VIP de la Chambre des Lords ?

— Je ne vois toujours pas le rapport avec la mort de Sal. Maintenant, si vous le permettez, il faut que je prépare mon TD.

— Pour demain matin ? demanda Clarke. À quelle heure ?

Après un effort de réflexion, Meiklejohn répondit :

— Onze heures.

— Sur quel sujet ?

— La poésie dans…

Elle jeta un œil alentour pour trouver une bribe de réponse.

— Je ne vois pas beaucoup de manuels scolaires, par

ici, continua Clarke. Je ne suis pas certaine que vous soyez très assidue en cours. C'est de la rigolade, tout ça, pour vous – ou tout du moins ça l'était, jusqu'à ce que les choses deviennent plus attrayantes. Grâce à des gens comme Salman et Gio, voire Stewart Scoular. Inutile de nous raccompagner, assena-t-elle en se détournant du canapé.

— *Le Paradis perdu* ! s'écria-t-elle dans leur sillage.

— C'est dans celui-là qu'il y a le serpent ? demanda Fox à Clarke.

— Et l'arbre de la connaissance.

— Il ne nous serait pas de trop, celui-là, marmonna-t-il en refermant la porte derrière eux.

Il s'avança encore de quelques pas avant de se rendre compte que Clarke s'était arrêtée pour examiner le vélo de plus près.

— On a fait attention aux vélos sur les bandes des caméras de surveillance ? demanda-t-elle. Près de la scène du crime, je veux dire ? Il n'y a pas une piste cyclable à côté de l'entrepôt ?

— Tu ne crois pas… ?

— J'essaie d'être méticuleuse, Malcolm, c'est tout. À ce propos, on ferait peut-être bien de réfléchir sérieusement à lady Issy et Stewart Scoular.

— S'ils sont amants, tu veux dire ?

— Passés, présents, futurs, pourquoi pas.

— C'est ton hypothèse ?

— Je cogite encore, dit-elle en haussant les épaules. Cela étant, je note une chose : pas d'étalage ostentatoire de richesse chez lady Issy. On aura peut-être la main heureuse ailleurs, fit-elle en agitant le trousseau de clés qu'elle avait sorti de sa poche.

La maison sur Heriot Row avait déjà l'air abandonnée. Clarke tapa le code sur le boîtier de l'alarme anti-intrusion pour lui faire comprendre qu'elle venait en paix. Fox avait quant à lui mis la main sur les interrupteurs. Le grand vestibule avait été modernisé de fraîche date : sol de marbre blanc ; moulures dorées partout où c'était possible ; statues, vraisemblablement importées du Moyen-Orient. Clarke ramassa le courrier par terre. N'y trouvant rien d'intéressant, elle l'ajouta à la pile posée sur la tablette de l'entrée.

— Qui d'autre a les clés ? demanda-t-elle.

— L'avocat du décédé.

— Aucun de ses amis ?

— Pas que l'on sache. Cet étage et les deux suivants sont la propriété de la famille bin Mahmoud. Le rez-de-jardin en dessous appartient à un gars qui a une entreprise de software. On l'a interrogé : il affirme que son voisin était plutôt du genre discret – quelques claquements de portes et vrombissements de moteur après une fête, mais ça s'arrête là.

— M. Software n'a jamais eu droit à une invitation ?

— Non. Visiblement, la seule conversation digne de ce nom a eu lieu quand le défunt a évoqué l'achat de l'appartement, mais son voisin ne souhaitait pas vendre. Ce qui ne constitue pas exactement un motif de meurtre, fit Fox lorsqu'il intercepta le regard de Clarke.

— D'un autre côté, fit Clarke, je dirais que Salman n'avait sans doute pas l'habitude qu'on lui dise non.

— On pourrait toujours aller toucher deux mots au voisin ?

Mais Clarke poussait déjà la porte du salon en secouant la tête en signe de dénégation.

« Opulence », tel était le premier mot qui venait à l'esprit : deux somptueux canapés de taille colossale, un énorme téléviseur mural doté de sa barre de son, et toujours plus de statues et d'objets décoratifs. Un immense tapis ancien recouvrait le parquet. Les étagères des bibliothèques regorgeaient d'ouvrages reliés surdimensionnés, pour la plupart sur l'histoire de l'art et l'Antiquité. Au demeurant, une étagère entière était dévolue aux livres sur James Bond et Sean Connery, devant lesquels trônaient deux photos encadrées de l'acteur, dans sa période Bond, toutes deux dédicacées.

La pièce attenante était une cuisine de facture contemporaine, dont l'imposant frigo double porte était achalandé exclusivement en plats préparés végétariens, en bouteilles de vin blanc et en champagne. Un congélateur à part contenait des bacs à glaçons esseulés. Fox avait gagné une autre porte qui donnait sur le vestibule.

— WC et douche, annonça-t-il.

Il suivit Clarke dans l'escalier de pierre en colimaçon. À l'étage, la chambre principale était meublée d'un grand lit et d'une penderie sur mesure aux portes-miroirs qui courait sur toute la longueur de la pièce. Elle contenait, en rangées bien ordonnées, les costumes, vestes et chemises de Salman bin Mahmoud, dont certains étaient encore sous film plastique après leur dernier passage au pressing. Des tiroirs de rangement à plusieurs niveaux contenaient sous-vêtements, ceintures, cravates et bijoux.

— Il aimait bien les boutons de manchette, on dirait, commenta Fox.

Des préservatifs et un éventail de cachets disponibles sans ordonnance étaient rangés dans le tiroir de la table de nuit. Rien à lire à côté du lit. Clarke se saisit d'une télécommande et appuya sur le bouton de mise en marche. Un téléviseur à écran plat émergea d'un compartiment encastré au pied du lit. En l'allumant, Clarke tomba directement sur une chaîne d'information arabe.

Fox alla jeter un œil à la salle de bains attenante.

— Je ne suis pas expert en la matière, mais je ne vois rien qui ressemble à des produits de toilette pour femmes.

— Des aventures d'un soir plutôt qu'une petite amie régulière ?

Clarke éteignit la télé et retourna dans le vestibule. La porte d'après s'ouvrait sur un bureau. Les tiroirs béaient et l'ordinateur avait été retiré par les enquêteurs. Les murs étaient tapissés de posters de Sean Connery dans le rôle de James Bond. Des dizaines de maquettes d'Aston Martin de diverses tailles parsemaient la pièce.

— Je crois que j'avais celle-ci, hasarda Fox en prenant une voiture miniature.

Il appuya sur un bouton, le toit voltigea sous la poussée du siège éjectable et la figurine au volant atterrit sur le sol.

Clarke était occupée à examiner une carte du Moyen-Orient à hauteur des yeux quand elle se laissa glisser sur le siège du bureau.

— Se considérait-il comme un exilé ? s'interrogea-t-elle à voix haute. Sous le vernis des apparences, je veux dire ?

— Tu veux savoir s'il était heureux ou s'il donnait

le change ? résuma Fox. Dans tous les entretiens qu'on a pu mener, personne n'a rien dit de particulier.

— Je ne suis pas sûre que son cercle d'amis et de parasites était du genre à poser des questions indiscrètes.

— C'est-à-dire ?

— S'intéressaient-ils sincèrement à lui, ou seulement à ce qu'il représentait – un exotisme cossu ? Alors que lui, tout du long, se faisait un sang d'encre pour sa famille au pays ?

Fox réfléchissait encore à la question lorsqu'il lui emboîta le pas jusqu'à la pièce suivante. Un autre salon de grande superficie, plus confortable que le précédent avec ses airs d'apparat. Un canapé et deux fauteuils, un home cinéma, des étagères pleines de photos sous cadre. La plupart représentaient la famille de Salman – non seulement son père et sa mère, mais visiblement aussi ses oncles, tantes, cousins et cousines. Un cliché en noir et blanc, froissé et pâli par le temps, montrait ses grands-parents, à moins qu'il ne s'agît de ses arrière-grands-parents. Mais quelques photos plus récentes dataient de son séjour au Royaume-Uni. Clarke les avait déjà vues – des tirages de photos parues dans des magazines de société, celles-là mêmes que Fox avait stockées dans son ordinateur. D'autres montraient Salman en compagnie d'amis à des soirées, dont l'une avait été prise dans la zone VIP du Jenever Club. On retrouvait Isabella Meiklejohn et Giovanni Morelli sur presque toute la série. La plupart du temps, Salman serrait Isabella dans ses bras. Sur une photo, Salman, derrière Gio, l'enlaçait et les deux hommes riaient de toutes leurs dents bien rangées.

— Qu'est-ce qu'on sait sur Morelli ? demanda Clarke.

— Il étudie la littérature anglaise, vient d'une famille aisée de Rome, père industriel et mère comtesse ou un truc dans le genre.

— Se connaissaient-ils les uns les autres avant d'atterrir à Édimbourg ?

— Je me souviens que Morelli et Meiklejohn ont fait allusion à une soirée qui les avait fait se rencontrer, la première fois qu'on leur a parlé, ça ne te dit rien ?

Clarke, absorbée dans ses pensées, opina.

— C'est ce qui les a fait se croiser tous les trois, ce qui n'est pas tout à fait pareil. Encore une fois, c'est peut-être un préjugé de ma part, mais les riches ne sont-ils pas les inventeurs du réseautage ? Plages des Caraïbes l'été et stations de ski dans les Alpes l'hiver. Et quand les familles s'y retrouvent, forcément, les jeunes se mélangent. Fatalement, on a rapidement fait le tour des convives..., réfléchit-elle, et son regard croisa celui de Fox. Personne ne leur a posé la question pendant les entretiens ?

— Je n'ai pas écouté l'intégralité des enregistrements, seulement les morceaux choisis. Tu es en train de dire qu'on devrait retourner chez lady Isabella ?

— Ça m'étonnerait qu'elle nous laisse entrer cette fois-ci.

— Rien n'empêche d'insister.

Clarke secoua la tête.

— Ça peut attendre.

L'étage recelait une dernière pièce : une imposante salle de bains avec jacuzzi et douche spacieuse. Une nouvelle volée d'escaliers menait ensuite à deux chambres d'amis, chacune avec salle de bains privée : les lits étaient faits, les serviettes et peignoirs prêts à l'emploi, sauf qu'ils ne serviraient jamais à personne.

— Quelqu'un s'occupait du ménage ?

— Une entreprise locale. D'après les personnes interrogées, Salman était un employeur hors pair, un homme charmant, tout ça, tout ça.

Fox emboîta le pas à Clarke qui s'en retourna dans le salon de l'étage inférieur.

— On n'exclut pas la possibilité qu'il puisse s'agir d'un crime haineux arbitraire – mauvais endroit, mauvais moment – ou qu'il soit lié aux autres agressions d'étudiants étrangers ? demanda-t-il.

— Enfin, Malcolm, ça n'a rien à voir. Il ne s'est pas pris trois baffes et deux insultes – il a été poignardé à mort dans un quartier de la ville où il n'avait rien à faire.

Clarke balaya du regard la pièce et son contenu une dernière fois.

— Et l'agression de Morelli – c'est à relier aux vols à la tire ou au meurtre ?

Clarke souleva un cadre photo.

— Est-ce que ce n'est pas Stewart Scoular en arrière-plan, en train de parler avec la nana en robe dos nu et au décolleté guère plus habillé ?

Fox étudia le cliché.

— On dirait bien.

Clarke souffla avant de reposer la photo.

— On devrait retourner lui parler.

— Scoular ?

— Morelli, corrigea-t-elle. Tu as raison : il faut que

l'on sache si les deux agressions sont liées à son amitié avec Salman. On le convoque au poste demain.

— Plutôt que chez lui ?

— Je crois qu'on a fait assez de ronds de jambe, Malcolm. Il faut qu'on commence à déstabiliser sérieusement ce petit monde – le commissariat se prête bien à l'exercice, tu ne crois pas ?

Fox réfléchit un instant, puis hocha la tête en signe d'approbation.

21

Les lèvres fendues, colmatées de sang séché, Cole Burnett toisa Benny :

— Putain, t'es un homme mort, mec.

Burnett était ligoté à une chaise en métal branlante, de celles qui finissent à la benne à ordures quand on rénove les immeubles de bureaux. Il arborait un œil joliment tuméfié et comme Benny l'avait mis en slip, on voyait les hématomes se dessiner sur ses côtes et ses reins. La peau de son visage était grêlée, ses cheveux coupés ras coiffés au gel. Il avait fallu plus longtemps que prévu pour mettre la main sur lui, d'autant plus qu'au lieu de monter en voiture comme on le lui en donnait l'ordre, l'adolescent leur avait faussé compagnie. Il courait plus vite que Benny, connaissait Moredun et Ferniehill comme sa poche, si bien qu'il s'était enfoncé dans des ruelles et des espaces verts impraticables en voiture. Après quoi, il s'était volatilisé. Il avait fallu distribuer des faveurs et un peu trop de fric au goût de Benny pour que le quartier accepte de lui susurrer à l'oreille. Après le ballet des textos et des rumeurs mensongères, Benny avait fini par avoir le dernier mot.

On ne pouvait pas dire pour autant que le boss était jouasse. Le club était ouvert au public, ce qui avait contraint Benny d'emmener Burnett jusqu'à l'atelier d'un garagiste dans une ruelle proche de Tollcross, dont le volet roulant était rarement levé, sauf parfois au beau milieu de la nuit, quand un véhicule nécessitait un changement de plaque minéralogique, voire une nouvelle teinte de carrosserie. L'atelier n'était pas insonorisé, mais jamais les gens du coin ne se seraient avisés de se plaindre ou de poser la moindre question.

Les vêtements de Burnett gisaient en pile près de la chaise. Benny les avait inspectés, sans grand résultat. Un peu d'herbe et quelques cachets – désormais bien au chaud dans ses poches à lui. Deux cents balles en espèces – même traitement. Il avait laissé les cartes bancaires et le préservatif. La dernière capote d'un homme, ça ne se fait pas – Burnett aurait peut-être un coup de bol plus tard, même si Benny en doutait. Il tira l'ultime taffe de sa cigarette avant de l'écraser sur le sol en béton maculé d'huile. Le garage était vide, la fosse d'inspection fermée. La plupart des outils étaient rangés dans une enfilade de casiers métalliques cadenassés, ce qui expliquait que Benny s'était muni de son propre sac, qu'il avait sorti du coffre de la Merco. Il l'avait posé sur un établi, pile dans le champ de vision de Burnett.

— File une clope, lança Burnett.

Et ce n'était pas la première fois, son *best of* incluant par ailleurs « Ça caille ici, putain » et « Tu sais qui je suis ? ». Il était en train de quémander pour la énième fois quand Big Ger Cafferty fit son entrée et s'approcha de la chaise, gratifiant au passage Benny d'un coup d'œil méprisant. Le boss portait une doudoune noire, fermeture Éclair remontée jusqu'au cou ; des chaussures à bout renforcé de métal comme on en voit sur les chantiers ; des gants de conduite en cuir noir ; et une casquette de base-ball de même teinte. Sans se donner la peine de la retirer, il se baissa légèrement, de sorte que son visage soit à la même hauteur que celui de Burnett.

— Et *moi*, tu sais qui je suis ? demanda-t-il.

— T'es ce connard qu'est plus qu'un *has-been*.

Cafferty tourna la tête à moitié pour sourire à Benny.

— Sévèrement burné, le garçon, hein ? fit-il avant de lui assener une gifle en plein visage du dos de la main.

La violence du coup fit valdinguer la chaise sur le côté et la tête de Burnett percuta le sol avec un bruit sourd.

— Enfoiré, cracha l'adolescent.

Cafferty s'accroupit à côté de lui.

— Traite-moi d'enfoiré si tu veux, espèce de taré débile. Mais sache que l'enfoiré en question sait tout sur toi. Il sait que tu te prends pour un clébard à deux pines. Rien ne m'empêche de te les couper là, maintenant, et de te laisser hurler à la lune. Tes vieux potes, ils t'appelleront Cole-sans-bite. Qu'est-ce que t'en penses ?

— C'est toujours mieux que d'être un vieil enfoiré transpirant du gras de son bide.

— C'est l'excitation qui me fait transpirer. Et pour ne rien te cacher, j'avais presque oublié à quel point la perspective d'infliger des blessures graves m'émoustillait.

Il plaqua une main sur la gorge de Burnett et commença à serrer. Burnett tenta de se dégager, en vain, les yeux exorbités, suffoquant. Cafferty laissa passer vingt bonnes secondes avant de relâcher son étreinte.

— Tu m'écoutes, maintenant, Sans-bite ?

— Détache-moi et recommence, pour voir, lâcha Burnett, les yeux pleins de rage.

Une fois encore, Cafferty se tourna vers Benny.

— Il me rappelle moi, quand je manquais de jugeote. C'est bien beau, la colère et tout ça, lança-t-il à Burnett, mais il y a un truc qui s'appelle l'instinct de survie – tu devrais peut-être envisager de t'en servir.

— Vous voulez quoi, putain ?

— On veut un téléphone.

— Un téléphone ? C'est tout ?

— On veut le téléphone que tu as pris à la petite Chinoise après l'avoir cognée.

— Ça fait un bail que je l'ai plus, répondit Burnett après réflexion.

— Alors tu vas aller le récupérer.

— Vous en avez besoin pour quoi ?

— Moi, pour rien, c'est pour elle. Et puis tu vas lui présenter tes excuses.

— Va chier.

Cafferty se redressa lentement de toute sa hauteur. Il plaça son pied droit sur la joue gauche de Burnett et appuya.

— Une mâchoire défoncée, ça met un bail à se remettre. Si t'as du pot, tu pourras boire des milk-shakes à la paille.

Les lèvres de Burnett étaient comprimées, si bien que Cafferty ne comprit pas les mots qui en sortaient. Benny, fourre-tout à la main, s'était avancé de quelques pas au cas où son assistance soit requise.

— Tu me plais bien, Cole, continua Cafferty. Ce que j'ai entendu sur toi me plaît bien. Je me dis qu'on devrait pouvoir s'entendre. Tu sais comment ça marche, à Dundee ? L'usurpation de domicile, on appelle ça. Tu trouves une bonne poire, tu montes un labo clandestin sous son toit, tu produis vite fait pour pas cher et tu fourgues dans la rue. Ton quartier serait pas mal du tout pour ça – et à mon avis, tu dois connaître deux trois coins qui s'y prêtent. Rapporte le téléphone et je te prends sur le terrain. Pas comme ramasseur de balles : tu feras partie de l'équipe. Qu'est-ce que t'en penses ?

Il ne retira pas son pied, pas tout de suite. Mais il finit par relâcher la pression. Un mélange de mucus et de sang dégoulinait du nez de Burnett, sa poitrine maigrichonne s'agitait de spasmes et des halètements rauques sortaient de sa bouche. Cafferty fit signe à Benny, qui empoigna la chaise pour la remettre d'aplomb sans trop de ménagements. Burnett lança un regard noir à son ravisseur, avant de le braquer sur Cafferty.

— C'est quoi les autres options ?

— C'est ce que mon associé a apporté dans son sac.

D'un hochement de tête, Cafferty donna le signal à Benny d'ouvrir le sac pour en dévoiler le contenu à Cole Burnett.

À peine une heure plus tard, Burnett était chez la tante de son pote Les, à siffler de l'alcool bon marché pour faire glisser une nouvelle fournée de cachets. Il était pété juste ce qu'il fallait, de quoi oublier, ou presque, l'épisode du garage. Son pote Les créchait chez sa tante. Burnett s'était même demandé s'il se la tapait. Certes, ils étaient de la même famille, en plus elle devait avoir vingt ans de plus que lui, mais n'empêche qu'elle était encore bien foutue pour son âge. Les avait toujours nié et, chaque fois que Burnett avait essayé de la draguer, la tante lui avait conseillé de bien se tenir. Ce soir-là, elle était de sortie et l'équipe des réguliers zonait dans son salon. Ils s'étaient fait livrer des pizzas et ils ne manquaient de rien – si ce n'était la réponse aux questions dont ils bombardaient Burnett.

— Sans déconner, Cafferty, il était comment ?

— C'est lui qui t'a ravagé comme ça ?

— Tu l'as laissé faire ?

Burnett n'avait pas pris la peine de nettoyer le sang. Il arborait ses stigmates pour bien leur montrer qui il était et ce à quoi il avait survécu.

— C'est un vieux, les informa-t-il à travers ses lèvres tuméfiées. Il a carrément fait son temps.

— Mais il voulait quoi ?

— Il va s'en prendre à nous ?

— Il ferait mieux de rameuter une armée, dans ce cas, vous croyez pas ?

La cannette qu'il serrait dans son poing contenait de la bière ultra-forte. À température ambiante depuis trop longtemps, elle commençait à être trop tiède à son goût. Il l'éclusa. Autour de lui, le brouhaha prit des accents de stridulations d'insectes. Mais une voix distincte dans sa tête lui dictait de jouer le jeu. Pour l'heure. De récupérer le téléphone dans la planque sous le plumard de sa mère. De trouver le moyen de le restituer à sa propriétaire. De montrer patte blanche. Bien sage. Rayon usurpation de domicile, il avait même quelques adresses en tête – à commencer par celle où il se trouvait en cet instant même. Joue le jeu. Montre patte blanche. Bien sage.

Pour l'heure.

Pour l'heure.

Mais pas éternellement…

22

Ron Travis avait laissé le café ouvert pour eux. Rebus l'en avait remercié et lui avait proposé de se joindre à leur réunion. Ensemble, ils apportèrent des plateaux jusqu'à la table où attendaient Joyce McKechnie et Edward Taylor. Boissons et parts de gâteaux furent distribuées avant même que Rebus ait le temps de s'asseoir.

— J'ai passé en revue tout ce que contenait le garage de Keith, commença-t-il. Et j'ai fait quelques recherches sur Internet. Je sais donc à présent que Keith considérait que le Camp 1033 était emblématique de tous les camps de ce genre et qu'il nous renvoyait notre propre image, en bien comme en mal. Le bien étant que la collectivité a su accueillir des gens comme Stefan, Joe et Frank, et les a aidés à construire une vie ici. Mais d'un autre côté…

— L'empoisonnement ? intervint McKechnie.

— Je pensais plutôt à la fusillade.

— Ah, oui, fit Taylor. Pauvre sergent Davies. Il fréquentait une des femmes du coin.

— La sœur d'Helen Carter.

— Tout à fait. Comment s'appelait-elle ? demanda Taylor à McKechnie.

— Chrissy. Elle a déménagé dans le Sud aux alentours de 1950.

— Elle est encore en vie ?

— Il faudrait poser la question à Helen.

— Un détenu avait des sentiments pour Chrissy, continua Taylor. Jaloux du sergent Davies, il s'est emparé de son arme à feu et il l'a tué d'une balle dans la tête. Il a fini au peloton d'exécution. Il n'y a rien dans les notes de Keith ? demanda-t-il en scrutant Rebus, qui secoua la tête. Ma foi, vous avez raison, en tout cas : cette histoire le fascinait.

— Aucun rapport avec l'arme à feu accrochée derrière le comptoir du Glen ? demanda Rebus.

— Joe Collins a découvert ce pistolet beaucoup plus tard – les vagues l'avaient ramené sur la plage, c'est bien ça ? interrogea Taylor, avant d'intercepter l'approbation de McKechnie.

— L'un de vous se souvient-il du nom de l'homme qui a été fusillé ?

— Hoffman ? Quelque chose comme ça, hasarda Taylor.

Rebus avait déjà croisé ce patronyme.

— J'ai vu la mention d'un Hoffman dans une des listes de Keith – c'était un gradé dans le camp, n'est-ce pas ? Chargé d'assurer le bon fonctionnement des opérations ?

Taylor acquiesça.

— Les Allemands veillaient à la réglementation du camp. Il y avait des quartiers distincts pour les officiers et pour les subalternes.

Rebus remarqua que Joyce McKechnie tripotait le bracelet de sa montre, comme si elle était attendue ailleurs.

— Une ou deux choses encore, intervint-il. J'ai vu les calculs de Keith. Je sais que vous vouliez transformer le camp en centre touristique…

— Keith avait contacté le gouvernement écossais, l'agence écossaise des Monuments historiques…

— Et il essuyait refus sur refus.

— C'était tellement décourageant, concéda Taylor.

— Et ce n'est pas une démarche que vous auriez pu mener à bien seuls, en travaillant d'arrache-pied et à l'aide de financements privés. Les terres appartiennent à lord Strathy ?

— Au Strathy Land Trust, pour être plus précis, confirma McKechnie, mais en fin de compte, oui, les terres appartiennent aux Meiklejohn.

— Keith entretenait-il des relations directes avec cette famille ?

— Il a essayé de les rencontrer, au moins une fois. Comme ses appels téléphoniques et ses courriers restaient lettre morte, il a fait la route jusque là-haut. Tu te souviens quand il nous l'a raconté, Edward ? Il est arrivé en plein milieu d'une réunion ou une coterie quelconque – il y avait un chapiteau sur la pelouse et tout le tralala. Quand on lit entre les lignes, on comprend qu'il a fait une scène. Un magazine people a publié des photos de la réception. Je les ai montrées à Keith. C'est là qu'il m'a dit qu'on l'avait expulsé de la propriété.

— Expulsé ? Le jardinier ne s'en serait pas chargé, par hasard ?

— Je n'en ai aucune idée.

— Auriez-vous encore ce magazine ?

— Dans une pile, quelque part.

— Je vous serais reconnaissant si vous pouviez…

— Faire un travail de fouilles ? sourit McKechnie avec un signe de tête.

— Êtes-vous au courant pour le terrain de golf ? demanda Taylor à Rebus.

— Vaguement.

— Meiklejohn n'aurait jamais vendu. Si on le laissait faire, tout serait rasé, aménagé ou construit.

— Ce qui impliquerait de traiter de la même manière la ferme actuellement occupée par Jess Hawkins et ses amis ?

— Ah, et à ce propos, que savez-vous exactement ?

— Je sais qu'une ex-épouse de sa seigneurie y habite, ce qui lui donne une raison supplémentaire de haïr ce lieu.

— Hawkins donne un peu l'impression d'être un briseur de mariage, effectivement…

Travis lui coupa la parole, penché en avant, les coudes sur la table.

— Moi, je me suis dit que les nuits que Keith a passées dans le camp, il menait peut-être des missions de reconnaissance.

Rebus le dévisagea.

— Dans quel but ?

— La vengeance, affirma Travis avec simplicité.

Après une pause, il ajouta :

— Autre chose : la nuit de sa mort, j'ai entendu le vrombissement d'une moto.

— Ça n'a rien d'inhabituel, contra Taylor. Des tas de gens en ont, par ici.

— Sans oublier les touristes, renchérit McKechnie.

— Sauf qu'il était vraiment tard – j'étais au lit, je me souviens que le bruit m'a réveillé.

— Une grosse cylindrée, donc ? s'enquit Rebus. Comme la Kawasaki garée au Stalag Hawkins ? L'avez-vous mentionné aux enquêteurs ?

— Je ne crois pas qu'ils aient trouvé ça important. Ça ne l'est sans doute pas.

— Et encore une fois, ajouta Edward Taylor, des tas de gens font de la moto, par ici. J'ai même déjà vu votre fille en faire.

Rebus le fixa du regard.

— Samantha ?

— Elle était derrière, Hawkins pilotait. Moi aussi j'avais un deux-roues quand j'étais jeune.

— Cela dit, vu la taille des nids-de-poule, par ici, on a tôt fait d'y laisser sa bécane, commenta Ron Travis.

La conversation se poursuivit ainsi pendant une minute encore, jusqu'à ce qu'ils se rendent compte que Rebus, l'esprit ailleurs, ne les écoutait plus du tout.

Samantha finit par lui ouvrir la porte, le visage barré d'une expression consternée.

— Qu'est-ce que tu veux, papa ?

— Tu vas bien ?

— À ton avis ?

— Et Carrie ?

— Toujours chez Jenny.

— Tu le lui as dit ?

— Oui.

Elle tenta de refouler son émotion en battant des paupières.

— Je suis passée prendre quelques affaires, on loge chez Jenny et sa mère.

— Julie Harris. J'ai fait sa connaissance. Je pourrai passer vous voir ?

— Pas ce soir, refusa-t-elle en inclinant la tête sur le côté, bien déterminée à ne laisser échapper aucune larme. Ils m'ont emmenée le voir. L'identifier, je veux dire. Et ils ont relevé mes empreintes digitales. Et tout du long, je n'arrêtais pas de me dire : c'était ça, le boulot de mon père. C'est à ça qu'il passait ses journées. Aucun affect, aucune compassion, seulement des tâches à effectuer.

— Samantha…

— Quoi ?

— J'ai une question à laquelle il me faut une réponse.

Comme elle le regardait fixement, il prit son courage à deux mains.

— Es-tu sûre de ne pas avoir la moindre idée de l'identité de la personne qui a envoyé la note anonyme à Keith à propos de toi et Hawkins ?

— Oui.

— Te souviens-tu de sa formulation ? J'ai beaucoup appris sur Keith au cours de ces deux derniers jours, expliqua-t-il comme elle secouait la tête. Il avait un grand cœur et il se souciait des gens. C'est ce qui explique sa fascination pour le camp – il y voyait des résonnances avec ce qui était susceptible de se répéter de nos jours.

Les mots de Rebus eurent pour effet de l'apaiser.

— Là-dessus, tu as raison, fit-elle à mi-voix.

— Mais son côté passionné me fait dire qu'il a très bien pu chercher à confronter Hawkins, peut-être après votre dispute ?

Le visage de Samantha s'assombrit.

— Combien de fois faut-il que je te le répète ? Jess n'a rien à voir avec ça !

— Mais est-ce vrai que tu sortais parfois avec lui à moto ?

— Il y a une éternité – et c'est quoi le rapport avec le reste, merde !

— Il faut qu'on leur jette un os, Samantha – aux flics, je veux dire. Parce que sinon, à part toi, ils n'ont rien. Creasey sait que tu as emmené Carrie à la communauté ce jour-là. J'imagine que quelqu'un sur place le lui a dit.

Elle se renfrogna, tourna les talons et disparut dans le vestibule. Rebus hésita un instant sur le pas de la porte, mais Samantha revenait déjà. Elle lui fourra une feuille de papier entre les mains. Rebus l'examina. Elle comportait un seul mot, écrit en lettres majuscules au marqueur noir : *PARTEZ*[1].

Il scruta son visage en quête d'explication.

— Glissée dans la fente de la boîte aux lettres – quelqu'un de suffisamment lâche pour ne pas me le dire en face. Les flics me croient coupable, fit-elle en montrant le papier d'un geste, et ce ne sont pas les seuls, tu vois ?

— Je ne pense pas que ce soit toi, la coupable, Samantha.

— Dans ce cas, pourquoi essaies-tu aussi désespérément de trouver quelqu'un d'autre – n'importe qui d'autre – à accuser ?

Rebus posa une main sur son poignet, il tenta de

---

1. En anglais, le terme employé, « *Leave* », est aussi le mot d'ordre des partisans du Brexit.

trouver les mots justes, mais elle le repoussa et recula d'un pas à l'intérieur de la maison.

— Je vais fermer la porte, annonça-t-elle dans un souffle.

— Est-ce la même écriture que sur la note précédente ? demanda Rebus.

Sans un mot, Samantha poussa le battant.

Il baissa les yeux et se rendit compte qu'il tenait encore la feuille serrée dans sa main.

Rebelote après la fermeture du Glen : Rebus se retrouva juché sur un tabouret, à biberonner un whisky très allongé. Il avait demandé à May Collins si Chrissy, la sœur d'Helen, était encore de ce monde.

— Elle est décédée il y a quelques années. Je me souviens qu'Helen est descendue dans le Sud pour l'enterrement.

May Collins, dans le bureau, rangeait les recettes de la journée dans le coffre. Cameron, dehors, fumait une roulée. Rebus sortit la feuille de papier et la déplia. Accablé par un sentiment d'impuissance, il avait du mal à ne pas céder à la colère.

Je ne pense pas que ce soit toi, la coupable...

En dépit de tout.

Il était occupé à se frotter les yeux pour les empêcher de piquer lorsque Cameron déboula dans le pub.

— Quelqu'un vient de s'en prendre à votre voiture !

— Quoi ?

Rebus se laissa glisser du tabouret et regagna la porte à grandes enjambées. Il suivit Cameron au dehors. La Saab était garée au bord du trottoir à une dizaine de mètres, l'emplacement le plus proche du bar qu'il ait pu trouver. Arrivé à hauteur du véhicule, Cameron descendit sur la chaussée et montra la carrosserie du doigt. Il alluma la lampe de son téléphone pour que Rebus puisse constater les dégâts. Une vilaine rayure s'étalait sur toute la longueur des deux portières.

— Vous avez vu qui a fait ça ? demanda Rebus en passant un doigt sur l'éraflure.

— Une voiture s'est arrêtée, le chauffeur est sorti. Je ne comprenais pas trop ce qu'il était en train de faire. Puis il est reparti. J'ai trouvé ça bizarre, alors je suis venu voir.

— À quoi ressemblait-il ?

— J'étais sur mon téléphone, à ce moment-là, s'excusa Cameron.

— La voiture, dans ce cas ?

— Moyenne. Foncée, décrivit-il avec un haussement d'épaules.

— Tu fais un sacré témoin, fiston, fit Rebus en jetant un œil alentour. Il ne s'en est pas pris à d'autres véhicules ? Je pars du principe que c'était un homme ?

— Je crois.

Il jeta un œil à l'état du réseau sur son téléphone.

— Retourne te prendre un verre, dit-il à Cameron. J'arrive dans une minute.

— Désolé, je n'ai pas…

— Te bile pas.

Rebus avait déjà appelé le numéro de Creasey. Il remonta la chaussée en examinant les autres véhicules garés le long du trottoir. Aucun n'était endommagé.

— Je ne suis pas en service, répondit Creasey lorsqu'il décrocha enfin.

— Les enquêtes pour meurtre ont drôlement changé

depuis mon époque. Vous êtes chez vous ? questionna Rebus en entendant la musique en fond sonore – ambiance cabaret jazz.

— Je profite d'un repos bien mérité et je m'apprête à aller me coucher.

— Vous vous êtes penché sur le cas Colin Belkin ?

— Vous aviez raison, en effet.

— Il a un casier judiciaire ?

— Il a fallu remonter quelques années en arrière, mais oui – pour voies de fait mineures, ce genre de choses.

— Vous lui avez parlé ?

— J'ai envoyé deux agents.

— M'est d'avis que ça l'a foutu en rogne.

— Comment ça ?

— Quelqu'un vient de s'en prendre à ma voiture. Il s'est tiré vite fait quand on l'a repéré.

— Et vous allez rattacher ça à Colin Belkin. C'est un peu tiré par les cheveux, non ? Comment aurait-il fait pour remonter jusqu'à vous ?

— Vous vous souvenez de son ami flic à Thurso, celui qui a vérifié l'identité de Malcolm Fox ? Ça ne mangerait pas de pain de lui poser la question.

— Pendant mes kilomètres de temps libre, vous voulez dire ? Je ne manquerai pas d'ajouter ça à ma liste. Vous croyez que ce Belkin va vous causer des ennuis ?

— J'ai eu l'occasion de voir son carafon à l'œuvre. Il est très soucieux de protéger son employeur.

— Pas d'imprudence, John.

— Loin de moi cette idée, sergent Creasey.

— Samantha et Carrie vont bien ?

— Je vous laisse retourner à votre jazz. À demain.

Rebus coupa l'appel et s'en retourna à l'intérieur. May Collins s'était assise sur le tabouret voisin du sien, un doigt de whisky dans un verre. Rebus s'aperçut que le sien avait été remis à niveau. De l'autre côté du comptoir, Cameron avait sifflé la moitié de sa pinte de cidre.

— Je me suis permis, dit Collins. Mais si vous n'en voulez pas…

— Alors que vous vous êtes donné la peine de me servir ?

Rebus porta le verre à ses lèvres et avala une gorgée.

— Cameron m'a dit qu'on s'en était pris à votre voiture.

— Exact.

— Vous savez pourquoi ?

— Ça m'apprendra à me garer dans un quartier louche. J'imagine que ça n'arrive pas tous les quatre matins par ici ?

Collins secoua la tête.

— Eh bien, quoi qu'il en soit…, conclut Rebus avant de lever son verre pour trinquer avec elle, puis avec Cameron.

— *À nous !* lança Cameron.

— *Qui nous ressemble ?* enchaîna Collins.

— On ferait mieux d'en rester là, coupa Rebus, peu désireux de porter le toast à son terme.

Pourtant les mots résonnèrent dans sa tête.

Bien peu, et ils sont tous morts…

JOUR QUATRE

23

Quand Giovanni Morelli arriva, Clarke et Fox l'attendaient dans la salle d'interrogatoire du poste de police de Leith. Le jeune homme portait la même écharpe autour du cou, nouée de la même manière, un blazer sombre, un pantalon en toile légère de couleur vert pâle, un pull-over avec col en V de même teinte (très vraisemblablement en cashmere), et des chaussures en cuir sans lacets ni chaussettes. Il avait repoussé ses lunettes de soleil sur le sommet de son crâne.

— Vous avez prévu d'aller à la plage en sortant ? ironisa Fox tandis qu'on faisait entrer Morelli dans la salle. Ou vous allez vraiment habillé comme ça en cours ?

— J'ai été élevé dans un souci d'élégance, rétorqua Morelli.

Clarke lui fit signe de s'asseoir en face d'eux. Sur la table devant elle reposait un épais dossier, dont la couverture cartonnée était fermée. Elle l'avait étoffé d'un paquet de feuilles vierges prises à la photocopieuse avant de lui ajouter en en-tête le patronyme de Morelli en grosses lettres majuscules. À côté, elle avait disposé une sélection de photographies prises à des soirées où Morelli et la victime s'étaient rendus ensemble. L'intéressé fit pivoter un des clichés vers lui pour l'examiner.

— Il était sympa, à côtoyer ? fit mine de deviner Clarke.

— Absolument.

Morelli se laissa aller contre le dossier de sa chaise, croisa sa cheville droite sur sa jambe gauche et défit le seul et unique bouton, étincelant, de son blazer.

Clarke poursuivit :

— Quand bien même nous savons quantité de choses à votre propos, nous n'avons encore jamais eu de conversation digne de ce nom.

Elle tapota le dossier du plat de la main. Le regard de Morelli oscilla d'un détective à l'autre. Il ne s'était pas rasé depuis plusieurs jours, ce que Clarke ne mettait pas sur le compte de la fainéantise. Il savait parfaitement que sa barbe naissante seyait à son teint et au tracé de sa mâchoire.

— OK, dit-il en faisant traîner les deux syllabes.

— Vous venez d'un milieu aisé, vous avez grandi à Rome, c'est bien ça ?

— Exact.

— L'autre soir, à Circus Lane, vous nous avez expliqué avoir fait la connaissance d'Issy et de Sal à la fête d'un ami commun de St Andrews…

— Pas tout à fait – Issy et moi étions à la soirée. Nous y avons rencontré Sal pour la première fois.

— Autrement dit, vous connaissiez déjà Issy ?

L'Italien opina du chef.

— Nous avions seize, dix-sept ans, nous étions encore au lycée. Nos familles se sont retrouvées à

Klosters au même moment. Nous nous sommes rencontrés à une soirée.

— Klosters, la station de ski, ou Cloisters, le pub de Tollcross ? s'enquit Clarke.

Elle coula un regard en biais à Fox – *préjugés justifiés*, lui signifiait-elle.

— On s'est découvert les mêmes goûts en matière de livres, de musique, de films…

— Ce n'est donc pas par hasard si vous avez tous les deux postulé pour l'université d'Édimbourg ?

— Elle a bonne réputation. Et puis, évidemment, il n'y a aucuns frais d'inscription, dit-il avec un sourire dégoulinant d'autodérision.

— Grâce à la réglementation européenne, acquiesça Fox. Qui vit ses derniers jours.

— Saleté de Brexit, commenta Morelli.

— Avez-vous remarqué des changements depuis que vous habitez en Écosse ? poursuivit Fox.

— Comment ça ?

— Un durcissement des attitudes.

— Du racisme, vous voulez dire ? Pas particulièrement – c'est plus un problème en Angleterre, je pense.

— Pourtant, vous avez été agressé…, dit Clarke en laissant Morelli la gratifier d'un énième haussement d'épaules. Dans ce cas, si ce n'était pas un acte raciste, de quoi s'agissait-il ? Vous conviendrez que vous n'êtes pas sans ressembler à M. bin Mahmoud – quand on ne fait pas attention, la nuit, dans une ruelle sombre…

— Surtout que vous aviez remonté votre capuche, renchérit Fox.

— Vous pensez qu'on m'a pris pour Sal ?

— Le seul problème de cette hypothèse, nuança

Clarke, c'est que votre traitement a été très clément, comparativement. Il aurait pu s'agir d'un avertissement, et comme M. bin Mahmoud semblait ne pas vouloir en tenir compte, on est monté d'un cran.

Morelli se pencha en avant.

— Mais qui sont ces gens ? Que leur avait-il fait ?

— C'est ce que nous tentons de déterminer, M. Morelli.

— Il n'avait pas d'ennemis.

— C'est ce que tout le monde nous dit. Mais à en juger par ses comptes bancaires, il vivait au-dessus de ses moyens. Peut-être empruntait-il de l'argent ? Avait-il des problèmes liés à la drogue ? Nous avons bien conscience que vous étiez son ami – un de ses plus proches amis – et que vous souhaitez protéger sa réputation, mais si vous savez quoi que ce soit qui puisse nous aider, le plus tôt nous le saurons, le mieux ce sera.

Clarke tria les photos en attendant sa réaction. Fox avait croisé les mains sur sa poitrine d'un air affable. Morelli passa une main sur ses joues, comme pour s'aider dans sa réflexion.

— Stewart Scoular, commença-t-il, et sa voix faiblit.

— Oui, l'incita Clarke.

— Il y avait un terrain de jeux pour millionnaires dans les Highlands, le projet nécessitait des investissements. Stewart courtisait Sal. Ça se dit comme ça ? demanda-t-il à Clarke, et il attendit qu'elle approuve avant de poursuivre. Et bien sûr, vous avez raison, à toutes les soirées, on trouvait des stimulants.

— Fournis par qui ?

— Stewart, je dirais.

— Pas par un certain Cafferty ?

— Le propriétaire du Jenever Club ? Je l'ai croisé à quelques occasions – c'est un gangster, n'est-ce pas ?

— Il semblerait.

— Il aimait bien me raconter des histoires sur la mafia, la Camorra, la 'Ndrangheta. À Rome, mes parents habitent dans les beaux quartiers, pourtant ils sont obligés de s'entourer d'un dispositif de sécurité – en Italie, si vous avez de l'argent, vous n'êtes jamais à l'abri de rien.

— Nous avons fait des recherches sur votre famille, embraya Fox. Sur votre père notamment. C'est visiblement un homme d'affaires à la fois avisé et impitoyable. N'est-ce pas lui qui a licencié un jour l'ensemble du personnel sans préavis ? La rumeur lui prête même des liens avec des *mafiosi*…

— En Italie, pour réussir, il faut être impitoyable. Et dès qu'il y a de l'argent en jeu, la pègre n'est jamais bien loin. Croyez-moi, mon père est un homme prudent.

— Cafferty faisait-il affaire avec M. bin Mahmoud ? interrogea Clarke.

Morelli prit le temps de réfléchir.

— Pas vraiment. On le voyait au club, c'est tout. Il arrivait, sorti de nulle part, pour serrer des mains et offrir des verres. Je ne crois pas que Stewart était très impressionné en sa présence.

— Expliquez-vous, l'incita Clarke, les avant-bras appuyés sur la table.

— Stewart invitait des investisseurs potentiels. Avec l'idée de leur en mettre plein la vue. Un club privé, ça en jette, non ? Mais on avait l'impression que Cafferty savait toujours quand ils étaient entre les murs et il passait systématiquement poser des questions et prendre des renseignements – vraiment sans aucune subtilité.

— D'après vous, qu'est-ce qui se jouait ?

— À mon avis, Cafferty thésaurise. Il rassemble des informations de manière compulsive. Pour la plupart, elles ne lui serviront à rien, mais il les stocke quand même. Et puis je crois qu'il aimait bien taper sur les nerfs de Stewart.

— Dans ce cas, pourquoi M. Scoular continue-t-il à fréquenter ce lieu ?

Morelli esquissa un mince sourire.

— Cafferty s'est forgé une réputation. Certaines personnes trouvent ça fascinant. Ils se disent qu'en côtoyant des individus dangereux, leur aura de danger et de puissance déteindra sur eux. Vous comprenez ? Et puis, poursuivit-il comme les deux détectives acquiesçaient, il reste une éventualité à explorer. Vous dites que j'ai été victime d'un crime haineux, ou alors que l'on m'a confondu avec Sal. Mais j'aurais très bien pu être pris pour cible justement parce que je faisais partie de son cercle – un autre moyen de lui faire parvenir un message.

— Mais s'il n'avait pas d'ennemis…

— Pas à sa connaissance, pondéra Morelli. Pas à la connaissance d'aucun d'entre nous. Et pourtant, on l'a assassiné et on m'a agressé, conclut-il en haussant les épaules.

Le silence retomba sur la salle. Fox le rompit quelques secondes plus tard.

— Quels sont vos projets après l'université, Gio ?

— Je poursuivrai probablement mes études.

— Ici ou à Rome ?

— Qui sait ?

— Vous connaissez Isabella depuis longtemps. Avez-vous déjà rencontré son père ? demanda Clarke.

— Oui.

— Ici ou au château de Strathy ?

— Ici, à Londres, dans le Nord…

— À des fêtes ?

— Évidemment.

— C'est à lui qu'appartiennent les terres où il est question de construire le fameux terrain de jeux pour millionnaires de M. Scoular.

— Le choix du site est ridicule – trop exposé au vent, trop glacial.

Morelli fit mine de frissonner.

— S'il y a bien une chose que ce pays ne réussit pas très bien, c'est la météo.

— Salman était-il présent à ces fêtes ? interrogea Fox.

— Parfois.

— Elles servaient d'argumentaires pour séduire les financeurs ?

— D'une certaine manière, je suppose.

— Il y a de l'argent, dans votre famille – votre père est industriel…

— Vous voulez savoir si l'on m'a proposé de contribuer au projet ? La réponse est oui. Mais j'ai toujours refusé. J'ai grandi dans le monde des affaires et du commerce, entouré des gens qui allaient avec. Et rien de tout cela ne m'attire. Les livres, l'art, ça, c'est important.

— C'est bien de pouvoir choisir, commenta Clarke.

— Je sais parfaitement que je suis un gâté, un privilégié, un dilettante – j'ai déjà tout entendu de la bouche de mon père, répliqua Morelli, l'air morose à ce souvenir.

Clarke échangea un regard avec Fox. Son fin rictus lui fit comprendre qu'il proposait d'en rester là. Elle recula sa chaise et se leva. Fox l'imita. Morelli leva les yeux sur eux.

— C'est fini ?

— Merci de vous être déplacé, conclut Clarke.

Les deux détectives le raccompagnèrent à la porte avant de le regarder s'éloigner dans l'escalier.

— Il n'a pas eu l'air particulièrement impressionné par notre salle d'interrogatoire, constata Fox à mi-voix.

— Va falloir en rajouter une couche, niveau mise en scène, acquiesça Clarke. Soit ça, soit on se ramollit avec l'âge.

— À ce propos, on a des nouvelles ?

— Rien.

— Promenade du chien au déjeuner ?

Clarke hocha la tête d'un air résigné avant de jeter un œil à son téléphone. Pas d'appels en absence ni de messages.

— C'est peut-être un moyen pour lui d'éluder tous les changements ici, suggéra Fox. Le nouvel appartement et tout le reste.

— Rien à voir, trancha Clarke. Il est sur une enquête et il préférerait crever que de ne pas aller au bout des choses.

— Ce qui pose la question de savoir pourquoi la Criminelle ne l'a toujours pas chassé de la ville ?

— Ça ne saurait tarder, conclut Clarke en tournant les talons pour rejoindre le bureau de la BEP.

24

Dans la cuisine, Rebus mangeait un petit pain au bacon en compagnie de May et Cameron. Ce dernier avait évoqué l'utilisation d'une pâte anti-rayures pour réparer les dommages infligés à la Saab.

— Et vous devriez le signaler à la police, renchérit May. Tout bien considéré, c'est un acte criminel.

— J'en ai informé Creasey par téléphone, répondit Rebus. Nul doute qu'il mettra ses meilleurs agents sur le coup. En attendant, poursuivit-il en déterrant la feuille de sa poche et en la tendant à hauteur des yeux, voici ce qu'on a glissé sous la porte de Samantha…

— Nom de Dieu, il y a des gens…, déplora May Collins en secouant la tête avant de retourner devant l'évier.

— Mais pourquoi ? s'interrogea Cameron, la bouche pleine.

— Parce que quelqu'un veut qu'elle s'en aille, répondit Rebus.

— C'est pour ça qu'on s'en est pris à votre voiture ? C'était un avertissement ?

— Possible.

Rebus replia la feuille et la rangea dans sa poche. Un

bruit sourd vint les interrompre. Il y avait quelqu'un à l'entrée du pub. Collins, torchon à la main, alla voir de quoi il retournait et s'en revint quelques instants plus tard, Julie Harris sur ses talons.

— Que se passe-t-il ? s'inquiéta Rebus en se levant.

— Ils ont arrêté Sam. Ils l'ont emmenée à Inverness.

— C'est grave ? demanda May Collins, les yeux rivés sur Rebus.

— Il n'y a qu'un seul moyen de le savoir.

Cinq minutes plus tard, il était au volant de la Saab, cap sur le sud. Les nuages bas menaçaient de se déchirer et deux camping-cars néerlandais gênaient sa progression. Il fit posément le point sur la situation, en sachant pertinemment que cette décision était logique du point de vue de l'enquête. À l'évidence, Keith avait été assassiné la nuit même où sa voiture avait fini abandonnée sur le bas-côté. Selon toute vraisemblance, l'assassin l'avait garée là, ce qui voulait dire que Keith et ledit assassin avaient fait la route ensemble jusqu'à la scène du crime – sinon, comment serait-il arrivé jusqu'ici ? C'était forcément une personne de sa connaissance, en qui il avait confiance.

Même s'ils venaient tout juste de se disputer.

Mais dans ce cas, pourquoi abandonner la voiture dans un endroit aussi visible ? Parce que, passé le choc initial, l'assassin, pris de panique, s'était débarrassé du véhicule avant de fuir le lieu du crime. La maison la plus proche était celle de Samantha. Et où se trouvait Carrie tout du long ? Creasey et ses hommes partiraient sans doute du principe qu'elle était assez grande pour rester seule pendant une heure – car il n'aurait pas fallu plus d'une heure, quarante minutes auraient même suffi. Un geste prémédité ? À ce stade de l'enquête, la police n'avait pas la réponse à cette question. Tout ce qui leur importait pour l'heure était d'avoir un suspect convaincant et de le forcer aux aveux. Rebus n'avait aucun moyen de savoir ce que l'autopsie avait révélé, ni les indices qu'avait pu dévoiler le lieu du crime. Allait-on exiger de Samantha ses vêtements ainsi que ses chaussures à des fins d'analyse ? La Volvo, qui avait déjà été passée au peigne fin, ne recelait sans doute rien de compromettant, sans quoi Samantha aurait déjà été inculpée.

Pourquoi saisir l'ordinateur portable et les carnets de notes de Keith ? Il voyait mal la Criminelle s'encombrer de ce genre de considérations. C'était des points de détail à aplanir plus tard, ou à écarter tout bonnement.

Une fois les camping-cars dépassés, il mit le pied au plancher, avant d'être lui-même doublé quinze minutes plus tard par un cortège de motos immatriculées en Allemagne. Après quoi le reste de la route se déroula sans encombre, les aires de croisement ponctuant le paysage avec suffisamment de régularité pour que les véhicules arrivant d'en face ne lui fassent pas perdre trop de temps. À Lairg, il prit l'embranchement pour l'A836, désireux de se glisser le plus vite possible dans le flot rapide de l'A9.

À l'approche d'Inverness, la circulation ralentit, il pleuvait des hallebardes et les essuie-glaces de la Saab arrivaient à peine à tenir le coup. Il commença à se demander si sa veille guimbarde allait réussir à le ramener à Naver en un seul morceau. Rebus contourna le centre-ville en prenant soin de ne quitter l'A9 qu'une fois arrivé à la bifurcation pour l'hôpital. Le poste de police était idéalement situé juste en face. Rien qu'à songer au nombre d'heures qu'il avait passées au volant pour se rendre au Royal Infirmary d'Édimbourg après qu'on avait relocalisé l'hôpital du centre-ville à la périphérie, il avait des sueurs froides. Tout ça pour prendre la déposition d'un témoin ou pour alpaguer un suspect blessé.

Évidemment qu'elle est suspecte dans cette affaire, songea-t-il en se dirigeant vers le parking. Lorsqu'il coupa le contact, le moteur protesta d'un toussotement sonore qui attira l'attention d'un petit groupe de fumeurs massés à l'angle. Leur temps de pause arrivait manifestement à sa fin et ils s'apprêtaient déjà à regagner l'intérieur du bâtiment. Seul l'un d'eux s'attarda avant de venir vers Rebus.

— Ça m'aurait étonné aussi, qu'on arrive à vous tenir à distance, réagit Creasey en levant les yeux au ciel pour estimer l'apparition de la prochaine averse. Mais vous savez bien comment ça marche. On n'a pas le choix, plaida-t-il avec un geste vers le commissariat.

— Je peux la voir ?

— Ça ne va pas être possible.

— Elle est représentée par un avocat ?

— On suit la procédure à la lettre, John, tenta de le rassurer Creasey. Et elle tient bien le coup.

— Sa fille l'attend à la maison…

— On ne va pas la garder. Ni l'inculper, à ce stade.

— Tant mieux, sinon vous allez vraiment passer pour des cons quand le véritable assassin sortira du bois.

Creasey poussa un soupir théâtral. Rebus décida de changer son fusil d'épaule.

— Je ne vous aurais pas pris pour un fumeur.

— Je ne fume pas, mais certains dans l'équipe si, et je n'aime pas rester sur la touche. Les meilleures idées arrivent souvent quand on laisse les gens décompresser pendant cinq minutes.

Rebus hocha la tête. Il plongea la main dans sa poche et en ressortit la note anonyme.

— Glissée sous sa porte hier. Tout le monde n'est pas de son côté. Ça pourrait bien être de très mauvais augure.

— Comment ça ?

— Quelqu'un veut la faire fuir, ce qui vous donnerait une raison supplémentaire d'en faire votre suspecte numéro un.

— L'assassin ? avança Creasey en examinant une nouvelle fois la note en l'inclinant vers la lumière.

— Vous ne trouverez pas d'empreintes, à mon avis, mais vous pouvez toujours essayer.

— Je vais la garder.

— N'oubliez pas : c'est une note de cet acabit qui a prévenu Keith de la liaison entre Samantha et Hawkins.

— Même expéditeur ?

Rebus haussa les épaules.

— J'imagine que vous ne vous êtes toujours pas occupé de Colin Belkin ?

— Pas encore, non, répondit Creasey avant de jeter un œil vers la Saab. Vous voilà à moitié rendu chez vous.

Rebus secoua la tête.

— Édimbourg peut attendre. Je resterai ici jusqu'à ce que ma fille n'ait plus besoin de moi.

— Je croyais qu'elle avait déjà pris cette décision en vous mettant dehors, contra Creasey, le regard dur.

Rebus lui rendit la monnaie de sa pièce d'une voix grave :

— L'autopsie ne vous a rien appris de probant ; vous n'avez pas l'ombre d'une arme ni des effets qui ont été volés dans la sacoche de Keith – et aucune empreinte non plus, j'imagine. À force de vous obstiner, vous risquez de commettre une imprudence.

— Comme d'inculper votre fille ? Votre fille Samantha dont les empreintes sont sur la voiture *et* sur la sacoche ?

— Elle est innocente ! gronda Rebus, les dents serrées.

— Dans ce cas, il n'y a pas matière à s'inquiéter, rétorqua Creasey avec l'esquisse d'un sourire avant de tourner les talons.

L'espace d'un instant, Rebus envisagea de lui emboîter le pas jusqu'à la réception et de faire un esclandre, mais il se ravisa. Au même moment, il entendit le bruit d'une portière et vit émerger d'un véhicule une silhouette qu'il reconnut aussitôt comme celle de l'un des journalistes qui avaient traîné leurs guêtres jusqu'au Glen.

— Vous avez entendu notre conversation ? l'interrogea Rebus comme l'homme s'approchait de lui.

— Des bouts par-ci par-là.

— C'est quoi, votre nom ?

— Lawrie Blake. Vous vous souvenez, je me suis présenté comme étant l'ami de Laura Smith au *Scotsman* ? Ce qui veut dire que j'en connais un rayon sur vous, monsieur Rebus.

— Vous m'en voyez ravi, Lawrie.

Le jeune homme leva le menton vers la Saab.

— Je me souviens qu'elle était en réparation à Naver. Elle ne m'a pas l'air en grande forme. Mon frère possède un garage pas très loin d'ici. C'est un sacré mécano et je sais qu'il lui est déjà arrivé de retaper des Saab en son temps. Je pourrais lui passer un coup de fil.

— C'est gentil, mais je dois reprendre la route du nord.

— Sinon, je connais un loueur de voitures – à deux pas de l'atelier de mon frère, avec un café pile entre les deux.

Rebus réfléchit.

— J'en ai croisé des baratineurs, dans ma vie, finit-il par concéder, mais jamais de votre pointure, jeune Lawrie.

— Je paie même ma tournée de café, renchérit Blake. Le temps qu'on cause de Samantha et de cette mystérieuse note.

Il ne fallut que quelques secondes à Rebus pour trancher.

— Après vous.

*

Le frère de Blake allait jeter un œil à la Saab et donner son pronostic à Rebus, mais il faudrait compter un ou deux jours. La rayure sur la carrosserie allait nécessiter un coup de peinture à la bombe, si tant était qu'il soit possible de mettre la main sur la bonne couleur. Rebus avait préconisé de se concentrer sur le moteur, puis avait gratifié la Saab d'une tape sur le capot en promettant de revenir la chercher. L'agence avait une voiture avec hayon disponible immédiatement, assortie d'une offre spéciale pour une location de cinq jours. Il avait voulu savoir si le véhicule comportait un lecteur CD, après avoir pris le soin de retirer la compilation de Siobhan Clarke de la Saab. L'approbation du vendeur avait conclu l'affaire.

Le café était un Costa et Lawrie Blake ajouta des sandwichs à la commande. Rebus proposa de partager la note, mais le reporter ne voulut rien savoir.

— Je n'ai qu'une parole.

Ils s'installèrent à une table près de la fenêtre et attaquèrent leur en-cas.

— Il y a des coins d'Inverness plus agréables, fit valoir Blake.

— Je suis déjà venu dans cette ville, rétorqua Rebus.

— Pour les meurtres de l'A9 ? sourit Blake. Je fais plutôt bien mon travail.

— C'est l'impression que j'ai, en effet. Allez-vous écrire sur cette fameuse note anonyme ?

— Que disait-elle ?

— Un seul mot : « PARTEZ. »

— Dommage qu'on ne l'ait pas en notre possession.

Rebus souleva une serviette en papier.

— Je peux vous la reproduire.

— Ça s'apparenterait à une *fake news*.

— Pensez-vous que les lecteurs se formaliseraient ?

— Sans doute pas, de nos jours, concéda Blake avant de mordre dans son sandwich.

— Si vous faites bien votre travail, vous avez dû croiser lord Strathy dans vos pérégrinations ?

— Bien sûr.

— Les projets de port spatial et de terrain de golf ?

Rebus capta son hochement de tête.

— Et l'épouse qui l'a quitté pour entrer dans une communauté ?

— La communauté avec laquelle votre fille a des affinités.

— Que savez-vous sur ces gens ?

— Je sais que leur proprio veut qu'ils débarrassent le plancher – deux ans que ça fait du bruit en passant de tribunal en tribunal et par divers cabinets d'avocats. Que sa femme l'ait plaqué pour aller vivre avec Jess Hawkins ne l'a pas particulièrement incité à apprécier le lieu.

— Il est également propriétaire du Camp 1033, ajouta Rebus sur le ton de la conversation.

— Raison pour laquelle il refusait catégoriquement de vendre à votre gendre.

— Ils n'étaient pas mariés.

— J'aurai appris quelque chose, aujourd'hui.

Blake ménagea une pause tout en continuant à mâcher son sandwich et tapa une note sur son téléphone.

— Vous permettez que je vous pose des questions sur Samantha ?

— Non, je ne le permets pas, répondit Rebus, et comme Blake semblait sur le point de protester, il leva la main. On pourra peut-être en parler plus tard. Savez-vous que le contenu de la sacoche de Keith a disparu, probablement dérobé par son assassin ?

— C'est ce qu'a dit Creasey, opina Blake.

— Pourquoi l'assassin l'a-t-il pris, à votre avis ?

Le reporter plissa les yeux.

— Comment ça ?

— N'est-ce pas évident ?

— Pas vraiment.

— Quand vous étiez au pub, avez-vous remarqué l'espace vide derrière le comptoir sous les bouteilles d'alcool tête-bêche ? Les trois clous fichés dans le mur ?

— Non.

— C'est peut-être ça la différence entre un reporter et un détective. Un vieux pistolet était entreposé à cet endroit. Il n'était plus en état de marche…

— Mais il pouvait encore servir à assommer quelqu'un ? compléta Blake.

— Quelqu'un l'a retiré de son emplacement, il y a environ un mois. Une pièce manquante de plus au puzzle.

Rebus ménagea une pause d'un air entendu.

— Mais il y a mieux, encore. Apparemment, lord Strathy est aux abonnés absents, lui aussi.

Le reporter écarquilla les yeux.

— Vous êtes sûr ?

— Je n'arrive pas à croire que le quatrième pouvoir n'ait toujours pas percuté, pour ne rien vous cacher, dit Rebus en faisant mine de s'intéresser à ce qui se passait de l'autre côté de la fenêtre. Si vous sortiez un papier d'ici la fin de la journée, vous auriez un scoop.

Blake le dévisagea d'un œil critique.

— N'allez pas croire que je ne vois pas clair dans votre jeu. Vous allez vous battre bec et ongles pour votre fille.

— Je ne vous raconte pas de conneries, Lawrie. Tout ce que je viens de vous dire est vérifiable. Toutes ces années que j'ai passées à être flic, s'il y a bien une chose que j'ai apprise, c'est que les coïncidences sont aussi rares que les licornes.

— Vous ne croyez pas aux licornes ?

— Je crois en Samantha. Balancez ou non ce que je viens de vous dire sur Internet, c'est à vous de voir.

— En citant ma source ?

— Si vous faites ça, je vous roule dessus avec une loc' trois portes en promotion.

Rebus éclusa les dernières gouttes de son café, puis se rendit compte que son téléphone avait tinté à la réception d'un message. Creasey.

Il faut la ramener chez elle. Si vous ne pouvez pas, ça risque de traîner.

— Je dois y aller, annonça-t-il à Blake.

Il sortit un stylo, griffonna son numéro sur la fine serviette en papier qu'il fit glisser de l'autre côté de la table.

— Ce fut un plaisir de travailler avec vous.

À sa sortie du commissariat, Samantha ne parut pas particulièrement enchantée de le voir.

— On m'a dit que quelqu'un m'attendait dehors pour me conduire chez moi.

— Je passais dans le coin, dit Rebus. Mais si tu préfères un agent…

Elle s'avança vers lui et le serra brièvement dans ses bras, la tête contre son épaule, avant de le suivre sans un mot jusqu'à la voiture.

— Tu as mis la Saab à la casse ? demanda-t-elle en attachant sa ceinture de sécurité.

— Elle prend des vacances. Comment ça s'est passé, au commissariat ?

— À ton avis ?

— Ils sont obligés de jouer le jeu, Samantha, c'est tout.

— Ce n'est pas un jeu pour moi, papa, rétorqua-t-elle froidement.

— Leur as-tu parlé de la dispute que tu as eue avec Keith le soir de sa mort ?

— Oui.

— Tant mieux. Ça veut dire qu'ils auront des questions sérieuses à poser à Hawkins et sa troupe, justifia-t-il en sentant son regard peser sur lui. Réfléchis bien : où Keith a-t-il bien pu aller après votre engueulade ?

— Au camp, ça semble évident. Il s'y sentait en sécurité. Il disait que c'était sa deuxième maison, répondit Samantha avant de prendre une profonde inspiration. Est-ce qu'on peut y aller, maintenant ?

Après cet échange, ils firent la route en silence ; Rebus se familiarisait avec les humeurs et les commandes de la voiture de location, Samantha trouva une fréquence radio qui ne faiblit pas pendant la première partie de leur périple. Quand il ne resta plus que de la friture, elle glissa le CD par la fente du lecteur et passa en revue la liste des titres.

— Qui a gravé cette compil' ?

— Une ancienne collègue du nom de Siobhan.

— Elle a des goûts éclectiques – Mogwai *et* Orange Juice ? Keith était fan de Mogwai.

— Il aimait bien écouter de la musique ? Je n'ai pas vu grand-chose dans ce sens à la maison.

— De nos jours, plus personne ne possède d'albums, papa.

— Moi, si.

— D'ailleurs, on s'est rencontrés à un concert à Glasgow, avec Keith. Enfin, au bar après. On a accroché tout de suite.

— Il s'est toujours passionné pour l'histoire ?

Samantha hocha la tête.

— Pendant un temps, c'était l'évacuation des Highlands[1]. Certaines habitations ont été réduites en cendres et les populations expulsées aux alentours de Strathnaver, pour récupérer les terres et faire place à l'élevage ovin. Le régisseur, jugé pour meurtre, a été acquitté.

— Les propriétaires terriens sont un tantinet plus fréquentables, de nos jours. As-tu déjà rencontré lord Strathy ?

— Son ex-femme seulement.

— Et tu t'entends bien avec elle ?

Samantha haussa une épaule.

— La nuit où Keith est mort, poursuivit Rebus, Ron Travis a entendu une moto.

— Le type qui tient l'auberge ? C'est pour ça que tu m'interrogeais sur mes sorties à moto avec Jess ?

— Je dis simplement que Travis a entendu…

— Vraiment ? C'est tout ce que tu fais ?

Elle secoua la tête puis poussa le volume avant de croiser les bras pour signifier qu'elle n'était plus d'humeur à parler. Finalement, au nord de Lairg, alors que la circulation était pour ainsi dire inexistante, elle annonça qu'elle avait envie de faire pipi. Rebus s'arrêta

1. Au XIXe siècle, des milliers de Highlanders furent évacués sans égards afin de laisser la place aux moutons Cheviot, que les propriétaires estimaient plus lucratifs que l'affermage. Pour chasser les habitants, les nervis des grands propriétaires terriens incendièrent les maisons.

sur le bas-côté et elle ouvrit la portière. Il s'affaira sur son téléphone sans réseau jusqu'à ce qu'elle revienne.

— Merci, dit-elle.

Il hocha la tête et s'apprêtait à redémarrer lorsqu'elle l'agrippa par la manche. Il tourna la tête et plongea son regard dans le sien.

— Je sais que tu me crois coupable. Ça ne t'empêchera pas d'essayer d'étouffer l'affaire ou de faire porter le chapeau à quelqu'un d'autre, mais je sais ce que tu penses.

— Samantha…

Elle cogna de son poing serré sur sa poitrine.

— C'est comme si tu me tirais une balle et qu'elle m'atteignait là.

— En parlant d'arme à feu, il y a un vieux pistolet qui a disparu du Glen…

Il allait poursuivre, mais Samantha rouvrait déjà la portière à toute volée.

— Ça suffit ! hurla-t-elle.

Elle partit à grandes enjambées sur la route. Rebus démarra et la suivit. Il connaissait bien son mauvais caractère. Sa détermination farouche. Il baissa la vitre côté passager et s'arrêta à sa hauteur. L'espace d'un instant, il crut qu'elle allait quitter la chaussée et s'enfoncer dans les fougères.

— Il faut que tu retournes auprès de Carrie, plaida-t-il. Tu sais combien de temps ça va te prendre, à pied ?

— Je ferai du stop.

— Allez, monte. On n'est pas obligés de parler. Tu peux même faire comme si je n'étais pas là. Je me contenterai de conduire.

Il s'avança sur la chaussée, serra le frein et la regarda

approcher dans le rétroviseur latéral. Elle dépassa la voiture d'une vingtaine de mètres avant de s'immobiliser. Rebus resta campé sur ses positions. Au bout d'un moment, il vit ses épaules s'affaisser. Samantha finit par pivoter et regagner l'habitacle où elle s'escrima avec sa ceinture.

— Je l'aimais, affirma-t-elle, autant pour elle-même que pour son père.

— Je sais, répondit-il à mi-voix avant appuyer sur l'accélérateur.

— Je ne l'ai pas tué.

Rebus hocha la tête sans un mot. La croyait-il ? Il voulait la croire. Cette conviction lui était *nécessaire*. Il avait coupé le CD, si bien que seul le ronronnement du moteur venait briser le silence. Samantha baissa sa vitre et laissa la brise jouer dans ses cheveux. Rebus finit par trouver quelques mots à adresser à sa fille.

— Je sais bien que je n'ai pas été un bon père. Ni un bon mari non plus. Parfois, je me dis que j'ai fait de mon mieux, mais je sais que ce n'est pas vrai.

— Ça allait, marmonna Samantha. Tu te souviens du miroir dans ma chambre, quand j'étais petite ?

— Sur la commode – comment oublier ? Tous les soirs, il fallait que je le recouvre d'une serviette.

— Parce que j'étais persuadée qu'il menait dans un endroit sombre et effrayant.

Le souvenir fit sourire Rebus.

— Je me demande pourquoi je n'ai pas tout simplement retiré ce miroir de ta chambre.

Samantha chercha son regard.

— Parce que j'avais besoin de regarder dedans quand il faisait jour.

Il hocha la tête avec lenteur et reposa les yeux sur la route.

— Ça allait, répéta-t-elle.

Puis elle tendit la main et ralluma le CD.

Average White Band, *Pick Up the Pieces*.

Il espérait que c'était ce qu'ils étaient en train de faire.

25

Siobhan Clarke entendit qu'on décrochait enfin.

— J'ai tout juste assez de réseau pour me prendre une soufflante, lui signifia Rebus en guise d'entrée en matière.

— Ça tombe bien, je m'apprêtais à t'en passer une.

— C'est déjà en ligne ?

— Raison pour laquelle j'ai eu Laura Smith au téléphone, qui hurlait pour savoir pourquoi on ne lui avait pas donné l'exclu.

— Et donc, tu en as finement déduit…

— Dans une enquête, il finit toujours par y avoir une fuite, mais je sais comment tu es.

— Ah bon, je suis comment ?

— Tu aimes remuer la merde pour le plaisir.

— Ce n'est pas rigoureusement vrai – habituellement, c'est quand je suis dans une impasse. Comment va Brillo ?

Clarke baissa les yeux sur le plancher de son salon.

— En boule à côté de moi.

— Tu penses à le sortir, quand même ?

— On vient de rentrer. Alors, explique. Ça me donnera des arguments pour quand je me retrouverai à payer la première d'une longue série de pintes de gin à Laura.

— C'est une journaliste, épargne-toi les courbettes.

— Tu oublies toutes les fois où elle nous a filé un coup de main ?

Clarke se laissa tomber si lourdement dans son fauteuil que Brillo releva la tête avec inquiétude. Elle lui donna une caresse rassurante.

— Il y a un jeune reporter, il m'a rendu deux ou trois services, alors j'ai décidé de lui renvoyer l'ascenseur.

— Tu ne pouvais pas te contenter de l'inviter au pub ?

— Je ne suis pas sûr qu'il ait l'âge requis. Et puis, où est le mal ?

— Ramsay Meiklejohn est membre de la Chambre des Lords. Ce qui fait de sa disparition – si tel est le cas – une actualité nationale, voire internationale. Les tabloïds londoniens flairent le sang.

— Je ne vois aucun désagrément dans ce que tu me racontes.

— Tu changeras peut-être de refrain quand ils se pointeront à Naver. Jusqu'ici, tu n'as eu affaire qu'aux médias écossais – ce sont des enfants de chœur, en comparaison. « Quelqu'un a vu lord Strathy ? », « Non, mais puisque vous êtes ici, j'en profite pour vous parler d'un meurtre qui pourrait vous intéresser – la compagne de la victime habite au bout de la rue ».

— Et ?

— Nom de Dieu, John, tu jettes ta fille en pâture aux…

Clarke laissa mourir la fin de sa phrase. Elle se leva et arpenta la pièce.

— Tu crois que c'est elle ? demanda-t-elle, mais sa question se heurta au silence.

— Ce ne sont pas les suspects qui manquent, finit par répondre Rebus.

— Tu n'ajoutes tout de même pas sérieusement lord Strathy à ta liste ?

— Keith s'est rendu au château des Strathy, il a fait un scandale.

— Pourquoi ?

— Il voulait que Strathy lui vende le camp. Strathy n'y était pas du tout favorable.

— Je n'y vois pas de motif de meurtre.

— N'empêche que je poserais bien deux ou trois questions à sa seigneurie – et à son jardinier, pendant qu'on y est.

— Je n'ai toujours pas eu le temps de m'en occuper pour toi, désolée.

— Pas grave. Je sais déjà qu'il a un casier et des antécédents de violence. Il a expulsé Keith de l'enceinte du château *manu militari*.

Le silence se fit sur la ligne.

— Tu as parlé à sa fille ? reprit Rebus.

— Elle a l'air de prendre les choses avec sérénité.

— Comment est-ce possible ?

— Pas exclu qu'elle fasse semblant, répondit Clarke avec un soupir et elle jeta un œil à Brillo. John, si tu ne rentres pas bientôt, il va falloir songer à une pension pour chiens.

— N'importe quoi. Tu passes trop de temps au bureau, de toute façon.

— Pas autant que Malcolm.

— Tu n'arrives pas à le surveiller comme tu le voudrais ?

— Il a fait ami-ami avec ton ancien sparring-partner.

Il y eut une nouvelle plage de silence.

— Tu m'en diras tant, finit par lâcher Rebus d'une voix traînante. Et pourquoi donc ?

— Rapport à Stewart Scoular.

— Le type du SNP ? Tu m'en as déjà parlé.

— Après s'être fait virer du parti, il s'est improvisé promoteur immobilier. Il a l'air de jouer un rôle dans le projet qu'a Strathy pour ton camp de prisonniers de guerre.

— Il y a un lien, tu crois ?

— Uniquement si Keith a été éliminé en raison de sa résistance et, franchement, je trouve ça tiré par les cheveux, répondit Clarke avant de ménager une pause. Est-ce qu'il est possible que tu ailles t'imaginer des choses qui ne sont pas là, John ? Tu m'as toujours dit que l'explication la plus simple finit par être la bonne.

— L'explication la plus simple remet Samantha au cœur du tableau.

— Exactement.

Clarke s'arrêta devant la fenêtre et jeta un œil en contrebas à la rue plongée dans la nuit. Tout avait l'air si paisible, si ordonné.

— Tu n'as pas répondu à ma question, tout à l'heure, reprit-elle.

— Laquelle ?

— Tu le sais très bien, bon sang.

Elle écouta l'expiration sonore de Rebus.

— C'est ma fille, Shiv, et elle-même a une fille. Coupable ou non, elle ne peut pas faire de la taule.

— Nom de Dieu, John…

— J'ai déjà envoyé des innocents au trou.

Clarke appuya son front contre la vitre.

— Je ne veux pas le savoir.

— Dans ce cas, ne pose pas de questions. Tu as du pain sur la planche, à commencer par Malcolm Fox. Tu ne peux pas laisser Cafferty lui mettre le grappin dessus. Ce salopard ne lâche jamais prise.

— Tu dirais qu'il se passe quoi ?

— Cafferty ferait l'impossible pour avoir quelqu'un entre les murs de Gartcosh, et le plus haut placé serait le mieux.

— On ne peut franchement pas dire que Malcolm…

— Mais il fait son bonhomme de chemin, et il semble avoir l'oreille de la directrice adjointe. Le cas échéant, quand elle décrochera le plus haut poste…

— Une promotion pour Malcolm ?

— Même sans promotion, ce sera le gros lot pour Cafferty. Je sais que ça a l'air ridicule, formulé comme ça, et moi-même j'ai du mal à croire ce que je suis en train de te dire, mais le fait est que notre inspecteur Fox, aussi lent et long à la détente soit-il, est en train d'investir des lieux dont nous sommes proscrits, toi et moi.

— Le cœur de toutes les enquêtes de la Criminelle ?

— Lutte contre le terrorisme, blanchiment d'argent, toutes sortes d'affaires classées dont on n'a pas idée. Et, oui, c'est toi qu'ils auraient dû prendre – ça me sidère qu'ils aient donné le feu vert à Fox.

— Toi comme moi, on sait très bien pourquoi…

— C'est le moment où tu me montres du doigt ? Ma présence à tes côtés t'a forcément contaminée aux yeux des connards de la Grande Maison ?

— On dirait bien que l'idée t'a effleuré l'esprit, commenta Clarke.

— Mais pense à l'ennui de toutes ces années de formation si je n'avais pas été là pour mettre les pieds dans le plat de temps en temps.

Presque malgré elle, Clarke sourit.

— Et maintenant ? demanda Rebus.

— Tu en as encore pour combien de temps, à ton avis ?

— Tu le sais aussi bien que moi : parfois ça se joue sur le long terme.

— Tu veux que je t'envoie des vêtements par la poste ?

— J'aurais dû penser à en acheter quand j'étais à Inverness.

— Comment tu fais, alors ?

— La patronne du pub m'a prêté de vieilles fringues de feu son mari.

— La patronne, hein ? Tu ne perds par le nord.

— Peut-être, peut-être pas.

— Qu'est-ce que ça veut dire ?

— Elle est sur ma liste de suspects.

— Tu plaisantes ?

— Elle et son père…

— Son père ?

— Il est nonagénaire, donc en queue du hit-parade, détailla Rebus, et Clarke ne put s'empêcher de rire. Mais il gardait un vieux revolver au pub, or l'arme a disparu, ce qui rajoute éventuellement le barman, Cameron, au tableau. Sans oublier l'amant de Samantha… voire la compagne de l'intéressé, Angharad Oates – qui n'est autre que l'ex de lord Strathy, ne l'oublions pas – si on prend en compte que la liaison entre Samantha et Hawkins l'a rendue jalouse.

— Tu es irrécupérable.

— Tu crois que c'est ça ? C'est pour ça que je suis crevé ? J'aurais bien besoin de l'endurance d'un Malcolm. Tu vas aller vérifier s'il est encore au bureau, je ne me trompe pas ? demanda-t-il comme Clarke gardait le silence.

— J'ai les doigts de pied en éventail, devant un bon bouquin, rectifia Clarke tout en sachant que c'était un mensonge. Le tout nouveau Karin Slaughter me tient compagnie.

— Sans oublier un fidèle toutou.

— La pension canine, John. Je ne plaisante pas.

— Dis-le-lui en face, pour voir.

Quand Clarke se détourna de la vitre, elle eut l'impression que Brillo n'avait pas raté une miette de la conversation. Il avait la tête inclinée sur le côté, l'œil humide.

— J'entends ta détermination se fissurer jusqu'ici, conclut Rebus en mettant fin à la communication.

*

— Je savais bien que j'allais te trouver ici, déclara Clarke en entrant dans le bureau de la BEP.

— On n'a pas tous la charge de nourrir et promener Brillo, répliqua Fox.

— À ce propos, à quand remonte ton dernier repas ?

Clarke plongea la main dans le sac qu'elle portait et en sortit un carton de *fish and chips* qu'elle tendit à Fox.

Il entreprit de le déballer tandis qu'elle allait mettre la bouilloire en marche.

— Sel et sauce ? demanda-t-il.

— Sel seulement, je ne connaissais pas trop tes goûts. Mais je t'ai pris ça, dit-elle en extirpant de sa poche des sachets de ketchup et de sauce HP qu'elle lança sur la table.

— Tu penses à tout, la complimenta Fox.

Son bureau était jonché de paperasse, il choisit donc de transporter son repas jusqu'à celui, impeccablement rangé, d'Esson, et de s'y installer. Le temps que la bouilloire chauffe, Clarke jeta un œil à son ordinateur.

— Caméras de surveillance, commenta-t-elle.

Fox opina avant d'enfourner une grosse bouchée de haddock pané.

— Merde alors, qu'est-ce que c'est bon.

— Tu as trouvé des vélos dignes d'intérêt ?

Il secoua la tête.

— Mais j'ai peut-être quelque chose. Je te dirai après.

Clarke versa l'eau chaude sur les sachets et renifla le lait avant d'en ajouter une bonne dose dans chacune des tasses tachées de dépôt de thé. Elle les apporta jusqu'au bureau d'Esson. D'une main libre, elle préleva une frite coincée sous le filet de poisson.

— Des nouvelles de John ? demanda Fox.

— Il t'embrasse.

— Je n'en doute pas une seconde. J'ai vu passer sa fille aux infos – interrogée mais pas inculpée. Ça doit l'anéantir.

— Tu connais John.

Fox leva les yeux sur elle.

— C'est lui qui a refilé le tuyau au reporter à propos de lord Strathy ?

— Qui veux-tu que ce soit ?

— C'est du Rebus tout craché.

Clarke posa les yeux sur l'emballage du *fish and chips*.

— Tu as enlevé toute la panure.

— C'est l'option diététique.

Elle en pinça un morceau entre ses doigts et le porta à sa bouche.

— Ce n'est pas parce que les caméras de surveillance ne montrent pas Issy et son vélo qu'elle n'y était pas. J'imagine que Craigentinny a son lot de pistes cyclables. Pas besoin de mettre des caméras de surveillance partout.

D'un signe de tête, Fox lui fit comprendre qu'il avait déjà réfléchi à la question.

— Ce qui ne nous donne toujours pas son mobile, si ?

— Le mobile, c'est pour plus tard, Siobhan. Pour l'heure, un vrai suspect serait du pain béni. Tu veux le reste des frites ?

— Tu n'en veux plus ? demanda-t-elle en regardant Fox se tapoter le ventre, qu'il avait proéminent. Dans ce cas, je finis les frites pendant que tu me montres ce que tu as trouvé.

Elle prit l'emballage en carton et lui emboîta le pas jusqu'à son bureau. Ils s'assirent côte à côte et Fox s'appliqua à faire défiler les images des caméras de surveillance.

— Le truc, commença-t-il, c'est que jusqu'ici, on s'était concentrés sur Seafield Road, et sur l'itinéraire que Salman a suivi depuis New Town. Or, s'il avait pour destination le parking du terrain de golf, logiquement il faudrait jeter un œil aux rues de Craigentinny et alentour. Malheureusement, la couverture des caméras de surveillance est fragmentaire. Malgré tout, j'ai réussi à repérer ce véhicule.

Il cliqua sur l'image pour la mettre sur pause. Des phares de voiture, des maisons mitoyennes, une berline ordinaire, et au volant, une silhouette aux contours flous.

— Visiblement pas de passager. La voiture se dirige vers le golf depuis le centre-ville.

— OK, fit Clarke.

À l'évidence, ce n'était que le début. Elle engloutit les dernières frites tandis que Fox mettait la main sur l'extrait suivant.

— Voici de nouveau Seafield Road, un peu avant vingt-trois heures. Tu vois le véhicule garé ? demanda-t-il en posant le doigt sur l'écran.

L'image montrait l'arrière de la voiture, feux allumés.

— Tu es en train de me dire que c'est le même ?

— Même forme, couleur similaire.

— À quel endroit, sur Seafield Road ?

— À environ cinquante mètres du parking où Salman a été tué, côté centre-ville. Dans les images qui suivent, elle n'y est plus.

— Le chauffeur s'est arrêté pour passer un coup de fil, puis est reparti ? Ça ne fait pas lourd, Malcolm.

— Je sais bien. Je me demande quand même si ça ne vaut pas la peine de demander aux techniciens de bidouiller les images pour tenter de nous dégoter une plaque minéralogique.

— Tu as une théorie ?

— Un rendez-vous est prévu au club de golf, mais le chauffeur arrive en avance et trouve le parking fermé. Il roule jusqu'à Seafield Road et se gare. Ce chauffeur – homme ou femme – sait reconnaître une Aston quand il en croise une, de sorte que, quand Salman arrive en vue, ils se font signe, peut-être avec des appels de phares. Salman s'arrête dans le recoin le plus proche – situé à une cinquantaine de mètres. L'autre voiture le rejoint là-bas. Quoi ? demanda Fox en remarquant le regard insistant de Clarke.

— C'est carrément impressionnant. Tu gâches ton talent à Gartcosh.

— Là-bas aussi, on fournit un travail de détective, tu sais.

— À doses homéopathiques.

— Donc je transmets ça à l'assistance technique demain matin ?

Clarke opina.

— En attendant, c'est quel modèle, à ton avis ? Il m'a l'air bien banal, ce véhicule.

— Il correspond au moins à une demi-douzaine de modèles, acquiesça Fox.

Sur le bureau, son téléphone s'était mis à vibrer. Il vérifia le nom du correspondant avant de répondre d'un simple « Oui ? ». Puis, après avoir écouté son interlocuteur, il conclut :

— OK, dans deux minutes.

— Cafferty ? devina Clarke comme Fox raccrochait. Il attend en bas ?

— Il faut que je m'en occupe tout seul, plaida Fox en enfilant sa veste.

— C'est faux.

Il lui lança un regard presque implorant.

— Siobhan, je t'en prie…

Arrivé à la porte, il tourna la tête pour s'assurer qu'elle ne le suivait pas.

Clarke s'approcha de la fenêtre. Une grande voiture noire, la même que la fois d'avant ; le chauffeur était sur le trottoir, l'écran de son téléphone éclairait son visage. Elle se saisit de son propre portable, sélectionna l'appareil photo et zooma à fond. La photo déclenchée, elle examina le résultat. Trop granuleuse pour chercher à mettre un nom sur le visage.

— Dommage, marmonna-t-elle.

Ça servait toujours de connaître ses ennemis.

Fox prit place sur la banquette arrière à côté de Cafferty, l'accoudoir abaissé entre eux.

— J'essaie de ne pas perdre patience, Malcolm, commença Cafferty de sa voix traînante. Mais ça n'est pas dans ma nature.

Fox ouvrit la bouche pour répondre, lorsqu'il se rendit compte que Cafferty portait son attention ailleurs. Il regardait par la vitre. Lorsqu'il tourna la tête, Fox aperçut Clarke qui traversait la chaussée.

— Elle n'est pas au courant pour les bandes-vidéo ni pour la directrice adjointe, parvint-il à assurer Cafferty. Laissez-moi m'occuper d'elle…

La porte passager avant s'ouvrit et Clarke se laissa tomber sur le siège. Le chauffeur regagna illico la voiture, mais Cafferty baissa sa vitre.

— Tout va bien, Benny.

— Il a un nom de famille, Benny ? demanda Clarke.

— J'imagine que oui. C'est gentil de vous joindre à nous, Siobhan.

— Vous ne devriez pas plutôt tenir salon dans votre club ?

— Je viens faire le point en passant, rien de plus. Savez-vous que Malcolm travaille ponctuellement pour moi ?

— Je sais qu'il fait des recherches sur Stewart Scoular, en effet.

— J'ai l'impression de ne pas en avoir pour mon argent – non pas qu'il y ait eu échange d'argent à proprement parler.

— Je peux vous certifier qu'il ne s'est pas tourné les pouces.

— Ce qui me serait utile, ajouta Fox en fixant Cafferty, ce serait de savoir précisément quelles découvertes vous attendez de moi.

Loin de répondre, Cafferty resta concentré sur Clarke, allant même jusqu'à incliner légèrement la tête en avant pour rogner l'écart entre la banquette arrière et le siège avant.

— Alors comme ça Malcolm vous fait des cachotteries, Siobhan ? Il ne vous a rien dit des enregistrements montrant les écarts de conduite de M. Jenni Lyon – j'espère qu'il s'est calmé, d'ailleurs. Il était à ça de se faire hara-kiri, mais apparemment il s'est abstenu. J'imagine que Malky en a touché deux mots à Jenni et que Jenni en a touché deux mots à Don Juan.

— Des enregistrements pris dans votre club ?

— Et ailleurs, fit Cafferty, qui coula un regard en biais à Fox et se fendit d'un large sourire. Ça vous en bouche un coin, hein, mon p'tit Malky ? Maintenant je joue cartes sur table. Vous vous méfiez d'elle, mais je veux que Siobhan soit dans la boucle.

— Vous voulez que je sois dans la boucle, le reprit Clarke, parce que vous espérez nous braquer l'un contre l'autre, Malcolm et moi. Sauf que ça n'arrivera pas.

Cafferty adressa son sourire au siège avant.

— Elle a oublié d'être bête, hein, Malky ?

— Son nom, c'est Fox – et pour les individus dans votre genre, c'est l'inspecteur Malcolm Fox.

— Voilà typiquement le genre d'attitude qui monte les honnêtes citoyens contre les forces de l'ordre et les incite plutôt à adresser leurs infos explosives à Internet ou à la presse.

— Si vous voulez à ce point vous payer Scoular, rétorqua Clarke, vous n'avez qu'à vous en occuper tout seul.

— D'ailleurs, enchaîna Fox en redressant les épaules, on ferait bien d'aller toucher deux mots à M. Scoular. L'intérêt que vous lui portez le réjouira au plus haut point.

— Et autre chose, ajouta Clarke. Ces bandes-vidéo – j'imagine que vous avez raconté à Malcolm qu'elles avaient le pouvoir de mettre un terme à la carrière de la directrice adjointe Lyon. Mais c'est un peu maigre, comme résultat, non ? Vous avez tout intérêt à les garder sous le coude jusqu'à ce qu'elle soit promue cheffe de la police. Là, vous pourriez vraiment faire pression sur elle, lui dit-elle, avant de secouer la tête avec lenteur. Vous n'avez jamais eu l'intention de divulguer ces images à la presse, je me trompe ? C'était du vent – vous n'êtes que du vent.

— Vous êtes prêt à courir le risque ? demanda

Cafferty, les yeux rivés sur Fox. Oui ou non, inspecteur Fox ? Vaudrait peut-être mieux vérifier avec votre patronne d'abord, non ?

Fox entrouvrit les lèvres, mais aucun mot n'en sortit. Clarke avait déjà ouvert la portière et faisait pivoter ses jambes vers la chaussée. La main de Cafferty se referma sur la manche de Fox.

— Réfléchissez bien, inspecteur Fox, le somma-t-il dans le dos de Clarke. Votre avenir n'est pas là, mais à Gartcosh. À côté de Jennifer Lyon, à la table des grands.

Fox dégagea son bras et ouvrit la portière.

— C'est mon avenir, c'est moi qui décide, assena-t-il en sortant.

— Absolument.

Le petit rire de Cafferty flottait encore dans l'habitacle quand Fox claqua la portière. Clarke, désespérant d'obtenir le nom de famille de Benny, s'était remise en marche vers l'entrée du commissariat. Fox la rattrapa.

— Lyon est au courant de tout ça ? sonda-t-elle à mi-voix.

— Oui.

— C'est ça, ta fameuse armure ? Pas étonnant qu'il se croie victorieux.

— Qu'est-ce qui te fait dire ça ?

— Même si tu ne lui lâches rien, il pourra toujours dire que tu étais à ses ordres, avec la bénédiction de Lyon.

— Et alors ?

— Et alors, vous pourriez l'un comme l'autre être appelés à témoigner et donc à nier – autrement dit à mentir.

— Et?

Elle s'immobilisa à deux pas de la porte et pivota pour lui faire face.

— Il enregistre tout ce qui se passe dans son club, Malcolm. Qu'est-ce qui te fait croire qu'il s'en tient là?

— Dans la voiture aussi?

— Il lui suffit d'activer le mémo vocal sur son téléphone. Sans compter que tu es allé chez lui. Il y a de fortes chances pour que votre échange ait été enregistré.

Malgré lui, Fox tourna la tête pour jeter un œil à la voiture. Elle se mettait en mouvement, mais Cafferty avait laissé sa vitre ouverte, et il dévisagea les deux détectives en passant.

— Il a gagné, murmura Fox en guise d'affirmation plus que d'interrogation. Je ne me sens pas très bien.

— J'espère que ce n'était pas le poisson, répondit Clarke en faisant mine de presser une main sur son estomac.

— Comment peux-tu prendre ça à la légère?

Elle réfléchit un moment puis haussa les épaules.

— Ce n'est pas parce qu'il se croit victorieux qu'il l'est. Ce n'est pas fini, Malcolm. Loin de là..., déclara-t-elle en regardant le véhicule s'enfoncer dans la nuit.

*

Tandis que Benny roulait en direction du Jenever Club, Cafferty téléphona à Cole Burnett.

— C'est Tonton Morris, Cole. Comment ça se passe, de ton côté?

L'adolescent lui répondit d'une voix nasale qui avalait les syllabes.

— Ça va, ça va.

— Tu as une ou deux adresses à me donner ?

— Ouais.

— Bien, restons-en là cn attendant de nous voir en vrai. Tu vois où c'est chez moi, à Cowgate ? Rendez-vous dans une heure.

— D'accord.

— Courage, fiston – l'avenir te sourit. Fais confiance à Tonton Morris.

Il mit fin à la communication et posa le téléphone sur la banquette.

— Vous pensez vraiment qu'il est à la hauteur ? demanda Benny en croisant le regard de Cafferty dans le rétroviseur.

— Si ce n'est pas le cas, tu pourras en faire ce que tu veux.

Cafferty tourna la tête pour regarder défiler la ville. Leith avait beau avoir changé – restaurants gastronomiques, bières et boulangeries artisanales –, elle restait fidèle à elle-même. À l'instar d'un vieux groupe qui se reformait pour partir en tournée, l'héroïne faisait son come-back. La coke avait cessé de n'être accessible qu'aux riches. Le crack, la méthadone et les benzodiazépines étaient partout.

Il y avait de l'argent à se faire.

Les gros bonnets exigeaient sans cesse une part plus grosse du gâteau. Si Cafferty ne veillait pas à consolider son territoire, d'aucuns allaient s'imaginer qu'il était vulnérable. Il avait convoqué des réunions à Glasgow et à Aberdeen, histoire que tout le monde sache à quoi s'en tenir. Mais pas à Dundee – tout simplement parce que les gens qui expédiaient la drogue depuis

Manchester s'y étaient opposés. Aux yeux de Cafferty, le message était clair et net : ils n'allaient pas tarder à s'en prendre à lui. Ce jour-là, ils commenceraient par éliminer les petits dealers dans la rue, pour bien lui faire comprendre. C'était pour cette raison qu'il avait pris le soin, au cours des derniers mois, d'embaucher des losers comme Cole Burnett. Autant faire croire aux maraudeurs qu'ils liquidaient ses meilleurs éléments, son armée entière. Qu'ils allaient remporter la victoire haut la main.

Parce que, après, ils allaient commencer à se relâcher. Et à baisser la garde…

— Vous voulez écouter de la musique, patron ? demanda Benny.

— Ça va, Benjamin, je te remercie. Tout est au poil pour Big Ger Cafferty.

JOUR CINQ

26

À Naver, la presse et les badauds étaient de retour.

Rebus croisa Lawrie Blake devant le Glen. Le jeune reporter avait l'air satisfait de son œuvre : Internet avait fait caisse de résonnance, donnant naissance à des théories du complot, exhumant les anecdotes les plus croustillantes du passé de Ramsay Meiklejohn et montant de toutes pièces des versions à sensation de la note anonyme adressée à Samantha. Le col relevé, coiffé d'une large casquette en tweed, Blake se baladait téléphone au poing, prêt à faire des micros-trottoirs et des photos. En revanche, les gens du cru ne couraient pas les rues, ayant pour la plupart choisi de se retirer à l'abri chez eux. Quelques parents qui accompagnaient leurs enfants interloqués sur le chemin de l'école étaient bien obligés d'affronter l'extérieur. Rebus se rendait chez le buraliste, mais Blake le coupa dans son élan en lui tendant le journal. Rebus le déplia.

— Alors comme ça on fait la une, hein ?

— Et les pages trois, quatre et cinq. J'ai même eu une offre d'emploi d'une agence de presse à Londres. Comment va la Saab ?

— Aucune nouvelle. Mais la voiture de location roule bien.

Il vit passer une camionnette, matériel de radiotransmission à l'arrière, qui ne trouvait pas de place pour se garer.

— Vous allez leur parler ? demanda Rebus en inclinant le menton vers le véhicule.

— S'ils demandent gentiment. Je me lancerais bien dans la télé. Votre fille a reçu d'autres notes anonymes ? demanda Blake sans tenir compte de son portable, qui ne cessait de tinter à quelques secondes d'intervalle.

— Pas que je sache.

Le reporter jeta un œil au pub.

— Vous logez ici plutôt que chez elle – je peux vous demander pourquoi ?

— Samantha n'est pas un sujet de conversation, vous avez déjà oublié ?

Blake le gratifia d'un mince sourire.

— Faut pas m'en vouloir d'essayer. Laura m'a appelé tard hier soir d'Édimbourg. Elle voulait savoir qui m'avait donné le tuyau.

— Mon nom a-t-il été évoqué ?

— Je protège mes sources, monsieur Rebus.

— Je suis sûr qu'elle est au courant, quoi qu'il en soit. On est tous en train de patauger dans le même bassin, et il n'est pas si grand que ça. Aucun signe de votre collègue journaliste avec qui vous étiez au pub ? fit Rebus en jetant un œil alentour.

— Je crois qu'elle est au château de Strathy. Je ne vais pas tarder à y aller, moi aussi.

— Ne vous attendez pas à y trouver des gens très bavards – et faites attention au jardinier.

— Ah ?

— Il a un casier judiciaire et un sale caractère.

Rebus posa l'index sur ses lèvres tandis qu'il déverrouillait la voiture de location.

— Et vous allez où comme ça ?

— Pourquoi ? Vous voulez me prendre en filature ?

— Non.

Rebus le toisa d'un air inflexible.

— Tant mieux.

Il prit la route côtière en direction de Tongue. En passant devant l'auberge des randonneurs, il jeta un œil sur sa gauche. Deux vélos et un vieux camping-car étaient garés devant. À l'intérieur, Ron Travis devait s'affairer à servir ses clients. Au Camp 1033, le Portakabin était toujours à sa place, tout comme les mètres de ruban plastique qui claquaient au vent pour circonscrire la scène de crime, et le même gars en uniforme à l'air blasé. Rebus klaxonna et, ayant attiré l'attention de l'agent, il lui fit un doigt d'honneur en passant. Dans le rétroviseur central, il le vit extraire un carnet de son gilet fluo. Il ne manquerait pas de noter la description du véhicule.

— Bonne chance, marmonna Rebus avec un demi-sourire.

Il s'engagea sur la piste défoncée qui menait à la communauté et se gara au même endroit que la fois précédente. Les rondins de bois avaient été empilés avec soin et recouverts d'une bâche. La moto était rangée à côté. La porte de la bâtisse s'ouvrit sur Mick Sanderson. Il s'approcha de Rebus, les yeux sur la voiture.

— Votre réparation m'a permis d'aller jusqu'à un garage à Inverness, expliqua Rebus. Un autre de vos projets ? demanda-t-il avec un geste vers la moto.

— Elle marche plutôt pas mal.
— Et elle vous appartient ?
— Elle sert à ceux qui en ont besoin. Vous en avez déjà fait ? demanda Sanderson en prenant place sur la selle, les mains sur le guidon.
— Vous l'avez conduite, récemment ?
— Le jour où j'ai réparé votre voiture.
— Et avant ça ?
— Aucune idée.
— Qui d'autre l'utilise ? Jess ? Peut-être même Angharad Oates ?
Le sourire de Sanderson se fit glacial.
— En quoi ça vous intéresse ?
Rebus se contenta d'un haussement d'épaules et glissa les mains dans ses poches.
— Vous avez vu Samantha ces derniers jours ?
— Elle est passée.
— Vous savez qu'elle a reçu des menaces anonymes ?
L'expression de Sanderson se radoucit. Il descendit de la moto.
— Vous me l'apprenez.
Rebus avait reporté son attention vers la grange, dont sortaient des nappes de musique.
— C'est le cours de yoga, expliqua Sanderson. Vous voulez un thé ?
— Si vous le proposez.
Sanderson le scruta.
— Je ne crois pas que vous soyez notre ami – il est peu vraisemblable que vous le deveniez un jour –, mais vous êtes le père d'une amie et ça vous donne le droit à une tasse de thé. Mais fini les questions, d'accord ?

— Très bien, fiston. Je vous suis.

Ils parcoururent les quelques mètres qui les séparaient de la bâtisse, et Sanderson en poussa la porte avant de s'effacer pour laisser entrer Rebus. La bouilloire chauffait sur le poêle à bois, des volutes de fumée s'échappaient de son bec verseur. Comme la fois précédente, Oates était assise à la table de la cuisine, le bambin sur ses genoux. Elle l'aidait à dessiner un château avec des crayons de couleur.

— Votre ancien chez-vous ? fit mine de deviner Rebus. Ça doit vous manquer.

— Qu'est-ce qu'il fait ici ? demanda-t-elle à Sanderson.

— Il boit un thé et il s'en va.

— Ça ne répond pas à ma question.

Ses yeux étaient vrillés sur Rebus, qui fit un signe en direction de l'enfant.

— Je n'ai pas retenu son nom, la dernière fois.

Oates songea visiblement à mépriser sa question, puis se radoucit.

— Bram – le diminutif d'Abraham.

— Comme Bram Stoker ? Les vampires et tout le tremblement ?

— Jess aimait bien ce prénom.

— Et en règle générale, il obtient ce qu'il veut, n'est-ce pas ? En bon vieux seigneur et maître à l'ancienne. Vous êtes tout le temps confinée ici ou il vous arrive de prendre la tangente ?

— M. Rebus s'intéresse beaucoup à notre Kawasaki, expliqua Sanderson.

— C'est une grosse bécane, renchérit Rebus. Je me demandais si vous arriviez à l'apprivoiser ?

— Nous sommes au XXIe siècle, au cas où vous ne l'auriez pas remarqué.
— Donc vous la sortez, de temps en temps ?
— Tout le monde s'en sert.
— Celles et ceux d'entre vous qui ont le permis…
— Nous sommes respectueux de la loi, monsieur Rebus, répliqua Sanderson en lui tendant une tasse. Le lait est dans le pot, le sucre dans le bol.
Rebus posa son thé sur la table et ajouta une goutte de lait. Sanderson avait placé une tasse devant Oates, qui l'accepta sans s'encombrer de remerciements. Rebus but une gorgée bruyante et jeta un œil à la boîte de crayons de couleur sur la table.
— Vous avez des feutres, là-dedans ? demanda-t-il en déviant son regard sur Oates. Des marqueurs noirs bien épais ?
Elle se leva d'un bon, hissant Bram, stupéfait, sur son épaule.
— Sortez ! aboya-t-elle.
— Vous faites peur au petiot, la morigéna Rebus.
— Et vous, vous faites chier tout le monde ! Barrez-vous, maintenant.
Rebus reposa la tasse sur la table.
— Le lait a tourné, annonça-t-il.
Il se leva mais, arrivé à mi-chemin de la porte, se retourna.
— Vous n'auriez pas croisé votre ex-mari, récemment ? Les gens commencent à s'inquiéter.
Oates tourna la tête vers Sanderson.
— Je te jure, Mick, si tu le fous pas dehors, je m'en charge !
Rebus leva ses paumes en signe d'apaisement.

— Un lieu serein et chaleureux – c'est vraiment une vie de rêve, que vous avez là.

Il ferma la porte derrière lui et regagna sa voiture.

Quelques minutes plus tard, comme il repassait devant le camp, il se prépara à klaxonner, mais l'agent n'était plus en vue. Un instant après, son portable sonna. Samantha. Il se gara sur le parking de l'auberge pour répondre.

— C'est moi, annonça sa fille.

— Je sais. Comment vas-tu ?

— La presse ne me lâche plus avec cette histoire de note anonyme. Ils voulaient la photographier, mais je n'arrive pas à mettre la main dessus. Je te l'ai donnée, non ?

— Et je l'ai passée à Creasey. La bonne nouvelle, c'est que tout ce battage dissuadera probablement son auteur de récidiver.

— C'est toi qui as prévenu les médias, n'est-ce pas ?

— Il était temps de s'en faire des alliés, Samantha. Ce n'est pas grand-chose, mais c'est un début.

— Je ne sais pas si je dois te remercier, dit-elle et il l'entendit soupirer. Tu loges toujours au pub ? Le canapé est libre à la maison…

— C'est gentil, mais je préfère dormir dans un lit et ça ne nous fera pas de mal de garder un peu nos distances. Comment va Carrie ?

— Elle est bouleversée. Elle va recevoir un soutien psychologique, mais ça veut dire des trajets jusqu'à Thurso. Ils ne peuvent pas rendre la dépouille pour le moment, donc impossible de planifier quoi que ce soit.

Sa voix se fissura sur ces derniers mots.

— Si la police m'arrête, poursuivit-elle, il faudra que tu prennes les dispositions pour l'enterrement.

— Ça n'arrivera pas, fais-moi confiance.

— J'ai du mal à faire confiance à qui que ce soit.

Elle poussa un long soupir, et sembla se ressaisir. Rebus aperçut Ron Travis à la porte de son établissement. Il baissa la vitre et le salua d'un geste. Travis le reconnut, agita la main en retour, puis la porta à sa bouche pour mimer le fait de boire. Rebus déclina la proposition en secouant la tête et reporta son attention sur la conversation, en demandant à Samantha de répéter ce qu'elle venait de dire.

— Creasey a tout fait livrer dans un sac ce matin – pas ses vêtements, j'imagine que ce sont des pièces à conviction, mais le contenu de ses poches. De l'argent et des cartes de crédit. On n'a toujours pas retrouvé son téléphone, mais il y a une clé USB accrochée à ses clés de maison. J'avais oublié.

— Le contenu de la clé USB ? demanda Rebus doucement.

— Je n'ai pas regardé. Ça doit être sans importance, sinon Creasey l'aurait conservée.

Rebus observa Travis battre en retraite à l'intérieur.

— Certes. Tu seras chez toi dans une dizaine de minutes ?

— Je retrouve Julie pour un café. Elle passe me chercher, comme ça je n'aurai pas à affronter ce qui m'attend au village.

— Je suis en route, conclut Rebus en tournant le volant d'une main.

27

À l'arrivée de Rebus, Samantha et Julie avaient déjà pris place dans la voiture. Julie le salua de loin tandis que Samantha sortait pour le serrer brièvement dans ses bras. Elle déposa la petite clé USB en plastique dans le creux de sa main.

— Désolée pour hier.

— Moi aussi.

Il la regarda replonger dans la voiture sans traîner, la tête baissée. Rebus espérait que c'était pour s'épargner le vent glacial et les aiguilles de pluie. Il s'en retourna dans son véhicule de location et suivit les deux femmes jusqu'à Naver. L'équipe de tournage télé venait de remballer et comme le véhicule quittait sa place de stationnement, Rebus profita de l'aubaine. Moins encombrante que la Saab, la voiture de location se manœuvrait aisément. À son arrivée au Glen, il trouva May en train de porter des tasses de thé et de café à une table d'habitués.

— On va vous voir au JT de ce soir ? lui demanda Rebus.

— Cette bande d'insolents a demandé à tourner ici, je leur ai dit d'aller se faire voir.

Rebus l'attendait au comptoir lorsqu'elle revint avec son plateau vide. Il brandit la clé USB.

— Je peux de nouveau utiliser l'ordinateur ?

— Si vous me promettez de ne pas lui refiler de virus.

Promesse faite, il passa derrière le comptoir et gagna le bureau exigu. La table était encombrée d'une pile de paperasse. Au mur, une photo encadrée montrait May, plus jeune, serrant son père dans ses bras devant le pub. Rebus déchiffra le mot de passe scotché sur le bord inférieur de l'écran. Le disque dur était sous le bureau, ce fut donc au prix d'un certain effort qu'il parvint à se pencher pour insérer la clé USB. Son opération réussie, il se redressa et s'installa dans le fauteuil pivotant. Au même moment, May passa la tête dans l'embrasure de la porte.

— Vous voulez boire quelque chose ?

— Ça va, je vous remercie.

— Pas faim non plus ?

— Pas pour le moment. Quoi que je trouve, ajouta-t-il comme elle fixait l'écran en cachant mal sa curiosité, vous serez la première informée.

— Bon, alors je vous laisse.

Elle retourna dans la salle en fredonnant. Rebus se mit au travail.

Quelques dizaines de fichiers. Qui contenaient, pour la plupart, une seule et unique photo. Il les ouvrit toutes. Le camp, les fouilles, le groupe d'histoire. Puis quelques clichés montrant Joe Collins, suivis d'Helen Carter, de Stefan Novack et d'un homme dont Rebus conclut qu'il s'agissait de Frank, le grand-père de Jimmy Hess. Chacun des quatre semblait assis dans un salon différent. Keith les avait interviewés à leur domicile.

Après ça, il ne restait plus que quatre fichiers audio. Rebus parvint à monter le volume. Malgré ça, il dut tendre l'oreille vers le petit haut-parleur posé devant la console. Le premier entretien était avec Novack. L'enregistrement durait un peu moins de cinquante minutes. La voix de Keith laissa Rebus en proie à un sentiment mitigé ; il regretta une fois encore de ne pas l'avoir mieux connu, de ne pas avoir pris la peine de faire sa connaissance. Les quelques fois où Keith avait décroché le téléphone, il s'était contenté de demander à parler à Samantha. Pas de comment vas-tu ? Et le boulot ? Tout se passe bien pour toi ?

Keith était un bon interviewer. Il commença par bavarder de tout et de rien pour mettre à l'aise Novack. Puis il amorça ses premières questions, qui devinrent de plus en plus pointues, jusqu'à s'attacher au sujet de l'empoisonnement présumé et du meurtre du sergent Davies. Toutefois, dans un cas comme dans l'autre, Novack n'avait pas grand-chose à dire. Il ne tentait pas particulièrement d'éluder le sujet : il semblait plutôt ne rien savoir de particulier.

— N'oublie pas qu'à cette époque, on m'avait déjà libéré.

— Mais vous n'avez pas perdu le contact avec les amis que vous vous étiez faits sur place – vous étiez en correspondance avec eux. Vous deviez avoir les dernières nouvelles, les derniers cancans. Alors quand vous êtes revenu plus tard, pour commencer une nouvelle vie…

— Si je savais quelque chose, je te le dirais, Keith, crois-moi.

Même topo pour le revolver accroché au mur du Glen – Novack n'avait aucune raison de remettre en question l'anecdote de Joe Collins sur la découverte de l'arme.

— À mon avis, tu connais l'histoire mieux que moi, déclarait-il à Keith à un moment de l'entretien.

Petit à petit, les questions s'essoufflèrent et la conversation reprit son cours.

Dans l'entretien suivant, Keith avait réussi à tenir Helen Carter à bout de bras pendant une vingtaine de minutes, après quoi elle s'assoupissait. Il devait être conscient de courir contre la montre, parce que ses questions étaient plus abruptes et il avait abrégé l'entrée en matière – et puis il parlait fort pour surmonter le problème de surdité d'Helen. Il s'intéressait à son emploi au dispensaire du camp, à sa relation (puis son mariage) avec un détenu appelé Friedrich. Mais assez vite il se focalisa sur sa sœur Chrissy et le sergent Gareth Davies.

— Ça l'a bouleversée au plus profond de son être, expliquait Helen Carter d'une voix enrouée. Elle a mis des années à s'en remettre. Il s'écrit des poèmes sur la folie de l'amour, mais de là à tuer un homme ? Il n'y a rien de romantique à ça, crois-moi.

Chrissy avait-elle fréquenté l'assassin de Davies à son insu ?

— Hoffman ? Elle le connaissait à peine – elle avait dû lui sourire une ou deux fois en passant. Échanger quelques amabilités, tu vois. On se disait qu'il l'adorait de loin, mais qu'il n'avait jamais eu le courage de passer à l'acte.

— Sauf au moment d'exécuter le sergent Davies, intervint Keith.

— Quel épisode horrible. La police militaire grouillait partout. Ce n'est qu'un ou deux jours plus tard qu'ils ont trouvé le pistolet de Gareth caché sous le matelas d'Hoffman. Il avait une chambre pour lui tout seul. Un des avantages à se voir confier la gestion d'une partie du camp. Il n'était pas très apprécié, cela dit, et personne ne l'a regretté quand le peloton d'exécution a fait son travail.

— Et le revolver au Glen ? Il n'a pas pu servir à tuer le sergent Davies ?

— Tu n'arrêtes pas de poser cette question à tout le monde. Tout ce que je peux te dire, c'est que cette arme a refait surface après la fermeture du camp et que Joe raconte qu'il l'a trouvée échouée sur un banc de sable.

— Pourquoi l'exposer comme il le fait ?

— C'est étonnant, n'est-ce pas ? Mais il ne faut pas aller chercher plus loin que ça. Ton thé va être froid, Keith, et je commence à être fatiguée. Je sais que tu ne penses pas à mal, mais c'est du passé tout ça…

Le fichier suivant concernait Joe Collins. À peine Keith eût-il lancé la conversation que Collins l'interrompait déjà.

— C'est à propos du meurtre, hein ? Le meurtre et l'empoisonnement – c'est ça, plutôt que le camp en lui-même, qui t'intéresse ?

— Je ne suis pas certain d'être tout à fait d'accord avec…

— Allez, tu sais très bien que c'est vrai. On a retrouvé l'arme du crime dans les quartiers d'Hoffman.

— Pourtant, à en croire les archives, il a clamé son innocence jusqu'à la fin.

— Ce qui n'a retardé en rien son rendez-vous avec le peloton d'exécution.

— Ils l'ont exécuté dans l'enceinte du camp, c'est bien ça ?

— Au point du jour. Nous avions pour ordre de rester dans nos baraquements, portes fermées. Mais nous étions tous réveillés. Je ne pense pas que nous ayons été nombreux à fermer l'œil de la nuit. Il a fait tout un boucan quand on l'a emmené.

— C'est-à-dire ?

— Il demandait grâce. Et puis il y a eu le roulement des coups de feu, suivi d'un silence terrible. Il est enterré quelque part à l'extérieur du camp. Je ne crois pas qu'il y ait jamais eu de pierre tombale. Les fouilles que vous faites ne mettront en lumière aucun ossement.

— Ce n'est pas pour ça qu'on les fait.

— Cet argent que vous voulez consacrer au camp, tu ne crois pas qu'il pourrait être plus utile à la collectivité ?

Keith répondit du tac au tac par une autre question.

— Le revolver que vous dites avoir trouvé…

— Le revolver que *j'ai* trouvé. Cette obsession ne te mènera nulle part, Keith. Tu penses que j'ai quelque chose à voir avec ce crime ? Le revolver du sergent Davies a été emporté par les autorités comme pièce à conviction. Nul ne sait ce qu'il est devenu après ça.

— Quelqu'un l'a jeté à la mer, peut-être ?

— Quelle importance ?

— D'après les récits, il n'y a pas eu de témoin du meurtre. Davies a été pris en embuscade quelque part entre le village et le camp. On lui a arraché son arme avant de l'abattre d'une balle en pleine tête.

— Et ?

— Je ne comprends pas pourquoi Hoffman aurait eu envie de conserver cette arme.

— Peut-être avait-il l'intention de l'utiliser encore.

— Elle n'avait pas l'air particulièrement bien cachée. Il aurait pu la mettre n'importe où, or elle était dans sa chambre.

— C'est ça qui te gêne ?

— Ça et le fait qu'il n'a visiblement jamais fait la cour à Chrissy Carter. Ils se connaissaient à peine.

— Quel que soit le fin mot de l'histoire, tout ce que je peux te dire, c'est que quelqu'un a jeté ce revolver – probablement à la fin de la guerre – et qu'il a été recouvert par le passage du temps et de la marée. Or l'un comme l'autre ont le chic de faire remonter les choses à la surface, que ça nous plaise ou non.

— Et vous l'avez accroché au mur parce que… ?

— Pas parce que c'était un trophée, si c'est ce que tu sous-entends. Est-ce moi qui ai abattu Gareth Davies ? Je te réponds par la négative avec toute la vigueur dont je suis capable.

Il y eut une pause de Collins.

— Je ne comprends pas que tu consacres tes soirées et tes week-ends à ce passe-temps alors que Samantha et Carrie t'attendent à la maison.

— Elles sont très patientes.

— Tu crois ça ? Ma foi, je prie pour que tu dises vrai.

— Que voulez-vous dire ?

— Rien, rien – je suis un simple vieillard qui radote par moments…

L'enregistrement touchant à sa fin, Rebus se leva

pour s'étirer les jambes et la colonne vertébrale. Il rebroussa chemin jusqu'à la salle du bar, aperçut Lawrie Blake en grande conversation – sûrement avec d'autres journalistes –, puis battit en retraite en cuisine. Un papier l'attendait sur la table – *Soupe dans la casserole*. Il mit le bouillon à chauffer, puis s'assit pour le manger, soudain tenaillé par une faim de loup. Il accompagna son bol d'une tranche de pain et d'un verre d'eau.

— Une vraie gamelle de prisonnier, commenta May Collins qui entrait dans la cuisine alors qu'il terminait son repas.

— Je n'avais pas très envie de me mettre au bar.

Elle hocha la tête d'un air compréhensif.

— Cela dit, ils ont mis les voiles. À mon avis, on ne leur lâchait pas suffisamment d'infos. Et vous, ça avance ?

— Je viens tout juste d'écouter l'échange entre Keith et votre père.

— J'entendais, depuis le couloir. Vous aviez l'air captivé.

— Je me demande ce que Keith pensait de Samantha et Hawkins. Il devait se demander combien de personnes étaient au courant ou s'en doutaient sans rien lui dire.

Debout derrière lui, May lui étreignit brièvement l'épaule.

— Des nouvelles de Samantha ?

— Elle est avec sa copine Julie.

— En réalité, elle est au commissariat – ou elle l'était en tout cas. La police s'est présentée chez Julie et l'a emmenée. À ce qu'il paraît.

Rebus exhuma son portable du fond de sa poche. Pas de réseau.

— Essayez du côté de la caravane, lui recommanda Collins.

Rebus déverrouilla la porte qui donnait sur l'arrière du pub. Il avait cessé de pleuvoir et le ciel était d'un bleu étincelant. La caravane de petite taille, sans doute une deux-places, dont la seule et unique fenêtre aurait mérité un bon coup de chiffon, était mouchetée de lichen. Rebus composa un numéro. Creasey répondit quasi instantanément.

— Ne commencez pas. Tout ce que l'on cherche à déterminer, c'est le lien entre la victime et lord Strathy. Nous savons qu'ils se sont querellés à propos du rachat du camp et nous savons que les esprits se sont un peu échaudés quand Keith a fait irruption en pleine réception au château.

— Et ?

— Et on interroge Samantha sur tous ces sujets.

— Et ?

— Et je suis sûre qu'elle vous en parlera le moment venu.

— Vous allez encore la laisser en carafe à Inverness ?

— Du calme, elle est juste à côté de chez elle, cette fois-ci.

— Vous avez récupéré la clé du poste de Tongue ?

— J'aimerais vraiment que vous nous laissiez faire notre travail, John.

— Pourquoi n'avez-vous rien dit à propos de la clé USB ?

— Puis-je vous rappeler, pour la énième fois, que vous n'êtes pas le détective chargé de cette affaire ?

Pour tout dire, vous êtes même le père de notre principale suspecte. Sauf raison expresse, nous évitons de partager nos informations.

Il fit une pause, et prit une inspiration.

— Vous avez écouté les enregistrements ?

— La majeure partie.

— Donc vous êtes d'accord pour dire qu'il n'y a pas de quoi s'agiter ? À part si on est féru d'histoire.

— L'assassin a pris son ordinateur, ses notes et son téléphone. Ça n'est pas anodin. Et puis il y a l'arme à feu…

— Eh bien quoi ?

— Mettons que ce soit Keith qui l'ait volée. Il s'est peut-être dit que les avancées de la criminalistique permettraient de glaner de nouveaux indices.

— Et alors ?

— Et alors où est-elle ? Était-elle dans sa sacoche ?

— John, la personne qui a tué le sergent Davies a été fusillée.

— Quelqu'un a fini au peloton d'exécution, c'est indéniable.

Le silence retomba un bref instant au bout de la ligne.

— De quoi sommes-nous en train de parler : d'un jeune homme neutralisé puis assassiné par un individu de plus de quatre-vingt-dix ans ? À moins que vous ne pensiez qu'il s'agit de l'œuvre d'un fantôme – ce ne sont pas les théories qui manquent sur les réseaux sociaux. Il a fallu chasser une demi-douzaine de personnes de la scène de crime cette semaine.

Rebus s'appuya contre le flanc de la caravane. À ses pieds, le sol était jonché de mégots de cigarettes. Il s'accroupit pour en ramasser un. Un morceau de carton roulé en guise de filtre. Des joints. Visiblement, Cameron ne s'adonnait pas qu'au cidre.

— Combien de temps allez-vous la garder ? demanda-t-il à Creasey.

— On en a terminé. C'est bien pour ça que j'ai du temps à perdre avec vous. Son amie vient la chercher. Oh, et au fait, la fuite dans les médias ? Strathy et le mot anonyme ? N'allez pas croire que j'ignore d'où ça vient. Un grand merci, John. Pour rappel, la coopération, ça marche dans les deux sens.

— Eh bien, écoutez-moi coopérer en bon citoyen. La nuit où Keith a été tué, Ron Travis a entendu une moto.

— Il en a parlé.

— La communauté d'Hawkins dispose d'une moto. Tout le monde peut l'utiliser. Vous pourriez demander qui s'en est servi cette nuit-là. Oh, et la coterie au château de Strathy, quand Keith s'est fait virer ? Je dirais que notre ami Colin Belkin était dans le tableau. Alors vous pourriez peut-être lâcher la bride à une innocente et jeter un œil à ces pistes…

Rebus se tut, il venait de se rendre compte qu'il parlait dans le vide. Il étudia l'écran de son téléphone. Il avait encore du réseau. Seulement, Creasey avait raccroché.

— Fouille-merde, marmonna-t-il.

Puis, après un dernier coup d'œil aux cadavres de joints de Cameron, Rebus tenta la porte de la caravane. Elle n'était pas fermée à clé. Il se pencha sous le linteau et fit un pas sur le seuil. L'intérieur, exigu, sentait le renfermé, le pourtour de l'évier était encombré de tasses et de verres. Le réchaud à double brûleur n'avait pas l'air de beaucoup servir. Un paquet de céréales pour le petit déjeuner, du lait posé au frais dans une bassine d'eau. Le lit avait été escamoté pour laisser place à une table. Des comics américains jonchaient le plancher. Le minuscule cabinet de toilette, qui semblait faire également office de douche, dégageait une légère odeur d'eaux usées.

— Je peux vous aider ?

Cameron se tenait devant l'entrée de la caravane, papier à cigarette et tabac dans le creux de sa main. Rebus fit marche arrière jusque dans la cour en tâchant d'avoir l'air le moins fautif possible.

— Je me demandais si tu avais un revolver là-dedans, fit-il.

— À quoi ça me servirait ?

— Il y a peut-être un marché pour les collectionneurs ?

— J'aurais volé May ? objecta le barman en se concentrant sur la fabrication de sa cigarette. Vous me croyez capable de lui faire ça, après toute la générosité dont elle a fait preuve à mon égard ?

Il finit par river ses yeux à ceux de Rebus tout en humectant le collant du papier à cigarette.

— Très bien, dans ce cas mettons que tu es un preux chevalier et que tu l'as dérobé pour couvrir quelqu'un.

Cameron sortit un briquet jetable de la poche arrière de son jean. Il alluma sa cigarette et en tira une longue bouffée, avant de prendre un malin plaisir à recracher son panache de fumée en direction de Rebus.

— Regardez tout ce que vous voulez, vous ne trouverez pas de vieux pistolet rouillé.

— Tu connaissais un peu Keith. Il aurait pu le prendre ?

— Il y avait toujours du monde quand il était au pub.

Rebus hocha lentement la tête.

— Plus simple si le lieu est vide, personne derrière le comptoir. Ou alors c'est arrivé entre l'heure de la fermeture et celle de l'ouverture.

Cameron souffla sa fumée en plissant les yeux.

— Ça limiterait la fenêtre de tir, effectivement.

— Tu as déjà eu des démêlés avec la justice, fiston ?

— À cause que j'ai des tatouages et des piercings, vous voulez dire ? riposta-t-il en désignant les filtres sur le sol, et sa bouche se plissa en un rictus amer. « Il fume un peu, c'est forcément un mauvais garçon. » Sam a toujours dit que vous étiez un peu un dinosaure. Je commence à voir ce qu'elle voulait dire, fit-il en tirant une ultime bouffée pour finir sa cigarette avant de la jeter d'une chiquenaude. J'étais sorti vous dire que Joyce McKechnie vous a laissé un sac. Je l'ai posé sur la table de la cuisine.

— Merci.

Ils échangèrent un regard et un signe de tête. Rebus suivit Cameron des yeux tandis qu'il rebroussait chemin à l'intérieur, et laissa passer quelques secondes avant de lui emboîter le pas.

La cuisine était vide. Une tasse de thé reposait à l'emplacement de son bol de soupe. Il en avala une gorgée avant d'ouvrir le sac plastique. Des magazines. McKechnie avait pris le soin de corner les pages intéressantes. Fêtes au château de Strathy ; événements auxquels lord Strathy avait été convié. Une photo le montrait en train de couper un ruban dans une cour d'école refaite à neuf. Sur une autre, il célébrait l'ouverture d'une station d'observation ornithologique « en plein cœur du Flow Country». Aux yeux profanes de Rebus, le Flow Country ressemblait à des kilomètres de néant : plat, sans arbres ni couleurs. Pourtant, sur les photos, Strathy avait l'air plutôt satisfait, ou en tout cas bien rassasié de nourriture et d'alcool. À en juger par ses sorties en société, il avait un goût prononcé pour le vin. Tous les clichés ou presque le montraient un verre de rouge à la main, la bouche ouverte et le verre levé comme s'il s'apprêtait à porter un toast. Le teint rosé, ventru, le crâne dégarni et une lueur malicieuse dans le regard.

Après étude des dates de publication, Rebus crut savoir à laquelle de ces fêtes Keith s'était incrusté. Les noms des invités ne lui inspiraient pas grand-chose, mais il reconnut lady Isabella Meiklejohn et Salman bin Mahmoud. Il distingua également Stewart Scoular, tout à droite sur une photo, et caché par l'épaule d'un convive sur une autre. D'après Siobhan, bin Mahmoud avait un ami italien et voilà qu'un nom – Giovanni Morelli – correspondait au profil. Les traits fins, le bras autour de la taille de lady Isabella. Mais, minute… Rebus venait d'identifier quelqu'un d'autre. Martin Chappell, à côté de son épouse Mona. Les deux levaient une coupe de champagne en souriant pour la photo. Rebus n'avait jamais croisé le chemin de Chappell, mais il savait qui il était.

Le directeur de Police Scotland.

Sur la photo, Mona Chappell se tenait entre son mari et Stewart Scoular : on aurait dit un trio de vieux amis. Rebus photographia la page sous plusieurs angles. Une fois dehors, quand il trouva un brin de réseau, il les envoya à Siobhan Clarke. Il patienta quelques minutes, en regrettant amèrement de ne plus fumer. Il avait encore dans le nez l'arôme de la roulée de Cameron et le goût persistait dans le fond de sa gorge. Pour conjurer le sort, il posa la main sur son inhalateur rangé dans sa poche. Il n'en avait pas eu l'usage depuis qu'il avait quitté Édimbourg. Il se demanda si c'était à mettre sur le compte de la qualité de l'air.

— Ou sur l'absence de cages d'escalier, marmonna-t-il par-devers lui.

Une fois à l'intérieur, il empoigna sa tasse de thé et retourna dans le bureau.

Il savait que le dernier enregistrement lui donnerait à entendre Frank Hess. Mais lorsqu'il cliqua sur le fichier, il s'étonna de la brièveté relative de l'entretien, quasiment deux fois moins long que les autres. Le contenu lui apporta rapidement la réponse. Pendant les premières minutes, l'échange se déroulait sans encombre. Keith interrogeait Hess sur les années d'après-guerre, ses différents emplois – essentiellement comme journalier et ouvrier du bâtiment – et sa famille. Mais arrivé au sujet du Camp 1033, Hess commençait à s'agiter.

— J'ai tout effacé de ma mémoire, tout, disait-il d'une voix légèrement haut perchée, dans laquelle transparaissait un accent allemand avec des touches d'intonation écossaise. Si d'autres souhaitent s'en souvenir, grand bien leur fasse. Je revendique le droit à l'oubli – rien ne me l'interdit, si ?

— Non, bien sûr, répondit Keith. Mais vous devez quand même bien avoir des souvenirs heureux de cette période. On vous laissait sortir du camp quasiment tous les jours. Je crois savoir que vous avez été embauché dans plusieurs fermes et que vous avez réparé des murs de pierres sèches, des murs que l'on peut encore voir de nos jours. Vous vous entendiez bien avec les gens du coin.

— Et alors ? Je te pose la question, Keith : et alors ? C'était il y a longtemps et tous ceux que je connaissais sont morts. Pourquoi voudrais-je m'en souvenir ?

— Helen n'est pas morte. Stefan et Joe non plus.

— C'est tout comme – et dans pas longtemps, on va tous nourrir les pissenlits par la racine. Le monde est en train de sombrer dans le chaos. Tu ne t'en rends pas compte ? J'ai entendu qu'on le comparait aux années 1930. Tout le monde est aigri, tout le monde montre du doigt ceux qu'il tient pour responsables de sa malchance. C'était une période terrible, et ce n'est pas mieux aujourd'hui. Par pitié, ne me demande pas de déterrer mes souvenirs.

— J'essaie simplement de…

— Non, Keith, non. Ça suffit. J'ai essayé plein de fois de te dire que ça ne me convenait pas. Coupe l'enregistrement. Nous en avons fini.

— Mais il ne reste plus beaucoup de témoins de cette époque. Une dernière question sur le revolver, et après…

— J'ai dit : ça suffit !

Une troisième voix intervint alors. Rebus la reconnut. Jimmy Hess.

— Nom de Dieu, Keith, tu veux qu'il fasse une crise cardiaque ?

— On discute, Jimmy, c'est tout.

— Peut-être bien, mais la discussion est terminée. Tout va bien, papy ?

— Je ne me sens pas bien du tout.

— Je t'avais dit qu'il n'était pas partant, déplora Jimmy Hess. Range tes affaires. Je te vois au pub plus tard.

— Je ne voulais pas vous contrarier, Frank, s'excusa Keith.

— C'est faux, sinon tu ne serais jamais venu ici, aboya le vieillard.

— Regardez, je coupe l'enregistrement.

Et la bande s'arrêtait là.

Rebus savait à présent pourquoi Frank Hess n'était pas allé au pub ce soir-là. Peut-être n'était-il pas dans son assiette, en effet, mais il y avait autre chose. Que disait la fameuse citation : le passé est un autre pays ? Lui-même préférait ne pas s'attarder sur certains épisodes de son passé ; pour un seul placard, il avait déjà trop de squelettes.

— Tout se passe bien ? demanda May Collins depuis l'embrasure de la porte.

— Ça fait longtemps que vous êtes là ?

— Non, répondit-elle et, d'un geste, elle désigna sa tasse de thé vide. Je vous ressers ?

Rebus secoua la tête.

— Frank Hess n'est pas du genre bavard, je me trompe ?

— Frank est un vieux con grincheux. De l'avis général, il a commencé par être un jeune con grincheux. Il y a une dizaine d'années, sa fille unique est morte dans un accident de la route. Son mari était avec elle dans la voiture. Décédé lui aussi. Ils étaient à une soirée, ils avaient bu, ils pensaient que ça n'avait aucune importance, comme les routes par ici sont désertes et tout ça. Sortie de route, collision avec un arbre. Je ne crois pas que ça ait enjolivé sa conception de la vie, commenta Collins dans un soupir.

— Il n'y a plus que lui et Jimmy ?

Collins opina.

— Jimmy a deux sœurs, mais elles habitent dans le Sud. L'une comme l'autre seraient prêtes à prendre Frank chez elles, mais il refuse obstinément de bouger. Elles montent parfois, ça donne un peu de répit à Jimmy.

— La famille, hein ? fit Rebus faute de savoir quoi dire d'autre.

— On vit de plus en plus longtemps de nos jours, c'est ça le problème. C'est quoi ce film de science-fiction où les humains sont contraints de mourir, arrivés à un certain âge ?

— Avec Michael York, confirma Rebus. J'ai oublié le titre, mais je crois me souvenir qu'on les abattait à trente ans.

— Ça se présente mal pour nous, commenta May avec un sourire. Vous avez eu des nouvelles de Sam, depuis tout à l'heure ?

— Ils en ont fini avec elle. Ils avaient deux-trois questions sur Keith et lord Strathy.

— Sur l'achat du terrain ? Joyce m'a parlé des magazines. Vous croyez qu'il y a un rapport avec la disparition de Strathy ?

— Dieu seul le sait, May, fit Rebus en se passant une main sur le front. Je ne suis peut-être pas si différent des chasseurs de fantômes qui ont convergé vers le camp.

Collins partit d'un rire.

— J'en ai entendu parler. Ils avaient tout un barda

– des espèces de baguettes reliées à des machines. Ils les agitaient partout pour faire des relevés.

— Ce qui revient à peu près à ce que je fais ici, fit Rebus en montrant l'ordinateur du menton.

— Vous faites plus que ça.

Il sentit qu'elle tendait une nouvelle fois la main vers son épaule. Il se leva et elle baissa le bras. Il s'agenouilla pour retirer la clé USB. Le temps qu'il se redresse, elle était partie.

28

Siobhan Clarke s'était déjà rendue à Gartcosh, mais à de rares occasions et pas depuis un bail. Depuis Édimbourg, il fallait compter environ une heure de route ; moitié moins depuis Glasgow. Sur place, elle reconnut l'atmosphère post-industrielle morne des terrains vagues alentour. Il n'y avait toujours pas l'ombre d'une d'habitation, d'un hôtel ou d'un commerce. L'édifice trônait dans un splendide isolement, à l'écart du monde qu'il se proposait de disséquer. Le campus du Crime écossais avait des airs d'IUT moderne – au demeurant, un IUT protégé par une haute clôture et dont l'unique entrée se faisait par un poste de garde. Siobhan Clarke avait dû présenter sa plaque et on l'avait prise en photo pour lui imprimer un badge visiteur.

— Assurez-vous qu'il soit en permanence bien visible.

Elle franchit le sas à double battant en verre et, arrivée de l'autre côté, attendit que Fox fasse de même. Quelque chose se produisit chez lui à partir de là, tandis qu'il parcourait les quelques pas qui les séparaient de l'entrée principale du complexe. Il adopta une démarche plus assurée, ses épaules se relâchèrent, les traits de son visage se détendirent. En ce lieu, son potentiel, reconnu à sa juste valeur, s'épanouissait. Si leurs rôles avaient été inversés, Clarke se demanda si elle aurait ressenti la même chose. Lorsqu'ils traversèrent le foyer, Fox ne put s'empêcher de jouer au guide, désignant vaguement les bureaux du fisc et du procureur de la Couronne. En haut des escaliers, ce fut le tour de la cellule antiterrorisme, mais leur destination (et le territoire de Fox) se situait de l'autre côté du hall : la brigade criminelle.

Contrairement au piètre badge temporaire de Clarke, le laissez-passer qui se balançait au cou de Fox l'autorisait à déverrouiller et franchir les espaces sécurisés. Ainsi ouvrit-il une porte, avant de s'effacer pour laisser Clarke s'engager dans un couloir étroit. De part et d'autre, les bureaux ressemblaient à des boîtes vitrées uniformes. Les collègues de Fox étaient pour la plupart assis devant un ordinateur, les yeux rivés à leur écran. De temps à autre, ils prononçaient quelques mots à voix basse dans le micro de leur casque. D'autres passaient des coups de fil ou se concertaient en petits groupes. L'ambiance était à peu près aussi palpitante que dans un cabinet d'experts-comptables : les hommes en chemise-cravate, les femmes en chemisier discret de couleur pâle. Quelques signes de tête et gestes de bienvenue accueillirent Fox, ainsi que des regards inquisiteurs pour Clarke. Il lui arrivait fréquemment de s'entretenir par téléphone avec le personnel de la brigade criminelle et elle avait vu passer plusieurs noms à la faveur d'échanges de mails. Mais elle ne connaissait aucun visage.

Fox entra dans l'une des pièces vitrées. Il y avait deux bureaux, mais seulement l'un des deux était occupé.

— Où est Robbie ? demanda-t-il.

— Il est allé se prendre un café, lui répondit la jeune femme à lunettes. Et bien le bonjour à toi aussi, Malcolm.

— Pardon, Sheena, s'excusa-t-il. Voici l'inspectrice Clarke.

— Siobhan, rectifia Clarke avec un sourire.

— Tu as un Post-it sur ton bureau, Sheena informa-t-elle Fox.

Il le décolla de son écran d'ordinateur et le lut.

— Unité de lutte anti-fraude, expliqua-t-il à Clarke. Pour autant qu'ils sachent, Scoular est clean. Il traite avec des banques et des sociétés offshore, mais dans son secteur, cela n'a rien d'inhabituel.

Il froissa le Post-it et le jeta dans la corbeille à papier.

— Ravie de vous avoir rencontrée, Sheena, lança Clarke avant de suivre Fox qui repartait d'un pas décidé.

Un petit chariot de café attendait de l'autre côté du hall, devant lequel une petite file bavarde patientait. Il y avait plusieurs chaises tout autour. Fox s'approcha de l'une d'elles.

— Salut, Robbie.

L'homme leva les yeux. Il avait la trentaine et le crâne rasé. Quand il se mit debout, Clarke put constater qu'il dépassait largement le mètre quatre-vingts et qu'il était maigre comme un coucou.

— T'étais parti, Malcolm ? s'enquit-il.

— J'étais occupé. Et toi ?

En avisant le regard de Robbie rivé sur Clarke, il procéda aux présentations.

— Quelqu'un veut un café ? demanda Robbie en serrant la main de Clarke.

— Avec plaisir, répondit-elle avant que Fox n'ait le temps de décliner.

Ils rejoignirent la queue. Robbie avait jeté son gobelet vide à la poubelle.

— Où habitez-vous, Siobhan ? demanda-t-il.

— À Édimbourg. Et vous ?

— À Motherwell.

— J'y vais parfois pour les matchs de foot. Vous êtes un supporter du Motherwell ?

— Comme il se doit. Et vous ?

— Moi c'est plutôt Hibs.

— Toutes mes condoléances.

La lenteur de la file d'attente commençait à exaspérer Fox.

— Malcolm n'a pas le temps de s'intéresser au football – ni à autre chose, d'ailleurs.

— Ce n'est pas vrai, réagit Fox, sur la défensive.

— C'est quoi le dernier film que tu as vu ? le questionna Robbie. Le dernier bouquin que tu as lu en entier ?

— Il est tout le temps comme ça, se plaignit Fox à Clarke. Il adore chercher la petite bête.

Robbie sourit de toutes ses dents, sans quitter Clarke des yeux.

— Et vous savez pourquoi je m'en sors toujours en toute impunité ?

— Parce que les gens ont de bonnes raisons d'être dans vos petits papiers ?

— Et pourquoi ça, à votre avis ?

— Parce qu'ils ont toujours un service à vous demander.

— Ils ont toujours un service à me demander, répéta

Robbie en écho en tournant son attention vers Fox. Et le plus vite possible, surtout si c'est la brigade criminelle qui demande – c'est un bon résumé de la situation, Malcolm ?

Fox était arrivé devant le chariot de café. Il commanda deux cappuccinos sans prendre la peine de consulter Clarke.

— Robbie ?

— Même chose pour moi.

Après avoir réglé, restait encore une longue attente, le temps que le *barista* se mette à la tâche.

— Le résultat en vaut la peine, croyez-moi, dit Robbie à Clarke. Et donc vous allez voir un match de temps en temps ?

— Pas aussi souvent que je le voudrais.

Il lui tendit sa carte de visite.

— La prochaine fois que nos équipes respectives se livrent bataille, si ça vous dit de prendre un verre avant ou après…

— Le compagnon de Siobhan est inspecteur-chef, le mit en garde Fox.

— On ne peut pas me reprocher d'essayer.

— Un inspecteur-chef manifestant peu d'intérêt pour le football, rectifia Clarke en glissant la carte dans sa poche.

Enfin munis de leur café, ils allèrent s'installer dans un coin calme.

— C'est censé être un espace de réunions informelles, expliqua Fox en retirant le couvercle de son gobelet pour que le café refroidisse plus vite. En théorie, le but est de faire se mélanger les disciplines afin de promouvoir l'échange d'informations.

— Sauf que dans la réalité, intervint Robbie, les

gens partagent des clous – ils ont trop peur de se faire couper l'herbe sous le pied.

— Ce n'est pas tout à fait exact, marmonna Fox dans son gobelet.

— Cela étant, vous avez entièrement raison de partir du principe que nous sommes les énièmes d'une longue série à vous demander un service, confessa Clarke à Robbie. Malcolm me dit que personne à Gartcosh ne vous arrive à la cheville rayon caméras de surveillance, fit-elle en espérant ne pas avoir la main trop lourde.

Elle voyait bien que Robbie avait un faible pour la flagornerie, et sa façon de hausser les épaules tenait au mieux de la fausse modestie.

— Nettoyer les images, continua-t-elle, faire ressortir les visages flous et tout ça.

— J'aime à penser que je ne me débrouille pas trop mal, concéda-t-il.

— C'est bien pour ça que nous avons fait la route depuis Édimbourg.

— L'affaire de l'étudiant saoudien ? présuma-t-il, et Clarke opina lentement. Obligé, sinon c'est plutôt calme à Édimbourg, non ?

— Drogues, gangs, vols à l'arraché – plutôt calme, oui.

— Mais Malcolm vous donne un coup de main, maintenant. Il va vous régler ça en un rien de temps.

— Sauf si tu nous fais poireauter toute la journée, s'impatienta ce dernier.

— J'imagine que ce sont des images de nuit ? Qu'elles sont mal éclairées ? Que la lumière aveuglante des phares n'arrange rien à la situation ?

— C'est à peu près ça, confirma Clarke.

Elle continuait à soutenir le regard de Robbie, d'un air qui se voulait séduisant et qu'elle espérait pas trop désespéré.

— C'est une voiture à proximité de la scène de crime, explicita Fox. Au départ, elle remonte une rue, puis on la retrouve garée. On pense qu'il s'agit du même véhicule.

— Ce sont les caméras de surveillance de la municipalité ?

— Qu'est-ce que ça change ? demanda Clarke.

— Les radars sont conçus pour relever les plaques d'immatriculation. Les caméras de surveillance municipales ont davantage un effet dissuasif.

— Autrement dit, elles sont moins performantes.

— Si la voiture a sillonné la ville de nuit, il n'est pas impossible qu'elle se soit fait choper par un radar – quand les rues sont vides, les automobilistes ont tendance à mettre le pied au plancher sans s'en rendre compte. L'autre option, c'est le feu rouge – la voie est libre, ils foncent à toute allure et les radars les topent. Vous n'avez pas vérifié, c'est ça ? demanda-t-il après avoir scruté les deux détectives.

— Non, avoua Fox.

— Autant que je le fasse, dans ce cas, hein ? fit Robbie avant d'avaler une gorgée de café.

— Nous vous en serions très reconnaissants, souligna Clarke.

— Vous pourrez me remercier en faisant le nécessaire pour que mon équipe gratte le max de points à la vôtre la saison prochaine.

— Vous êtes dur en affaires, conclut Clarke avec un sourire, une main tendue pour sceller le marché.

*

Ils étaient quasiment arrivés au rez-de-chaussée quand Fox se figea en apercevant la silhouette qui remontait les escaliers dans leur direction. Clarke aussi reconnut son visage : la directrice adjointe Jennifer Lyon. Elle était occupée à déchiffrer une liasse de papiers tout en téléphonant, tandis qu'un sac en bandoulière et une mallette ne faisaient rien pour lui faciliter la tâche. Dès qu'elle vit Fox, elle mit fin à son appel. Son portable atterrit dans son sac en même temps que la paperasse.

— Malcolm, dit-elle en réussissant la prouesse de signifier une affirmation et une question en un seul mot.

— Avancée potentielle dans le dossier bin Mahmoud. J'ai simplement besoin que Robbie ne s'endorme pas sur le bifteck.

— Je veillerai à ce qu'il ne lambine pas, lui assura Lyon.

— Je vous présente l'inspectrice Siobhan Clarke. Elle est venue m'assister aujourd'hui.

— Et à en juger par le regard qu'elle vient de vous lancer, je dirais que l'inspectrice Clarke estime qu'il s'agit là d'un léger euphémisme.

Elle adressa un mince sourire à Clarke, mais s'exempta d'une poignée de main.

— Ça tombe bien, il fallait que je vous parle, Malcolm, lui dit-elle avant de se tourner vers Clarke. En privé, inspectrice. Vous pourriez peut-être aller boire un café, par exemple.

Clarke les regarda gravir les dernières marches, Fox lui faisant signe de l'attendre dans le foyer. Au lieu de retourner au comptoir, elle entra dans les toilettes, s'assit dans une cabine et sortit son téléphone. Rebus lui avait envoyé des photos prises dans un magazine. Elle les étudia succinctement avant de l'appeler.

— Le directeur de Police Scotland, dit-elle.

— Je sais.

— J'avais déjà vu des photos prises à cette fête, mais jamais celle-là.

— Un copain de Stewart Scoular, tu dirais ?

— Ce serait la première fois que j'en entends parler.

— C'est à cette fête que Keith s'est incrusté et qu'il s'est attiré des foudres en tapant un scandale à propos du rachat du Camp 1033.

— Va moins vite, tout ça, c'est nouveau pour moi.

— Keith voulait que les Meiklejohn revendent une partie de leurs terres à la collectivité pour qu'elle puisse transformer le Camp 1033 en attraction touristique. Comme il faisait chou blanc, il s'est incrusté à cette fête. Tu te souviens du jardinier ?

— Colin Belkin ?

— À mon avis, c'est lui qui a mis Keith dehors. À ce propos, j'ai fait la connaissance d'Angharad Oates tout là-bas dans la communauté. Elle s'occupe du gamin de Jess Hawkins. Il y a une Kawasaki sur le site, que quelqu'un aurait entendue rouler la nuit où Keith a été tué.

— Ça fait beaucoup de fils conducteurs, John. J'imagine que tu commences à voir émerger une tendance ?

— Peut-être bien. Pendant ce temps, nos comparses lady Isabella, bin Mahmoud et Morelli étaient à la même fête.

— Tu ne crois pas que Keith a pu avoir affaire avec eux ?

— Si seulement j'étais dans une position qui me permette de leur poser la question – à ceux qui n'ont pas été assassinés, je veux dire.

— Ça me semble tiré par les cheveux…

— Deux assassinats, Siobhan.

— À des centaines de kilomètres de distance, John.

— Mais est-ce que tu pourras quand même poser la question ?

— Je suis bien occupée.

— Ce n'est pas l'impression que ça donne. L'écho me dit plutôt que tu es aux chiottes.

— Ton téléphone déconne.

— Si tu le dis. Mais tu voudras bien en toucher deux mots à Meiklejohn et Morelli ?

— Je passe mon temps à les voir, je vais finir par leur proposer une coloc.

— Tu crois qu'ils sont impliqués ?

— On est en train d'éplucher des images de caméras de surveillance.

— Pour ça, il te faut Robbie Stenhouse.

Comme Clarke ne réagissait pas, Rebus poursuivit :

— Tu l'as déjà vu ?

— D'où tu connais Robbie Stenhouse ?

— Ce type est une légende. Tu n'as reconnu personne d'autre dans les photos que je t'ai envoyées ?

— Pas vraiment. Tu connais déjà Stewart Scoular.

— J'adore la manière qu'il a de se glisser subrepticement sur la moitié des photos. Si son consortium était derrière le projet de golf et que cette fête était un moyen de cirer les pompes des investisseurs potentiels, il n'a pas dû être très enchanté quand Keith s'est mis à hurler au scandale. Tu te souviens ce qui est arrivé au golf de Donald Trump à Aberdeen ?

— J'ai regardé le documentaire.

— Les gens comme Scoular ont besoin de sentir qu'ils contrôlent les événements. Keith lui mettait clairement des bâtons dans les roues.

— Et pourtant, sur les dizaines de profils dans la presse et autres évocations dans les pages affaires, on ne trouve pas un mot sur Keith et le reste de son groupe. Ils étaient pour ainsi dire totalement absents de la couverture médiatique.

— Keith ne présentait aucun danger, c'est ça que tu veux dire ?

— Je veux dire qu'on pouvait se permettre de l'ignorer.

— Peut-être que quelqu'un n'a pas eu le mémo, Siobhan, rétorqua Rebus avec un long soupir.

— Et à part ça ? demanda Clarke. Comment va Samantha ?

— Toujours pas d'inculpation. Je crois qu'il y a un soupçon de dégel entre nous.

— C'est une bonne nouvelle.

— Tu es à Gartcosh ?

— J'attends Malcolm. Jennifer Lyon voulait lui causer.

— De quoi donc ?

— Je ne sais pas trop.

— Tu bottes en touche, là ?

— Un chouïa.

— Comment va mon chien adoré ?

— Il n'a pas toute l'attention qui lui faudrait.

— Un sentiment qu'on connaît bien, tous autant qu'on est, hein ? Tu sens que tu avances ?

— J'en saurai plus quand Robbie aura fait des miracles.

— Alors bonne chance – on se parle plus tard.

Clarke raccrocha. Un texto de Graham Sutherland venait aux nouvelles.

Vais pas tarder à partir, répondit-elle avant de sortir des toilettes.

Dans le hall, Fox n'était toujours pas en vue. Et pas une seule chaise n'était disponible. Un agent qui passait par là, chemise blanche et épaulettes, lui demanda s'il pouvait la renseigner.

— J'attends quelqu'un, répondit-elle avec un sourire excédé.

Encore deux minutes et elle retournerait à la voiture ; cinq et elle passerait la première, et Fox n'aurait qu'à se débrouiller pour rentrer à Édimbourg. Mais elle savait bien qu'elle n'en ferait rien.

L'info sur le directeur de la police ne pouvait pas attendre.

Jennifer Lyon avait abandonné Fox dans le vestibule, assis en face de sa secrétaire, laquelle pianotait sur son ordinateur. La directrice adjointe finit par ouvrir la porte et lui fit signe d'entrer. Le temps qu'il s'exécute et referme derrière lui, elle était déjà assise à son bureau.

— Des choses à me signaler ? interrogea-t-elle d'un ton brusque.

— Des avancées dans l'enquête bin Mahmoud.

Elle écarta la nouvelle d'un infime mouvement de tête.

— Et M. Scoular ?

Fox réfléchit à la réponse à apporter.

— S'il y a des dossiers – du lourd, je veux dire –, ils sont bien cachés. L'unité de lutte anti-fraude est revenue bredouille. Je peux prouver à Cafferty qu'on a fait le boulot – y compris celui de surveillance –, mais ça n'ira pas plus loin, à moins qu'on sorte la grosse artillerie : écoutes téléphoniques, interception des données informatiques…

— Filature ?

— Je suis le seul à m'en charger, sur mon temps libre.

— Ça explique votre air vaseux. Mais j'apprécie.

— Ça ne me dérange pas du tout.

— Et personne dans l'équipe n'a capté ?

Fox déglutit.

— Pas que je sache.

— Pas même l'inspectrice Clarke ?

— Non, madame.

Il se rendit compte que la directrice adjointe le dévisageait avec un calme surnaturel.

— Malcolm, annonça-t-elle d'une intonation traînante en pressant les paumes de ses mains l'une contre l'autre. Il faut que nous parlions, vous et moi, de Morris Gerald Cafferty…

29

De retour à Leith, l'expression affichée sur le visage de leurs collègues oscillait entre impatience, espoir et scepticisme. Clarke se contenta de leur adresser un haussement d'épaules tandis que Fox annonçait que l'analyse des images de vidéosurveillance serait « accélérée ».

— Donc on attend un retour dans les semaines, plutôt que les mois qui viennent ? conjectura Ronnie Ogilvie.

— Ne sois pas si négatif, mon gars, le rabroua George Gamble avant d'étouffer un renvoi post-déjeuner. Le pessimisme, normalement c'est *mon* rayon.

Quelques sourires fatigués accueillirent cette boutade. Clarke s'était faufilée entre les rangées de bureaux – lesquels (hormis celui de Christine Esson) étaient jonchés de papiers – et négocia entre plusieurs piles de paperasse posées à même le sol avant d'atteindre enfin le Mur des indices. Elle constata avec découragement qu'aucun document ou presque n'était venu l'étoffer. La pièce semblait singulièrement dénuée d'oxygène. Si la situation perdurait, l'équipe risquait sérieusement de basculer en mode pilote automatique. L'expression de Graham Sutherland, quand il émergea de sa tanière, lui laissa penser qu'il n'était pas loin de leur ordonner de retourner à la case départ et de tout revérifier depuis le début.

— Gartcosh ? demanda-t-il.

— En train, rétorqua Clarke.

— Électrique ultramoderne ou à vapeur tout pourri ?

La blague était faiblarde mais l'effort louable. Un petit rictus tressauta à ses lèvres. Sutherland se planta à côté d'elle.

— Un accès soudain de culpabilité serait le bienvenu, affirma-t-il. De l'agresseur, ou de quelqu'un qui le ou la connaît. Il y a *toujours* quelqu'un qui sait quelque chose. Autrefois, on serait allé écumer les ragots dans la rue.

— On pourrait proposer une récompense.

— L'idée m'a traversé l'esprit.

— Une nouvelle conférence de presse ? De quoi raviver l'intérêt médiatique ?

— Ils sont déjà tous passés à l'insaisissable lord Strathy.

— D'après une source, il est au casino de Monte-Carlo avec lord Lucan, lança Tess Leighton de derrière son écran.

— Je peux vérifier la piste, si vous voulez, proposa Christine Esson, la main levée comme une écolière.

À mi-voix, Clarke demanda à Sutherland s'il s'était attiré les foudres d'en haut.

— Pas plus que d'habitude, bougonna-t-il. Sauf que les Saoudiens ont changé de disque. Des négociations commerciales sont en cours et ils utilisent notre incompétence apparente comme moyen de pression. En deux temps trois mouvements, Salman est passé de *persona non grata* à martyr adoré.

— L'opportunisme est roi.

— Et nous sommes son souffre-douleur, dit Sutherland tout en scrutant le Mur des indices. Rien de tout cela ne doit détourner notre attention de la tâche à accomplir. Croyez-vous qu'on ait pu passer à côté de quelque chose au tout début de l'enquête ? Ça vaudrait le coup de jeter de nouveau un œil à l'autopsie, au rapport de scène de crime…

— Pourquoi pas à celui de la Scientifique ? coupa Clarke. Comme ça on pourra faire revenir tout ce petit monde pour un interrogatoire et pousser la Met à éplucher ses conclusions pour la dixième fois.

— J'en suis là, c'est ça ? demanda Sutherland d'un air penaud.

— Un tantinet plus tôt que ce que j'avais estimé.

Cette fois-ci, ils échangèrent un sourire.

— Hé ! les interpella Christine Esson, faut que vous veniez tous voir ça.

Ils se rassemblèrent autour de sa table, Clarke à la traîne après réception d'un texto. Il venait de Laura Smith.

Quel rebondissement !

— Ben ça alors, souffla bruyamment George Gamble après son effort soutenu pour traverser la moitié de la salle.

— Ça ressemble au perron de chez Issy Meiklejohn, commentait Fox, les yeux sur le fil d'actualité qui défilait sur l'écran d'Esson. Tu peux monter le son ?

Ce à quoi Esson s'employait quand Clarke arriva. Face à l'attroupement de caméras et de micros braqués sur eux, Issy Meiklejohn agrippait consciencieusement son père par la manche pour bien afficher son soutien et son soulagement manifeste.

— J'étais loin de m'imaginer que ça ferait toute une histoire, expliquait Ramsay Meiklejohn, le visage plus rougeaud que jamais, les yeux fusant d'une caméra à l'autre, d'une question à la suivante.

— Qui est derrière ça ? demanda Sutherland. Pourquoi sommes-nous les derniers à être au courant ?

— Chuut ! coupa Christine Esson avant de se rendre compte de son impair. Avec tout le respect que je vous dois, monsieur.

— J'ai pris quelques jours de repos bien mérité, rien de plus, justifiait Meiklejohn. J'ai rattrapé mon sommeil, j'ai pris un bon bol d'air, fait de l'exercice.

— Dans un bel endroit, lord Strathy ? hurla un reporter tout au fond de la mêlée.

— On ne fera pas de publicité gratuite, intervint Issy Meiklejohn. Je suis contente que mon père se porte bien, même si je n'en ai jamais douté. Je vois dans cette mascarade une tentative de la police pour détourner notre attention de son échec cuisant à mettre la main sur l'assassin de mon ami Salman bin Mahmoud. C'est leur gestion inepte de ce dossier-là qui devrait vous préoccuper actuellement.

Son père se contentait d'opiner du chef en retroussant sa lèvre inférieure pour souligner sa pleine et entière adhésion.

Sutherland tapa la vidéo du bout de l'index sur l'écran. Il s'agissait d'une retransmission en direct depuis un site web local.

— Vous dites reconnaître cet endroit ? demanda-t-il à Fox.

— Siobhan et moi y étions il y a deux jours.

— Dans ce cas qu'est-ce que vous attendez, bon sang ? Allez !

— Et s'il refuse de jouer le jeu ?

— Nous avons des questions à lui poser dans le cadre d'une enquête pour meurtre. S'il refuse de coopérer, placez-le en détention.

Clarke n'avait pas détaché les yeux de la fille de Meiklejohn.

— On pourrait bien faire d'une pierre deux coups.

— Faites-le, fit Sutherland. Et magnez-vous, tous les deux !

En dépit des travaux de voirie intempestifs et autres diversions temporaires, la route n'était pas très longue entre le poste de police et St Stephen Street.

— Est-ce qu'il y a déjà eu un moment où Édimbourg n'était pas un chantier à ciel ouvert ? pesta Fox les dents serrées.

Pour une fois, ils avaient pris sa voiture. Clarke avait baissé la vitre de quelques centimètres pour aérer.

— Donc tu refuses de me dire ce que voulait Jennifer Lyon ?

— C'est exact.

— Mais c'est en rapport avec Cafferty et les vidéos ?

— Comme l'ont dit les Pet Shop Boys, « *My lips are sealed*[1] ».

— C'étaient les Fun Boy Three.

— Tu es sûre ? s'enquit Fox en fronçant les sourcils.

— Bon, puisque tu refuses de jouer le jeu, dans ce cas je vais moi aussi faire des cachotteries.

---

1. « Motus et bouche cousue. »

— À quel propos ?

— John m'a envoyé des photos d'une fête au château de Strathy.

— Je les ai déjà vues.

— Tu en as quelques-unes sur ton ordinateur, mais pas celles-ci. L'une des photos montre notre cher directeur de la police et sa femme, copains comme cochons avec Stewart Scoular.

Fox riva son regard sur elle.

— Les yeux sur la route, Malcolm.

— C'était quand, ça ?

— Quand tu étais en réunion avec la directrice adjointe.

— Et tu as gardé l'info pour toi parce que…

— Parce que je réfléchissais. Je te donne ma théorie ?

— Vas-y.

— Mettons que le directeur de la police est un investisseur de Scoular…

— Ça va chercher un peu au-dessus de sa catégorie salariale, non ?

— Il peut sans doute se permettre de lâcher quelques milliers de livres – et Scoular a tout intérêt à ce qu'il soit embringué dans le projet.

— Avec pour vertu certaine de rassurer d'autres investisseurs, acquiesça Fox.

— À mon avis, Cafferty s'en est rendu compte.

— Comment ?

— Sans doute parce que Martin Chappell est typiquement le genre de nom dont Scoular ferait étalage dans ses conversations. Et si par hasard on trouvait du lourd sur Scoular…

— Ça précipiterait le départ en retraite de Chappell, afin d'épargner bien des embarras à Police Scotland.

— Et Jennifer Lyon monterait sur le trône.

— C'est logique, observa Fox.

— Maintenant que je te l'ai dit, tu vas le rapporter à la directrice adjointe ?

— Il faut que je réfléchisse.

— Si tu te décides à lui en toucher deux mots, je veux être présente.

— C'est noté. Finalement, tu n'as rien dit à Graham ?

— Non, et je pense que c'est mieux ainsi, à moins qu'on commence à voir un lien avec le meurtre.

Le téléphone de Clarke se mit à vibrer. Elle ne reconnut pas le numéro, mais décrocha néanmoins.

— Inspectrice Clarke ? demanda la voix à l'autre bout du fil. Ici le sergent Creasey. Je fais partie de l'équipe chargée de l'enquête sur le meurtre de Keith Grant.

— Oui ?

— Avez-vous entendu parler de cette affaire ?

— Je suis une amie de John Rebus. Ce n'est pas lui qui vous a donné mon numéro ?

— Si, tout à fait. Il vient tout juste de me l'envoyer par texto, en me disant que votre contact serait utile. Sans me préciser que vous étiez amis, cela dit.

— Que puis-je faire pour vous ?

— Je vais faire vite – sur l'A9, le réseau est aléatoire. Êtes-vous au courant de la réapparition de lord Strathy ?

— Oui.

Fox lança un regard interrogateur à Clarke, mais elle l'ignora.

— J'aimerais lui parler avant qu'il ne quitte Édimbourg. Pouvez-vous faire quelque chose dans ce sens ?

— J'ai une bonne longueur d'avance sur vous, sergent Creasey. Nous avons des questions à lui poser, nous aussi.

— Pouvez-vous l'occuper le temps que j'arrive ? Je devrais en avoir pour deux heures.

— Deux heures ? Les radars ne vont pas chômer. On jouera la montre au maximum. Envoyez-moi un texto quand vous arrivez, je descendrai vous chercher.

— Je vous remercie.

Un autre appel attendait Clarke. Elle coupa la communication avec Creasey et prit la suivante.

— Tu es en voiture, on dirait, fit Rebus.

— C'est Malcolm qui conduit. On est en route pour cueillir sa seigneurie.

— Il faut que tu l'interroges sur la fête à laquelle s'est incrusté Keith – on a besoin de savoir ce qui s'est réellement passé.

— À l'instant où nous parlons, le sergent Creasey est en route. C'est lui qui posera les questions.

— Mais tu vas arriver en prem's.

— Tout ce que je sais de l'affaire, c'est ce que tu m'en as dit. Mais parle-moi de ce Creasey.

— Il est compétent, mais rien de bouleversant. Il suit un fil conducteur en étant persuadé que ça le mènera à Samantha.

— Mais ce n'est pas un idiot fini ?

— Non.

— Et il est prêt à se taper deux cent cinquante bornes pour interroger un acteur mineur.

— Strathy ne se résume pas à ça, Siobhan. À ma connaissance, il tire parti de son titre et de son château. Il possède des terres qu'il souhaite exploiter, mais il est en butte à des groupes contestataires. Pas exclu qu'il ait considéré Keith et Jess Hawkins comme des obstacles amovibles. Pour Strathy, ce serait le gros lot si Hawkins était relié au meurtre de Keith.

— Tu veux dire que c'est un piège pour lui faire porter le chapeau ?

— Garde cette idée à l'esprit quand tu l'interrogeras. Ce n'est pas parce qu'il ressemble à Billy Bunter[1] qu'il n'est pas rusé comme un renard. Tu as eu le temps de réfléchir à l'implication du directeur de la police ? ajouta-t-il après une pause.

— La ligne du parti est limpide : il n'y a *pas* d'implication.

— On le balaie sous le tapis ?

— Attends, dit-elle en se tournant vers Fox. C'est plus rapide si tu tournes ici.

Fox s'exécuta, pour tomber sur un camion poubelle qui bloquait la circulation au beau milieu de la chaussée. Il poussa un grognement, freina précipitamment et entreprit une marche arrière.

— Je te rappelle, John, dit Clarke. Il faut que je me fasse pardonner mes compétences de copilote…

À leur arrivée sur St Stephen Street, la presse était en train de remballer. Fox partit garer la voiture tandis que Clarke sonnait chez Issy Meiklejohn.

---

1. Personnage inventé par l'écrivain britannique Frank Richards. Sous ses airs d'adolescent joufflu et rondouillard, Billy Bunter est pétri de racisme et d'orgueil.

— Quoi ? crépita l'interphone.

— Inspectrice Clarke, annonça-t-elle.

— Ça n'a pas traîné.

Le bourdonnement l'informa que la porte était déverrouillée. Elle franchit le seuil et gagna le palier. La porte de l'appartement était ouverte. Issy postée devant, telle une sentinelle.

— Il faut que je lui parle, affirma Clarke.

— Il est fatigué.

— Bien joué, le coup de la conférence de presse sur le pas de la porte – des journalistes bienveillants, triés sur le volet ? dit-elle en jetant un œil par-dessus l'épaule de son interlocutrice, laquelle était plus grande qu'elle.

— Revenez plus tard, exigea Issy Meiklejohn.

Clarke secoua la tête.

— Mon patron veut voir lord Strathy au poste de police. Votre père repart avec moi, c'est le seul moyen de régler la question. Une voiture confortable l'attend dehors, véhicule banalisé, pas d'histoires.

— C'est grotesque.

Clarke haussa les épaules d'un air navré.

— Il n'empêche…

— Attendez une minute, dit Meiklejohn après réflexion.

Elle ferma la porte, laissant Clarke plantée sur le palier. L'inspectrice fit jouer la poignée, mais elle était verrouillée.

Deux bonnes minutes s'écoulèrent avant que le battant ne se rouvrît. Lord Strathy était vêtu d'un costume en tweed vert olive et d'une chemise blanche déboutonnée au cou. Il ne s'était pas rasé et des poils argentés parsemaient ses bajoues. L'air déconcerté, il dégageait un léger effluve de whisky. Sa fille avait enfilé un manteau trois-quarts couleur pourpre par-dessus un col roulé noir et un pantalon moulant rentré dans une paire de bottes qui lui montaient aux genoux. Elle vérifia qu'elle s'était munie de ses clés et de son téléphone, puis fit sortir son père avant de refermer derrière elle. Clarke composa un texto rapide à l'attention de Fox.

On arrive.

— L'avocate de mon père demande à savoir à quel commissariat nous retrouver, indiqua Issy Meiklejohn. Elle s'appelle Patricia Coleridge et elle est très, *très* douée…

— Je la connais, rétorqua Siobhan avant de reporter son attention vers lord Strathy. Son domaine, c'est le droit pénal ; c'est curieux que vous pratiquiez ce genre d'avocate.

— Le père de Patsy et le mien se sont connus sur les bancs de l'école, répondit Issy Meiklejohn. Les deux familles se fréquentent depuis ce temps-là.

— Pourquoi rien de tout cela ne m'étonne ? fit Clarke à mi-voix en regagnant les escaliers.

On laissa Issy Meiklejohn fulminer sur une chaise du couloir pendant qu'on escortait son père dans la salle d'interrogatoire B du poste de police de Leith. Sutherland avait donné son feu vert pour que Clarke et Fox mènent l'entretien. Le contact avait d'ores et déjà été établi avec Patricia Coleridge et il l'avait assurée que son client n'avait écopé d'aucune accusation ni avertissement, en prenant le soin de la mettre en garde que la situation pouvait néanmoins basculer s'il refusait de coopérer.

Clarke savait que l'approche de Coleridge serait aussi soignée que son tailleur. Elle avait déjà pris le soin d'ouvrir la glissière de son imposant cahier de notes en cuir et de dévisser le capuchon de son stylo hors de prix. Sa crinière blonde encadrait ses pommettes saillantes et son regard d'un gris perçant. Elle ne toucha pas à l'étui à lunettes posé à côté d'elle. Comme on allait s'en tenir à un échange officieux, l'entretien ne donnerait pas lieu à un enregistrement.

D'un air manifestement perplexe, Strathy jeta un regard circulaire à l'espace confiné.

— Vous n'êtes pas tenu de répondre à quoi que ce soit, lui conseilla Coleridge tandis qu'il prenait place à côté d'elle après l'avoir embrassée sur la joue. Un simple « sans commentaire » suffira.

Fox, muni de certains documents d'enquête, étudiait l'enchaînement des événements.

— Je doute de vous être d'un grand secours, annonça lord Strathy, les mains posées devant lui, paumes tournées vers le plafond.

— Où étiez-vous, ces derniers jours, demanda Clarke sans plus de cérémonie.

— Sans commentaire.

— À peu près au même moment que votre disparition, il y a eu deux meurtres. Un ici et l'autre dans le Nord. Drôle de coïncidence, que vous vous soyez mis à couvert à ce moment-là.

— Je peux vous assurer qu'il n'y a aucun lien.

— Vous saviez qu'on allait vous interroger – vous aviez peur de laisser échapper quelque chose ?

Coleridge poussa un soupir théâtral en triturant son stylo.

— Vous n'avez rien de mieux à nous proposer que ces grossières conjectures, inspectrice Clarke ?

Clarke l'ignora, soutenant le regard de Ramsay Meiklejohn.

— Quand avez-vous vu Salman bin Mahmoud pour la dernière fois ?

Il gonfla ses joues.

— Il y a des semaines de cela.

— Combien ?

— Peut-être quatre ou cinq.

— Ici ou dans le Nord ?

— À Londres. En petit comité chez lui.

— Pour les affaires ou le plaisir ?

— Un peu des deux, j'imagine – on n'a rien sans rien, de nos jours, hein ?

Il tourna la tête pour faire suivre son sourire à son avocate, qui ne se départit pas de son air solennel avant de le rappeler à l'ordre.

— N'oubliez pas que « sans commentaire » suffit amplement.

— Je n'ai rien fait de mal, Patsy, contra Meiklejohn.

— Néanmoins vous n'êtes pas en mesure de justifier de vos faits et gestes au cours des derniers jours, affirma Fox.

Meiklejohn porta de nouveau son attention sur les deux détectives.

— Je suis tout à fait en mesure de les justifier. Je m'y refuse, c'est tout.

— Vous n'étiez pas en fuite ?

— Non.

— Et vous n'aviez pas peur ? ajouta Clarke. Et je ne veux pas dire par là peur que la police vous interroge – mais peur de quelque chose ou de quelqu'un ?

— Absolument pas.

Il n'échappa pas aux deux détectives qu'il s'était agité sur sa chaise.

Son avocate tenta de dévier leur attention en prenant la balle au bond.

— Il pourrait nous être utile de savoir pourquoi vous pensez que lord Strathy peut vous aider. Salman bin Mahmoud était une connaissance professionnelle, rien de plus.

— Il arrive qu'une relation professionnelle tourne au vinaigre, surtout quand il y a de grosses sommes d'argent en jeu. Le projet du golf de Naver était estimé à des dizaines de millions de livres, dont une bonne partie allait finir dans votre poche, lord Strathy. Salman bin Mahmoud était l'un de vos investisseurs, si je ne m'abuse ?

— Dans une faible mesure.

— Il vous devait de l'argent ?

— Bien au contraire – il s'apprêtait à gonfler son investissement initial. Sa mort a été un choc et un coup terrible.

— Un coup financier, vous voulez dire ? demanda Clarke, et Strathy opina. Qu'en est-il du rachat du terrain de golf de Craigentinny. Étiez-vous également impliqué dans ce projet ?

— Pas d'un point de vue monétaire. Stewart Scoular y avait fait allusion, bien sûr.

— Connaissez-vous bien M. Scoular ?

— Nous faisons affaire de temps à autre.

— Mais il fait partie de vos invités aux soirées du château dc Strathy ?

Clarke fit un signe à Fox, qui sortit les photos du magazine de leur dossier et les plaça sur la table. Une journée ensoleillée de grand vent ; des visages souriants sous une grande tente blanche ; des flûtes de champagne levées.

— Voici Salman bin Mahmoud, dit Clarke en le montrant du doigt. Et voici Stewart Scoular.

— Et votre propre directeur de la police, contra Meiklejohn. Une de mes connaissances, vous savez.

— Un investisseur, vous voulez dire ?

— Cet échange va quelque part ? interrompit Coleridge en consultant la fine montre en or qui parait son poignet.

— C'était le fameux jour de l'incident, n'est-ce pas ? poursuivait déjà Clarke. Un homme du nom de Keith Grant a fait irruption…

— C'était le même jour ? demanda Meiklejohn d'un air sincèrement indécis.

— Le même Keith Grant qui a été assassiné dans un baraquement du Camp 1033, sur des terres dont vous avez la propriété, quelques jours à peine après que Salman bin Mahmoud a trouvé la mort.

— Tout cela est fort passionnant, intervint de nouveau Coleridge, mais je crois que vous avez amplement tiré parti de mon client.

D'un geste théâtral, elle referma son carnet et revissa son stylo, n'ayant strictement rien pris en note.

— Deux projets, insista Clarke. Deux hommes liés à ces projets sont assassinés et voilà que, brusquement, vous-même, lord Strathy, disparaissez de la surface du globe.

— On s'en va, affirma Patsy Coleridge en se levant.

D'un coup de coude, elle incita son client à faire de même.

— Un sergent d'Inverness est en route ; il a des questions pour lord Strathy, la prévint Clarke.

— À moins que mon client ne soit en état d'arrestation, nous partons immédiatement.

— Si vous avez peur, nous pouvons vous protéger, annonça Fox en se penchant vers Meiklejohn. C'est Stewart Scoular ? C'est lui qui vous fait peur ?

— Sans commentaire, bafouilla Meiklejohn avant de se mettre debout.

— Votre fille est en affaires avec vous, n'est-ce pas ? demanda Clarke d'un ton plus intransigeant. C'est bizarre qu'elle ait passé sous silence votre visite au domicile de la victime.

— Elle n'a aucune raison d'en être informée.

Meiklejohn fut soudain secoué par une toux qui l'obligea à s'agripper au dossier de sa chaise. Lorsqu'il voulut s'en éloigner, ses jambes se dérobèrent sous son poids, son visage vira résolument au cramoisi et il grimaça de douleur. Coleridge s'était précipitée vers la porte.

— Issy !

Issy Meiklejohn se tenait déjà dans l'embrasure, bouche bée en voyant son père. Clarke appelait les urgences.

— Le bâtiment est équipé d'un défibrillateur, l'informa Fox.

Les deux femmes flanquèrent lord Strathy, plié en deux, une main sur sa poitrine.

— Il faut appeler une ambulance ! glapit Issy.

— Ça va passer, la rassura-t-il en la gratifiant d'une tape dans le dos de sa main libre. J'ai besoin de prendre l'air, c'est tout.

— Tu dois aller à l'hôpital, rétorqua-t-elle d'une voix ferme avant de se tourner vers Patricia Coleridge. Comment avez-vous pu les laisser faire ça ? C'est impensable !

Le regard que Coleridge lança alors à Clarke et à Fox ne laissa planer aucun doute : elle trouverait le moyen de leur faire porter le chapeau.

Graham Sutherland apparut dans l'encadrement de la porte, où plusieurs agents et membres du personnel administratif se tiraient la bourre pour ne pas perdre une miette du drame en cours. Lorsque son regard se riva à celui de Clarke, cette dernière parvint tout au plus à hausser un sourcil. Il lui avait dit un jour qu'il trouvait cette expression charmante. Pourtant, en cet instant même, elle avait comme dans l'idée que sa tentative de séduction se révélait bien dérisoire.

30

À réception du texto de Creasey, Clarke regagna le rez-de-chaussée pour l'accueillir. Le sergent s'était garé aux alentours du terrain de golf de Leith Links et descendait Queen Charlotte Street dans sa direction.

— Inspectrice Clarke ? devina-t-il en agitant la main.

— La route s'est bien passée ?

— Comme vous pouvez l'imaginer.

Il s'apprêtait à la devancer dans le commissariat mais se figea en apercevant l'expression de son visage.

— Vous l'avez laissé partir ?

— On l'a emmené à l'hôpital. Douleurs thoraciques.

— Du chiqué ?

— Je ne crois pas.

— Merde, lâcha-t-il en levant le visage au ciel. Il vous a dit des choses intéressantes ?

— Pas particulièrement.

— Mais l'entretien a été enregistré ?

— Je crains que non.

Il baissa la tête pour la regarder.

— C'est vrai ?

— L'entretien se voulait informel.

— L'hôpital est loin d'ici ?

— Ils ne vous laisseront pas lui parler.

— Je dois essayer.

— Vous ne voulez pas prendre un café, d'abord ? demanda Clarke, mais Creasey secoua la tête. Prenons ma voiture, dans ce cas. Une pause ne vous fera pas de mal.

— Avancer sur mon enquête ne me ferait pas de mal non plus. Pour ça, je comptais sur lord Strathy…

Clarke envoya un texto à Fox pour le mettre au parfum tandis qu'elle précédait Creasey jusqu'à sa Vauxhall Astra. Ils passèrent les premières minutes de trajet en silence. Creasey avait appuyé sa nuque sur l'appui-tête.

— Alors comme ça, pas d'amélioration sur l'A9 ? commenta-t-elle. Quoi qu'il en soit, ça ne doit pas être désagréable de mettre un peu de distance avec John.

Creasey grogna en guise de rire.

— C'est un sacré numéro, comme on dit.

— Il s'en dit des choses sur lui. Mais c'est un bon détective, il ne lâche jamais rien. Vous pensez que Samantha est coupable ? demanda Clarke après un silence.

— Elle ou son amant – ça correspondrait au schéma classique.

— Donc ce sont eux vos principaux suspects ?

— C'est ce que pense tout le monde, sauf John Rebus. Il a une demi-douzaine de théories du complot dans sa besace. Selon toute probabilité de l'enfumage, dit-il en pivotant à moitié sur son siège pour lui faire face.

— Et pourtant vous êtes ici, sergent Creasey.

— Que voulez-vous dire ?

— Une des théories de John vous a amené jusqu'à Édimbourg. Lui trouve que vous manquez d'imagination, mais votre périple ici me fait dire qu'il se trompe.

— Vous avez travaillé longtemps avec lui ?

— C'est l'impression que j'en ai.

— Il n'a pas l'air d'apprécier la retraite. J'ai bien conscience que la liberté et la réputation de sa fille sont en jeu, et qu'en conséquence il est prêt à tout, mais en même temps j'ai l'impression qu'il prend plaisir à la situation, même si lui-même ne le verrait sans doute pas sous cet angle.

Clarke songea aux dossiers d'enquêtes criminelles empilés dans l'appartement de Rebus. Elle savait qu'il avait pour projet d'élucider les non résolues. « De quoi me tenir au chaud quand je serai vieux… »

— Je pense qu'il a le sentiment d'avoir délaissé Samantha, confia-t-elle.

— Et voilà qu'il a l'occasion d'expier ses fautes ? réfléchit Creasey tandis qu'il contemplait le défilé des boutiques à travers la vitre. J'ai oublié de vous poser la question : comment se passe votre enquête ?

— Une avancée ne me ferait pas de mal, à moi non plus.

— Il s'agit bien de deux affaires distinctes ?

Clarke hocha la tête.

— Dont plusieurs protagonistes sont liés. Votre victime n'était pas dans les petits papiers de lord Strathy ; lord Strathy faisait affaire avec la famille bin Mahmoud ; ma victime était le meilleur ami de la fille de lord Strathy. Et jusqu'ici, aucun mobile clair dans aucune des deux enquêtes.

— Je viens de vous dire que j'avais un mobile.

— La jalousie ? Un triangle amoureux ? Vous-même n'y croyez pas.

— Elle s'est rendue chez son ex-amant le jour de la mort de son compagnon. Lequel s'en est rendu compte et ils se sont disputés à ce propos.

— Et donc ils laissent leur fille seule à la maison et ils roulent jusqu'au camp ? Vous trouvez ça cohérent ?

Au lieu de répondre, Creasey se laissa de nouveau aller contre l'appui-tête, paupières closes.

— On est presque arrivés, le rassura Clarke. A priori, lady Isabella n'est pas inintéressante. Je pense qu'elle a la bosse des affaires, même si elle se donne du mal pour le cacher. Du peu que j'ai vu de son père, il est loin d'avoir l'étoffe d'un P-DG.

— C'est un homme de paille, vous voulez dire ? Sa fille serait planquée derrière le rideau à tirer les ficelles ?

— Elle est proche de Stewart Scoular – l'entrepreneur qui s'occupe visiblement de décrocher les investisseurs.

— Qui fut lui aussi convié au château de Strathy.

Clarke lui adressa un bref regard.

— Oui, en effet.

— Je sais faire des recherches photo sur Google, vous savez, plaida Creasey.

L'attention de Clarke fut soudain attirée par la réception d'un message sur son téléphone.

— Vous voulez que je vous le lise ? proposa Creasey.

— C'est un collègue de la BEP, il se demande si j'en ai pour longtemps.

— Vous leur manquez déjà ?

— Ils sont furax parce que je ne serai pas là pour me faire incendier.

— On va vous faire payer le malaise de Strathy ?

— En mon absence, ils ne vont pas se gêner.

— Mais vous n'étiez pas seule avec lui dans la pièce ?

— Il y avait un autre détective du nom de Fox.

— Celui dont Rebus a usurpé l'identité ?

— Oui.

— Et donc ce Fox va protéger vos arrières ?

Un petit sourire ironique affleura aux lèvres de Clarke tandis qu'elle mettait son clignotant pour prendre la sortie de l'hôpital.

Une fois aux urgences, on leur indiqua de patienter en salle d'attente, aussi Clarke en profita-t-elle pour aller leur chercher des chocolats chauds.

— C'est ce que le distributeur avait de plus nourrissant, s'excusa-t-elle.

Creasey prit une gorgée précautionneuse et fit la grimace.

— Bon Dieu, ce que c'est sucré.

Clarke s'assit à côté de lui sur la rangée de chaises en plastique rigide.

— Alors, vos premières impressions de la capitale ?

Il lui sourit faiblement, mais ne dit mot. Deux minutes plus tard, il se mettait à arpenter la salle. Les patients, tout à leurs propres tourments, ne lui prêtèrent pas attention. Il n'avait pas l'air malade, ce qui en faisait à leurs yeux un ami ou un parent inquiet. Clarke s'était rendue maintes fois dans cet hôpital, à tel point qu'elle pouvait mettre un nom sur certains des membres du personnel infirmier en uniforme vert. La soirée aux urgences n'était pas particulièrement mouvementée ;

en surface, tout était calme. Mais elle savait très bien qu'en cet instant même, il se trouvait dans les coulisses des brancards remplis de patients qu'on délaissait le temps de gérer un afflux de cas plus graves, et qui attendaient qu'un lit se libère dans un autre service de l'hôpital. Creasey, le nez sur son portable, continuait à faire les cent pas. Au bout d'un moment, ayant fait le tour de son téléphone, il se rassit, reprit le gobelet de chocolat chaud et observa la peau qui s'était formée à sa surface.

— Vous allez rentrer tard, ce soir, avança Clarke. S'il y a bien une chose de certaine, avec ce boulot, c'est qu'il sème la pagaille partout. Vous vivez à Inverness ?

— À Culloden.

— Vous êtes marié ?

— Pas encore. Et vous ?

Clarke fit non de la tête.

— Mon petit-ami l'envisage peut-être pour l'année prochaine, continua-t-il.

— Qu'est-ce qu'il fait ?

— Médecin généraliste.

— Ça vous fait jongler avec *deux* emplois du temps impossibles, dit-elle, ce qui tira un autre sourire fugace à Creasey. Je sors avec un flic depuis quelque temps, pas sûre que ça marche.

— Mais dans l'ensemble, ça va, non ?

— Je suppose…

Elle s'interrompit en voyant Issy Meiklejohn jaillir des tréfonds des urgences. Elle s'avança vers eux à grands pas. Clarke et Creasey se levèrent.

— Je suis le sergent Creasey, commença-t-il en guise d'entrée en matière.

Mais Issy Meiklejohn déversait déjà son courroux sur Clarke.

— Qu'est-ce que vous foutez ici ?

— L'idée n'est pas de moi, plaida Clarke. Comment va votre père ?

— Ils lui font passer des examens.

— J'espérais lui toucher deux mots, affirma Creasey.

Ce qui lui valut enfin d'obtenir toute l'attention de Meiklejohn.

— Pourquoi ?

— J'enquête sur la mort de Keith Grant.

— Et quel est le rapport avec mon père ?

— Nous nous entretenons avec toutes les personnes qui ont connu la victime.

— Dans ce cas, vous perdez votre temps.

— M. Grant désirait que votre père vende le terrain sur lequel s'élève le Camp 1033. Je crois comprendre que la question était devenue très houleuse.

— Mon père a été catégorique sur le fait qu'il ne vendrait jamais. En plus, il lui en proposait une misère. Point barre.

— Malgré tout…

Meiklejohn fit un pas vers Creasey, son front à quelques centimètres du sien.

— Point. Barre. Notre avocate est en train de rédiger une plainte à votre encontre, dit-elle à Clarke.

— C'est noté. Et j'espère sincèrement que votre père va bien.

L'expression de Meiklejohn s'adoucit un peu, la tension délaissa ses mâchoires.

— Merci. Dans l'immédiat, il n'y a pas matière à s'inquiéter.

Son regard s'attarda un instant sur Clarke, puis elle tourna les talons et s'en alla. Elle était arrivée au bureau de la réception lorsqu'elle s'immobilisa, comme perdue dans ses pensées. Puis elle tourna une fois encore les talons et rebroussa chemin.

— J'aimerais m'entretenir avec vous en privé, confia-t-elle à Clarke. S'il vous plaît.

Elle écarta d'emblée la salle d'attente et l'extérieur en mettant le cap sur les toilettes pour femmes. Clarke adressa un haussement d'épaules à Creasey avant de lui emboîter le pas.

Les toilettes contenaient deux petites cabines et un lavabo. Après s'être assurée que l'endroit était vide, Meiklejohn s'appuya de toute son imposante stature contre la porte pour en condamner l'ouverture.

— Je peux vous faire confiance ?

— Ça dépend.

— Aucune de ces deux enquêtes n'a à voir avec mon père. Donc, si je vous faisais une révélation, vous n'auriez pas besoin de la partager avec quiconque.

— La raison de sa disparition ?

— Il est dans tous ses états, vous savez. Il craint qu'en étant mêlé à une affaire criminelle, non seulement sa réputation soit compromise, mais que ses futures relations d'affaires en pâtissent. Il n'était pas parti se cacher, ni pour échapper à vos enquêtes ni par crainte de quiconque.

— Je vous écoute…

Meiklejohn leva les yeux vers le ciel – en l'occurrence le plafond taché – pour trouver conseil.

— Ça ne sortira pas d'ici ?

— À moins que je ne le juge nécessaire.

— Tout ce que je veux, c'est que vous cessiez de harceler mon père.

— Avec tout le respect que je vous dois, je ne crois pas que…

— Il a une liaison, OK ? rétorqua Meiklejohn tout à trac. Une femme à Londres. Elle est mariée. Son mari n'est pas au courant. Tout est secret.

— Et il s'est confié à vous ?

— Il s'est toujours confié à moi, dit-elle comme s'il s'agissait d'un poids. Quoi qu'il en soit, ces derniers jours, le mari de cette femme était à l'étranger. Pour la première fois, ils avaient l'occasion de passer du temps ensemble. Location d'appartement, livraison de repas à domicile, meuble à alcool bien achalandé. Ce n'est qu'à la toute fin qu'il a pris la peine de jeter un œil aux infos. Il s'est immédiatement tourné vers moi.

— Parce que vous savez vous y prendre pour résoudre les problèmes, fit Clarke, et c'était une affirmation plus qu'une question. La femme en question corroborera cette version ?

— Je ne vous donnerai pas son nom, contra Meiklejohn, les bras croisés.

— Sans vérification, ça va être compliqué, Issy.

— Et si je lui demande de vous contacter ? Donnez-moi votre numéro. Je vous fais confiance, inspectrice, dit-elle une fois le numéro enregistré. Je vous en prie, ne me faites pas faux bond.

Elle se retourna et appuya sur la poignée.

— Pendant que je vous ai sous la main…, l'interrompit Clarke.

— Oui ?

— Keith Grant.

— Eh bien quoi ?

— Le jour où il s'est incrusté à cette fête chez votre père…

— Archi-embarrassant.

— C'était une présentation pour des investisseurs potentiels ?

Meiklejohn hocha la tête.

— Vous ne l'avez rencontré qu'à cette occasion ?

— Je ne l'ai pas rencontré à proprement parler. Il a déboulé sur la pelouse en nous hurlant dessus à propos de cette saleté de camp.

— Jusqu'à ce que Colin Belkin l'expulse ?

Meiklejohn la dévisagea.

— Vous êtes drôlement bien informée.

— J'aime autant.

— Ce n'est qu'après coup que mon père m'a dit de qui il s'agissait – bien évidemment, je connaissais le camp et les projets aberrants qu'il y avait autour, expliqua-t-elle avec un haussement d'épaules.

— Jess Hawkins était-il un obstacle de taille pour votre père ?

— C'est une lutte d'usure. L'année prochaine, il y aura un réexamen du loyer – après une augmentation du prix, les babos débraillés n'auront plus qu'à plier bagage.

— Dont votre ex-belle-mère.

— Et ce ne sera une grosse perte ni pour moi ni pour mon père.

— Ma foi, ce n'est pas comme s'il manquait de compagnie féminine.

— Cette remarque est indigne de vous, mademoiselle Clarke.

— Inspectrice Clarke, si vous voulez bien.
— Je peux y aller ?
— Dites-moi d'abord une chose : lord Strathy nous a confié avoir rendu visite à M. bin Mahmoud à Londres quelques semaines à peine avant la mort de ce dernier.
— Et ?
— Pourquoi avez-vous menti ?
— Je n'ai pas menti, s'agaça Meiklejohn.
— Ni votre père ni Salman ne vous en ont parlé ?
— À l'évidence, non.
— Ils concoctaient quelque chose à votre insu ?
Un bref instant, Meiklejohn donna l'impression qu'elle allait répondre, puis elle sourit froidement et sortit. Clarke resta plantée devant le miroir des toilettes, à regarder son reflet sans le voir. Au même moment, son téléphone se mit à vibrer à la réception d'un appel : John Rebus.
— Pas grand-chose à signaler, annonça-t-elle en portant l'appareil à son oreille. Strathy a dégainé son avocate, n'a rien lâché d'intéressant, puis il s'est effondré et à présent, il est aux urgences.
— Une journée comme une autre au boulot, c'est ça ? Creasey a débarqué à temps ?
— Non. Il est avec moi à l'hôpital.
— Strathy n'a pas donné d'explication plausible à sa disparition ?
— Il avait peut-être ses raisons – qui n'ont rien à voir avec les deux enquêtes. Je vais vérifier son témoignage.
— Son témoignage étant… ?
— Confidentiel, John.
— C'est bien pour ça que je pose la question.

— Peut-être plus tard, dans ce cas ? Creasey a plutôt l'air de bien faire son travail.

— Dit-elle dans une tentative dc noyer le poisson.

— Je ne peux pas en parler, pas pour l'instant.

— Creasey aura-t-il l'occasion de causer à Strathy ?

— Probablement pas ce soir. On lui fait passer des examens et sa fille monte la garde.

Une pensée lui traversa soudain l'esprit. Clarke ouvrit la porte des toilettes à toute volée. Aucun signe de Creasey dans la salle d'attente. Si fenêtre de tir il y avait eu, il s'y était engouffré.

— Faut que j'y aille, lança-t-elle à Rebus en mettant un terme à la communication.

Des éclats de voix provenaient de l'autre côté de la cloison derrière le guichet d'accueil. Clarke arriva au moment où deux aides-soignants escortaient Creasey vers la sortie. Issy Meiklejohn fermait la marche en hurlant à pleins poumons.

— Ça fera une plainte de plus ! cracha-t-elle en direction de Clarke avant de disparaître de nouveau derrière la cloison.

Creasey se tenait les deux mains levées en signe de reddition, si bien qu'après un ultime regard incendiaire, les aides-soignants rebroussèrent chemin à leur tour. Le sergent fit mine de remettre sa veste et sa cravate d'aplomb.

— Ça n'était pas très malin, lui fit savoir Clarke.

— Je parie que vous auriez fait la même chose.

Difficile de nier.

— Alors, résultat des courses ?

— Il a un masque à oxygène. Même s'il s'était montré coopératif, je n'aurais pas compris grand-chose.

— Elle va réellement porter plainte, vous savez.

— Vous pourriez peut-être intercéder, maintenant que c'est votre meilleure copine, dit-il en désignant les toilettes pour femmes. Je ferais mieux de répondre, ajouta-t-il après avoir consulté son téléphone qui venait de sonner, et se dirigea vers la sortie.

— On ne s'ennuie jamais, hein ? fit une voix.

Clarke baissa les yeux sur l'auteur du commentaire : un jeune homme qui serrait son épaule blessée.

— Vous voulez savoir ce que vous répondrait un de mes anciens collègues ?

— Quoi ?

— C'est l'un des meilleurs albums de Rod Stewart[1]…

Elle s'apprêtait à rejoindre Creasey à l'extérieur – puisqu'il n'y avait plus aucun intérêt à rester aux urgences – lorsqu'il fit irruption dans la salle.

— Il faut que je remonte dans le nord.

L'air préoccupé, ses yeux fusaient partout sans se poser sur elle.

— Que se passe-t-il ?

— Je ne peux rien dire.

— Merci pour le vote de confiance.

Ses yeux se posèrent enfin sur les siens, quoique furtivement. Il la guida par la manche jusqu'au-dehors et, d'un regard rapide, s'assura que personne ne les écoutait.

— On aurait mis la main sur l'arme du crime.

— Le revolver ?

---

1. Référence à son album *Never a Dull Moment*, paru en 1972.

— Rebus vous l'a dit ? Avec ce qui ressemble à du sang mêlé à des cheveux sur la crosse.

— Où a-t-il été trouvé ?

— Le long de la route, au bord d'un champ. Il faut que j'y retourne immédiatement.

— La voiture est par là, dit-elle en le ramenant à l'Astra.

Une fois en chemin, Creasey s'affaira à passer des coups de fil. La Scientifique allait examiner le revolver. Les recherches allaient reprendre et s'intensifier autour de l'endroit où l'arme avait été retrouvée, au cas où l'assassin ait jeté autre chose : un vêtement taché de sang, ou les objets volés dans la sacoche. Les médias n'allaient pas tarder à avoir vent de la nouvelle, donc pourquoi pas organiser une conférence de presse, à laquelle un des supérieurs de Creasey pourrait donner lecture d'une déclaration.

— On fait en sorte de garder ça pour nous, OK ? conclut Creasey. Et beau boulot – faites passer le message à l'équipe. Mais ce n'est pas le moment de se relâcher. C'est même le moment de mettre les bouchées doubles.

— Vous êtes nombreux, dans votre équipe ? demanda Clarke après qu'il eut raccroché.

— On est en sous-effectif.

— Vous faites l'aller-retour depuis Inverness ?

— On a installé un bureau à Tongue. On a des agents de Thurso, Wick, Ullapool, Dingwall… de partout. Vous avez la belle vie, par ici, avec toutes les ressources nécessaires.

— On baigne dans le luxe, commenta Clarke. Ce qui veut dire que je peux même vous offrir un sandwich avant que vous ne repreniez le volant.

Creasey secoua la tête.

— Je m'arrêterai à une station-service en chemin, je prendrai quelque chose à grignoter à ce moment-là.

Ses yeux brillaient, de cette lueur qui anime le regard de tous les détectives dignes de ce nom quand ils pressentent une avancée sur un dossier compliqué.

— C'est votre vieil ami John qui a remarqué pour le revolver, vous savez. C'est lui qui a vu qu'il avait disparu de derrière le comptoir du Glen.

— Trouvez qui l'a pris et vous tenez votre assassin.

Creasey secoua la tête.

— La victime est probablement le principal responsable, dans cette affaire. À cause de son obsession pour ce camp. L'arme était probablement dans sa sacoche.

— Dans ce cas-là, comment l'assassin a-t-il fait pour l'utiliser ? Si elle était cachée dans la sacoche en question ?

— Keith l'a peut-être sortie en pensant lui faire peur, et à ce moment-là, on la lui a prise des mains. Ou alors l'assassin savait où la trouver.

— Un vieux revolver tout rouillé qui datait de la guerre ?

L'exaltation de Creasey commençait déjà à refluer.

— On a encore du pain sur la planche, acquiesça-t-il.

— Heureusement que vous serez frais et dispos pour vous y remettre demain, ironisa Clarke.

— Je me débrouillerai, affirma-t-il.

Ce dont Clarke ne doutait pas un instant.

Au parking de Leith Links, ils échangèrent une brève poignée de main avant qu'il ne reprenne la route. Tandis que sa voiture disparaissait au loin, Clarke sortit son téléphone pour appeler Rebus.

Échec appel.

Elle essaya une nouvelle fois, sans guère plus de réussite et décida de se rabattre sur un texto.

Revolver retrouvé. Creasey remonte à toute vitesse.

Elle appuya sur Envoi.

Fox avait dû la voir depuis la fenêtre du bureau. Il était descendu et l'attendait sur le perron du commissariat.

— J'espère que tu as du nouveau, lança-t-il.

Elle posa les yeux sur lui et soutint son regard.

— Je peux te faire confiance ? demanda-t-elle.

— Tu sais bien que oui.

— Mais, en vrai ?

Et puis au fond, elle ne devait rien à Issy Meiklejohn, si ? Comment savoir si elle pouvait lui faire confiance *à elle* ?

— OK, fit-elle. Mais d'abord on va manger un bout. Je crève la dalle.

31

Rebus roulait en direction du camp. Le texto de Siobhan avait mis du temps à arriver jusqu'à lui et Creasey ne répondait pas au téléphone. Le camp et son Portakabin jaune étaient sur la route qui menait au commissariat de Tongue. Rebus espérait trouver des réponses à l'un des deux endroits. Il était à peine à mi-parcours lorsqu'il aperçut des lumières – pas sur la route, mais derrière un muret de pierres sèches. Malgré la lumière encore vive qui baignait le ciel de cette fin de journée, deux agents de police en gilets fluo balayaient le bas-côté du faisceau de leur lampe de poche. Rebus ralentit et les deux hommes lui firent signe de poursuivre. Il s'arrêta et se lança dans une marche arrière. L'un des deux agents réagit promptement en se plantant derrière la voiture pour l'obliger à freiner. L'autre s'approcha de la vitre conducteur, que Rebus avait déjà baissée.

— Veuillez continuer, monsieur, ordonna-t-il.

Au lieu de s'exécuter, Rebus détacha sa ceinture de sécurité et sortit.

— Je voulais vous féliciter, lança-t-il.

Face à lui, l'agent était bien déterminé à ne pas lâcher le terrain. Rebus insista :

— D'avoir trouvé le pistolet, je veux dire. Je voulais dire bravo au sergent Creasey ? Il n'est pas ici ?

— Veuillez retourner dans votre véhicule, monsieur, s'il vous plaît.

— Ça lui fait une trotte d'Édimbourg, non ? L'aller-retour dans la journée. Mais il aura envie de savoir si vous avez trouvé autre chose – comme le téléphone, ou peut-être l'ordinateur…

L'agent faisait la sourde oreille. Les bras écartés, il formait un bouclier humain. Jetant un œil par-dessus son épaule, Rebus aperçut la petite tente blanche. Une lampe brillait à l'intérieur.

— La Scientifique est encore là ? sonda-t-il. Ça leur fait tard.

— Monsieur…

— Le revolver sera parti au labo – c'est une priorité, j'imagine. Vous avez déniché autre chose ?

— Je vais devoir vous interpeller. Et je ferai le nécessaire pour qu'on vous emmène dans un joli commissariat bien loin d'ici, monsieur Rebus.

À ce moment-là, Rebus leva les yeux sur lui. C'était l'agent du Camp 1033, celui-là même à qui il avait adressé un doigt d'honneur.

— Je suis curieux de nature, plaida-t-il.

— Ça ne vous empêchera pas de passer une nuit en cellule. Mais c'est moins confortable qu'une chambre au Glen, alors si vous faisiez plutôt demi-tour pour y retourner ?

— Vous direz à Creasey que j'ai demandé après lui ?

— Comptez sur moi.

Vaincu, Rebus retourna s'asseoir au volant de sa voiture. Avant de redémarrer, il composa un texto à l'attention de Creasey : *Je vous retrouve au pub ?* Le message mit une éternité à partir – il n'avait qu'une seule barre de réseau. Une aire de croisement lui permit de faire un demi-tour en trois temps, après quoi il se remit lentement en route pour Naver. L'agent lui adressa un doigt d'honneur au passage.

— C'est de bonne guerre, concéda Rebus avant de tendre le bras par la vitre restée ouverte pour lui retourner le compliment.

Il avait feuilleté tous les anciens journaux et même un magazine vieux de plusieurs mois sur la pêche à la ligne. Cela faisait plus d'une heure qu'il prenait racine à la table au coin. Maintenant que lord Strathy était sorti du bois, l'attention médiatique s'était évaporée. May avait formellement interdit d'allumer la télévision. Elle avait chargé Rebus de s'occuper de la musique, ce qui expliquait que le CD de Siobhan soit en train de jouer.

— Vous savez mettre l'ambiance, ironisa-t-elle en remplissant son verre de Coca.

Pour le revolver, il ne lui avait pas dit. L'équipe de Creasey allait demander une authentification, à elle ou à son père, et c'est à ce moment-là que la fête allait commencer. Mais ça pouvait bien attendre le lendemain – May avait l'air épuisée, ces derniers jours ne l'avaient pas épargnée. Même Cameron donnait l'impression de flancher. Rebus jeta un œil vers la seule et unique caméra de surveillance de l'établissement, laquelle était encastrée dans un angle du plafond. Du propre aveu de May, l'appareil était là pour la galerie, étant donné qu'il n'était jamais en marche.

— Mais ne me dénoncez pas à l'assurance, avait-elle ajouté.

Son téléphone sonna, Rebus le saisit à la volée. La voix de Creasey résonnait, un peu comme s'il appelait d'un vaisseau spatial en orbite. Rebus sortit du pub et se planta sur le trottoir désert.

— Alors, c'est à mettre sur le compte de la police ou de la chance ? demanda-t-il.

— Siobhan Clarke a vendu la mèche, j'imagine, juste après m'avoir promis dans le blanc des yeux que je pouvais lui faire confiance.

— La confiance, ça se mérite – c'est pour ça qu'elle me fait confiance *à moi*. Allez, expliquez-moi tout.

— C'est assez simple, en fait. L'arme n'a pas été retrouvée sur la scène de crime, donc en toute logique l'assassin l'a emportée avec lui. Il est probablement en voiture, en train de rentrer à Naver, lorsqu'il se rend compte qu'il a emporté l'arme du crime avec lui, juste là sur le siège passager, alors il baisse la vitre et il la jette.

— Et il laisse la vitre ouverte – ce qui explique que le siège passager était mouillé.

— Il a peut-être eu besoin de se vider la tête, suggéra Creasey. Il y a eu une averse, cette nuit-là, mais avant deux heures du matin. À ce moment-là, la voiture devait déjà être garée sur le bas-côté.

— Il devait s'être assuré que l'arme ne comportait pas d'empreintes digitales.

— S'il avait les idées claires, oui.

— Pourtant, il n'y a pas de sang sur le siège…

— Peut-être que le revolver était posé sur les carnets de notes ou sur l'ordinateur. Et pour répondre à votre première question : après avoir élaboré mon hypothèse, je l'ai testée en demandant à des agents de remonter à pied la portion de route entre le camp et l'endroit où la Volvo avait été abandonnée, pour certains sur le bitume, en examinant le fossé, et pour d'autres dans les champs de part et d'autre.

— Beau boulot, concéda Rebus. J'imagine que les agents que vous avez envoyés au front vous adorent.

— Eux, ils m'adorent – c'est mon banquier qui va moins apprécier.

— Une tournée de bières, hein ? Eh bien, vous serez heureux d'apprendre que certains agents sont encore sur la brèche. À quelle heure pensez-vous rentrer ?

— Je suis en route pour Inverness.

— Bonne chance pour trouver quelqu'un au labo à cette heure-ci.

— La demande d'heures supplémentaires a été validée et deux personnes ont répondu présent, fit Creasey avant d'observer une pause et de lâcher : Il faut que je voie l'arme de mes propres yeux, John.

— Vous pourriez me l'envoyer en photo, par hasard ?

— Pour que vous la colliez sous le nez de tous les suspects ? On va éviter.

— Vous pensez trouver des empreintes ? Dieu seul sait combien de clients du pub ont mis leurs paluches dessus au fil des ans.

— Tout ça, c'est pour plus tard. Je vous dis à demain. En attendant, soyez sage.

— Vous avez parlé de moi avec Siobhan ?

— Un peu.

— Dans ce cas, vous êtes probablement au courant

que la palette de mes qualités ne fait pas une place prépondérante à la gentillesse. Amusez-vous au labo, fiston.

— John…

Rebus crut détecter les prémices d'une nouvelle mise en garde, mais il avait déjà raccroché.

Cole Burnett était allongé sur son lit, écouteurs vissés dans les oreilles, musique à fond pour tenter de noyer ses pensées. Mais le subterfuge ne marchait pas, pas ce soir. Ses parents étaient sortis, Dieu seul savait où. Pub, fête, lieu de *dogging*. C'est à peine s'il échangeait un mot avec eux, ces derniers temps. Lui restait scotché dans sa chambre, à fumer de l'herbe et à gober des comprimés. De temps à autre, l'un des deux passait une tête par la porte, en grommelant que le repas était servi. Il n'avait jamais faim ; il répondait qu'il mangerait plus tard. Au beau milieu de la nuit, il était susceptible de faire une descente dans le frigo ou de se préparer une tartine de confiture à la va-vite, si tant était qu'ils aient pensé à acheter du pain.

Ce soir, il était muni d'un lot de paquets de chips et d'un pot de beurre de cacahuètes qu'il creusait avec le doigt avant de le lécher. Trop bon. Pour faire glisser, il avait un pack de quatre boissons énergétiques, une demi-bouteille de vodka, un litre de limonade. Le roi du monde, stores levés, fenêtres ouvertes. Aux murs, les posters lorgnaient du côté de l'enfance – super-héros Marvel et personnages de dessins animés. Un autre de la série *The Walking Dead* et encore un autre de *Narcos*. Il adorait *Narcos*. La dérouillée qu'il s'était prise aux mains de Cafferty et de son acolyte ne se serait pas déroulée comme ça – mais alors pas du tout –, s'il avait été en mesure de dégainer un flingue. En plus, il savait où en trouver un. Il connaissait des gens qui avaient le bras long. Ça coûtait bonbon, et jusqu'ici, même s'il fantasmait parfois sur le pouvoir que lui conférerait un tel attribut, il n'avait jamais ressenti le besoin urgent de se le procurer.

Mais c'était en train de changer. Il avait entendu dire qu'on pouvait en louer un et que, si on le rapportait sans qu'il ait servi, on récupérait une bonne part de son acompte. S'il avait servi, il fallait encore un peu allonger la thune, mais pas trop. La traçabilité, qu'on lui avait expliqué. Les balles pouvaient servir à retrouver le pétard qui les avait tirées.

— Un petit conseil pour toi, Cole – si tu l'utilises, tu déterres la balle, où qu'elle ait atterri. Tu ne la laisses pas sur les lieux.

Les yeux fixés au plafond, les mains nouées derrière la nuque, il rejouait la conversation dans sa tête. Il pensa à la tante de Les, à la maison qu'elle avait depuis neuf ans, transformée en atelier. En cas de descente de flics, c'est elle qui finirait en taule. Cafferty se tiendrait soigneusement à l'écart du grabuge. Lui, il habitait un dernier étage dans les beaux quartiers. Il avait son club, sa grosse bagnole et sa bande de losers. Il avait des tas de trucs qui faisaient envie à Cole. Et en même temps, c'était qui, ce type ? C'était quoi ? Un connard comme un autre qui avait eu un coup de pot. C'était pas comme s'il avait un manteau d'invisibilité ou un arsenal en mode Marvel. Son seul bouclier, c'était sa réputation d'homme dur ; le genre qui alimentait les conneries que les poivrots débitaient dans les pubs de vieux croulants.

Cole se redressa, balança ses jambes par-dessus le rebord du lit et posa les pieds sur la moquette. Il coupa la musique. S'approcha de la fenêtre, l'ouvrit le plus grand possible. Il avait envie de passer la tête dehors et de hurler au ciel, un ciel qui venait tout juste de virer à la nuit.

À la place, il retourna s'asseoir sur son lit. Il consulta son téléphone. Mordilla sa lèvre inférieure. Trancha et appela le numéro.

— C'est qui, putain ? demanda la voix à l'autre bout du fil.

— J'allonge la thune, affirma Cole. Je peux l'avoir quand, du coup ?

— T'es regardant sur la marque et le modèle ?

— Du moment qu'il marche.

— Demain. Détails plus tard.

La communication fut coupée. Cole ouvrit une canette de boisson énergétique et avala une lampée. Il allait envoyer des textos à ses potes. Le moment était venu de demander des faveurs…

JOUR SIX

32

Dans la cuisine, Rebus, May et Cameron étaient en train de terminer leur petit déjeuner lorsqu'ils entendirent du bruit à la porte d'entrée cadenassée du pub. May alla aussitôt voir de quoi il retournait. Rebus le savait déjà. Et effectivement, à son retour, May se donnait beaucoup de mal pour cacher son agitation.

— Cameron. La police attend au comptoir. Il leur faut nos empreintes digitales.

— Qu'est-ce qui se passe ? demanda-t-il.

— Ils ont trouvé un pistolet. Ils pensent que c'est celui qui était au pub, expliqua-t-elle en retirant sa veste de la barre du portemanteau. Il faut que je les accompagne – ils veulent les empreintes de mon père, par-dessus le marché.

Cameron enfourna une dernière bouchée de pain avant de se lever. Rebus talonna May jusqu'au bar. Le kit à empreintes digitales avait été disposé sur une table. Robin Creasey étudiait les photographies de John Lennon.

— Vous avez pu dormir ? l'interrogea Rebus.

— Pas des masses. Je crains que votre père et vous-même n'ayez à nous suivre jusqu'à Inverness, annonça-t-il à May. L'arme à feu se trouve là-bas et nous avons besoin d'une identification.

— Nos empreintes digitales ne suffiront pas ?

— Vous ne pouvez pas simplement montrer une photo à May ? renchérit Rebus.

— Malheureusement non.

Malgré tout, Creasey afficha l'album photo sur son téléphone, tendit l'écran à hauteur des yeux de May et commença à faire défiler les images du bout du doigt. Rebus se positionna de sorte à pouvoir jeter un œil par-dessus son épaule. Un revolver rouillé et un morceau de toile blanche recouvrant une portion de la crosse. Le carré de tissu n'était pas là par hasard : il servait à cacher le sang et les cheveux, le genre de détail qu'il valait mieux épargner à la population. Creasey passait en revue les photos, les yeux rivés sur May, scrutant sa réaction. Elle avait plaqué une main sur sa joue comme pour mieux se concentrer.

— Il lui ressemble, concéda-t-elle.

— Il comporte des marques qui correspondent a priori aux clous plantés dans le mur, expliqua Creasey.

Il hocha la tête en direction d'un photographe qui s'affairait à prendre des gros plans de l'emplacement vide, sous l'alignement des bouteilles d'alcool suspendues tête en bas, tandis qu'un assistant tenait une règle en bois à hauteur pour montrer l'échelle.

— Ce serait plus facile de faire venir le pistolet ici, suggéra Rebus. Inverness, c'est un trajet de tous les diables pour un vieillard fragile.

— Ça va aller, John, tenta de le rassurer May avant de se tourner vers Cameron. Tu vas t'en sortir, tout seul ?

Le jeune barman s'était assis à une table le temps qu'on lui prélève ses empreintes.

— Vous les détruirez, une fois que vous aurez fini ? Vous n'allez pas les conserver dans une base de données à la Big Brother ?

— N'ayez crainte, répondit Creasey.

Ce qui ne parut pas rassurer Cameron.

Quand vint le tour de May, Rebus tira Creasey sur le côté.

— Vous en pensez quoi ? demanda-t-il à voix basse.

Creasey esquissa un haussement d'épaules.

— Comme d'habitude, je garde l'esprit ouvert.

— Ce n'est pas anodin que ce pistolet ait disparu d'ici. C'est peut-être même ce qui explique qu'on l'ait utilisé contre Keith.

— Soit ça, soit il tombait à pic dans le feu de l'action. Je le répète : je n'écarte aucune possibilité.

Creasey roula des épaules et étira ses cervicales.

— Ça commence à en faire, des bornes, commenta Rebus. La Scientifique en a pour combien de temps, pour l'arme ?

— J'aurai un compte rendu dans la journée. Le sang et les cheveux sont partis au labo. On cherche des fibres et des empreintes. L'arme date des années 1940. Elle n'a jamais été mise hors service, mais elle est bouffée par la rouille : la gâchette et le barillet sont bloqués. Le canon est plein de saleté et les chambres sont vides, pas une seule cartouche.

— Numéro de série ?

— À peine lisible. Heureusement, il y a un type au labo qui connaît un gars qui se targue d'être expert en la matière. S'il est possible d'identifier l'origine de l'arme, on fera le nécessaire. C'est un Webley Mark IV en calibre .38, apparemment, ajouta Creasey après avoir ouvert son carnet et déchiffré ses notes. Il s'en produisait des caisses pendant la guerre.

— Vu son état, on est sûr qu'il a fait un long séjour dans l'eau ?

Creasey regarda fixement Rebus.

— Vous remettez en question le témoignage de M. Collins ?

— Je suis comme vous, je n'écarte aucune possibilité.

— L'usure de l'arme abonde plutôt dans le sens de sa version des événements. Le cas échéant, nous devrions pouvoir dater au carbone le sable resté à l'intérieur du barillet.

Les pieds d'une chaise raclant contre le sol les fit se retourner. May Collins venait de se lever.

— Quand vous voulez, dit-elle à Creasey sur un ton très affairé avant d'ajouter, pour Rebus : C'est payé des clopinettes, mais si vous voulez, il y a un poste à pourvoir.

— Je m'en sortirai très bien, protesta Cameron.

— Si besoin, je peux être là, répondit Rebus.

May hocha la tête en éludant son regard. Elle boutonna sa veste et vérifia qu'elle n'oubliait pas son téléphone.

— Et pas de bêtise pendant que maman n'est pas là, lança-t-elle en s'immobilisant devant la porte d'entrée et en attendant que Creasey la lui ouvre.

Rebus et Cameron regardèrent le reste de la troupe leur emboîter le pas. Une fois le battant refermé, Cameron le verrouilla à double tour.

— Ce n'est pas du tout l'heure d'ouvrir, fit-il valoir. Même si, après ça, je ne dirais pas non à un petit verre.

Il était passé de l'autre côté du comptoir et effleurait les trois clous du bout des doigts. Puis en étouffant un juron, il tira la manche de son pull par-dessus sa main et s'appliqua à essuyer les clous et le verre du miroir.

— La police te taxerait de falsification de preuve, le réprimanda Rebus.

— Moi, j'appelle ça protéger les innocents, contra Cameron. Il reste du thé ou j'en refais ?

— Ce ne serait pas de trop. Et si ça ne te dérange pas, il faut que je vérifie deux ou trois choses sur l'ordinateur.

— Quel genre de choses ?

— L'histoire locale, pour commencer.

— Vous pourriez toujours solliciter le groupe de Keith.

— Je finirai sans doute par le faire, mais en attendant…

Cameron opina du chef, qu'il ait compris ou pas.

— Je m'occupe du thé, annonça-t-il en se dirigeant vers la cuisine.

Après avoir appuyé sur la sonnette, Rebus perçut les tergiversations de Samantha depuis l'autre côté de la porte. Puis elle jeta un œil au judas et il entendit le cliquetis de la chaînette qui coulissait dans la glissière et le claquement de la serrure qui tournait.

— On n'est jamais trop prudent, hein ? fit-il tandis que le battant s'ouvrait en grand. Pas comme dans l'ancien temps.

Elle le fit entrer et introduisit de nouveau la chaînette dans la fente.

— Hier, un reporter est carrément entré dans la maison, marmonna-t-elle.

— Qui donc ?

Elle eut un haussement d'épaules et retournait déjà dans la cuisine d'un pas traînant. La pièce était encore plus en pagaille que d'habitude. Samantha, les joues creuses, les cheveux sales, était plus pâle que jamais.

— Comment va Carrie ? demanda-t-il tandis qu'elle s'avachissait à la table de la cuisine.

— Elle se pose plein de questions auxquelles je n'ai pas envie de répondre, ou auxquelles je n'ai pas la réponse. Elle n'arrête pas de regarder des photos sur son iPad – vacances, anniversaires, Noël…, dit-elle en se levant pour mettre en marche la bouilloire. Pourtant, je fais tout bien comme il faut, non ? Je prépare du thé en faisant semblant que ça nous aide à tout supporter ?

— Tu permets que je pose une question ?

Elle lui adressa un bref regard.

— Jamais tu t'arrêtes, en fait ?

— Je ne suis bon à rien d'autre.

Au prix d'un effort de concentration considérable, elle réussit à extirper deux sachets de la boîte à thé et à les déposer dans des tasses à côté de la bouilloire. Il lui fallut un temps avant de trouver l'enchaînement. Elle ouvrit le frigo et vérifia la date de péremption du lait.

— Je ne sais même pas quel jour on est. Vas-y, dit-elle finalement à son père.

— Ils ont trouvé l'arme du crime. C'est le revolver qui était accroché derrière le comptoir du Glen.

— Quelqu'un l'a frappé avec ça ? Pourquoi ne pas lui avoir tiré dessus ? Je crois me souvenir, reprit-elle après réflexion. Le père de May l'avait trouvé échoué sur la plage.

Rebus opina.

— J'imagine que tu ne l'as jamais vu ici ? Dans le sac de Keith, par exemple ?

Elle secoua la tête et lui tendit sa tasse, dans laquelle elle avait abandonné le sachet de thé.

— Et Keith n'a jamais fait allusion au fait qu'il l'avait pris au pub ?

— Non.

Samantha se rassit sans penser à prendre sa tasse, qui l'attendait à côté de la bouilloire. Pour la première fois, elle le regarda dans les yeux.

— Tu te souviens du type qui m'avait enlevée, quand j'étais gamine ? Il avait fait ça pour se venger de toi. Après cet épisode, maman m'a emmenée à Londres. On ne pouvait plus habiter à Édimbourg. C'est ce qui m'attend avec Carrie ? Je vais devoir recommencer à zéro autre part ? Dans tous les cas, il va falloir que je trouve un emploi…

— J'ai de l'argent de côté. Autant que tu l'aies avant que je disparaisse.

— Sans déconner, papa, dit-elle en enfouissant son visage entre ses mains. Tu crois pas qu'un mort à la fois, ça me suffit comme ça, putain ?

— Désolé.

Elle finit par relever la tête.

— Pourquoi l'assassin a choisi d'utiliser ce pistolet ?

— Pour faire passer un message, peut-être, avança Rebus.

— Comment ça ?

— Le camp, le revolver, les affaires dérobées…

— Ça a un rapport avec le camp, alors ? Pas avec moi, ni avec Jess ?

— Il va vraisemblablement falloir plus que ça pour persuader Creasey et son équipe, la mit en garde Rebus.

Se souvenant brusquement de son thé, Samantha se leva pour aller le chercher.

— J'ai vu que Strathy avait refait surface. Je me souviens que Keith était chauffé à blanc, le jour où il est allé au château. Il avait aperçu les camions – de l'entreprise qui a monté le chapiteau et du service de traiteur. Il savait pertinemment ce qu'il était en train de faire. Foutre la honte à sa seigneurie. Après coup, on aurait dit un gamin, il faisait des bonds partout comme s'il avait bouffé trop de sucre, alors qu'en réalité, il avait écopé d'une lèvre fendue.

— Aux bons soins du jardinier ?

— Je lui ai dit qu'il fallait le signaler, mais il a choisi d'en rire.

Elle consulta l'heure sur son téléphone.

— Je retrouve Julie. Je vais encore devoir affronter le monde extérieur, soupira-t-elle bruyamment. Je voudrais juste redevenir celle que j'étais avant – tu vois ce que je veux dire ?

Rebus hocha la tête.

— Ça ne t'ennuie pas si je reste dans les parages ? Pas ici, mais dans le garage ?

— Il est fermé. La clé est sur la table de l'entrée. Tu n'as qu'à la glisser dans la boîte aux lettres quand tu auras fini.

— Tu vas fermer la maison à double tour ?

Elle lui répondit d'un signe de tête lourd de regrets.

— Tout a changé, déplora-t-elle.

33

Au bout de deux heures cloîtré dans le garage, Rebus ressentit le besoin de s'aérer. Il marcha jusqu'à l'arrière du bungalow. Le jardin était sommairement constitué d'un carré de pelouse, d'une cabane à outils, d'une balançoire et d'un étendoir pliant rotatif. Au bout d'une minute à peine à se faire malmener par les bourrasques, il se réfugia dans la voiture de location. Une barre de réseau lui permit d'appeler Creasey.

— Vous êtes pire qu'un satané journaliste, répondit le sergent. Il n'y a rien de nouveau.

— Ce n'est pas pour ça que j'appelle.

— Dans ce cas, vous avez deux minutes.

— Je commence à avoir une idée assez claire de la personne qui a pu écrire les notes anonymes, commença Rebus.

— Elle en a reçu une autre ?

— Je parlais de celle qui prévenait Keith de la liaison entre Samantha et Hawkins.

— Bien, je vous écoute.

— Angharad Oates.

— C'est plausible. Je ne suis pas sûr que ça fasse une grande différence…

— Vous oubliez la moto ? Tout le monde l'utilise. La nuit où Keith est mort, Ron Travis l'a entendue.

— Donc, dans votre esprit, Oates ayant écrit deux lettres anonymes, elle entreprend ensuite d'assassiner Keith, s'assurant de la sorte que son amant Jess Hawkins et votre fille soient une nouvelle fois réunis ?

— Elle savait pertinemment vers qui les soupçons de la police allaient se porter. Et puis, avec un peu de chance, ça obligerait Samantha à se faire la malle…

— John…

— OK et si je vous disais que le jour où Keith a fait irruption au château de Strathy, c'est Colin Belkin qui l'a alpagué et qui lui a collé une gifle en guise d'adieu.

— Et alors ?

— Alors ce sont ces pistes-là que vous devriez suivre.

— J'ai la piste dont j'ai besoin sous mes yeux au labo.

— Des empreintes sur le revolver ?

— Vous le saurez bien assez vite.

Fin de l'appel. Rebus se sentit pris d'une furieuse envie de donner des coups de poing partout. À la place, il démarra la voiture.

Le cimetière s'étendait à moins de deux kilomètres de Tongue, en surplomb du village et près de la route menant au hameau d'Altnaharra. Il était ceint d'un mur de pierres et fermé d'un haut portail de fer suffisamment large pour le passage des corbillards. Rebus songea que des calèches devaient autrefois ouvrir les processions funèbres. Peut-être n'y avait-il même pas de chevaux – les familles ou les proches portaient le cercueil. Seule une poignée de pierres tombales semblaient récentes ; la plupart étaient patinées par le temps, leurs inscriptions effacées. L'herbe avait été coupée de fraîche date et plusieurs tombes fleuries. L'espace était à découvert et Rebus ne mit pas longtemps à repérer Helen Carter. Les deux mains en appui sur son déambulateur, elle était absorbée dans ses pensées – ou plus vraisemblablement ses souvenirs. Rebus s'approcha d'elle en s'éclaircissant la gorge pour s'annoncer.

— J'ai entendu la voiture, le devança-t-elle.

— Et moi qui croyais que vous étiez sourde comme un pot.

— J'ai mis mes appareils, dit-elle en montrant ses oreilles.

Rebus se posta à côté d'elle pour déchiffrer le nom sur la pierre tombale.

— C'est l'anniversaire de sa mort.

— Je sais – j'ai fait des recherches en ligne. Je m'attendais à le trouver dans un cimetière militaire.

— Nous avons pensé qu'il aimerait reposer ici, répondit Carter à voix basse. Tel était le souhait de Chrissy, en tout cas.

Rebus contempla le paysage qui se déployait autour d'eux. Ils semblaient être les deux seuls êtres vivants à l'habiter – pas une seule tête de bétail, pas un chant d'oiseau à la ronde. Il tourna de nouveau son attention sur la tombe du sergent Gareth Davies.

— À l'âge de vingt-neuf ans, lut-il à voix haute. Quel âge avait Chrissy ?

— Dix-neuf ans. Deux ans de moins que moi.

— J'ai appris qu'elle était décédée il y a quelques années.

— Elle a vécu une vie longue et heureuse dans le Sud.

— Vous êtes restée en lien après son départ ?

— Elle ne venait pas souvent en visite – trop de souvenirs.

— C'est vraiment terrible, ce qui s'est passé.

— Et vraiment stupide.

— L'assassin du sergent Davies devait avoir des sentiments forts pour elle, acquiesça Rebus. Car il s'agissait bien de cela, n'est-ce pas : un crime passionnel ?

— C'est ce qui a été dit au procès.

— Vous n'avez pas l'air convaincue.

Helen Carter prit une profonde inspiration.

— Chrissy n'était pas une jeune femme d'une beauté bouleversante – elle-même en aurait convenu. Mais elle aimait avoir l'attention des hommes et elle trouvait toujours le moyen de l'obtenir.

— Elle était aguicheuse ?

— Ça allait un peu plus loin, dit-elle avec une sorte de lueur dans le regard. Ce qui ajoutait un argument en faveur de son départ dans le Sud : nos parents n'auraient pas supporté la situation bien longtemps. Ils étaient pieux, tout comme je l'étais, je suppose. À moi, ils me faisaient confiance pour ne pas m'attirer d'ennuis.

— Mais pas à Chrissy ?

— Non.

— Fréquentiez-vous votre futur époux, à cette époque ?

Carter réfléchit. La brise souleva ses cheveux et elle ramena les mèches derrière son oreille.

— Et si nous allions nous asseoir dans ma voiture ? proposa Rebus.

— Un ami vient me chercher, il ne va pas tarder.

— Stefan Novack, par hasard ?

— Vous n'êtes pas détective pour rien, sourit-elle.

— Vous aviez l'air très à l'aise ensemble, quand vous avez quitté le bar l'autre jour.

— Ma foi, vous n'avez peut-être pas tort. Je sens le vent me pénétrer les os, dit-elle alors qu'un léger frisson la parcourait.

Rebus lui tendit le bras mais elle refusa d'un geste, préférant s'agripper aux poignées de son déambulateur pour s'aider à regagner les grilles d'un pas traînant.

— C'est en mémoire de Chrissy que vous venez vous recueillir ici ? demanda-t-il.

— Je suppose.

— Vous n'avez pas répondu à ma question concernant votre petit ami…

— Fred. Friedrich, en réalité. Nous avons été amis pendant un temps, puis amants.

— Vos parents approuvaient ?

— Pas particulièrement. Il y avait toujours cette idée de « coucher avec l'ennemi ».

— Ont-ils fini par l'apprécier ?

— Ils ont fini par l'*accepter*.

Son regard perçant se vrilla à celui de Rebus.

— Pourquoi me posez-vous toutes ces questions ?

— Il m'a été donné d'écouter l'enregistrement de l'entretien que vous avez eu avec Keith. À cette occasion, vous avez affirmé que Chrissy ne connaissait pas vraiment Hoffman. Ne faisait-il pas partie de sa clique ?

— Ils s'étaient rencontrés à plusieurs reprises. Les

indices le désignaient comme l'assassin de Gareth, conclut-elle avec un léger haussement d'épaules.

— Aurait-il pu y avoir une autre raison de s'en prendre au sergent Davies ?

— Je ne vois pas laquelle.

— Aucun des soupirants de Chrissy n'aurait pu être jaloux de lui ?

— J'imagine qu'ils étaient *tous* jaloux de lui.

— Nous parlons là de gardiens britanniques ou de prisonniers ?

— Des deux. Comme je vous l'ai dit, Chrissy jouissait d'une certaine réputation qu'elle avait la ferme intention de maintenir.

— À vous entendre, elle avait le diable au corps. Et vous ? Vous n'étiez tout de même pas jalouse d'elle, Helen ?

Ils étaient arrivés à la voiture de Rebus, il ouvrit la portière côté passager.

— Peut-être l'étais-je. Un petit peu.

— Mais à cette époque, vous aviez Friedrich…

La portière était grande ouverte, mais Carter rechignait à s'y engouffrer.

— En tant qu'ami, certes. Mais si je suis parfaitement honnête, j'avais des vues sur Franz, aussi. Ce n'était pas très gentil de ma part, mais je crois que j'essayais d'émoustiller Friedrich, si vous voyez ce que je veux dire.

— Franz ? Frank Hess, vous voulez dire ? Un autre admirateur de Chrissy ?

— Oh oui – jusqu'à ce que Gareth arrive et lui fasse tourner la tête.

— Et Joe Collins faisait partie de ce groupe, lui aussi ?

Carter réfléchit, sourcils froncés.

— Pas que je me souvienne. Josef était un peu bourru, un peu bougon. On s'est toujours demandé…

Sa voix resta en suspens.

— Quoi donc ?

— S'il avait eu une arme, est-ce qu'il nous aurait tous éliminés ? Nous nous posions souvent la question – Chrissy, moi et les autres filles. Au fond, ils avaient tous l'air polis et charmants, mais avant d'être emprisonnés, ils s'en étaient donné à cœur joie en massacrant nos hommes. Ils étaient des tas, au Camp 1033, à être restés loyaux à l'idéologie nazie. Un ou deux ont même été envoyés à Nuremberg.

— On se met à l'abri ? proposa Rebus en montrant l'habitacle mais elle secoua la tête et il continua à mi-voix. Et si je vous disais que le revolver de Joe Collins a servi à tuer Keith Grant ?

Le visage de Carter resta impassible.

— C'est ce qui s'est passé ?

— Oui.

— Dans ce cas, je ne sais vraiment pas quoi vous dire.

— Keith s'évertuait à faire ressurgir le passé, il mettait au jour des vérités fâcheuses que certains avaient peut-être tout intérêt à tenir cachées.

— Vous ne pensez tout de même pas sérieusement que l'un d'entre nous… ? On a déjà tous presque un pied dans la tombe !

— Peut-être y avait-il plusieurs assaillants, argua Rebus, conscient de son agitation. Tout comme il pourrait s'agir d'un leurre – en poussant l'enquête dans un sens alors que la vérité lui est diamétralement opposée.

Il entendit une voiture et se retourna.

— On dirait bien que votre chauffeur vient d'arriver. M. Novack prend encore le volant, c'est commode.

— Essayez de l'en empêcher, sourit faiblement Carter.

La Land Rover s'immobilisa à leur hauteur. Novack agita la main par la vitre.

— Le déambulateur va dans le coffre.

Rebus lui ouvrit la portière passager puis rangea le déambulateur, le temps qu'elle prenne place sur le siège, après quoi il s'approcha de la vitre côté conducteur.

— Qu'est-ce qui vous amène ici ? s'enquit Novack en baissant la vitre.

— Je viens présenter mes hommages.

Novack eut une moue dubitative.

— Vous êtes au courant pour le revolver ?

— Je n'étais pas certain que l'information circulait déjà.

— Je peux vous assurer que le bruit court, y compris sur l'arrestation de Joe et de May.

— Quoi ? s'exclama Helen Carter en se figeant, la ceinture de sécurité à demi-tendue sur sa poitrine.

— Ils examinent le pistolet, c'est tout, rétorqua Rebus.

Il contourna la voiture et ferma la portière de Carter. Novack abaissa la vitre côté passager.

— N'empêche, l'arme de Joe aura servi à tuer un homme, lança-t-il.

Rebus se pencha dans l'encadrement.

— Vous voyez votre vieil ami Joe dans le rôle de l'assassin, Stefan ?

— Bien sûr que non ! s'insurgea Carter.

— Sa fille, alors, peut-être ?

Rebus secoua la tête.

— Mieux vaut éviter de lancer des rumeurs. On ne sait jamais jusqu'où elles iront.

Le doigt enfoncé sur le bouton, Novack fit remonter la vitre en foudroyant Rebus des yeux. Sa passagère éludait soigneusement son regard.

Ça vous a bousculés, songea Rebus. Ça vous a sacrément bousculés.

Au lieu de regarder la Land Rover s'éloigner, il fit demi-tour en direction du cimetière et se recueillit une nouvelle fois devant la dernière demeure de Gareth Davies.

— Elle n'a rien apporté pour marquer l'occasion, hein ? lança-t-il à voix haute.

Pas de bouquet de fleurs de commémoration, pas de carte ni de mot.

Seulement Helen Carter en personne.

34

Le téléphone portable de Siobhan Clarke sonna à midi précis. Le numéro affiché lui était inconnu.

— Allô ? répondit-elle.

— Issy Meiklejohn a plus ou moins exigé que je vous appelle. Je n'ai aucune intention de vous donner mon nom, je vous prierai donc de ne pas me le demander.

Le ton était sec, l'accent de la haute, des comtés limitrophes rupins du sud-est de Londres.

— Définissez « exigé ».

— Cette jeune femme est un peu une vipère, vous ne trouvez pas ?

— Je l'ai toujours trouvée parfaitement charmante.

— C'est censé être drôle ? Quoi qu'il en soit, savez-vous pourquoi j'appelle ?

— Vous êtes l'alibi de lord Strathy, que je suis censée prendre pour argent comptant – sans voir votre visage ni avoir de nom à mettre dessus. Vous avez bien conscience que ce n'est pas la procédure habituelle dans le cadre d'une enquête pour meurtre. Néanmoins, je vous écoute.

Comme, en cet instant, tous les autres membres de

la BEP. Clarke ignora ses collègues et sortit dans le couloir en prenant soin de fermer la porte derrière elle. Fox s'entretenait avec un équipier dans le bureau administratif adjacent. Clarke descendit les escaliers jusqu'à disparaître de son champ de vision.

— Il est resté avec moi la majeure partie du temps, cinq jours durant. Je ne pense pas que nous ayons passé plus d'une demi-heure séparés l'un de l'autre.

— Vous étiez à Londres ?

— Oui.

Clarke procéda à un rapide calcul. Cinq jours, ça faisait jusqu'à la veille au matin. Le petit batifolage de Strathy avait démarré à peu près un jour après la mort de Keith Grant et trois jours après l'assassinat de Salman bin Mahmoud.

— Quand vous étiez avec lui, avez-vous regardé les informations, lu le journal ?

— Vous vous doutez bien que non.

— Un des associés de lord Strathy a été retrouvé assassiné. L'homme était un ami de sa fille. Il n'en a parlé à aucun moment ?

— Absolument pas.

— Il a pu s'excuser pour passer un coup de fil ou répondre à un appel ?

— Nous nous étions promis d'éteindre nos téléphones.

— Pas commode si votre mari avait besoin de vous joindre.

— Écoutez, je vous ai tout dit. Ramsay était avec moi. Nous passions un moment agréable ensemble.

— Il était détendu, pas de signe de nervosité ?

— Fidèle à lui-même.

— Le crime sur lequel j'enquête a eu lieu en Écosse et notre système juridique exige une corroboration.

— Quel dommage que nous n'ayons pas fait de *ménage à trois**, dans ce cas, n'est-ce pas ?

La communication coupa après son rire rauque.

Clarke scruta l'écran de son téléphone.

— Je te tiens, murmura-t-elle.

De retour à la brigade, elle traversa la salle jusqu'au bureau d'Esson et nota le numéro de téléphone sur un bloc noirci de gribouillis.

— Un psy s'en donnerait à cœur joie, dit-elle en admirant les tourbillons, volutes, éclairs et autres zigzags qu'Esson s'occupait à griffonner pendant ses appels téléphoniques.

— J'en fais quoi, de ça ? demanda-t-elle en tapotant son stylo sur l'enfilade de chiffres.

— Vous me trouvez un nom, une adresse et toutes les autres infos qu'il y a à glaner. Si j'avais la moitié de vos compétences, je m'en occuperais toute seule.

— Et ainsi se termine le *TED Talk* de Siobhan sur le développement personnel. Merci d'être venus…

Clarke regagna son bureau en souriant. Fox venait de s'asseoir et étouffait un bâillement.

— Tu n'as toujours pas dormi ? devina Clarke en remarquant ses yeux injectés de sang.

— Dormir, c'est tellement surfait.

— La maîtresse de Strathy vient de m'appeler. Christine va lui trouver un nom et un visage.

— Elle a appelé avec son téléphone privé ?

— Avec un peu de chance. Ils voulaient quoi, à l'administration ?

— J'utilise trop de papier. Je ne plaisante pas,

ajouta-t-il en la regardant fixement. Tous les documents de recherche que j'ai imprimés et photocopiés.

— Je croyais qu'on était dotés d'un budget digne de ce nom. Tu en as sorti tant que ça ?

— Plutôt, oui.

Elle avisa les piles qui trônaient sur sa partie du plan de travail. Et tout le reste par terre.

— Deux exemplaires de chaque, confessa-t-il.

— Un pour la maison, un pour ici ? devina Clarke. Pour pouvoir continuer même une fois chez toi ? Mais non, Siobhan, se reprit-elle avec un claquement de langue, ce n'est pas exactement ça – c'est pour que tu puisses en passer un jeu, soit à la directrice adjointe soit à Cafferty, et mon petit doigt me dit que Cafferty est probablement l'heureux élu.

— Pour le garder dans notre camp, affirma Fox à voix basse.

— Mais uniquement des données en lien avec Stewart Scoular ? Pas l'affaire bin Mahmoud en tant que telle ? Ne me dis pas qu'il nous regarde faire notre boulot…

— Je fais attention.

— Comment ?

— Autant que possible. À l'évidence, ça s'entrecroise ici ou là.

— Mais quelle bonne nouvelle, Malcolm. Cela veut dire que si Cafferty se fait alpaguer pour quoi que ce soit, il peut se vanter de t'avoir dans la poche comme un joli mouchoir en soie bien plié. Je croyais qu'on avait réglé la question après être sortis de sa grande voiture rutilante de gangster.

Elle scruta Fox mais il secoua la tête.

— Qu'est-ce que tu me caches encore ? Ne me dis pas que tu te prends pour un loup solitaire qui va se mesurer à lui sans l'aide de personne ? On peut se parler comme des adultes ?

Fox avait arrêté de secouer la tête. Il fit semblant de fermer sa bouche comme une fermeture Éclair.

— Pas encore.

Elle s'apprêtait à lui remonter les bretelles, mais Christine Esson approchait du bureau.

— Quelle efficacité, commenta Clarke.

— Ce n'est pas ça, prévint Esson. Mais c'est quand même intéressant. Je viens d'avoir un message concernant l'étudiante chinoise qui s'est fait agresser sur Argyle Place. Apparemment, on lui a rendu son téléphone, avec des excuses.

— Des excuses ?

— En anglais et en mandarin, d'après ce que j'ai compris. L'amie de l'étudiante, celle qui a aidé en traduisant l'entretien, vient tout juste de nous contacter. Elle dit que le chinois utilisé est vraiment médiocre. Elle se demande si le texte d'excuses n'a pas été traduit par un logiciel en ligne.

— Il dit quoi, exactement ?

— Elle a envoyé une photo du mot.

Esson tendit son téléphone à Clarke. Fox approcha sa chaise.

Vraiment désolé de ce que je vous ai fait. Je promets de ne plus jamais recommencer. Puis, selon toute vraisemblance, la même chose en caractères chinois. Rédigé avec le même stylo à bille noir, de la même main. La version chinoise, aux erreurs soulignées et corrigées, paraissait malhabile. La portion en anglais, écrite en lettres majuscules, avait l'air un peu de guingois. Clarke orienta l'écran du téléphone vers Esson.

— Diriez-vous que la personne qui a écrit avait la main qui tremblait ?

— La maladie de Parkinson ? suggéra Esson.

— Mais dans la vraie vie ?

— Rédigé sous la contrainte ou dans un état émotif, répondit Fox.

Esson reprit son téléphone.

— Le portable et le mot ont été glissés dans un sac Tesco par la fente de la boîte aux lettres chez la victime.

— Comment l'agresseur connaissait-il l'adresse ?

Esson haussa les épaules :

— Grâce à son téléphone ? Il y avait peut-être un GPS – ou une appli de livraison à domicile. Les gens font de moins en moins gaffe à leurs données personnelles.

— Un agresseur qui s'est découvert une conscience, fit semblant de s'émerveiller Clarke.

— J'imagine que vous partez donc du principe que ce n'est pas le cas ?

— J'imagine que l'essentiel est que nous puissions retirer son nom du Mur. Il est hautement improbable qu'elle ait un lien avec les agressions de Salman et Gio.

— Vous voulez en informer le patron ou je m'en charge ?

— À vous de jouer, Christine. On n'a rien fait pour s'arroger un tel privilège.

35

Clark et Fox rentraient tout juste d'un déjeuner tardif – soupe-sandwich dans un café de Constitution Street – et reprenaient place à leur bureau. Du coin de l'œil, Clarke vit que Christine Esson avait du nouveau. Ce fut donc sans surprise qu'elle la regarda approcher à grands pas à la seconde où ils s'assirent.

— Et voici la chouchoute de l'inspecteur-chef Sutherland, l'asticota Clarke.

— Et bientôt la vôtre aussi, rétorqua Esson en lui tendant une feuille de papier. Elle s'appelle Violetta Pakenham. Réside à Kensington. Propriétaire d'une boutique. Mariée, deux enfants aujourd'hui adultes.

— Ce nom me dit quelque chose, réagit Fox en rallumant son écran.

Un instant plus tard, il avait mis la main sur ce qu'il cherchait.

— Probablement l'épouse de George Pakenham. L'un des investisseurs de Stewart Scoular.

— Je vois mieux pourquoi lord Strathy ne veut pas que la liaison s'ébruite, observa Clarke. Se mettre Pakenham à dos, ça revient à se mettre Scoular à dos.

— Et tous les autres membres du consortium avec

lui, renchérit Fox. Ce genre d'édifice est construit sur du sable, et ce sable s'appelle l'opinion publique. Quand un ténor de la sphère publique fait un écart de conduite avec la femme d'un autre…

— Ça pourrait nous donner l'avantage, si on le souhaite, fit valoir Esson. Je veux dire par là que si on part du principe que Strathy nous a caché des choses…

— Il cause ou on fait fuiter ? fit Clarke en hochant la tête avant de poser les yeux sur Fox. Est-ce qu'on part réellement du principe qu'il cache quelque chose ?

— Je n'en suis pas sûr et j'aimerais autant éviter qu'il nous claque entre les doigts.

Fox pianota quelques instants sur son clavier, puis tourna son écran vers Clarke et Esson. La photo montrait un couple sur le tapis rouge. L'homme avait dans les soixante-dix ans, la femme était beaucoup plus jeune.

— Les vingt ans d'écart d'usage, commenta Esson.

— Et Issy ? fit Fox en se tournant vers Clarke. C'est elle qui a orienté Mme Pakenham vers nous. Elle doit bien savoir que son père joue avec le feu.

— Tu penses qu'elle en a parlé à ses copains ?

— Je dirais qu'elle est plutôt douée pour cacher son jeu.

— Sans quoi Scoular serait probablement déjà au courant.

Fox acquiesça.

— Christine a raison, ça nous donne l'avantage. Faisons venir Issy, qu'elle crache le morceau sur *tout* ce qu'elle sait ou croit savoir.

— OK, conclut Clarke après une brève considération. Faisons ça.

Une heure plus tard, les deux agents mandatés à St Stephen Street escortaient lady Isabella Meiklejohn dans l'escalier et jusqu'à la même salle d'interrogatoire devant laquelle elle avait patienté pendant que son père répondait, la veille, aux questions de la police. Ignorant Clarke et Fox qui étaient assis en face d'elle, elle prit le temps de recouvrer son calme.

— En fin de compte, j'ai eu tort de vous faire confiance, inspectrice Clarke, affirma-t-elle tout en rajustant sa veste. Je serais bien bête de ne pas comprendre ce que je fais ici.

Elle finit par relever la tête et vriller son regard furieux sur Clarke.

— Comment se porte lord Strathy ? demanda Fox d'une sollicitude presque sincère.

— Il est hors de danger. On lui a suggéré de modifier quelque peu son style de vie.

— Ses médecins ou vous-même ? s'enquit Clarke.

Meiklejohn la couvrit d'un regard méprisant.

— Me conseillez-vous d'appeler Patsy pour qu'elle se joigne à nous ?

— Cela dépend du nombre de personnes que vous souhaitez informer du fait que votre père couche avec la femme d'un de ses associés.

Meiklejohn lui lança un sourire revêche.

— Je lui avais dit de veiller à effacer ses traces. Cette pauvre conne n'est même pas capable de faire ça.

— George Pakenham travaille en coopération avec Stewart Scoular depuis un bon moment, affirma Fox. Ils ont l'air d'être bien copains, tous les deux.

Il compulsa les documents qu'il avait rassemblés,

dont une dizaine de photos prises à des dîners de remises de prix.

— Et ?

— Vous ne tenez sans doute pas à ce que cela change.

— Ce qui induit de coopérer avec vous ? Mais à quel moment n'ai-je *pas* coopéré jusqu'ici ? fit Meiklejohn en écartant les bras.

— Le terrain de golf de Craigentinny, répondit Clarke en inclinant le buste. Tard le soir, un rendez-vous convenu au parking – pourquoi ?

— Excusez-moi, de qui parle-t-on, là ?

— De votre ami Salman. Un rapport avec le rachat du terrain ? Salman voulait en avoir le cœur net ?

— Je ne suis au courant de rien.

— Stewart Scoular était à la tête de l'équipe. Ne me dites pas qu'il ne vous en a jamais parlé ? Votre père aussi était sur le coup, Issy, et nous pensons que vous le représentiez.

— Ce qui signifie, enchaîna Fox, que vous en savez plus que vous ne voulez bien nous le faire croire. À qui appartient cette voiture ? interrogea-t-il en brandissant une photo.

— Pas à moi.

— À qui, alors ?

Meiklejohn plissa les yeux pour examiner l'image.

— Vous êtes sérieux ? Elle est totalement floue.

— De ce flou sortira bientôt un numéro de plaque d'immatriculation. Quel genre de voiture conduit Stewart Scoular ?

— Il n'en voit pas l'intérêt. Il habite en ville, ajouta-t-elle en comprenant que sa réponse nécessitait quelque précision. Il y a des taxis partout, des transports en commun.

— Donc, il ne possède pas de véhicule, traduisit Clarke. Et s'il est invité à une fête, mettons, au château de Strathy ?

— Il louerait quelque chose d'approprié, une Mercedes ou une Audi.

— M. bin Mahmoud ne passerait pas le prendre dans son Aston ?

Meiklejohn eut un petit rire dédaigneux.

— Ils seraient un peu à l'étroit.

— Et puis vu l'état de la chaussée, là-haut, c'est rude pour une Aston – il risquerait de la rendre en piteux état, acquiesça Clarke.

— Comment ça, de la rendre ? demanda Meiklejohn d'un air perplexe.

— C'est une location, vous ne le saviez pas ? Pareil pour la DB5 à Londres. D'ailleurs, la maison ici fait partie des biens de la fiducie familiale des Mahmoud, mais l'appartement londonien est une location. Et les comptes bancaires qu'on a épluchés n'étaient pas exactement mirobolants.

— Sans parler des soldes de cartes de crédit impayés, ajouta Fox, des comptes qui frôlaient le plafond autorisé.

Clarke étudiait la réaction de Meiklejohn.

— Ça vous surprend ?

— Sal était plein aux as.

— Il l'a peut-être été, mais la situation de son père avait changé la donne ; une bonne partie des capitaux lui était inaccessible.

— Ça n'est pas possible, protesta Meiklejohn en secouant la tête.

Clarke se pencha encore plus en avant.

— Pourquoi donc ?

— Il s'apprêtait à signer pour The Flow.

— The Flow ? répéta Fox en écho.

— C'est le nom que Stewart avait donné au projet – en fait, l'idée était de mon père. La constitution en société se fera cette semaine ou la semaine prochaine.

— The Flow, c'est le projet de country club du côté de Naver ? interrogea Clarke en scrutant sa réaction.

Meiklejohn hocha la tête.

— La vente n'a pas été de tout repos, étant donné le climat financier actuel – le Brexit et compagnie. Stewart a des promesses d'investissements d'Amérique et de Hong Kong, mais quand bien même…

— Salman projetait d'apporter quel montant ?

— Dix, dans ces eaux-là.

— Dix millions ?

Fox et Clarke échangèrent un regard : comment diable allait-il mettre la main sur un tel montant ?

— Mon père était aux anges quand je le lui ai annoncé.

— Lord Strathy espérait dégager un bon bénéfice de ce projet ?

— C'était l'intention du trust, assurément.

— Et le trust, c'est ce qui maintient tout à flot ?

Une fois encore, Meiklejohn opina du chef.

— Donc avec la mort de Salman…

Elle poussa un soupir.

— Pour reprendre les mots de Stewart : nous redoublons d'efforts.

— Ce qui, dans le cas de votre père, se traduit par quelques jours en compagnie de sa maîtresse mariée ?

— Les voies de la chair ont toujours la préséance, chez mon père.

— Donc, un investisseur majeur se fait tuer et votre père ne convoque pas de réunion ni de conférence téléphonique ? Il n'envisage pas d'annuler ses projets pour aller consoler sa fille, qui vient tout juste de perdre un ami dans des circonstances tragiques ?

— Vous avez rencontré mon père, ou pas ? Je ne l'ai pas inventé ?

— Et le meurtre de Keith Grant, alors ? Quand l'a-t-il appris ?

— Probablement en même temps qu'il a découvert aux informations qu'il avait supposément disparu.

— Et que vous en a-t-il dit ?

— Absolument rien.

Fox s'agita sur sa chaise, signifiant ainsi qu'il avait une question à poser.

— Pour autant, le projet n'est pas mort avec M. bin Mahmoud, si ?

Meiklejohn réfléchit.

— Je vois ce que vous voulez dire. Quelqu'un essayait de saborder The Flow ?

— Un peu radical, si c'était le cas, dit Clarke avec prudence.

— Ou alors, poursuivit Fox, le rendez-vous ce soir-là se jouait avec un individu que Salman voyait comme un atout – pour emprunter, par exemple.

— Je vous le répète : Salman avait de l'argent.

— La paperasse indique le contraire – à moins que vous ne sachiez où il cachait le magot ?

Meiklejohn secoua la tête.

— Stewart Scoular aurait la réponse ?

— Je vois mal Sal se confier à lui.

— M. Morelli, dans ce cas ?

Elle haussa les épaules.

— Mais ça me fait réfléchir à une chose. Ce ne sont pas les concurrents qui manquent en plus des hurluberlus comme Keith Grant et Jess Hawkins.

Elle croisa les bras sur sa poitrine et regarda Clarke droit dans les yeux.

— Je suis sûre et certaine que vous avez tout faux pour les finances de Sal. Les dix millions, c'était dans la poche. Il me l'avait promis et pour rien au monde il n'aurait renié son engagement.

— Sauf que dans les faits..., objecta Clarke à mi-voix.

Quelqu'un a veillé au grain...

Ils sortirent promener Brillo à Leith Links. Clarke lança une balle au chien pendant que Fox appelait Gartcosh pour voir si Robbie Stenhouse avait avancé dans ses recherches. Quand Clarke se tourna vers Fox, ce dernier lui adressa un signe de tête négatif. Elle fit mine de taper dans un ballon avec le pied.

— Siobhan me charge de te rappeler que si on obtient un résultat rapide, c'est elle qui paie les billets et les boissons au match de foot, insista Fox au téléphone avant d'écouter la réponse de son interlocuteur. Je n'en doute pas, Robbie. C'est bien pour ça qu'on te vénère comme un dieu.

Il mit fin à la communication, renifla et dit à Clarke :

— À sa décharge, il est d'une méticulosité redoutable, et quand on pense au nombre de caméras de surveillance dont est truffée Édimbourg... Mais il m'a quand même lâché une petite pépite...

Clarke lança de nouveau la balle pour Brillo.

— C'est quand tu veux.

— L'autocollant sur la lunette arrière, il pense que c'est écrit Avis.

— Une voiture de location ?

— Auquel cas, nous avons affaire à un individu de passage ou qui ne possède pas de véhicule.

— Ou qui ne souhaite pas l'utiliser, rectifia Clarke. Issy avait l'air sûre et certaine que Salman avait les fonds à disposition. Quelque chose nous échappe ?

— Sa seule réputation pouvait vraisemblablement lui valoir un prêt bancaire.

— Mais dans ce cas, nous aurions trouvé de la paperasse à l'une de ses adresses, non ?

— Cafferty était bien usurier, avant, non ?

— C'était des clopinettes, Malcolm. Même Cafferty rechignerait à avancer dix millions.

— Moi aussi, la plupart du temps.

Clarke avait sorti son téléphone pour jeter un œil au fil des actualités. Un court article rapportait qu'on avait mis la main sur une arme dans l'affaire du meurtre de Keith Grant, et qu'une patronne de pub et son père collaboraient à l'enquête de la police.

— J'espère que tu sais ce que tu fais, John, grommela Clarke.

— On pourrait s'adresser à Avis, suggéra Fox, leur montrer des photos, voir s'ils peuvent identifier le véhicule. On a une idée approximative des dates de location.

— Robbie n'a rien dit concernant la plaque d'immatriculation ?

— Il pense pouvoir en déchiffrer la majeure partie, probablement d'ici demain midi.

— Donnons-lui du mou, dans ce cas.

Clarke relança la balle d'un coup de pied et Brillo, toute langue dehors, partit en chasse.

— As-tu réfléchi à l'éventualité d'emmener Brillo au bureau ? Je ne pense pas que l'équipe y verrait à redire.

— Apparemment, Gamble est allergique aux chiens.

— Il est allergique au travail, aussi, mais personne ne lui fait jamais de réflexion.

Clarke se fendit d'un sourire.

— J'en reviens encore et toujours à l'argent, Malcolm. Si Salman était sur le point de l'apporter, The Flow était donc en passe de se concrétiser. Qui avait le plus intérêt à ce que le projet capote ? Ni Issy, ni son père, ni Stewart Scoular.

— Les gens dans le Nord qui n'en voulaient pas, avança Fox. Le truc, c'est que rien de tout cela ne serait dans le domaine public. C'est pour ça que l'espionnage commercial est une si grosse affaire.

— C'est ta fameuse source qui t'a dit ça ?

— Tu veux que je lui demande s'il sait quelque chose de plus que nous sur The Flow ? Qui était en concurrence ?

Clarke acquiesça lentement et Fox sortit son téléphone pour s'exécuter. Brillo était assis sur son arrière-train aux pieds de Clarke, la balle prête à repartir. Mais Clarke s'affaira de nouveau sur son téléphone en se replongeant dans la lecture de l'article. Elle cliqua sur la photo du Camp 1033 qui accompagnait le papier et zooma dessus du bout des doigts. Keith Grant était décrit comme un militant qui avait levé des fonds pour acheter le camp en vue d'en faire « une ressource touristique » locale.

— Je ne vois pas le lien, marmonna-t-elle en flanquant un grand coup de pied dans la balle.

Tout en songeant qu'on avait déjà vu beaucoup plus étrange.

36

Rebus était passé derrière le bar le temps que Cameron s'octroie une pause. Le pub accueillait son lot d'habitués, armés d'anecdotes sur le revolver, May et son père. Rebus avait fait son possible pour rassurer Cameron, mais l'épisode du prélèvement d'empreintes continuait de l'inquiéter. En retournant dans la cuisine pour lui demander de remplacer un fût de bière, Rebus l'aperçut par la fenêtre : les yeux rivés sur son téléphone, il faisait les cent pas en tirant sur un joint. Rebus décida de le laisser tranquille et, de retour en salle, conseilla à son client de jeter son dévolu sur autre chose.

— Mais je prends toujours une blonde à la pression.

— Il paraît que la diversité est le sel de la vie, tenta de le persuader Rebus.

— Donnez-moi une cannette de blonde, dans ce cas.

— Je savais bien qu'un rebelle sommeillait en vous, conclut Rebus en se tournant vers le frigo.

Au retour de May Collins, Cameron était occupé à remplacer le fût à la cave. Dans la salle, toutes les paires d'yeux la suivirent du perron jusqu'au comptoir. Elle disparut un court instant dans le couloir pour accrocher sa veste.

— Nom de Dieu, dit-elle en jetant un œil à ses clients, si on était dans un western, le pianiste aurait arrêté de jouer.

Sa remarque lui valut quelques sourires, après quoi les gens s'en retournèrent à leur conversation et leur journal.

— Et c'est quoi, ça, nom d'un chien ? demanda-t-elle à Rebus en agitant la main en direction du haut-parleur accroché dans un coin du plafond.

— C'est Leonard Cohen, répondit-il.

Elle leva les yeux au ciel avant de se tourner vers les bouteilles d'alcool suspendues tête en bas pour se servir un whisky. Rebus voyait bien qu'elle ne pouvait s'empêcher de regarder l'endroit où le revolver avait été accroché. May finit par pivoter vers l'évier pour ajouter un trait d'eau dans son verre avant d'en boire une gorgée.

— Je vois que ça s'est bien passé, tenta Rebus.

— Ils ont cuisiné mon père pendant plus d'une heure, John. À son âge ! Et après mon tour est venu. Depuis combien de temps le pistolet a disparu, qui d'après vous, a pu le prendre…

— C'est la même arme, donc ?

— Il y a nos empreintes dessus – celles de mon père et les miennes. Les tiennes aussi, dit-elle en avisant Cameron qui ressortait de la cave. Creasey est en route pour venir te toucher deux mots.

— Mais Joe va bien ? s'enquit Rebus.

— Il est épuisé. Il a dormi sur tout le trajet du retour.

— Vous ne voulez pas rester avec lui ?

— Il a refusé.

Ses épaules s'affaissèrent imperceptiblement.

— Comment ça s'est passé, ici ?

— C'était plutôt calme. J'ai fait un saut au cimetière, où j'ai croisé Helen et Stefan.

— Est-ce qu'on pourrait s'en tenir à ici et maintenant ?

— Vous devriez vous reposer. Ça me gêne de vous dire ça, mais le bar s'en sort très bien sans vous.

Elle secoua la tête.

— Personne ne s'avisera de faire courir le bruit que je me planque. C'est déjà suffisamment désagréable d'être suspectée de meurtre.

— Je continue à penser que Keith a volé le revolver. Et que l'assassin l'a pris dans sa sacoche.

— Il aurait pu avoir la décence d'effacer mes empreintes après coup. Désolée, tressaillit-elle, ce n'était pas très délicat de ma part.

— Faites une pause, trente minutes ou même une heure.

Rebus jeta un œil à Cameron, qui confirma d'un hochement ferme de la tête.

— Pourquoi pas…

May s'interrompit comme la porte d'entrée s'ouvrait. Deux détectives pénétrèrent dans la salle : Creasey et une femme plus jeune que Rebus n'avait encore jamais vue.

— Il faut qu'on parle, annonça Creasey à Cameron. Au calme si possible.

— Dans la cuisine ? suggéra ce dernier en scrutant sa patronne, qui acquiesça.

— La constable Larkin va s'occuper de vous.

La dénommée Larkin contourna le bar et suivit Cameron dans le couloir. Creasey avait déjà tourné son attention vers Rebus.

— Et lui aussi, il faut que je vous l'emprunte.

— On dirait bien que ma pause est finie, ironisa May Collins avant de lancer à la cantonade : Ça convient à tout le monde de se faire servir par une patronne soupçonnée de meurtre ? Parce que c'est soit ça, soit vous prenez la porte.

Le temps que Rebus rattrape Creasey, le sergent avait déjà pris place derrière le volant de sa Mondeo. Rebus grimpa côté passager et ferma la portière derrière lui.

— Je lui ai dit qu'elle ne faisait pas vraiment partie des suspects, commença-t-il.

— Les empreintes sur la crosse du pistolet sont partielles, mais suffisantes.

— Celles de May, de son père et de Cameron ?

— Et celles de la victime – même si cette info reste entre nous pour le moment.

— Donc Keith a bel et bien piqué l'arme ?

— Il était vraiment persuadé qu'elle avait servi à tuer ce soldat, n'est-ce pas ? Pour répondre à votre question, poursuivit-il comme Rebus hochait la tête, je doute que Mme Collins ou son père l'aient prise pour Keith – ce qui n'empêche pas qu'ils puissent être impliqués d'une manière ou d'une autre.

— Et Cameron, alors ? On a un mobile ?

Creasey eut un sourire fatigué.

— N'importe qui, du moment que ce n'est pas votre fille, hein ? Ma foi, c'est ce dont je voulais vous parler. Il faut que j'aille m'entretenir avec elle et je pense que ce serait bien que vous m'accompagniez.

— Dites-moi que ses empreintes à elles ne sont pas sur l'arme.

Creasey secoua la tête.

— Mais une des empreintes partielles est bien plus petite que les autres. Presque sans aucun doute celle d'un enfant.

— Carrie ?

— Plutôt que de prélever les empreintes de la petite, je me suis dit qu'une conversation pourrait suffire.

Rebus tendit la main par-dessus son épaule et déroula la ceinture de sécurité. Creasey démarra le moteur et s'éloigna du trottoir tandis que Rebus appelait Samantha. Elle était chez Julie, et Carrie aussi. Il lui demanda l'itinéraire, qu'il transmit à Creasey.

— Qu'est-ce qu'il veut ? demanda Samantha. Je lui ai déjà dit tout ce que je savais.

— On arrive dans deux minutes. Je t'expliquerai.

De facture neuve, le bungalow se détachait à flanc de coteau en surplomb du village. Deux voitures étaient déjà garées dans l'allée, et Creasey choisit de s'arrêter sur le bas-côté herbeux. Julie Harris les fit entrer.

— J'ai mis la bouilloire à chauffer, annonça-t-elle.

Samantha attendait dans le salon ; Carrie et Jenny jouaient dans la chambre de Jenny. Tandis que Creasey commençait à exposer la raison de sa visite, Rebus se rendit dans la cuisine pour donner un coup de main.

— Comment va-t-elle ? s'enquit-il.

— Sam ou Carrie ?

— Les deux, j'imagine.

— Elles vont commencer à consulter une thérapeute, peut-être à raison d'une heure par semaine.

La cuisine, quelconque, était bien rangée, agrémentée d'une liste de choses à faire et de photos aimantées sur la porte du frigo.

— C'est votre compagnon ? demanda Rebus.

La famille posait à côté de Dingo et de Donald Duck.

— À Disneyland Paris, il y a deux Noël de ça. Je voulais les jeter, mais Jenny n'a pas voulu, dit-elle, et elle tourna brièvement la tête pour regarder Rebus. Il m'a quittée deux mois plus tard. Mais il assure pour la garde, je lui reconnais au moins ça. Il s'occupe de Jenny toutes les deux semaines.

— Il est resté dans le coin ?

— À Aberdeen. Nouveau boulot, nouvelle vie. Y en a qui s'en sortent bien, hein ?

— Vous avez grandi ici ? Je n'ai pas rencontré grand monde dans ce cas.

— Beaucoup sont originaires de la grande ville.

— Ces mêmes grandes villes que d'autres fuient en venant s'installer ici ?

Elle lui tendit deux tasses.

— Il le prend comment, son thé ?

— Il le prend comme on le lui donne, répondit Rebus en sortant de la cuisine.

On fit venir Carrie dans le salon et Julie Harris prit sa place dans la chambre. La fillette grimpa sur les genoux de sa mère d'un air méfiant. Il avait été décidé que Samantha poserait les questions. Dès que Carrie eut décrété qu'elle n'avait rien à gagner à garder le silence, l'histoire fut rapidement contée.

— Personne ne va se faire gronder, tenta de la rassurer Samantha. C'est simplement une pièce du puzzle dont nous avons besoin. Il y avait un vieux pistolet tout rouillé dans le sac en bandoulière de papa, n'est-ce pas ? Est-ce qu'il te l'a montré ?

Carrie se mordilla la lèvre, secoua la tête.

— Je l'ai trouvé, dit-elle d'une voix à peine plus forte qu'un murmure.

— Et tu l'as sorti ?

— Il était très lourd.

— J'imagine. Est-ce que papa t'a vue ?

De nouveau, elle secoua la tête.

— Donc tu l'as remis dans le sac et tu l'as laissé là où tu l'avais trouvé ?

Carrie approuva.

— Et tu n'as jamais rien dit à papa ?

La fillette dirigea son attention vers la seule personne de la pièce qu'elle ne connaissait pas.

— Mon papa est parti au paradis, expliqua-t-elle à Creasey. Il ne va pas revenir avant longtemps.

Samantha Rebus peina à garder son sang-froid.

— Tu te souviens où c'était ? demanda Rebus à voix basse. Le vieux pistolet tout rouillé, je veux dire ?

— Au garage.

— Le sac posé sur le bureau de papa ? Grand ouvert ?

— Je voulais regarder, c'est tout. Je n'allais pas voler.

— Il y avait autre chose dans le sac ? Des carnets de notes et un ordinateur, par exemple ?

— Ils étaient sur le bureau.

— Donc, il s'était installé pour travailler ? Tu as vu ce qu'il avait écrit ?

Elle fit non de la tête. Samantha posa les yeux sur Creasey.

— Ça vous suffit ? demanda-t-elle.

— Il me semble. Merci pour ton aide, Carrie.

— De rien.

Elle se laissa glisser des genoux de sa mère et sortit de la pièce en sautillant.

Samantha serra les paupières.

— Donc le pistolet, c'est celui du Glen, récita-t-elle comme si elle remettait de l'ordre dans ses idées, et Keith l'a pris dans le cadre de ses recherches. Et quelqu'un l'a assommé avec. Et je ne comprends toujours pas pourquoi.

— On y travaille, affirma Creasey d'un ton confiant.

— Je n'étais pas au courant qu'il l'avait, je le jure. Si Carrie me l'avait dit, je l'aurais obligé à s'en débarrasser. C'est évident, dit-elle en rouvrant les paupières et en fixant la porte du salon.

— Carrie n'y est pour rien, la mit en garde Rebus.

Mais Samantha n'écoutait pas.

— Si seulement elle avait dit quelque chose…

— Votre père a raison, mademoiselle Rebus. Vous ne devriez pas…

Elle lui intima le silence d'un regard noir.

— Je vais vous demander de partir, maintenant.

Elle se redressa brusquement et quitta la pièce.

Rebus et Creasey restèrent un instant sans rien dire. Puis Creasey se leva à son tour avec lenteur.

— Vous ne buvez jamais le thé qu'on vous sert ? demanda Rebus en désignant la tasse intacte.

— Je n'aime pas trop ça, admit Creasey. Mais les gens ont l'air d'aimer le préparer.

37

Siobhan Clarke était allongée de tout son long sur son canapé, Brillo en boule à côté d'elle, un vieil épisode d'*Inside No. 9*[1] à la télé, lorsque la sonnerie du téléphone retentit.

— Allô ?

— C'est Robbie. Robbie Stenhouse.

— Je n'ai pas le souvenir de vous avoir donné mon numéro, Robbie.

— J'ai mes combines – et puis je me suis dit que ça ne pouvait pas attendre.

Clarke se redressa et fit basculer ses pieds sur le plancher. Brillo se réveilla en sursaut, elle le réconforta d'une caresse.

— Vous avez quelque chose ?

— C'est effectivement une voiture de location. J'ai recherché le numéro de plaque : le véhicule provient d'une concession Avis, de l'aéroport d'Édimbourg. Donnez-moi votre e-mail, je vais vous faire suivre tout ce que j'ai.

---

1. Série télévisée britannique d'humour noir diffusée depuis 2014 sur la BBC Two.

Elle s'exécuta et se rendit compte ce faisant qu'elle tapotait le pelage de Brillo un peu plus vigoureusement que le pauvre chien ne l'aurait souhaité.

— La proposition tient toujours pour le match Hibs-Motherwell ? demanda Stenhouse.

— Je paierai ma tournée de tartes à la mi-temps. Je jetterai un œil au calendrier des rencontres une fois qu'on aura bouclé ce dossier.

— En parlant de ça, je crois que je vais m'arrêter là pour cette nuit. C'est une Volkswagen Passat argent tungstène.

Il égrena la plaque d'immatriculation, que Clarke nota sur la première page de l'édition du jour de l'*Evening News*.

— Encore merci, Robbie, dit-elle avant de raccrocher.

Perdue dans ses pensées, elle resta un instant à mordiller son stylo, puis décida d'appeler Fox.

— La voiture a été louée à l'aéroport. Robbie m'envoie les détails par mail.

— Je t'avais bien dit qu'il était doué.

— Suffisamment pour mettre la main sur mon numéro de téléphone, fit-elle avant de s'interrompre. C'est à toi qu'il l'a demandé, je me trompe ?

— Une heure à peu près après notre départ de Gartcosh. Il ne va pas apprécier que je dévoile ses secrets.

— Il n'y a rien de si secret que ça – il est connu même des inspecteurs en retraite. Tu es en vadrouille ?

— Je suis sorti prendre un plat à emporter, répondit Fox en guise de justification au bruit de fond. Est-ce qu'à cause de l'aéroport il faut en conclure que l'individu venait tout juste d'arriver en ville ? Ne va pas me dire qu'on va découvrir un lien avec Londres que la Met ne s'est pas donnée la peinc de mentionner…

— Mais n'oublie pas ce que nous a dit Issy Meiklejohn : Stewart Scoular loue ponctuellement des voitures.

— Ajoutons à cela le fait qu'elle-même n'en possède pas, donc en cas de besoin…

— Nous en saurons plus demain matin. Rendez-vous à Leith ou chez Avis ?

— Chez Avis à neuf heures ?

— Ça me va. Alors, qu'est-ce qu'on a au menu ce soir ?

— Indien. D'ailleurs la commande doit m'attendre. As-tu prévenu Graham Sutherland ?

— Il est à Glasgow.

— On le tient informé ou on lui réserve une surprise savoureuse ?

— Attendons de voir ce qu'on obtient d'Avis. S'il s'avère que c'était un touriste qui s'est perdu en route…

— Tu as le chic pour casser l'ambiance, Siobhan.

— Bon curry, ironisa-t-elle avant de couper l'appel.

Elle jeta le téléphone à l'emplacement du canapé que Brillo venait de quitter pour la toiser d'un air lourd de reproches depuis le milieu du salon.

— OK, je suis désolée, s'excusa-t-elle.

Un curry ? Non, mais elle ne dirait pas non à un bon poisson. Elle se leva. Aussitôt, Brillo remua la queue avec impatience.

— Ça va, j'ai compris, fit-elle. Un poisson et une saucisse panés. Peut-être même une balade à l'aéroport demain si tu as de la chance.

Elle s'engagea dans le vestibule tandis que Brillo bondissait vers la porte.

— L'avantage de la location à l'aéroport, dit-elle au chien tout en attrapant son manteau et la laisse, c'est qu'on ne manquera pas de caméras de surveillance. Autrement dit, on va forcément lui mettre la main dessus.

— J'aurais jamais dû parler de curry, grommela Fox en massant son ventre qui gargouillait.

Des heures qu'il ne s'était rien mis sous la dent. En plus il avait envie de soulager sa vessie, mais en plein Cowgate, ce n'était même pas la peine d'y penser. Il avait bien un HeWee dans sa boîte à gants, un urinoir portable. Mais il risquait de se faire surprendre en pleine action par le premier fêtard ivre qui passait par là. Il choisit de se déplacer légèrement sur son siège, en priant pour que Scoular ne mette pas une éternité à sortir du Jenever Club. Aucun signe d'Issy ou de Gio, ce soir – à moins qu'ils ne soient arrivés avant lui.

Fox ramassa le carnet qu'il avait déposé sur le siège passager. Depuis sa maison de Stockbridge, Scoular avait loué les services d'un taxi privé, qui avait fait la route d'une traite. Voilà quatre-vingt-quinze minutes qu'il était à l'intérieur de l'établissement et dans ce laps de temps, le profil de la rue avait eu le temps de changer. Désormais, les piétons qui la sillonnaient étaient plus jeunes, plus bruyants aussi. Les boîtes de nuit ouvraient, les concerts démarraient. Un cortège d'enterrement de vie de garçon était passé en fanfaronnant, s'arrêtant pour tambouriner sur le toit de la voiture de Fox avant de lui sourire béatement. Peu après, celui d'un enterrement de vie de jeune fille était arrivé au Jenever, ses protagonistes drapées dans des écharpes roses et arborant des T-shirts de même couleur flanqués d'un portrait de la future mariée et affichant dans leur dos : « La Team Beuverie de Sue ». Les videurs décrétèrent qu'elles pouvaient entrer. Ils se virent récompensés d'une bise sur la joue et d'un pincement de fesse. Quelques instants plus tard, deux d'entre elles ressortirent pour se griller une cigarette et papoter avec les videurs, qui en furent tout ragaillardis.

Fox avait allumé l'autoradio – Jazz FM. La réception n'était pas fameuse, étant donné que le Cowgate, longue artère encaissée et bardée de part et d'autre de hautes bâtisses, formait une sorte de canyon. Mais c'était toujours mieux que rien. Et puis il avait de quoi s'occuper l'esprit : la voiture louée à l'aéroport. Ils étaient convenus de se retrouver chez Avis à neuf heures, mais le guichet devait ouvrir bien avant ça. Il se rendrait peut-être sur les lieux en avance, histoire de mettre Siobhan devant le fait accompli. Il ne s'attendait pas à ce qu'elle l'en remercie ; plutôt l'inverse, d'ailleurs. Mais pourquoi pas tenter le coup.

Les températures nocturnes ayant eu raison des jeunes femmes et de leur tenue légère, elles avaient de nouveau migré à l'intérieur. Un videur avait proposé son manteau, ce qui lui avait valu un autre baiser, cette fois sur la bouche, pour autant que Fox pût en juger. Une fois les femmes reparties, les deux videurs avaient battu la semelle en dessinant de petits mouvements de danse.

Maigre consolation, se dit Fox. On les prend où on les trouve.

Les portes du club s'ouvrirent de nouveau. Cette fois, Stewart Scoular en sortit, une femme au bras. Elle portait des talons hauts et une robe noire moulante, une veste couleur crème drapée sur les épaules. Fox s'était attendu à la reconnaître, pourtant il ne s'agissait pas d'Issy Meiklejohn. Un instant, il songea à la prendre en photo avec son téléphone, mais elle était trop éloignée et il ne pouvait pas risquer le flash. Et puis de toute façon, s'il lui fallait un nom, Cafferty saurait le lui fournir. Le videur fit signe à un taxi et Scoular lui glissa un billet en passant. Le geste rappela à Fox ce flic qu'il avait connu à Glasgow, qui distribuait des pourboires à tout le monde, quel que soit le type d'établissement fréquenté. Et qui n'oubliait jamais de donner à ceux qui faisaient la manche et qui vendaient le *Big Issue*.

« C'est important d'être gentil », avait-il expliqué. « Un jour ou l'autre, il y en a bien un ou deux qui pourraient me renvoyer l'ascenseur. » En lui faisant remonter les nouvelles fraîches et les rumeurs de la rue. « Si seulement je pouvais passer ça en notes de frais », avait-il ajouté avec un gloussement de rire.

Fox avait travaillé avec lui quelques mois seulement, il avait du mal à remettre son nom. Il l'avait vu pour la dernière fois à l'enterrement d'un collègue. À peine avaient-ils eu le temps d'échanger une poignée de main.

Le même videur officia à la fermeture de la portière arrière, puis fit un signe de la main au chauffeur de taxi qui s'éloigna avec ses passagers. Fox prit le véhicule en filature, non sans avoir noté l'heure exacte à laquelle Scoular avait quitté le Jenever. Qu'il obtienne ou non des résultats, le cas échéant, il serait en mesure de prouver à Cafferty qu'il s'était donné du mal. Si on partait encore une fois du principe que le plan de la directrice adjointe allait échouer. Ça ne mangeait pas de pain d'avoir un plan B.

Il ne lui fallut pas longtemps pour comprendre qu'ils étaient en route pour le domicile de Scoular. Il se souvint comment ce dernier s'était vanté de ne pas toujours y être seul. Pour autant que Fox pût en juger, il ne se passait rien sur la banquette arrière – pas de visages s'entremêlant. Il suivit le taxi jusqu'à Stockbridge, en prenant bien soin de s'arrêter à une distance respectueuse une fois arrivé à destination. Tandis que Scoular et la femme pénétraient dans la maison, il se remit en route et rattrapa le taxi au bout de quelques centaines de mètres. Il fit des appels de phares jusqu'à ce que le chauffeur mette son clignotant et s'arrête. Fox se gara derrière lui, remonta à pied jusqu'au taxi et sortit sa carte de police.

— J'ai cru que j'avais un pneu crevé, lança le chauffeur.

— Du tout. Je voulais vous interroger sur le couple que vous venez de déposer.

— Eh bien, quoi ?

— La conversation était intéressante ?

— Je n'écoutais pas.

Le chauffeur vit à son regard que Fox ne tombait pas dans le panneau.

— Ils n'ont pas dit grand-chose. Ils étaient sur leur téléphone. Lui a passé un coup de fil, à l'étranger, à mon avis.

— Qu'est-ce qui vous fait dire ça ?

— Il a demandé quelle heure il était là-bas. Ils ont confirmé une conférence téléphonique, un horaire qui convenait à tout le monde. C'est à peu près tout, dit-il en haussant les épaules. Il n'avait pas l'air très jouasse, en tout cas.

— Ah bon ?

— Moi, assis à côté d'une poupée comme ça, j'éviterais de tirer la tronche.

— A-t-il prononcé son nom ? Vous aviez l'impression qu'ils venaient de se rencontrer ?

— Aucune idée.

— Rien d'autre ?

Un nouveau haussement d'épaules lui répondit. Fox le remercia.

— Vous glisserez un mot pour moi la prochaine fois que j'ai un PV ?

Fox esquissa un sourire.

— Soyez prudent, dit-il en rebroussant chemin vers sa voiture.

Scoular semblait donc soucieux, et incapable de débrancher alors qu'il avait un rencard. Quant à l'appel à l'étranger ? L'Extrême-Orient, peut-être, ou les États-Unis. Avec la disparition de bin Mahmoud, il fallait combler le gouffre financier, ce qui rajoutait du boulot à Stewart Scoular. Impossible qu'il soit derrière cet assassinat – c'était la dernière chose au monde dont il avait besoin. Ce qui ne voulait pas dire pour autant qu'il n'y avait aucun lien. Ce qui ne voulait pas dire qu'il n'avait pas son lot de secrets.

Fox nota le déroulé sur son petit carnet. Il songea qu'il allait pouvoir rentrer chez lui, en faisant un petit crochet par le resto indien.

Après tout, il allait commencer de bonne heure.

JOUR SEPT

38

En s'approchant du guichet d'Avis, Fox aperçut une silhouette familière qui lui tendait une offrande.

Siobhan Clarke. Un gobelet de café.

— Bonjour, lança-t-elle.

— Tu es en avance.

— Toi aussi, répondit-elle en consultant ostensiblement l'heure à sa montre. J'avais le sentiment que tu arriverais tôt.

Fox jeta un œil au guichet. Une agente s'occupait de la réservation d'un homme d'affaires, une valise à roulettes à ses pieds.

— Tu as déjà… ?

— Ça ne serait pas très fair-play de ma part, si ? Attendre avec le café, *ça*, c'est ce qu'on fait entre collègues.

— Très bien, assez rigolé.

Il sirota la tasse du bout des lèvres, puis retira le couvercle. Un cappuccino, à vue de nez. Clarke écarta son sac en bandoulière dont elle sortit une dizaine de feuilles maintenues ensemble par un trombone.

— Voici ce que m'a envoyé Robbie. Un gros plan net de la plaque minéralogique ; les détails de la

DVLA[1] ; plusieurs clichés de la voiture traversant la ville de nuit.

— Tu dois vraiment lui plaire, commenta Fox en feuilletant les documents.

L'homme d'affaires tira sa valise en direction de la sortie.

— À nous ? offrit Clarke avant de s'approcher du guichet, Fox sur ses talons.

Il fallut joindre la responsable, et l'agente tendit le téléphone à Clarke pour qu'elle s'explique. Puis la responsable s'entretint avec l'agente et cette dernière s'affaira à son clavier. Fox avait demandé à parler à un agent de sécurité. L'homme se présenta et Fox lui demanda les bandes des caméras de surveillance correspondant aux dates de location du véhicule.

— Pour commencer : le hall principal, le guichet Avis et les places de stationnement.

— C'est beaucoup demander.

— C'est en demandant beaucoup qu'on fait avancer une enquête pour meurtre. J'apprécierais votre coopération.

L'homme gonfla les joues, mais se mit néanmoins en route après s'être muni de la carte de visite de Fox.

— Le serveur est un peu lent, aujourd'hui, s'excusa l'agente à Clarke.

— Pas de problème.

Même si c'en était un. Clarke s'était agrippée à sa tasse de café comme si elle s'apprêtait à lui tordre le cou.

---

1. La DVLA est l'agence chargée de la gestion des permis de conduire et des immatriculations.

— Tu es sûre que la caféine est une bonne idée ? s'inquiéta Fox.

Elle arrêta de pianoter de sa main libre sur le comptoir. Au même moment, deux clients entrèrent dans l'agence et firent la queue derrière les deux détectives.

— Je devrais peut-être m'occuper d'eux d'abord ? proposa l'agente.

— Ils attendront, répondit Clarke d'une voix laconique.

— Bien, nous y voilà, lança la jeune femme trente secondes plus tard.

Une imprimante se mit à vrombir quelque part sous le comptoir. Elle se laissa glisser de son tabouret et s'accroupit pour retirer les documents.

— Le dossier papier doit se trouver dans l'armoire de classement, avec le reçu de la carte de crédit. Mais en attendant…

Elle tendit les feuilles imprimées. Clarke chercha des yeux le nom du client. C'est Fox qui le trouva en premier et pointa l'index dessus.

— Giovanni Morelli, lut-il.

Puis il le répéta à voix basse comme s'il tentait de mettre de l'ordre dans son esprit. Pendant ce temps, Clarke écumait le reste du formulaire.

Volkswagen Passat, 1 900 kilomètres au compteur, louée le matin du jour où Salman, le bon ami de Gio, avait été assassiné, et rendue le lendemain à la première heure, avec moins de 50 kilomètres en plus au compteur.

— Quinze pour aller en ville, compta Clarke, et pareil pour revenir.

— Environ dix kilomètres de New Town à la scène du meurtre, ajouta Fox en opinant d'un air entendu avant de reporter son attention vers l'agente. Où se trouve ce véhicule actuellement ?

— Il est à l'agence, répondit-elle après avoir pianoté sur son clavier.

— Personne d'autre ne l'a loué depuis M. Morelli ?

L'agente jeta un œil par-dessus l'épaule de Fox à la file de clients qui commençaient à perdre patience.

— Ne vous préoccupez pas d'eux, intima Clarke avant de se tourner vers eux. Affaire de police. Merci pour votre patience.

L'agente se concentra de nouveau sur son écran.

— Elle doit partir aujourd'hui avec un nouveau client.

— Ça ne risque pas, assena Clarke en plantant son regard dans celui de Fox. Il faut faire venir la Scientifique.

— La voiture aura été nettoyée ? demanda-t-il.

L'agente lui répondit par un hochement de tête.

— Ce n'est pas un coup de chiffon et d'aspirateur qui fera disparaître le sang, contra Clarke.

Elle avait déjà sorti son téléphone. Fox se retourna vers la jeune femme.

— Les clés, je vous prie. Et notez-moi sa place de parking.

Il avait du mal à se concentrer. Siobhan ressentait probablement la même chose. Il convenait de respecter certaines procédures, pourtant il ne cessait de penser à Giovanni Morelli.

— Haj ? lança Clarke au téléphone. Il me faut une équipe à l'aéroport. Parking de l'agence Avis. Une des voitures a pu servir dans l'homicide bin Mahmoud. L'inspecteur Fox et moi-même sommes déjà sur place.

Elle écouta la réponse de son interlocuteur pendant que l'agente tendait une feuille de papier et une clé électronique à Fox.

— Oui, rassura-t-elle le responsable des scènes de crime, nous pouvons installer un périmètre de sécurité dans la zone immédiate. Mais faites au plus vite, hein ?

— Nous ne vous dérangeons pas plus longtemps, dit Fox à l'agente. Mais nous allons *vraiment* avoir besoin des documents dont vous avez fait mention, donc dès que vous aurez une seconde…

Clarke, son gobelet abandonné sur le comptoir, avait déjà regagné la sortie. Il posa le sien à côté et lui emboîta le pas.

— Pourquoi ? s'interrogeait Clarke.

Ils traversèrent la chaussée à grandes enjambées. Fox avait pris le soin de boutonner sa veste dans l'espoir que sa cravate cesse de lui gifler les oreilles.

— Je ne comprends pas, Malcolm. Là, vraiment, je ne comprends pas.

— Ne nous emballons pas. Cela prouve simplement qu'il se trouvait sur place ce soir-là.

— Tu as bien vu les photos : il n'y avait aucun passager dans la Passat. Alors à moins que Salman ait conduit son assassin sur les lieux du meurtre à bord de son Aston…

— Il pourrait très bien y avoir un troisième véhicule qui nous a échappé.

— Ou bien Issy sur son vélo, c'est ça ? Ça colle, fit Clarke en secouant la tête, seulement c'est insensé.

— C'est à Morelli qu'il faut poser la question.

Elle le regarda.

— Tu penses qu'il risque de s'enfuir ? Parents riches, amis puissants…

— Voyons d'abord si la voiture nous livre des indices.

Ils étaient arrivés à hauteur du parking Avis.

— Quel emplacement ?

— Quarante-deux, comme dans *Le Guide du voyageur galactique*. J'essayais de détendre l'atmosphère, c'est tout, se justifia Fox devant l'air de Clarke.

Ils parcoururent le reste du chemin en silence. L'agente avait manifestement prévenu l'homme qu'ils trouvèrent en poste au kiosque. Il les guida jusqu'à l'emplacement 42 puis s'éclipsa.

— Ça donne envie de jeter un œil, avoua Fox en soulevant la clé.

— Vaut mieux pas.

Elle contourna le véhicule et approcha son visage de chacune de ses vitres. Il avait effectivement été nettoyé ; l'intérieur était immaculé. Son téléphone tinta à réception d'un texto.

— La Scientifique ? s'enquit Fox.

— L'inspecteur-chef. Il veut savoir où on est.

Clarke composa le numéro et porta le téléphone à son oreille. Fox regretta soudain d'avoir abandonné son gobelet de café. Le thermomètre plafonnait encore sous la barre des dix degrés et le parking était totalement à découvert. Ce qui n'avait pas l'air d'importuner Siobhan Clarke le moins du monde. Elle avait les joues rouges et le regard brillant. Fox lut la confiance dans ses yeux ; si cette dernière n'était pas déplacée, il ne tarderait pas à retrouver son bureau de Gartcosh.

Une perspective qui aurait dû le mettre en joie, pourtant il ne put s'empêcher de ressentir un soupçon de tristesse.

39

Il fallut un temps considérable à Josef Collins, entravé qu'il était par son déambulateur, pour aller ouvrir la porte d'entrée. Rebus le salua depuis l'allée, où il patientait en admirant le jardin.

— Vous n'êtes tout de même pas seul à entretenir tout ça ? s'enquit Rebus.

— C'est surtout May qui s'en occupe, ces derniers temps. Mais qu'est-ce que vous voulez, nom d'un chien ?

— Je me demandais comment vous alliez – ça n'a pas dû être facile, hier. May ne s'en est toujours pas remise. Les rumeurs, les yeux qui se posent sur elle dès qu'elle a le dos tourné.

Collins redressa les épaules.

— On est solides, l'un comme l'autre.

— Puis-je entrer ? s'enquit Rebus, qui s'était approché du perron.

— Pourquoi ?

Collins le toisait au travers de ses verres de lunettes mouchetés de saletés. À la table du bar, il lui était apparu voûté et tremblant, pourtant ces mêmes yeux avaient été témoins de la boucherie de la guerre. Derrière la carapace usée par les années, Rebus n'avait aucun mal à discerner le jeune Josef Kolln.

— Parce que votre pistolet a servi à tuer un innocent. Il faut nous dire la vérité, maintenant. Dans l'intérêt de May autant que dans le vôtre.

— Allez au diable.

— J'ai été flic pendant plus de trente ans, monsieur Collins. J'y suis allé, au diable. Ce que j'ai vu au Camp 1033 n'était pas le pire, mais cela ne cessera jamais de me hanter. Keith ne méritait pas ce qui lui est arrivé. Il mérite votre aide.

— C'est sûrement votre fille qui a fait le coup, assena le vieillard, de plus en plus agité.

— Vous le pensez vraiment ?

— Je ne sais pas ce que je pense.

— Je m'intéresse davantage à ce que vous savez. Voyez-vous, le pistolet n'était pas accroché là par hasard. Vous l'aviez fait par provocation, pour bien montrer que vous saviez.

— Que je savais quoi donc ?

— La vérité sur la mort du sergent Davies. Et puis Keith s'est mis à déterrer toute cette histoire, impossible de prévoir ce qui allait arriver. Il était convaincu qu'il s'agissait de la même arme. Il se disait peut-être qu'il pourrait lui faire passer une analyse ADN. C'est pour ça qu'il l'a piquée derrière le comptoir. Vous avez toujours raconté la vérité – à savoir que vous aviez découvert le pistolet sur la plage. Mais je ne crois pas que vous ayez fait grand-chose pour dissiper toutes les autres rumeurs. Bien au contraire, une fois qu'elles ont commencé à courir, elles vous arrangeaient, parce qu'elles lorgnaient du côté de la vérité.

Rebus s'était encore rapproché d'un pas de Josef Collins. Il jeta un œil à l'étroit couloir derrière lui. Des portraits de famille au mur, le fouillis ordinaire d'une longue vie.

— Stefan Novack, Helen Carter et Frank Hess – Keith les a tous interviewés. Stefan n'était pas au camp au moment où le sergent Davies a été assassiné – à moins que vous n'en sachiez plus. La sœur d'Helen avait son lot d'admirateurs, dont certains qu'elle a pris comme amants. Helen était-elle jalouse ? Avait-elle le béguin pour le sergent Davies ? Et puis il y a Frank, dont l'adoration n'était malheureusement pas réciproque.

Rebus ménagea une pause.

— Et puis, il y a vous. Vous connaissiez et Frank et Helen. Donc vous connaissiez également sa sœur. Je me suis demandé si ce pistolet n'était pas une manière de proclamer à tout le monde que c'était *vous* qui l'aviez fait. Pour placer le pistolet dans la chambre d'Hoffman en vue de l'incriminer, il fallait avoir accès au camp. Helen y travaillait ; Frank Hess et vous y étiez prisonniers.

— Ce qui laisse des centaines d'autres suspects.

Collins lui apparut soudain las, ses épaules s'affaissèrent. Ses mains noueuses, à la peau tavelée par la vieillesse, tremblèrent lorsqu'il agrippa le déambulateur.

— Dites-moi, monsieur Rebus, lequel d'entre nous a la force physique de tuer Keith ? Vous affirmez que le revolver était en sa possession : il a fallu se bagarrer, non ? Pour le lui arracher des mains ? Vous arrivez à vous représenter la scène ? Vraiment ? Répondez !

Rebus temporisa avant de s'avancer d'un dernier

pas. Son visage n'était plus qu'à quelques centimètres de celui de Collins.

— Il est temps d'en finir, *Herr* Kolln. Dans l'intérêt de votre fille comme de la mienne.

Le regard de Collins se voila imperceptiblement. Il détacha une main du déambulateur pour se frotter les lèvres. Puis, avec une lenteur délibérée, il entreprit de reculer dans le vestibule en traînant le déambulateur avec lui.

— Vous avez raison, dit-il en battant en retraite. Je ne lui ai jamais dit qu'il ne s'agissait pas du même pistolet. Voyez-vous, il a toujours eu un faible pour les femmes. Je voulais le dissuader de s'approcher de la mienne… de mes *deux* femmes, d'ailleurs.

— De qui parlez-vous ?

— Allez voir Frank, monsieur Rebus.

La porte se referma lentement.

— De ce que j'ai vu du bonhomme, il n'est pas impartial.

— Essayez quand même.

La porte se referma avec un bruit sec, laissant Rebus seul dans l'allée d'un jardin impeccablement entretenu.

— J'essaierai donc, murmura-t-il en passant une main dans ses cheveux.

La maison que Frank Hess habitait avec son petit-fils Jimmy était perchée sur une étroite terrasse qui s'écartait de la route principale pour descendre en direction du rivage. Le soleil était de sortie, la température agréable. Rebus crut déceler le roulement des vagues au loin. Il n'avait même pas pris le temps de visiter le bord de mer. Bientôt, peut-être. Au bout de trois coups à la sonnette, il entendit une voix brailler des tréfonds de la maison.

— Qu'est-ce que vous voulez ?

— Monsieur Hess ? C'est John Rebus, le père de Samantha, cria-t-il à travers le rabat de la boîte aux lettres.

— Allez-vous-en.

— Ça m'est impossible, monsieur Hess. Il faut que nous parlions.

Il jeta un œil par la fente et recula rapidement en voyant le bout d'une canne s'enfoncer dans l'interstice.

— C'est à propos du revolver et des raisons qui ont poussé Keith à le voler au pub. Il a essayé de vous en parler. Apparemment, la discussion vous a mis en colère. Cela dit, j'ai l'impression que c'est votre réglage par défaut.

— Laissez-nous tranquilles.

— Jimmy est là ? Je peux lui parler ?

Rebus osa un coup d'œil par la boîte aux lettres. Il distingua le torse du vieil homme et derrière, le désordre qui régnait dans le couloir. Il laissa retomber le rabat et appuya sur la poignée. La porte n'était pas verrouillée et il mit un pied à l'intérieur. La canne s'abattit sur son épaule, ce qui ne détourna en rien son attention des objets qu'il avait repérés depuis l'extérieur. Il décrocha le lourd blouson de sa patère et l'examina tandis qu'un autre coup de canne l'atteignait dans le dos. Le vieillard crachotait, à bout de souffle. Rebus s'accroupit pour soulever le casque de moto, dans lequel était rangée une paire de gants en cuir. Il pivota vers Frank, à temps pour dévier du coude une nouvelle charge.

— Jimmy a une moto, affirma-t-il.

— Non, répondit Hess en levant le bras.

Rebus lâcha le blouson et empoigna l'extrémité de la canne, qu'il tint fermement serrée tandis que Hess essayait de la lui arracher des mains.

— Quoi alors, il aime se déguiser en motard ?

— C'est un gentil garçon. Il veille sur moi.

Rebus hocha la tête.

— D'un amour inconditionnel, il est prêt à tout pour vous faire plaisir. Vous aviez deviné pourquoi Keith avait dérobé le pistolet. Vous saviez que Joe l'avait mis en évidence derrière son bar. Il a toujours eu un faible pour les femmes – ça vous a durement secoué que Chrissy n'ait pas une minute à vous consacrer alors qu'elle était très heureuse de s'offrir aux autres.

Il ménagea une pause. La poitrine de Hess se soulevait et retombait comme s'il avait du mal à reprendre son souffle.

— Personne n'aimait Hoffman dans ce camp, poursuivit Rebus. Personne n'irait se plaindre s'il finissait au peloton d'exécution. Rien de plus facile que de lui faire porter le chapeau en planquant le revolver dans sa chambre, et puis de faire passer le message aux autorités.

De nouveau, il s'interrompit, scrutant le visage de Hess. Le vieillard, de taille moyenne, avait perdu l'embonpoint qu'il arborait dans sa jeunesse. Des plis de peau pendaient à son cou. Il avait les joues creuses, et les dents jaunies.

— Vous avez passé votre vie dévoré par la rage, n'est-ce pas vrai, *Herr* Hess ? Arrivé à votre âge, il n'y a plus grand-chose à faire. Jimmy, en revanche…

Le regard de Hess s'illumina brusquement, il parut

se dépouiller du poids des années, si bien que Rebus finit par entrapercevoir le jeune conscrit, le fanatique, l'admirateur acariâtre de la tentatrice du village.

— Mon petit-fils n'a rien fait, cracha-t-il.

Il jeta un œil autour de lui, comme s'il cherchait quelque chose dans le couloir, puis s'enfonça à pas lents à l'intérieur de la maison.

Rebus en profita pour jeter un coup d'œil à son tour. Pas de moto. Un étroit passage flanquait la maison, mais là non plus, il n'avait pas vu de deux-roues. Il sortit son téléphone : pas de réseau. Il était en train de le ranger dans sa poche quand Hess surgit de la pénombre armé d'un couteau de cuisine.

— Mais à quoi vous jouez, Frank ? plaida Rebus, les mains tendues devant lui, paumes tournées vers le plafond, tout en s'avançant vers la silhouette qui se détachait dans le couloir.

— Je pourrais vous tuer, vous savez. Vous l'avez dit vous-même : je suis un homme dévoré par la rage.

— Contrairement à Jimmy, vous voulez dire ?

Rebus hocha la tête comme pour signifier qu'il le comprenait, puis il projeta sa main gauche, enserra le poignet du vieillard et le tordit jusqu'à ce qu'il lâche le couteau. Il s'avança d'un pas et murmura tout contre l'oreille de Hess.

— Sauf que vous, vous ne faites pas de moto, dit-il avant de tourner les talons et de quitter les lieux.

Il se glissa dans l'étroit passage. Il y avait là deux vieux vélos, dont un qui avait dû appartenir à Jimmy quand il était enfant. Un jardinet à l'arrière de la maison. Et puis tout un bric-à-brac : des portes en bois vermoulu ; une serre de fortune faite de vieux cadres de fenêtres, sous laquelle ne semblaient pousser que des mauvaises herbes ; des pneus usés et des enjoliveurs. Dans un coin se dressait un petit abri de jardin, installé assez récemment, à en juger son état. Rebus ouvrit la porte en grand : une tondeuse électrique couverte de toiles d'araignées ; des boîtes à outils ; du matériel de jardinage pendu à des clous. Pas de moto. Il referma le battant et regagna sa voiture à grands pas. Une fois en route, il vérifia le réseau sur son téléphone. Dès l'apparition de la première barre, il se gara sur le bas-côté pour appeler Creasey.

— Il vous faut un mandat pour fouiller chez Frank Hess. Et il faut interroger le petit-fils. Le petit-fils et le grand-père, corrigea-t-il.

— Et pourquoi donc, John ?

La voix de Creasey se perdait. La barre du réseau tremblotait.

— Je vous expliquerai quand on se verra. Allez-y.

Il coupa la communication et se remit en route. Il trouva une place devant le Glen. À l'intérieur, Cameron passait les derniers coups de serpillière.

— Faites attention où vous mettez les pieds, le mit-il en garde.

— Je fais toujours attention où je mets les pieds, ce qui ne m'empêche pas de me ramasser sur le cul. Question pour toi : est-ce que Jimmy Hess a une moto ?

— Non.

— Tu es sûr ?

— Et certain.

— Il a tout l'équipement de motard.

Cameron hocha la tête.

— Ça, c'est parce qu'il emprunte celle de Callum de temps en temps.

— Et c'est qui ce Callum, bon sang ?

— Son père et lui gèrent la ferme des Torries. Il est complètement ouf de motos, ce mec, même si vous avez plus de chances de le croiser sur un VTT. Sur un véhicule tout-terrain, un quad, je veux dire, précisa-t-il devant le regard vide de Rebus. Quatre roues, pratique pour négocier les champs.

— Et je la trouve où, la ferme des Torries ?

Cameron se lança dans une explication compliquée.

— Ça ira plus vite si tu viens avec moi, le coupa Rebus.

— Mais on ouvre…

— Fais ce qu'il te dit.

Ils tournèrent la tête en direction de la voix. May Collins, dans l'encadrement de la porte derrière le comptoir, s'essuyait les mains à un torchon. Les yeux rivés sur Rebus.

— Mon père m'a raconté que vous lui aviez rendu visite. Visiblement, vous êtes sur une piste, alors qu'est-ce que vous attendez ? demanda-t-elle en faisant mine de les chasser.

— Je vais chercher mon blouson, lança Cameron.

Il disparut un bref instant, pendant lequel Collins et Rebus restèrent à se dévisager en silence. Quand Cameron revint en enfilant sa veste en jean, un léger sourire dansait sur les lèvres de Collins.

— Bonne chance, dit-elle en guise d'au revoir tandis qu'ils quittaient le bar.

La ferme était située à vingt minutes en voiture, d'abord en prenant à l'est, puis par les lacets qui s'enfonçaient à l'intérieur des terres. La bâtisse principale se dressait à l'extrémité d'une piste défoncée que Rebus emprunta à vive allure. Après tout, c'était une voiture de location. En entendant le vrombissement du moteur, un jeune homme en bleu de travail déboucha dans la cour depuis une grange.

— C'est Callum, annonça Cameron.

Rebus se gara à côté d'un quad couvert de boue. Le temps qu'il arrive à leur hauteur, Cameron et Callum avaient déjà échangé une poignée de main.

— Je m'appelle John Rebus, je suis le père de Samantha.

— Toutes mes condoléances, répondit le jeune homme.

Baraqué, les joues rougeaudes, les cheveux en bataille et l'attitude pragmatique.

— Qu'est-ce qui vous amène par ici ?

— Vous êtes un ami de Jimmy Hess ?

— Depuis l'école primaire.

— Vous emprunte-t-il parfois votre moto ?

Callum le regarda d'un air perplexe.

— Ça lui arrive, oui.

— La dernière fois, c'était quand ?

— Faut que je me souvienne.

— C'était récemment ou pas ? Un peu plus d'une semaine ?

— Quelque chose comme ça, oui.

— Vous a-t-il dit pourquoi il en avait besoin ?

— Jimmy trace la route pour se défouler, parfois, c'est tout. Son grand-père n'est pas forcément facile à vivre.

— Moi, je ne pourrais pas le supporter, confirma Cameron.

Rebus se tourna vers lui.

— Mais rien ne t'y oblige, non ? Frank Hess ne va quasiment jamais au pub.

— Il n'y va absolument jamais, rectifia Cameron. Il prétend qu'il n'aime pas l'alcool, en même temps, si vous allez chez lui…

— Quoi ?

— Il y a des bouteilles de whisky partout alors que Jimmy n'est pas du tout fan de scotch.

Rebus reporta son attention vers le jeune fermier.

— Jimmy vous a emprunté la moto pendant combien de temps ?

— Un jour, seulement.

— Jour et nuit ?

— Rouler de nuit, c'est un vrai bonheur. Pas la peine d'avoir une destination, pas par ici. Tout le plaisir est dans la conduite.

— Avec un effort de mémoire, vous pourriez me retrouver la date exacte ? insista Rebus.

— Oui.

— Et quand il vous a ramené la moto, il vous a semblé comment ?

Le regard de Callum glissa de Rebus à Cameron, avant de revenir se poser sur Rebus.

— Hé, une minute, c'est de mon pote qu'on parle, là.

— Et vous n'avez pas fini d'en parler, pas à moi, mais dans le cadre d'une enquête pour meurtre.

Callum secoua la tête, et Cameron avait l'air abasourdi. Rebus sentit son téléphone vibrer. Il l'extirpa du fond de sa poche.

— Il y a du réseau par ici ?

— L'antenne-relais est par là-bas, indiqua Callum en montrant une colline au loin.

Rebus porta le téléphone à son oreille en tournant le dos aux deux hommes.

— Oui, sergent Creasey, que puis-je faire pour vous ?

— Vous savez qu'un mandat de perquisition, ça ne se trouve pas sous le sabot d'un cheval ? Il faut que j'arrive à convaincre mon patron de convaincre un juge – pour ça, il va falloir que vous arriviez à me convaincre, moi.

— Mieux vaut le faire en face à face. Où êtes-vous ?

— Juste après Lairg, en allant vers le nord.

— Dès que Frank Hess aura parlé à Jimmy, on va avoir un problème. Tout ce qui ressemble à une preuve va être soigneusement détruit. Si on fait les choses à votre façon, ça va prendre trop de temps, Robin.

— John…

Mais Rebus avait déjà pris sa décision.

Après avoir déposé Cameron au pub, il mit de nouveau le cap sur le domicile de Frank Hess. En arrivant, il trouva la porte fermée à double tour. Il sonna, mais personne ne répondit. Il jeta un œil par la fente de la boîte aux lettres. Plus aucune trace du casque ou du blouson de moto. La bouche pleine de jurons, il regagna l'étroit passage et le jardinet. Une porte donnait sur la cuisine, verrouillée elle aussi. La fenêtre était recouverte d'une couche de crasse, mais on y voyait au travers. Le couteau à découper reposait sur le plan de travail. Le tiroir dont on l'avait sorti était grand ouvert. Poêle à frire sur la cuisinière et assiettes dans l'évier. Deux tasses sur la table à abattant. Aucun signe de vie.

Il recula de quelques pas pour regarder les fenêtres

du premier. Elles avaient toutes deux les rideaux tirés. Il se dirigea vers l'abri de jardin, l'ouvrit et commença à farfouiller, avant de se rendre compte qu'il aurait une meilleure marge de manœuvre s'il dégageait la tondeuse. Il la sortit et se mit au travail, balançant les outils derrière lui pour faire de la place. Boîtes de vis, clous de toutes tailles, pour la plupart rouillés, crochets, morceaux de fil et prises à trois broches. Pots de fleurs en plastique, rouleaux de ficelle, bidons d'huile…

Il s'aperçut que le plan de travail était muni d'un tiroir. Il était coincé, et Rebus décida de laisser tomber. Mais arrivé à la toute dernière boîte, il n'avait toujours rien trouvé. La sueur lui collait sa chemise dans le dos. Il s'assura que son inhalateur était toujours dans sa poche, au cas où. Puis il jeta de nouveau un œil au tiroir et décida de retenter le coup. Cette fois-ci, armé d'un épais tournevis, il fit levier. Le bois commença à se fendiller et le tiroir s'écarta légèrement. Il redoubla d'efforts ; l'écart s'élargit. Il agrippa les bords du tiroir à deux mains et…

— Violation de propriété, déclara Jimmy Hess.

Rebus pivota vers lui : son imposante carrure emplissait l'encadrement de la porte.

— Et vandalisme.

— La police ne va pas tarder à arriver, fiston, répondit Rebus, le souffle court. Mais c'est à vous qu'ils voudront s'adresser, pas à moi.

En glissant une main par l'interstice du tiroir, il réussit à sortir un ordinateur portable. Les carnets de notes de Keith étaient tout au fond, impossible de les attraper.

— Vous feriez mieux d'aller prévenir votre grand-père.

Jimmy Hess secoua la tête. Son visage arrondi ne trahissait aucune émotion. La mine joviale de celui qui s'était assis avec lui au Glen avait disparu, tout comme avait disparu le petit-fils attentionné qui avait mis un terme à l'entretien de Keith Grant.

— Je ne pense pas, non, lança-t-il à Rebus.

Il se jeta alors sur lui, ses mains se refermèrent autour de son cou et il le poussa de tout son poids. Rebus percuta violemment le mur du fond de la cabane. Il sentit sa trachée se comprimer, ses yeux exorbités se remplir de larmes qui lui brouillèrent la vue. Il tira des deux mains sur les poignets de son assaillant, sans réussir à les faire bouger. À tâtons, il chercha un petit doigt, voulut tirer dessus jusqu'à ce que l'os cède, mais les forces venaient déjà à lui manquer. Ses jambes se dérobèrent sous son poids et il s'effondra par terre, sentant les coins pointus de divers objets entamer sa peau. Il tenta de changer de riposte en griffant le visage de Jimmy Hess, en visant les yeux. Mais Hess tournait la tête dans un sens, puis dans l'autre, ne lui laissant aucune prise. Rebus sentit le sang bourdonner à ses oreilles et le monde se voila de rouge sang comme au crépuscule. Hess avait les lèvres retroussées par l'effort. Rebus aurait tant voulu pouvoir lutter d'égal à égal avec son bourreau… Il aurait tant voulu aider Sammy…

Sam…

Samantha…

Ses mains retombèrent et il cligna un instant des paupières avant de les fermer.

Le bourdonnement se tut, laissant s'abattre sur lui de profondes ténèbres.

40

Au commissariat de Leith, l'équipe au complet était de bonne humeur, exception faite de George Gamble, lequel, les bras croisés, répétait à qui voulait l'entendre : « Faut pas vendre la peau de l'ours », en faisant grincer sa chaise à chaque fois qu'il se renversait dedans.

Tout le monde ou presque s'était agglutiné autour du Mur des indices, qui perché sur un bureau, qui debout dans l'expectative, tandis que Graham considérait la marche à suivre.

— Je vais m'adresser au bureau du procureur, annonça-t-il, c'est de toute évidence par là qu'il faut commencer.

— Il faudrait surtout commencer par faire venir Morelli ici et l'interroger une fois qu'on lui aura lu ses droits, fit valoir le constable Phil Yeats.

Il distribuait thés et cafés, dans une sorte de routine qui semblait lui tenir à cœur. « Un salaire de détective pour un boulot de buveur de thé », avait commenté Ronnie Ogilvie un soir au pub après le départ de Yeats.

— N'oublions pas qu'il risque à tout moment de s'enfuir, tant qu'on ne lui a pas confisqué son passeport, ajouta Malcolm Fox.

— En temps utile, Malcolm, tempéra Sutherland, qui s'était campé devant le Mur, face à l'équipe. La voiture est partie à l'atelier de Howdenhall. S'il y a le moindre indice, la Scientifique mettra la main dessus. On m'a promis des nouvelles d'ici la fin de la journée.

— Le mandat de perquisition pour le domicile de Morelli ? intervint Esson.

— Dès que je me serai entretenu avec le procureur. Avons-nous une idée du mobile ?

— Pas exactement, avança Siobhan Clarke, toutefois il y a préméditation. Il a dû se dire que c'était moins risqué de louer le véhicule en dehors de la ville. Les caméras de surveillance de l'aéroport le montrent vêtu de manière très discrète. Malcolm et moi avons déjà eu affaire à lui, et il est toujours tiré à quatre épingles. Sweat-shirt à capuche, jean et baskets, détailla-t-elle tandis que ses coéquipiers étudiaient les photos tirées des bandes de surveillance qui leur avaient été distribuées.

— Le sac à dos, c'est pour quoi ? s'enquit Ronnie Ogilvie.

— Combien de passagers arrivent à l'aéroport d'Édimbourg sans bagages ? répondit Clarke. Il essaie de passer inaperçu. Mais la capuche m'amène à autre chose – il était habillé de la même manière le soir où il prétend avoir été agressé.

— Comment ça, il « prétend » ?

— Réfléchissez au postulat qui est le sien depuis le début : si nous percevons Morelli comme une victime…

— Nous aurons plus de mal à l'envisager comme un suspect, compléta Ogilvie en hochant la tête.

— Tout cela est fort bien, intervint Sutherland. Mais reste pure spéculation.

— Et tout à fait convaincant, souligna Fox. La voiture est sur la scène du crime ; le conducteur est connu de la victime ; le point de rendez-vous est convenu. Et n'oubliez pas : le dernier appel passé depuis le portable de Salman est à son copain Giovanni.

— Appel que nous avons écarté en raison de la position de Morelli et de ce qui lui était supposément arrivé, renchérit Christine Esson. Alors qu'en fait, il a très bien pu maquiller son agression en se cognant lui-même la tête contre un mur.

Sutherland acquiesça d'un air pensif.

— Laissez-moi le temps de parler au procureur et de mettre la machine en route. Dans l'intervalle, on garde ça pour nous – pas de fuite, pour une fois. Compris, George ?

L'intéressé se figea, un biscuit à mi-chemin de sa bouche.

— Me regardez pas comme ça, patron.

— Je m'assure que vous suivez bien, c'est tout. Et un grand bravo à Siobhan et Malcolm. Si on en est arrivés jusque-là, c'est grâce à eux.

Sutherland commença à claquer des mains, bientôt suivi par le reste de l'équipe. Les applaudissements traduisaient le mélange habituel d'enthousiasme et de soulagement sincères, le tout saupoudré d'une pincée de rancœur à l'idée de ne pas être celui ou celle qui récoltait les lauriers.

— Merci, tout le monde, remercia Fox, les mains jointes.

— Ne va pas prendre la grosse tête, hein, déjà qu'elle est chauve, le tança George Gamble.

Et tandis que chacun s'en retournait à son bureau

et que Sutherland s'en allait passer son fameux coup de fil, Clarke vit Fox passer une main inquiète sur son cuir chevelu.

— C'était pour te charrier, lui glissa-t-elle à mi-voix.

— Je sais bien.

Mais Clarke était persuadée qu'à son prochain passage aux toilettes, Fox inclinerait la tête vers le miroir pour examiner la question de près.

41

Il reprit connaissance dans un sursaut et se démena violemment, mais finit par reconnaître le visage qui le surplombait : Robin Creasey.

— Bon sang, John, j'ai cru qu'on vous avait perdu.

Rebus porta une main à sa trachée, palpa les dégâts, déglutit. Une douleur fulgurante lui lacéra la gorge. Il tenta d'articuler, sa voix réduite à un murmure.

— L'ordinateur de Keith était là, dit-il en agitant la main vers le tiroir. La nuit où Keith a été tué, Jimmy a emprunté une moto. Ron Travis l'a entendue passer.

Creasey alluma la lampe de son téléphone et la braqua sur le tiroir.

— Il y a autre chose au fond, dit-il.

— Les carnets de Keith.

— Je vais faire venir quelqu'un pour monter la garde. Et vous appeler une ambulance.

Rebus protesta en secouant la tête, et se sentit aussitôt pris de vertige. Il accepta la main tendue de Creasey qui l'aidait à se relever. Autour de lui, le monde tanguait. Il sortit son inhalateur et le porta à sa bouche malgré ses dents qui claquaient. Il prit deux bouffées de Ventoline, même s'il n'était pas sûr que cela change quelque chose.

Il sortit de l'abri de jardin à pas précautionneux. Frank Hess se tenait dans l'encadrement de la porte de la cuisine et le dévisageait d'un regard implacable.

— Où a-t-il pu aller ? demanda Rebus du même murmure étranglé.

— Ne vous inquiétez pas pour ça, John. Pour l'instant, on s'occupe de vous.

Rebus empoigna Creasey par le revers de sa veste.

— Pas la peine.

— Jimmy est un bon garçon, psalmodiait Hess comme pour lui-même.

Rebus crut voir des larmes dans les yeux du vieil homme. Il s'adressa à lui, en désignant Creasey.

— Plus vous en direz, mieux ce sera – pour votre petit-fils, je veux dire. Il faut agir vite et bien, Frank, et commencer dès maintenant à réparer toutes vos erreurs.

Hess le fusilla du regard.

— Nous ne sommes plus tout jeunes, vous et moi. Keith était un jeune homme impatient, débordant d'idées. Il pensait pouvoir changer les choses.

Le vieillard pointa un doigt accusateur sur Rebus.

— Combien de temps avez-vous été policier ? Vous avez changé le monde, peut-être ? Avez-vous fait quoi que ce soit ?

— Je vais vous dire ce que je n'ai pas fait : je n'ai jamais tué un homme sous prétexte que j'étais envieux. Alors que vous avez pour ainsi dire tué une deuxième fois, n'est-ce pas ? En incriminant Hoffman, en veillant à ce qu'il soit exécuté ? Et pour que la vérité ne soit jamais faite, vous avez envoyé votre petit-fils pour assassiner une fois encore. Le tout sans jamais ciller.

— Ce n'était pas prévu ! Je le jure !

Rebus tourna la tête vers Creasey.

— Bouclez le périmètre autour de l'abri de jardin, faites relever les empreintes sur les carnets, passez l'intérieur de la maison au peigne fin. Vous l'aurez peut-être plus facilement votre mandat maintenant, non ?

— Il me faudra également votre déposition. Et je continue à penser que vous devriez aller à l'hôpital.

— Je vous promets que j'irai – dès que vous aurez mis la main sur Jimmy Hess.

— N'allez pas le chercher, John, l'apostropha Creasey tandis qu'il s'éloignait, les jambes flageolantes.

Pour seule réponse, Rebus agita faiblement la main.

42

Salle d'interrogatoire B, commissariat de Leith.

Il y avait une salle d'interrogatoire A, mais elle était hors service depuis des mois à cause d'un dégât des eaux et de la facture des travaux qui s'annonçait salée. Siobhan Clarke avait pris le soin de vérifier le bon fonctionnement de l'enregistreur AV du Bureau de recherche et d'information. Graham Sutherland était assis à côté d'elle. Malcolm Fox avait soutenu qu'il fallait quelqu'un de Gartcosh, ce à quoi Sutherland avait répliqué d'un « pourquoi ? » laconique.

Clarke n'avait aucun mal à se représenter Fox en train de fulminer quelque part dans le bâtiment – à moins qu'il ne soit au téléphone, à faire entendre son mécontentement à Jennifer Lyon. Après obtention du mandat de perquisition, Esson et Ogilvie avaient été envoyés au domicile de Giovanni Morelli, secondés d'une demi-douzaine d'agents en uniforme et d'un contingent de techniciens de la Scientifique. Dès son arrivée au poste de police, on avait exigé de Morelli toute sa coopération, ainsi que ses clés. À présent, son avocate était assise à côté de lui, et brassait des papiers. Clarke n'avait pas été étonnée le moins du monde quand Patricia Coleridge s'était présentée à l'accueil, habillée comme la fois précédente. Clarke songea qu'elle devait posséder toute une collection de tenues d'affaires prêtes à l'emploi. Elle avait le même carnet assorti de son stylo de luxe, sans oublier un iPad recouvert d'une housse en cuir qui faisait également support.

À côté d'elle, Morelli semblait un peu plus tendu qu'à l'accoutumée. Il avait reculé sa chaise de la table afin de pouvoir croiser les jambes. Il portait ses mocassins pieds nus, ce qui laissait voir ses chevilles glabres recouvertes d'un hâle. Ayant déjà protesté de son innocence, il donnait désormais l'impression de vouloir être ailleurs.

— Et si nous commencions ? proposa Graham Sutherland après que chacun eut décliné son identité pour les besoins de l'enregistrement.

Il s'assit et laissa Clarke prendre le relais. Elle disposa une série de photographies devant Morelli.

— C'est bien vous, n'est-ce pas ? À l'aéroport d'Édimbourg, il y a onze jours. Pas aussi élégant qu'à votre habitude, mais néanmoins identifiable. En train de louer une voiture à l'agence Avis. Voici une copie du contrat que vous avez signé, et le traitement de l'opération par carte de crédit.

— Sans commentaire.

— Vraiment ?

Coleridge saisit la balle au bond.

— Mon client n'est pas tenu de répondre, à ce stade, inspectrice Clarke.

— Je me disais qu'il serait plus simple s'il reconnaissait les preuves montrant qu'il a loué une voiture pendant une journée. Il s'agit de ce véhicule…

Photos de la Passat dans le parking d'Avis, ainsi que

dans les rues d'Édimbourg, alors que le long crépuscule d'été cédait le pas à la nuit.

— Je concède que la qualité des photos n'est pas exceptionnelle. Notre spécialiste a néanmoins réussi à sortir une image tout à fait nette de la plaque d'immatriculation.

Coleridge étudia les photos tandis que Morelli s'obstinait à regarder fixement le mur.

— Êtes-vous en train de me dire qu'il s'agit de la même voiture à chaque fois ? Je reconnais que la plaque minéralogique est lisible sur un des clichés, quant au reste…

Coleridge toisa Clarke.

— À votre avis, combien de Volkswagen Passat gris métallisé sont en circulation au Royaume-Uni, inspectrice ?

— Après avoir écarté toutes celles qui n'ont pas d'autocollant Avis sur la lunette arrière, vous voulez dire ? demanda Clarke en faisant semblant de réfléchir. Moins que ce que vous ne pensez.

Elle avança de nouvelles photos. Robbie Stenhouse n'aurait pas volé sa tarte sauce Bovril à la mi-temps.

— Même véhicule, 22 h 30, en train de dépasser le terrain de golf de Craigentinny – vous y avez joué avec votre ami Salman, si je ne m'abuse, monsieur Morelli ? Et Stewart Scoular complétait votre trio.

Elle lui laissa l'opportunité de répondre, qu'il déclina.

— Nous pensons que le véhicule a voulu pénétrer dans le parking idéalement situé à l'abri des regards, sauf qu'il était fermé pour la nuit. Nous retrouvons donc le même véhicule sur Seafield Road, à 22 h 50, garé comme s'il attendait quelqu'un. Peu de temps après, Salman bin Mahmoud s'approche du parking de l'entrepôt où s'est finalement garé le véhicule de location. Juste après, il est assassiné.

— Où voulez-vous en venir ? sonda Coleridge.

Mais toute l'attention de Clarke se portait fixement sur Morelli, qui faisait tout son possible pour éluder son regard.

— Qu'est-ce qu'il a bien pu vous faire, monsieur Morelli ? Quand elle va l'apprendre, Issy va être anéantie.

Morelli décroisa les jambes et inclina légèrement la tête. Une réaction que Clarke trouva suffisamment probante. Elle se leva et contourna la table pour entrer dans son champ de vision. Il détourna la tête, mais tomba, ce faisant, sur le regard tout aussi inflexible de Graham Sutherland.

— Nous sommes en train de prélever les traces d'ADN dans le véhicule, monsieur Morelli, poursuivit Clarke. Pas le vôtre, mais celui de Salman. Vous avez certainement jeté les vêtements que vous portiez cette nuit-là, mais quand on charcute quelqu'un comme vous avez charcuté votre ami, on observe en règle générale que…

— Je ne vois pas la moindre preuve de délit ni même d'acte d'inconduite de la part de mon client, protesta Coleridge. Inspecteur-chef Sutherland, vous avez bien conscience qu'une enquête de police n'a pas pour objet de…

— Madame Coleridge, l'interrompit Sutherland à son tour, nous attendons de votre client une explication crédible afin de comprendre pourquoi il a bien pu choisir de se rendre à l'aéroport d'Édimbourg afin d'y louer une voiture pour une journée, parcourant moins de cinquante kilomètres avec avant de la restituer. Une fois cette explication obtenue, peut-être pourrons-nous élucider la ou les raisons de sa présence à Craigentinny – qui ne me semble pas a priori être son territoire de prédilection – moins d'une demi-heure avant l'arrivée de Salman bin Mahmoud sur les lieux. Drôle de coïncidence, vous ne trouvez pas ? Tout comme le fait que la dernière conversation téléphonique de M. bin Mahmoud ce jour-là ait été avec M. Morelli. Ils se sont parlé moins de cinq minutes, entre 19 h 15 et 19 h 20. J'aimerais beaucoup savoir ce qui s'est dit. En refusant de s'expliquer, votre client s'enfonce inexorablement. Vous serviriez au mieux ses intérêts en l'amenant à prendre conscience de la gravité de la situation.

Il se laissa aller contre son dossier pour signifier à son auditoire qu'il en avait fini. Le silence perdura. Clarke avait regagné sa chaise. Après avoir dévissé puis revissé le capuchon de son stylo, Coleridge finit par se tourner vers Morelli. Sentant qu'on attendait une réaction de sa part, celui-ci prit une longue et bruyante inspiration avant de desserrer les lèvres.

— Sans commentaire.

Malgré les protestations de son avocate, ils mirent l'Italien en garde à vue pendant les vingt-quatre heures autorisées par la loi. Il avait été placé en cellule avec un thé clairet dans un gobelet en plastique mou. L'adjointe au procureur avait convoqué une réunion avec l'équipe, puis elle avait pris Sutherland à part.

— La voiture n'a rien donné, annonça Tess Leighton en raccrochant son téléphone. Ils font un deuxième passage, mais je ne les sentais pas d'un optimisme fou.

Clarke consulta l'écran de son téléphone. Elle avait demandé à Christine Esson de lui faire des comptes rendus réguliers en direct de la demeure de Morelli. Jusqu'ici, elle avait eu droit à un : *Sympa, la baraque !* Elle lui envoya un simple point d'interrogation pour la relancer, puis s'approcha du coin bouilloire, où Fox trempait un sachet de tisane dans une tasse.

— Phil est parti acheter du lait, dit-il. Donc en attendant…

— Tu me proposes de réutiliser ton sachet de thé à la menthe ? fit Clarke en secouant la tête. J'espérais que la voiture allait donner quelque chose.

— Moi aussi. Il n'en reste pas moins que Morelli nous doit des explications.

— Sauf s'il choisit de la fermer, auquel cas il pourra sortir d'ici demain matin.

— Toujours rien du côté de Christine ?

— Rien si ce n'est qu'il a une jolie maison.

— Quelqu'un doit bien s'occuper du ménage : il faut interroger le personnel d'entretien pour savoir s'il a jeté des vêtements. Peut-être qu'il manque un couteau dans la cuisine…

Clarke hocha la tête avec lenteur.

— Christine sait tout ça, Malcolm.

— On doit bien pouvoir faire quelque chose.

— Une petite descente en cellule pour une séance de cure par l'eau[1] ?

— Deux ou trois gifles devraient suffire.

---

1. Aussi appelée « la baignoire » ou « simulacre de noyade », il s'agit d'une forme de torture par l'eau, censée faire suffoquer la victime, ligotée sur une planche.

— Comme à l'époque de John, acquiesça Clarke. Coleridge veut qu'on évalue le risque suicidaire de son client.

— Pourquoi ?

— Dans l'espoir qu'il ait un traitement préférentiel, j'imagine.

— J'ai regardé l'enregistrement.

— Et ?

— Tu étais bien.

— Je n'ai rien oublié ?

— Quand tu as fait allusion à Issy…

— Ah, tu as remarqué.

— Tu as touché un point sensible. À ce moment-là, tu aurais pu enfoncer le clou.

Clarke hocha lentement la tête. Au même moment, l'adjointe au procureur sortait du bureau de Sutherland et regagnait l'escalier.

— Elle n'a pas l'air de déborder d'optimisme, commenta Fox.

— Ce n'est pas le genre, à moins qu'on ait des aveux et une dizaine de témoins oculaires.

Fox sourit par-dessus sa tasse. Il sirota son thé d'un air satisfait.

— Pas si mauvais, fit-il.

— Phil en met du temps, s'impatienta Clarke en consultant l'heure sur son téléphone.

— Demande-lui pourquoi : il te répondra que le premier magasin était à court. Je t'en ficherais mon billet.

— Tu veux dire qu'il en profite pour se balader ?

Fox l'interrompit d'un geste. Phil Yeats venait d'entrer, chargé d'un sac plastique. Il s'approcha de la bouilloire en maugréant :

— Il n'y en avait plus à l'épicerie du coin.

— Tu as planqué une boule de cristal dans le bureau ? demanda Clarke à Fox tandis que Yeats fronçait les sourcils d'un air interloqué.

— Fais péter le thé ! hurla George Gamble depuis sa chaise.

— Pas de repos pour les braves, hein ? compatit Clarke tandis que Yeats soupesait la bouilloire pour déterminer s'il fallait ou non la remplir.

— Ça dit quoi, au bureau du procureur ? interrogea-t-il en retour.

— Que vous jouez un rôle essentiel au sein d'une équipe dévouée.

— Allez vous faire voir, Siobhan. La prochaine fois, c'est vous qui irez faire les courses.

— Je vous taquine, Phil. Honnêtement, que ferait-on sans vous ?

Elle ménagea une pause avant de reprendre :

— Vous m'apporterez mon thé à mon bureau, d'accord ?

Elle abandonna le jeune constable à son sort et Fox lui emboîta le pas. Un tintement avertit Clarke de l'arrivée d'un message. Une fois assise, elle tendit l'écran pour que Fox puisse le lire. Un texto de Christine Esson, et un seul mot.

Bingo !

43

Les taches sur les mocassins en cuir brun clair étaient minuscules. Un technicien de la Scientifique avait pris l'initiative d'examiner chacune des paires de chaussures soigneusement alignées dans la garde-robe de Giovanni Morelli. Après avoir remarqué la présence de mouchetures à la loupe, il avait opté pour un traitement au luminol.

— Le test est positif, annonça Esson.

Elle avait pris la place qu'occupait tantôt Sutherland, et l'inspecteur-chef s'était glissé dans l'auditoire, bras croisés, pieds écartés. Les crispations de sa mâchoire laissaient voir à Clarke qu'il était aussi tendu que le reste de ses collègues – seulement, il ne voulait pas le montrer.

— Les chaussures sont parties au labo. Si le sang est celui de la victime, ça ne devrait pas prendre très longtemps.

— On n'a pas retrouvé de sacs-poubelle contenant des vêtements tachés de sang ? demanda Tess Leighton.

Esson secoua la tête.

— Nous avons fini par contacter la femme de ménage, qui fait faire le tour du propriétaire à Ronnie.

Elle n'a pas le souvenir d'avoir eu à jeter quoi que ce soit qui sorte de l'ordinaire. Morelli cuisine peu, donc il n'y a pas grand-chose dans la poubelle de la cuisine. De marque Brabantia, soit dit en passant – la jolie gamme en inox. La maison semble sortie tout droit des pages d'un magazine. En revanche, la femme de ménage a dit qu'il lui *semblait* qu'il manquait un couteau dans le tiroir de la cuisine.

— Il lui semblait ?

— Elle n'est pas catégorique.

— On ne va pas aller loin avec ça, marmonna Leighton.

— Ça aussi, il faudra en toucher deux mots au procureur, lança Fox à Sutherland.

— Laissez-moi le soin d'en juger, Malcolm.

— Faites remonter ce salopard de sa cellule, gronda Gamble. Posez-lui de *vraies* questions.

— Parce que jusqu'ici on a fait quoi, George ? s'irrita Clarke.

— Il faut l'intimider, c'est ça que je veux dire. Deux flics écossais bien costauds qui rigolent pas…, dit-il en regardant Fox.

— Il se croit dans *Life on Mars*[1], commenta Tess Leighton en levant les yeux au ciel.

— Le second entretien attendra qu'on ait le rapport du labo, temporisa Sutherland.

— Et si on est obligés de le relâcher avant d'avoir eu les résultats ? contra Gamble.

---

1. Série britannique en deux saisons (2006-2007) dans laquelle un inspecteur-chef de la police, après un accident de voiture en 2006, se réveille au beau milieu des années 1970.

— On lui demandera de nous remettre son passeport. N'ayez crainte, George, il ne va pas s'en aller.

— J'ai déjà vu des types se tailler, avec ou sans passeport, patron.

— George n'a pas tort, souligna Clarke d'une voix égale. Je ne suis pas sûre que nous ayons besoin du rapport.

— Vous croyez qu'il va se mettre à cracher le morceau alors qu'il est assis à côté de son avocate de luxe qui lui répète que « Sans commentaire », c'est amplement suffisant ?

— Je crois, oui.

— Vous avez une idée derrière la tête, Siobhan ?

— Appelons ça une intuition.

Malgré son air parfaitement dubitatif, Sutherland donna son accord.

Avant qu'on ne fasse remonter Giovanni Morelli, et tandis que Sutherland vérifiait que Patricia Coleridge était en route, Clarke s'éclipsa dans le couloir pour passer un coup de fil, après quoi elle descendit la cage d'escalier au décor tarabiscoté jusqu'à l'officier en poste à l'accueil.

— Vous ferez monter directement à la BRI[1] les gens qui me demandent.

L'officier opina du chef. Clarke gravit de nouveau les marches. Fox l'attendait au sommet.

— Tu manigances quelque chose, affirma-t-il.

— Pas du tout.

— Oh que si. Je croyais qu'on était collègues, toi et moi.

---

1. Brigade de recherche et d'intervention.

— Le genre qui se pointe trente minutes en avance à l'agence de location pour tirer la couverture à soi ?

Fox fit mine de grimacer.

— Il doit être l'heure de promener Brillo, non.

— Bien tenté, Malcolm. Mais puisque tu te proposes…

— Pas du tout.

— C'est bien ce qu'il me semblait.

Elle se pencha vers lui jusqu'à ce que ses lèvres ne soient plus qu'à quelques centimètres de son oreille.

— Observez et prenez-en de la graine, monsieur Costaud.

Fox lui fit les gros yeux tandis qu'elle s'en retournait dans son bureau.

— Nous y revoilà, claironna Patricia Coleridge sans grand enthousiasme.

Clarke avait une fois encore vérifié le bon état de fonctionnement de l'équipement avant de lancer l'enregistrement. Sutherland s'était assis au même endroit, face à l'avocate et à son client.

— La cellule est répugnante, se plaignait Morelli à Coleridge. Les toilettes – incroyable. On m'a donné un sandwich : immangeable !

— C'est bientôt fini, Gio, le rassura Coleridge.

Carnet, iPad et stylo disposés sur la table, paumes de mains jointes au-dessus comme en une prière et les yeux fusant d'un détective à l'autre.

— J'imagine que vous avez du nouveau ? s'enquit-elle.

— Une fouille méticuleuse du domicile de M. Morelli a permis de découvrir une paire de chaussures mouchetée de taches de sang, annonça Clarke. Sang en train d'être analysé en cet instant même.

— Et qui pourrait donc fort bien être celui de mon client ?

— Nous savons l'une comme l'autre que ce n'est pas le cas, dit Clarke avant de concentrer toute son attention sur Morelli. Vous vous êtes débarrassé des vêtements, mais pour rien au monde vous ne vous seriez séparé de cette magnifique paire de chaussures. Pour louer la voiture, vous avez enfilé des habits achetés en grande distribution – optant ainsi pour la discrétion –, mais pour retrouver Salman… eh bien, il s'attendrait à vous voir aussi élégamment vêtu qu'à votre habitude.

— Vous n'êtes pas obligé de répondre, lui rappela Coleridge.

— La coopération pourrait jouer en faveur de votre client. Une fois que nous aurons le résultat des analyses sanguines, nous n'aurons plus vraiment besoin de lui.

— Sans commentaire, énonça Morelli.

Clarke sentit un certain malaise s'installer chez Sutherland. Conscient de la fragilité de leur marge de manœuvre, il se demandait pourquoi Clarke avait tenu à tout prix à convoquer cet interrogatoire. Elle aurait voulu le rassurer, mais ne voyait pas comment.

— Pouvons-nous parler du couteau qui a disparu de l'un des tiroirs de votre cuisine ?

— Des couteaux, on en jette tout le temps sans faire exprès, lâcha Coleridge d'une voix traînante.

— Sans commentaire, répéta Morelli.

Sutherland s'agita légèrement sur sa chaise. Clarke lui coula un regard en biais.

Relax.

— Que se passera-t-il une fois que l'analyse prouvera qu'il s'agit bien du sang de Salman bin Mahmoud sur vos chaussures, monsieur Morelli ? Pensez-vous qu'un « sans commentaire » sera suffisant dans une salle d'audience ?

— C'est scandaleux.

Coleridge lâcha le stylo qu'elle venait tout juste de prendre et regarda Sutherland droit dans les yeux.

— Vous nous faites venir jusqu'ici alors que vous n'avez pas la moindre preuve supplémentaire, pour nous exposer un chapelet de théories et de suppositions plus farfelues les unes que les autres. Est-ce vraiment ainsi que vous gérez vos dossiers, inspecteur-chef Sutherland ?

Sutherland eut l'air bien en peine de formuler une réponse adéquate. Pendant ce temps, Clarke avait tourné la tête vers la porte de la salle d'interrogatoire, au-delà de laquelle enflaient des éclats de voix. Coleridge finit par les entendre, elle aussi.

— Mais c'est quoi, ce foutoir ? s'exclama-t-elle.

Au même instant, la porte s'ouvrit à la volée sur Issy Meiklejohn, talonnée par Malcolm Fox qui la retenait par la manche.

— Mais qu'est-ce que tu as fait, putain de merde ? hurla Meiklejohn. Espèce de salopard d'assassin de…

Morelli se leva d'un bond, envoyant valdinguer sa chaise qui claqua contre le sol dans un grand fracas. Il avait levé les deux mains comme pour conjurer l'apparition qui se dressait devant lui. Meiklejohn continuait à vociférer, à grand renfort de postillons, visage couleur puce, tordu de rage, lèvres retroussées.

— Faites-la sortir d'ici ! ordonnait Graham Sutherland à qui voulait bien l'entendre.

— Comment est-elle arrivée jusqu'ici ? demanda Coleridge. Il faut prévenir le procureur. Cet esclandre est consternant. À l'évidence, toute poursuite judiciaire est désormais…

— C'est pour toi que je l'ai fait, Issy, lâcha Morelli. C'est pour toi que je l'ai fait.

— Tu as assassiné notre ami !

— Il te mentait pour t'attirer dans son lit ! Il n'y a jamais eu d'argent pour The Flow !

— Inspecteur-chef Sutherland ! s'époumona Coleridge. Je proteste avec la plus grande fermeté !

— Faites-la sortir d'ici, répéta Sutherland.

Fox l'avait ceinturée de ses bras et s'ingéniait à l'exfiltrer de la pièce.

— Salopard, souffla Meiklejohn.

Vidée de son énergie, elle fut traversée d'un long sanglot. Morelli s'approcha d'un pas.

— Issy…

— Non. Non.

Elle repoussa Fox et disparut dans le couloir.

Coleridge tenta de recouvrer son calme et le contrôle de la situation.

— Inspecteur-chef Sutherland, vous avez bien conscience que cet incident n'est pas recevable.

Fox referma la porte depuis l'extérieur. Il lança un regard à Clarke, qu'elle lui rendit – un regard qui se solda par un clin d'œil.

— Si nous marquons une pause dans l'entretien, affirma-t-elle à la cantonade tandis que Morelli ramassait sa chaise et s'asseyait, la tête entre les mains, je ferais peut-être mieux de couper l'enregistrement ?

— Mieux vaut faire une pause, acquiesça Sutherland.

— Mieux encore, fulmina Coleridge les dents serrées, si vous expliquiez comment cette femme a pu franchir l'accueil ? Comme si elle savait parfaitement où nous trouver.

Clarke enfonça le bouton d'arrêt de l'enregistreur en affectant un air de parfaite innocence.

— Non, laissez tourner, intervint Morelli. Je veux m'expliquer.

— C'est une très mauvaise idée, Gio, le mit en garde Coleridge.

— Je veux m'expliquer, répéta-t-il d'une voix plus affirmée.

Clarke remit l'enregistreur en marche.

44

— Il portait des gants de moto, affirma Rebus de sa voix enrouée.

Il avait pris place au Glen, à la table même où il avait fait la connaissance de Jimmy Hess. Creasey était assis en face de lui, à côté de May Collins. Cette dernière avait concocté à l'intention de Rebus une boisson à base d'eau chaude, de whisky, de miel et de quelques gouttes de citron, accompagnée de deux comprimés d'ibuprofène qu'il avait eu bien du mal à avaler.

— D'où l'absence d'empreintes. Il a ramené la Volvo ici, en se disant que ça lui ferait gagner du temps. Il a ensuite rejoint le camp à pied pour aller chercher la moto – comme il était tard, il n'y avait personne sur la route, donc aucun témoin.

— John vous avait bien dit que sa mort avait un rapport avec le camp, le tança Collins.

Creasey tourna la tête vers elle.

— Vous êtes sûre et certaine que vous n'étiez au courant de rien ? Toutes ces années que votre père a passées à provoquer Frank Hess ? Il n'y a jamais fait la moindre allusion ?

Collins le fusilla du regard.

— Absolument pas. Tout ce que je sais, c'est qu'ils avaient tendance à s'asticoter.

— Pourquoi votre père n'a-t-il jamais rien dit à la police ?

May Collins eut un haussement d'épaules.

— Je crois qu'il aimait bien tourmenter Frank, soit ça, soit ça ne le gênait pas plus que ça. Il avait vécu la guerre. Une vie innocente de plus ou de moins…

Le téléphone de Creasey vibra. Il consulta l'écran d'un air impassible.

— Toujours pas ? s'enquit Rebus.

— Il ne pourra pas aller bien loin.

Rebus se rappela les histoires des détenus qui avaient tenté de s'évader du Camp 1033. Les fuyards qui s'enfonçaient dans la nature finissaient toujours par baisser les bras. Il se représenta Jimmy Hess en train de fuir, l'ordinateur serré contre lui. Il allait courir, reprendre son souffle, courir de plus belle, et puis sentir la soif, la faim et le froid. Il finirait par comprendre que sa tentative était futile. Serait-il capable de retrouver son chemin ? Les tourbières n'allaient-elles pas toutes lui paraître identiques, sans aucun repère à perte de vue ? Bien évidemment, il allait choisir de suivre la côte vers l'est ou vers l'ouest. Mais les voitures de la police étaient en chasse, les endroits pour se cacher étaient rares et faciles à débusquer.

— La ferme de Callum ? suggéra-t-il.

— On a posté deux officiers là-bas, au cas où.

— Et Frank ?

— Derrière les barreaux à Tongue. Nous le transférerons à Inverness ultérieurement.

— C'est *vous* qui l'avez arrêté, vous ne devriez pas être sur place ?

— Dès que j'aurai l'assurance que vous allez bien.

— Je n'arrête pas de vous dire que je me porte comme un charme.

Rebus déglutit en faisant la grimace.

— Bon sang, John, grommela Creasey.

May Collins posa sa main sur celle de Rebus et la serra brièvement.

— Acceptez au moins qu'un médecin vous examine.

Rebus s'apprêtait à protester quand la porte du bar s'ouvrit à la volée sur Samantha. Elle gagna la table à grandes enjambées et se laissa tomber à côté de son père, qu'elle enlaça maladroitement dans l'espace exigu.

— Comment tu te sens ? demanda-t-elle.

— Je vais devoir faire sauter la répète de chant ce soir.

— Tu as consulté un médecin ?

— Il refuse, intervint Collins. Je te sers quelque chose, Sam ?

Samantha secoua la tête.

— Comment va Carrie ? demanda Rebus de sa voix sifflante.

— Elle, ça va, mais on ne peut pas en dire autant de toi. Il souffre d'une bronchopneumopathie chronique obstructive, vous savez, dit-elle à Creasey. Il a déjà suffisamment de mal à respirer comme ça.

— Ce n'est pas l'envie qui m'a manqué de lui passer les menottes pour l'emmener de force, rétorqua Creasey. À part ça, je ne vois pas trop ce que je peux faire.

Samantha se tourna une nouvelle fois vers son père.

— Espèce de vieux bouc buté.

— J'ai même le bêlement qui va avec, commenta Rebus en se frottant la gorge entre le pouce et l'index.

— Alors, c'était Jimmy ? Il a tué Keith et il a voulu t'étrangler ?

— Jimmy, confirma-t-il.

Samantha fronça les sourcils.

— À cause d'un épisode qui remonte à plus de soixante-dix ans ?

— Certaines personnes ont une mémoire d'éléphant.

May désigna le comptoir d'un geste.

— C'est à cause de ce foutu revolver que tout a commencé. Si seulement j'avais décroché cette saloperie du mur.

Elle saisit Samantha par le poignet.

— Je suis vraiment, vraiment désolée, Sam.

— C'était le camp, fit Samantha à mi-voix. Keith en était obsédé. Il n'arrivait pas à lâcher…

Ses yeux papillonnèrent entre le détective et la patronne du bar.

— Vous voulez bien me laisser une minute avec mon père ?

Ils acquiescèrent et se replièrent sur le comptoir. Samantha prit la main de Rebus dans les siennes.

— Plus rien ne nous empêche d'organiser l'enterrement, maintenant. Et pour ça, je veux bien que tu m'aides. Et peut-être aussi pour que je déménage dans le Sud – si ça ne t'ennuie pas qu'on se rapproche de toi.

— Je devrais m'en remettre. Mais prends le temps d'y réfléchir, une fois que les choses se seront tassées. L'école de Carrie et tout ça.

Il laissa passer un silence avant d'ajouter :

— Et je suis désolé si j'ai pu douter de toi.

— Tu es quelqu'un de méfiant. Ça fait partie de ton boulot.

— Que ça ne nous empêche pas de continuer l'aventure ensemble, hein ?

Elle sourit avant de le prendre une nouvelle fois dans ses bras. Par-dessus son épaule, Rebus vit Creasey réceptionner un texto, puis faire signe à May Collins qu'il devait y aller. En se dirigeant vers la porte, il croisa le regard de Rebus et articula un mot, sachant qu'il le comprendrait.

Le mot était « ferme ».

45

— Alors, il rentre quand ? demanda Fox, qui téléphonait en marchant.

— Demain ou après-demain. La Saab est réparée, donc ça fait un enterrement de moins à organiser. Même s'il faudra qu'il remonte dans le Nord à un moment donné.

— John finit toujours par trouver le coupable, n'est-ce pas ?

— Quitte à manquer d'y laisser sa peau. L'assassin a failli l'étrangler à mort. Mais tu es où, là ?

— Je marche un peu pour me vider la tête.

— Et tu ne serais pas, par le plus pur des hasards, à deux pas du fameux penthouse d'une certaine personne de notre connaissance ?

— Ta méfiance te perdra. Et toi ?

— Je suis chez John. Je voulais lui déposer son exemplaire signé du Lee Child – en guise de cadeau de pendaison de crémaillère. Et puis je me suis mise à déballer les cartons.

— Ça ne va pas lui faire plaisir.

— Si on le laisse faire, ça va prendre des mois. De

toute façon, je n'aurai pas fini ce soir, je sors dîner avec Graham pour arroser ça.

— C'est quoi la musique que j'entends ?

— Un disque de John – R. Dean Taylor.

— Connais pas. Il n'est pas un peu tôt pour fêter ça ? On est loin d'en avoir terminé.

— Les aveux sont dans la boîte, quand même, Malcolm.

— Tu leur as joué un sacré tour. Évidemment, il suffit qu'Issy décide de raconter à sa vieille copine Patsy que tu l'as appelée pour tout lui dire et lui suggérer de venir en personne…

— Un aveu reste un aveu. Et il n'a pas été obtenu sous la contrainte.

— Ça fait longtemps qu'il est amoureux d'elle ? Je veux parler de Morelli et Issy.

— Depuis qu'ils se sont rencontrés, à l'adolescence. Leur relation n'a jamais été charnelle – son choix à elle, j'imagine. Mais quand Morelli a découvert qu'elle envisageait d'étudier à Édimbourg, il s'est inscrit au même cursus – ce que je trouve un peu flippant, personnellement.

— Si peu.

— Pendant ce temps, Salman était sur la paille – il en était même réduit à emprunter à Morelli. Mais il n'a pas pu s'empêcher de lui raconter qu'il avait promis de l'argent à Issy pour renflouer l'ambitieux projet de son paternel.

— De l'argent qu'en réalité il n'avait pas ?

— De toute façon, il allait rentrer chez lui, que ce soit pour braver le régime, ou pour sauver l'entreprise familiale. Tel qu'il voyait les choses, il lui restait une toute dernière chance de serrer Issy avant de partir. Donc Morelli l'appâte à Craigentinny en lui faisant miroiter un nouveau contact susceptible de l'aider à trouver des fonds. Ils se disputent, Morelli sort son couteau.

— Qu'il a pris parce que… ?

— Parce qu'il est italien et qu'il s'est dit qu'il lui faudrait des arguments pour le persuader d'avouer la vérité à Issy et de lui lâcher les basques.

— Pourquoi Morelli n'a-t-il pas tout simplement choisi de tout déballer à Issy ?

— Sans doute que son père avait fini par lui déteindre dessus : pas une once de compassion ou d'empathie.

— Prêt à lâcher la rampe, conclut Fox en hochant la tête avant de s'écarter d'une piste cyclable.

— Quoi qu'il en soit, je ne suis pas convaincue par cette version, pas totalement. Il a choisi Craigentinny pour éviter d'être trop près de chez lui. Ce qui explique aussi la fausse agression. Je ne vois pas du tout une dispute qui part en vrille, mais l'assassinat le plus froidement prémédité sur lequel j'aie jamais eu à enquêter. Dès lors, oui, j'ai bien envie de fêter ça. Et toi, pendant ce temps, tu te *promènes* ?

— Je ne bois pas et je ne fume pas – que veux-tu que je fasse d'autre, pour paraphraser Culture Club ?

— *Goody Two Shoes*, c'est un single d'Adams and the Ants, le corrigea Clarke. Eh bien, ma foi, sois prudent, Malcolm – cette ville est capable de mordre quand on s'y attend le moins. Je ferais mieux de boucler cette affaire de cartons, il faut que je repasse chez moi pour me changer. On se voit demain ? Oh, s'exclama-t-elle comme Fox ne répondait pas, tu retournes à Gartcosh ?

— Pourquoi, je ne devrais pas ?

— Alors on se dit au revoir ?

— J'ai l'impression que ça te rend triste. On est loin de la toute première fois que tu as posé les yeux sur moi.

— Je te souhaite bon vent, inspecteur Fox. Passe nous voir, à l'occasion.

— Au revoir, Siobhan.

Fox mit fin à la communication et rangea le téléphone dans sa poche. Il continua à marcher en direction du Quartermile, laissant derrière lui Lauriston Place et sa voiture garée sur une ligne jaune. À cette heure de la soirée, il n'aurait pas de PV. (Celui dont il avait écopé devant le restaurant de Hanover Street traînait encore au fond de sa boîte à gants.) Le Quartermile était calme, il aperçut quelques clients dans les bars qu'il croisa en chemin, et environ la moitié des tables du restaurant malaisien étaient occupées. Le grand ballet des livreurs de nourriture à domicile croisait celui des étudiants qui trimbalaient jusqu'à leur piaule des sacs de provisions de chez Sainsbury's.

Fox atteignit enfin la grande boîte en verre où Cafferty avait élu domicile. À peine eut-il sonné à l'interphone que la porte s'ouvrit. Il resta un instant immobile dans le vestibule à rassembler ses idées. Puis il appela l'ascenseur. Un coup de fil lui avait permis de confirmer que Cafferty était disponible. Quand il l'avait interrogé sur la raison de sa visite, Fox s'était contenté de répondre : « Scoular. »

— J'espère que vous m'apportez de bonnes nouvelles, Malky.

Disons que cela dépendait du point de vue.

Cafferty l’attendait à la porte de son penthouse, vêtu d’une chemise blanche à col ouvert et d’un bas de jogging, pieds nus. Il le devança à pas lents jusqu’à la pièce de vie qui ouvrait sur le salon, où il empoigna un verre à moitié rempli de vin rouge.

— Vous vous laissez tenter, Malcolm ?

— Hors de question.

Cafferty s’assit dans son fauteuil de prédilection et attendit, peu surpris de constater que Fox restait debout.

— Concernant Scoular, commença l’inspecteur.

— Oui ?

— On a creusé sans relâche, et il n’y a absolument rien.

— Allons bon ?

La bonne humeur qu’il affichait s’évapora des traits de Cafferty.

— Mais cela n’a aucune importance, au fond, non ? Ce qui compte pour vous, c’est que vous obteniez que moi-même, et surtout ma patronne, travaillions pour vous. Parce que dans ce cas – et vous en avez le nécessaire en images – vous estimez qu’on vous appartient. C’est la vérité, n’est-ce pas ?

Cafferty ouvrit la bouche pour répondre, mais Fox n’avait pas terminé.

— Mais ce n’est pas *toute* la vérité. La vérité, toute la vérité, doit tenir compte de l’envie enragée que vous inspire cet homme.

— Ah ouais ?

Fox énuméra sur le bout des doigts.

— Il est plus jeune, et beaucoup plus beau que vous. Il côtoie des gens haut placés plutôt que les espèces de raclures qui vous collent aux basques toute la journée.

Quand vous le voyez en compagnie de ses amis dans votre club, vous savez pertinemment qu'il y a un mur entre vous et eux, que, malgré tous vos efforts, il vous est tout bonnement impossible de franchir, or Dieu sait que vous avez essayé. Appelez ça un problème de classe, ou du snobisme – ils vous méprisent, pourtant vous êtes persuadé qu'ils devraient vous admirer. Et pendant ce temps, Scoular vend un brin de coke à ses copains, histoire d'être dans leurs petits papiers, et il branche les gens entre eux – un gros bonnet, un vrai. Et certes, il y a sans doute un peu d'argent pas net au fil de l'eau, pourtant, lui reste parfaitement réglo. C'est bien pour ça qu'il vous tape sur les nerfs, et c'est pour ça que vous nous avez demandé de fouiner. Et moi je vous dis qu'il n'y a absolument rien sur lui. Il reste imperturbablement Stewart Scoular, promoteur immobilier et chouchou des pages people, et vous restez imperturbablement vous-même.

Il se tut, puis reprit :

— Je vais me chercher un verre d'eau.

Il se dirigea vers l'évier et prit un verre sur l'égouttoir. Cafferty s'était mis à applaudir, lentement.

— On a fini sa petite tirade ? demanda-t-il à la fin de son pantomime. Ça fait du bien de vider son sac ? Bien, alors maintenant buvez votre verre d'eau fissa et foutez-moi le camp. J'ai deux ou trois coups de fil à passer avant de balancer une certaine vidéo en ligne.

Fox éclusa son verre sans se presser, puis le déposa dans l'évier avant de regarder l'heure à sa montre.

— Vous êtes attendu ailleurs, Malcolm ?

Fox secoua la tête.

— Il faut que vous voyiez quelque chose, dit-il et il

s'activa sur l'écran de son téléphone. C'est diffusé en ce moment sur le *Scotsman*. Le site a décroché l'exclu, mais demain, l'info sera partout. Vous arrivez à voir sur un écran aussi petit ?

Lentement, Cafferty s'était levé. Fox poussa le volume au maximum et braqua le téléphone devant lui. Dennis Jones était assis sur un canapé, son épouse Jennifer Lyon à ses côtés. L'entretien qui était en cours en arrivait tout juste au cœur du sujet. Comme convenu, Jones et Lyon se tenaient la main. Les questions avaient été validées en amont. Laura Smith menait l'interview. Elle n'était certes pas une interrogatrice des plus affables, mais on l'avait amplement mise en garde sur les conditions d'une telle exclusivité. À l'écran, Jones déroulait son explication :

— C'est pour cette raison que je souhaite adresser mes excuses publiques les plus sincères, tout particulièrement à l'attention de ma femme, mais aussi à toutes les personnes qui ont été impliquées dans ce triste épisode – et dont je suis seul responsable. Mon seul espoir est que Jenni saura me pardonner. Pour ma part, je n'aurai de cesse d'œuvrer à recouvrer sa confiance. Je n'ai jamais cessé de l'aimer et je l'aimerai toujours. Bien évidemment, je donne ma démission avec effet immédiat de mon poste à l'université, et je m'engage à suivre une thérapie…

Fox observa Cafferty tandis que Cafferty contemplait la scène. Laura Smith posa une question préparée à l'avance. Fox reprit :

— La directrice adjointe pense être en mesure de surmonter la crise. Elle s'est entourée d'une équipe de professionnels des relations publiques et d'avocats.

Faites ce que bon vous semble de ces bandes-vidéo. L'affaire a déjà éclaté au grand jour, et c'est ma boss qui tient les rênes. Tout ce que vous avez réussi à faire, c'est de vous coller une cible dans le dos. Toutes les agences du campus du Crime écossais vont mettre votre nom en tête de gondole.

Il tourna les yeux vers la baie vitrée et les Meadows en contrebas.

— Profitez du panorama pendant qu'il en est encore temps.

Il coupa le direct sur son téléphone, le rangea dans sa poche et sortit de l'appartement sans un mot. Il appela l'ascenseur, s'attendant à voir surgir Cafferty d'un instant à l'autre, prêt à déchaîner sa fureur contre lui. Pourtant l'ascenseur arriva, Fox pénétra dans la cabine et pivota face aux portes coulissantes. Il appuya sur le bouton du rez-de-chaussée. Arrivé à mi-parcours, il relâcha enfin sa respiration. Il allait laisser une heure à Jennifer Lyon avant de l'appeler pour l'informer que tout s'était déroulé comme prévu. Tel qu'*elle* l'avait prévu au sein d'un plan dont *elle* lui avait exposé les grandes lignes le jour de leur entrevue à Gartcosh. Il avait fallu du temps pour persuader son mari. Cela étant, la seule autre option qui s'offrait à lui était le divorce.

— Quel satané gâchis, cette surveillance, quand même, ronchonna Fox.

N'empêche qu'à partir de maintenant, la directrice adjointe lui était redevable, ce qu'il ne lui laisserait pas le loisir d'oublier.

Les portes de l'ascenseur s'ouvrirent sur le rez-de-chaussée et Fox sortit de la cabine. Il ne restait plus qu'une porte entre lui et l'air frais du dehors. À travers les parois vitrées, il aperçut une silhouette encapuchonnée.

Un livreur ? Non, l'individu avait les mains vides. Un locataire ? Possible. Mais Fox commença à entrevoir une autre possibilité : il s'agissait de l'une des fameuses raclures de Cafferty. Vraisemblablement un jeune dealer. Il ouvrit la porte. Sous sa capuche, le visage grêlé semblait tergiverser.

— Vous entrez ou non ? s'impatienta Fox.

Il fallut encore un peu de temps pour que l'intéressé prenne sa décision.

— Ouais, merci.

Les poings enfoncés dans les poches de son sweat à capuche, le jeune passa devant Fox, qui lui tenait toujours la porte.

— J'imagine que vous connaissez le chemin – P comme penthouse.

— Je connais le chemin, ouais. Merci bien.

— Vous n'allez pas le trouver de très bonne humeur, lança Fox avant de quitter le bâtiment.

Il faisait encore jour. À cette période de l'année, on avait toujours du mal à se figurer l'arrivée abrupte de ces longues nuits crépusculaires…

REMERCIEMENTS

Si la rédaction de ce livre a démarré bien avant la pandémie de Covid de 2020, sa relecture a eu lieu pendant le confinement. Je suis infiniment reconnaissant à ma femme Miranda de m'avoir supporté tout du long, en plus d'être ma première lectrice et ma critique la plus efficace. Je souhaite également remercier les membres de Forward Vision à Édimbourg pour le dévouement avec lequel ils se sont occupés non seulement de notre fils Kit, mais de tous les autres jeunes adultes confiés à leurs soins.

Celles et ceux qui connaissent les alentours de Tongue se rendront compte que j'ai pris certaines libertés. Le village de Naver n'existe pas, le Camp 1033 non plus, bien que les autres camps dont il est fait mention existent, tout comme certains épisodes qui sont relatés.

Je remercie la Central Library d'Édimbourg de m'avoir orienté vers plusieurs sources précieuses, notamment *Camp 165 Watten* de Valerie Campbell et *British Concentration Camps : A Brief History from 1900-1975* de Simon Webb. Un de mes voyages sur la côte nord m'a permis de découvrir *Tongue and Farr* de Jim A. Johnston, grâce auquel j'ai exploré l'histoire de cette magnifique région d'Écosse.

Toutes les erreurs et les inexactitudes sont de mon fait.

À toutes les chansons et à toutes celles et ceux qui les chantent, dans les moments de ténèbres comme en ceux de pleine clarté.

I. R.

Du même auteur :

L'Étrangleur d'Édimbourg
Le Fond de l'enfer
Rebus et le loup-garou de Londres
Piège pour un élu
Le Carnet noir
Causes mortelles
Ainsi saigne-t-il
L'Ombre du tueur
Le Jardin des pendus
La Mort dans l'âme
Du fond des ténèbres
La Colline des chagrins
Une dernière chance pour Rebus
Cicatrices
Fleshmarket Close
L'Appel des morts
Exit Music
Debout dans la tombe d'un autre
On ne réveille pas un chien endormi
Tels des loups affamés

Le Diable rebat les cartes
The Beat Goes On
La Maison des mensonges

Nom de code : Witch
Double détente
Traques

Portes ouvertes
Plaintes
Les Guetteurs

PAPIER À BASE DE FIBRES CERTIFIÉES

Le Livre de Poche s'engage pour l'environnement en réduisant l'empreinte carbone de ses livres. Celle de cet exemplaire est de :
500 g éq. CO_2
Rendez-vous sur www.livredepoche-durable.fr

Composition réalisée par Soft Office

Achevé d'imprimer en décembre 2021 en Espagne par
BLACKPRINT
Dépôt légal 1re publication : janvier 2022
LIBRAIRIE GÉNÉRALE FRANÇAISE
21, rue du Montparnasse – 75298 Paris Cedex 06

55/0514/9